J. S. Wonda

VERY BAD SINNERS

Winter Break

J. S. WONDA

VERY BAD SINNERS

KINGSTON UNIVERSITY

WINTER BREAK

Meine Bücher und Produkte gibt es zukünftig im:

www.wondaversum.de

VERY BAD SINNERS
Kingston University
Winter Break

Band 8 einer Reihe

Bildmaterial: Shutterstock.com, freepik.com, rawpixels.com
Korrektorat: Claudia Matheis
Lektorat: Wiebke Bohn

Bestellung und Vertrieb: Nova MD GmbH, Vachendorf

ISBN: 978-3-98595-659-3

Druckerei Smilkov Print Ltd
Pokrovnishko shose
2700, Blagoevgrad

Jane S. Wonda
Am Himmelkamp 10
30890 Barsinghausen
www.janeswonda.com
www.wondaversum.de

Du findest mich auf Facebook | Instagram | TikTok

Weil bei den Büchern der Very Bad Kings Reihe das Verlagslogo zukünftig nicht mehr auf dem Buchrücken zu finden sein wird, könnt ihr euch im Shop des WondaVersums ab 2023 kostenlos Sticker bestellen, die eure Bücher wieder vereinheitlichen. Danke für euer Verständnis.

FÜR DANIELA. MEIN HERZ.

If you can't beat the fear, just do it scared.

JOYCE MEYER

PERSONENVERZEICHNIS

DIE KINGS

JAXON TYRELL
Erbe der Kingston-Linie (mütterlicherseits)

SYLVIAN SILVANO
Erbe einer einflussreichen Mafia-Familie, zu der er bis zu seinem Eintritt in den Zirkel keinen Kontakt hatte
Zirkelmitglied

REECE CRESCENT
Milliardenerbe einer Textilkette, Halbschwede
Hat seinen Bruder aus der Psychiatrie befreit
Zirkelmitglied

ZAYN CRESCENT
Ist wegen Kriegsverbrechen schuldig gesprochen worden und wird eigentlich in einer Psychiatrie verwahrt

ROMEO PORTCHARLES
Jaxons ›Schatten‹
Zirkelmitglied

DER CAMPUS

AMABELLE WEAVER
Wird von (fast) allen Mable genannt, hat ein Stipendium in Kingston erhalten, wohnt mit ihrer Mutter und ihrer jüngeren Schwester Olive mittlerweile in einem hübschen Reihenhaus

HARPER MITCHELL
Mables Freundin; Tochter von Robert Mitchell, Richter am Obersten Gerichtshof

CLARISSE CUNNINGHAM
Reiches It-Girl und Jaxons ehemalige On-off-Freundin, früher Harpers beste Freundin

VANCE BUCHANAN
Erfolgreicher Footballspieler und ›Handlanger‹ für die Kings, ebenfalls Stipendiat aus dem ersten Jahr (war Zayns ›Bauer‹ im Schachspiel)
Zirkelmitglied

PROFESSOR GOLDMAN
Professor für Philosophie

RODNEY MICHAEL GOLDMAN
Harpers Affäre

DAS CROWNS
Studentenbar auf dem Campus, geführt von der Verbindung der Kings

ALPHA REX
Verbindung der Kings

ALPHA REGINA
Verbindung von Clarisse

WEITERE STIPENDIATINNEN:
Lien, Rachel (ausgeschieden), Brittany, Kady (ausgeschieden)

OFF-CAMPUS

ELEANORE
Ehemalige Stipendiatin und Sylvians ›Dame‹, die im Schachspiel verloren hat
War an dem Anschlag auf die Elite beteiligt
Tot

IRENE
Eleanores Schwester
Tot

SAMUEL TYRELL
Jaxons Stiefvater, der seine leibliche Tochter in den Zirkel bringen will und dafür das Stipendiatenprogramm gegründet hat
Zirkelmitglied

DER ZIRKEL

Geheimorganisation, die ihre Wurzeln in Kingston hat. So gut wie jede Spitzenposition in den USA wird durch ein Zirkelmitglied besetzt. Damit ist diese Organisation sehr machtvoll.

DER VERRÄTER

PROLOG

Der Stuhl, den ich mir neben die Tür gestellt habe, ist unbequem. Trotz meiner Leistungen bin ich zu einem Wachhund degradiert worden. Da sitze ich, Stunde für Stunde, und lausche Weavers Atem.

Sie liegt da, auf einer Pritsche an der anderen Seite des kleinen Raumes. Eine Art Krankenzimmer, das vermutlich jahrzehntelang keine Verwendung fand. Ein einfacher Tisch, ein paar Stühle, ein leerer, verschlossener metallener Schrank. Wir befinden uns unter der Erde Kingstons, in der unterirdischen Universität. Stille umgibt uns.

Die Wände sind dick.

»Hallo?« Ein Laut aus ihrer Richtung.

Sofort schalte ich das Licht an. Pure Erleichterung entsteht auf Weavers Gesicht, als sie mich sieht.

»Wo sind wir?«, fragt sie und versucht sich aufzurichten. »Romeo?«

»Leg dich wieder hin«, befehle ich ihr tonlos.

»Was …?«, fragt sie verwirrt. »Wo sind … die anderen?«

»Leg. Dich. Wieder. Hin. Weaver.«

Sie schluckt sichtbar.

»Dein Körper hat sich mehrmals überschlagen, und wenn du dich zu viel bewegst, wirst du gleich den Boden vollkotzen. Ich werde es nicht sauber machen, und ich weiß nicht, ob du in der Verfassung bist, das zu tun.«

»Ich bin so froh, dass du hier bist«, murmelt sie. »Weißt du, was die anderen getan haben?«

Was? Ihre Frage verwirrt mich. Getan haben? Natürlich weiß ich, was sie getan haben – ich kann es mir zumindest zusammenreimen, und es wäre nichts, wovon Weaver mir berichten müsste.

»Es ist so schrecklich«, stöhnt sie plötzlich und sinkt wieder in sich zusammen. »Ich dachte wirklich, ich hätte sie endlich durchschaut ...«

»Wovon zur Hölle sprichst du?«, frage ich ungehalten.

»Siehst du das?«, fragt sie mich matt und zieht ihren rechten Ärmel hoch. Ihre Kleidung ist schlammbeschmiert, voller Sand, Risse und Dreck. »Das haben sie mir angetan ...«

»Ich sehe nichts«, zische ich. *Fuck. Was sollen die Kings ihr denn angetan haben? Redet sie überhaupt von ihnen?*

Schwach fällt sie in sich zusammen und schließt wieder die Augen. Neugierde packt mich. Und alles, was sich als Sorge äußert, unterdrücke ich gekonnt.

Sorge.

Sorge macht dich schwach!

Ich stehe auf und gehe langsam auf sie zu. Auch beim Näherkommen kann ich an ihrem Arm nichts erkennen. Haben sie ihr etwas in die Haut injiziert? Spricht sie von den Kings oder dem Zirkel?

Wie ich es hasse, nicht zu wissen, was vorgefallen ist.

»Hier«, murmelt sie, zeigt mir ihren Arm. »Aber an meinem Bein sieht man es noch viel stärker.«

»Red Klartext mit mir, Weaver. Wenn du dich von Sylvian schneiden lässt, ist das nichts Neues mehr.«

»Sieh doch bitte hin«, jammert sie. Ich rolle mit den Augen und schiebe den Stoff ihrer Hose hoch. Auch dort ist nichts zu sehen ... FUCK.

Sie hat mir mit voller Wucht das Knie gegen die Stirn gerammt. *Nein. Nein, wieso bist du so endlos dumm, Weaver?* Ich versuche sie zu bändigen, aber der Schwindel hat mich unter Kontrolle und sie stößt einen Stuhl in meine Richtung.

Mein Schädel dröhnt, als ich mich aufrichte.

Sie ist zur Tür gerannt, rüttelt am Knauf.

»Gib mir den verdammten Schlüssel, Romeo!«

Als ob ich den hätte, Dummerchen.

»Zwing mich nicht dazu, das zu tun«, warne ich leise und ziehe die Pistole hervor, die ich am Rücken getragen habe. Ich richte den Lauf der Waffe auf ihre Brust.

»Erschieß mich doch«, zischt sie. *Verdammt, du wirst ein schwieriger Gegner, Weaver. Die Kings haben sich alle Mühe gegeben, dich zu einem unberechenbaren, gnadenlosen und todesmutigen Biest zu formen.* »Jaxon hat dir deinen bescheuerten Abgang nicht abgenommen, weil er weiß, wie du wirklich bist! *Was* du wirklich bist! Wenn du mich erschießt, wirst du nie wieder dahin zurückkehren können, wo du dich wirklich geliebt und sicher gefühlt hast. Nie wieder!«

Abscheu und Wut brechen sich in mir Bahn, und ich

würde ihr die verdammte Wahrheit am liebsten um die Ohren hauen, sie so lange zusammenbrüllen, bis sie alles versteht und es nie wieder wagt, an mir und meinen Fähigkeiten zu zweifeln.

Aber ich kann nicht.

Noch nicht.

»Was glaubst du, was passiert ist?!«, schreie ich sie an, weil sie so endlos dumm ist, nicht zu erkennen, dass sie in der tiefsten Scheiße der Welt steckt. »Denkst du wirklich, der Zirkel würde *durchgehen lassen*, dass Jaxon irgendwelche Kids mit Waffen versorgt? Dass diese Kids, die glauben, sie wären irgendeine Form von ›Widerstand‹, daraufhin hier unten eindringen *und* nur wenige Wochen später zwei Dutzend Studenten killen? Dass der Zirkel darüber hinwegsehen würde, als wäre es ein Kavaliersdelikt?! Jaxon wird sterben! Genauso wie die anderen! Der Zirkel hat sie alle! Kapiert?! Er hat Jaxon, Reece, Sylvian, sogar Zayn. Und natürlich Olive. Du bist nur aus einem einzigen Grund noch am Leben: weil sie glauben, dass du ein Jahr lang von ihnen manipuliert wurdest und sie dir für deine Handlungen und Entscheidungen nicht die Schuld geben wollen. *Noch nicht.*«

Sie schüttelt den Kopf, Tränen brennen ihr in den Augen. »Nein.«

Tja, bitter, oder? Sieh, wo ihr alle gelandet seid! Weil ihr euch für größer gehalten habt, als ihr seid! »Doch«, raune ich und lasse sie glauben, wie sehr es mich befriedigt, sie so zu sehen.

Dabei befriedigt es mich nicht. Es lässt mich kalt. Kälte ist das einzige Mittel, das mich durchstehen lässt, was mich erwartet.

»Du gehörst genau hierhin, Romeo.« Ihre Stimme hat

einen nach Rache dürstenden Klang in sich. »In die Reihen der Elite. Unglücklich, einsam und verloren, an einer Macht festhaltend, die dir selbst am meisten schadet.«

»Du auch.« Ich nehme die Waffe wieder herunter und konfrontiere sie mit der bitteren Wahrheit, die sie erst noch verstehen lernen muss. Und es wird dauern. Tage, Wochen, Monate, aber irgendwann wird sie sie verstehen. »Du gehörst auch hierher. Irgendwann wirst du es verstehen.«

EINS

JAXON

Vor 3 Jahren

Das Anwesen meiner Familie auf einer Landzunge der Hamptons ist so groß wie ein Schloss. Und wie ein König fühle ich mich, als ich die blutjunge mexikanische Putze auf meinem Zimmerbalkon gegen die Balustrade ficke.

Sie ist hier, um das Kokain von den Möbeln zu wischen, aber ich hatte leider noch zu viel davon intus, um nicht heiß auf ihren Arsch zu werden. Diesen knete ich jetzt, während sie nach vorne gebeugt dasteht und sich prostituiert. Ich vermute jedenfalls, dass sie das tut, denn ich habe ihr hundert Dollar ins Dekolleté gesteckt und sie hat sie dort ohne einen Kommentar belassen.

Vielleicht denkt sie aber auch, ich beschenke unsere Putzsklaven gerne mit fettem Trinkgeld, und vögelt freiwillig mit mir.

Who cares.

Im Grunde genommen gebe ich einen Fick auf sie und was sie wirklich will. Mir geht es nur um das Ausüben der Macht an sich. Eine Frau betritt mein Zimmer und *sie gehört mir*. Ganz egal, warum sie gekommen ist. Wenn sie nicht gerade zehn Jahre älter ist oder Haare auf den Zähnen hat, tut sie, was ich verlange.

Das ist ein Lebensgrundsatz.

Auf diese Weise *existiere* ich.

Und jeder sollte sich fernhalten, der damit nicht klarkommt.

Denn ich verschlinge sie alle. Ich bin der King. Die Aussicht auf den Garten, der so groß ist wie der von Versailles, beweist es.

Ich habe ein Kondom benutzt, ziehe es ab und drücke es ihr in die Hand. Soll sie den Mülleimer suchen oder es sich als Souvenir einpacken, es ist mir egal.

Kaum hat die Putze ihr kurzes Röckchen zurechtgerückt und den Balkon verlassen, zünde ich mir einen Joint an und genieße das Nach-dem-Fick-Gefühl, als ich mich über die Balustrade lehne. Meine Mutter ist auf der Terrasse in der prallen Sonne damit beschäftigt, alles für den Nachmittagstee vorzubereiten. Ein wenig ärgert es mich, dass sie sich einen Scheiß dafür interessiert, wenn ich auf meinem Balkon Sex habe.

Oder kiffe.

Nicht, dass ich nach Aufmerksamkeit lechze; mich nervt, dass sie alles mit sich machen lässt. Sie ist nicht besser als die Putzfrau, die ich gerade noch geknallt habe. Meine Mom wird nicht mal dafür bezahlt, dass sie den Bastard von meinem Vater aushält. Das Haus gehört ihrer Familie. Das Geld liegt auf ihrer Bank. Aber mein Dad nimmt es ihr ab, und alles, was sie ihm entgegenzusetzen hat, ist: einfach gar nichts.

Möglicherweise habe ich deshalb keinen Respekt vor Frauen.

Weil meine eigene Mutter so viel von sich hält wie ein Regenwurm, wenn er einer Elster begegnet.

Sie deckt den Tisch für vier. Dabei liegen so viele verschiedene Törtchen, Macarons und Cookies auf den Etageren, dass alle fünf Kings bis Weihnachten davon satt werden würden. Nichts ist langweiliger als eines ihrer Kaffeekränzchen. Wenn es darum geht, wen sie sich zu Besuch einlädt, übertreffen sich die Gäste in unendlicher, frommer Unschuld.

Ich lasse meine Asche auf die Terrasse regnen, aber selbst das wagt sie nicht zu bemerken. Erst als es klingelt, blickt sie zu mir auf.

»Jaxon, würdest du die Tür öffnen?« Das ist ihre Art, mich darum zu bitten, den verfickten Joint auszumachen und den netten Jungen von nebenan zu mimen. *Klar doch, Mom, du kannst schließlich keinen der fünf Bediensteten im Haus fragen, ob er die Tür aufmacht.* »Es sind Mr. Goldman und Mrs. Cunningham.«

Goldman? Der Philosophieprofessor? Der einzige Mann in Kingston, der nicht die Vogelscheiße von meinen Schuhspitzen lecken würde? Mein Interesse ist geweckt.

Ich trete zurück und drücke den Joint aus. Es ist erbärmlich, dass meine Mutter mir nichts entgegenzusetzen weiß, und ich hasse es, sie so zu sehen. Also vermeide ich es, indem ich mitspiele. Jedenfalls so lange, bis mein Vater nach Hause kommt. Dann ist sowieso alles egal. Er würde ihr befehlen, seinen Schwanz sauber zu lecken, mit dem er zuvor im Puff Spaß hatte, um sie zu erniedrigen. Und sie würde es tun.

Ich verlasse mein Zimmer und begegne mir dabei in einem Spiegel im Flur. Jedes Mal gehe ich daran vorbei, überprüfe mein Aussehen. Was das betrifft, hat meine

Mom alles richtig gemacht. Ich komme nach ihr – und nur nach ihr. Meine eisblauen Augen werden von meinem dunkelblonden Haar überschattet. Ich bin groß, fast ein wenig zu groß, wenn es darum geht, die kleineren Girls flachzulegen, und Begeisterung für Sport ist etwas, das man mir als Antriebsstoff in die Venen geschossen hat, als ich auf die Welt kam. Insofern habe ich schon immer mehr gewogen als die spindeldürren Rich Kids meiner Preschool, die den ganzen Tag vor den Fernseher gesetzt wurden, um ihre Nanny nicht zu nerven. Für gewöhnlich muss ich nicht einmal den Mund aufmachen, damit sich mindestens die Hälfte der weiblichen Anwesenden im Raum Sex mit mir vorstellt. Dass ich dazu noch einen Sinn für Stil habe und wie ein gutes Schwiegermuttersöhnchen lächeln kann, macht die Sache umso leichter.

Auch jetzt verziehe ich den Mundwinkel, tue so, als würde es mir immense Freude bereiten, Goldman zu empfangen, und öffne die Tür.

Vor mir steht mein Professor, dessen billiges Jogging-Outfit mir gerne bis zum Semesterbeginn erspart geblieben wäre, neben ihm Mrs. Cunningham in einem langweiligen Kostüm, doch hinter den beiden ...

Für einen Moment erstarre ich. Es passiert mir selten, aber ich bin wie vor den Kopf geschlagen, als Goldman und Cunningham an mir vorbei ins Haus gehen und die dritte Person damit einen Augenblick lang allein vor mir steht.

»Hallo«, sagt Clarisse Cunningham, verzieht den Mundwinkel zu einem feinen Lächeln und deutet einen Knicks an. Etwas, das man auf Mädchenschulen in England lernt. Und genau so sieht sie aus. Als käme sie direkt von einer dieser Mädchenschulen und hätte noch nie in ihrem Leben einen Typen vor sich gehabt.

Als wäre sie noch nie ordentlich gefickt worden.

Wenn mich nicht alles täuscht, war sie sogar auf einer. Aber nicht in England.

In ihren goldblonden, gewellten Haaren verirren sich die Sonnenstrahlen, und ihre blauen Augen wirken, als hätten sich Diamanten darin verflüssigt. Ihre Lippen sind heiß und so rot wie die eines verbotenen Apfels und ihre Wangen sind rosig. Ihre perfekt manikürten Fingernägel umschließen eine Louis Vuitton und die Bluse, die sie trägt, ist fast zu frivol für einen Besuch bei meiner Mom.

Aber auch nur fast.

Erinnerungen an ihr Ballkleid blitzen vor meinem inneren Auge auf, und ich weiß, wie dämlich ich mich gefühlt habe, weil Reece ihre Begleitung bei ihrem Debütantinnenball war und nicht ich. Sagen wir, ich habe nicht damit gerechnet, ihr jemals wieder über den Weg zu laufen, und es überrollt mich. Eine alte Jugendliebe und so ein Scheiß. Bevor ich noch zu sabbern beginne, trete ich auch für sie zur Seite und lasse sie ein.

»Schön, dich wiederzusehen, Clarisse«, bringe ich höflich hervor und weise ihr den Weg. *Was zur Hölle hat sie hier zu suchen?*

»Ja, es ist ganz nett«, sagt sie für meine Ohren eine Spur zu kühl, ohne mir die Hand zu reichen.

Bitch. Will sie mir sagen, dass sie nicht meinetwegen hier ist? »Ist Goldman dein neuer Daddy?«, frage ich charmant und zeige Richtung Salon, hinter dessen Türen die Terrasse liegt. »Oder warum kommen ausgerechnet er und deine Mom gemeinsam?«

»Du bist genauso arrogant wie damals«, entgegnet sie angewidert und geht vor.

Während sie Goldman und ihrer Mom durch den Salon folgt, starre ich auf ihren Arsch. Früher stand ich auf sie. Jetzt ist sie mir zu zickig.

Ich muss ihr Manieren beibringen.

Wenn ich nett zu ihr bin, dann hat sie gefälligst auch nett zu sein.

Ich bin nicht mehr irgendwer.

Ich wurde in fucking Kingston angenommen und bin letztes Semester Jahrgangsbester geworden.

Der Zirkel hat bereits bei mir geklingelt.

Und diese Cunningham wagt es, mich vorzuführen?

Sie wird schnell genug erfahren, dass es nicht selbstverständlich ist, auf meine Höflichkeit zu setzen.

Nicht einmal Goldman würde mich daran hindern können, wenn ich in ihren blonden Schweif fasse und sie an ihren aufwendig frisierten Haaren wieder hinauszerre.

Aber ich bin ein Gentleman, nicht wahr?

Es ist für mich ganz natürlich, dass ich mich ebenfalls an den Terrassentisch setze, meinen linken Fuß auf mein rechtes Knie lege und mich entspannt zurücklehne. Clarisse' Erscheinen ist eine willkommene und überraschende Abwechslung während meines tristen Ferienalltags.

Allein sie zu ficken, um Reece eins auszuwischen, weil sie ihn damals nach dem Ball abgewiesen hat ...

Das ist es wert.

Goldman, Mrs. Cunningham und meine Mutter verfallen in das typische *Blabla* von Smalltalk und Clarisse sitzt schweigend daneben. Immer dann, wenn ich mich von unseren Herrschaften unbeobachtet fühle, sehe ich sie an. Die beiden sollen nicht wissen, wie sehr mich ihr plötzliches Auftauchen aus der Fassung bringt.

Sie hier, in meinem Haus, mit meinem Philosophieprofessor. Das ist eine verdammt unerwartete Wendung.

Aber klar, die Cunninghams, die Mitchells und Goldman. Sie sind beste Freunde. Leider hat keiner der Goldman-Brüder es geschafft, Kinder zu zeugen, sonst würde das Gespann aus Clarisse und Harper um eine weitere Person erweitert werden, so eng wie die Familien zueinander stehen.

Clarisse sieht aus wie die pure Unschuld, gehüllt in eine hauchdünne Bluse, die verdammt nach ›Ich bin eine Jungfrau, bitte verdirb mich, Jaxon!‹ schreit. Ich werde es nur zu gern tun.

Auch wenn sie vermutlich keine Jungfrau mehr ist.

Allein der Gedanke daran lässt mich hart werden.

Dass sie mich ignoriert, als wäre ich gar nicht anwesend, macht die Sache noch interessanter.

Sie hat keine Chance.

Niemand hat eine Chance.

Schon gar nicht Frauen wie sie, die heiß genug sind, dass ich sie umwerben werde, und arrogant genug, dass ich sie danach sofort fallen lasse.

Hat ihre liebenswürdige Frau Mama und der werte Herr Professor Goldman sie gar nicht vor dem bösen, bösen Jaxon Tyrell gewarnt?

Während der alte Karopulliträger sich von meiner Mom die Klage über die schwüle Hitze anhört und Mrs. Cunningham zustimmend an ihrem Tee nippt, versuche ich das Gespräch auf das wesentlich ansprechendere Thema zu lenken.

»Entschuldige, wenn ich dir ins Wort falle, Mutter«,

sie blickt mich verbissen an, als ich mich lächelnd vorbeuge, »aber ich möchte nur sichergehen, dass das hier ein privates Treffen ist. Abseits der Universität. Oder ist da etwas, das Sie mir persönlich sagen wollen, Professor?«

Meine Mom runzelt die Stirn, plötzlich verunsichert, ob ihr Lieblingssohn – es gibt nur mich – nicht der eigentliche Grund für Goldmans Besuch ist. Sie ist stets darauf aus, dass ich der allerbeste, der erfolgreichste, der exzellenteste Student in Kingston bin, der von niemandem übertroffen wird. *Schon gar nicht von zweitrangigen Bitches wie Clarisse.*

Wird sie in Kingston studieren?

Ist sie deshalb hier?

»Ich denke nicht«, entgegnet Goldman schroff und bedenkt mich mit einem tadelnden Zug um die Lippen, »dass es einen Unterschied macht, ob dies ein privates Treffen oder eines mit Bezug zu Ihrem Studium ist, Tyrell. Sie werden sich so oder so mit Überheblichkeit und Arroganz rühmen.«

Aww, was für ein Kompliment. »Worum geht es denn?«, frage ich charmant und nehme mir einen der dekorativen Äpfel vom Tisch. Ich beiße ein saftiges Stück ab und zwinkere Clarisse zu. »Spannen Sie uns doch nicht so sehr auf die Folter. Nach dem, wie sich Clarisse beim Debütantinnenball vor Jahren aufgeführt hat, hätte ich nicht geglaubt, sie jemals wiederzusehen.«

Meine Mutter lässt schockiert ihre Gabel fallen und starrt mich an. »Wie redest du mit unserem Gast?«

Ich schlucke das Apfelstück und lasse meine Augen in Richtung Clarisse aufblitzen.

Sie schürzt die Lippen.

»Ihr wart zusammen beim Ball?«, fragt meine Mutter. »Daran erinnere ich mich gar nicht.«

»Nein, ich wollte meinem besten Freund Reece den Vortritt lassen«, erkläre ich nonchalant.

»Und das war auch gut so«, schießt es aus Clarisse hervor, während sie sich an meine Mom wendet. »Ich hätte nicht herkommen dürfen. Wieso habe ich geglaubt, es sei eine gute Idee, mit Ihrem ungehobelten Sohn zu sprechen, bevor ich mein Studium in Kingston beginne? Er hat sich seit damals nicht verändert.«

Wusste ich es doch. Sie studiert in Kingston. Dann werde ich nicht der einzige King sein, der sie auf dem Campus fickt.

Meine Mutter verengt die Augen. »Möglicherweise hast du recht, Clarisse. Jaxon, geh in dein Zimmer.«

Ich betrachte sie gelassen. »Ich bitte dich.« *›In mein Zimmer.‹ Die Höhe jeder Lächerlichkeit.*

Darauf weiß sie nichts zu erwidern. Als sie nach ihrem Tee greift, zittern ihre Hände.

»Es ist schon in Ordnung«, mischt sich Mrs. Cunningham ein. »Früher wart ihr noch Kinder. Ihr müsst erst etwas auftauen.«

»Vielleicht sollten wir die jungen Leute ein Gespräch unter vier Augen führen lassen.« Goldman räuspert sich. Plötzlich bemerke ich, dass er meine Mom auf eine ganz besondere Weise ansieht, jetzt, da sie so zittert. Nicht so, wie es ein guter Freund tun würde. Sondern ... sorgenvoller. Empathischer. Verliebter. Er ... Scheiße. Er steht auf sie.

Da läuft was.

Daher ist er mit den Cunninghams hier.

Damit er so tun kann, als wollte er ein lockeres Gespräch über den Semesterbeginn in Kingston führen.

Mit den Cunninghams und mir und meiner Kingston verehrenden Mom.

Aber das ist es nicht.

Ob er sie schon gefickt hat?

Bastard.

»Ich fürchte, Miss Cunningham hat kein Interesse an einem Gespräch mit mir«, erkläre ich süffisant.

Goldman lässt seine Augen nur für eine Sekunde in meine gleiten, um mir seine Abneigung darin zu offenbaren, dann lächelt er meine Mutter wieder an. »Das wundert mich nicht.«

»Nun, das wird sich sicherlich noch ändern.« Wieder Mrs. Cunningham. Sie wirkt mit ihrem auffälligen Hut wie ein zwitschernder Schimpanse. »Mr. Goldman hat dich als Clarisse' persönlichen Tutor ausgewählt, Jaxon. Daher wäre es sicher von Vorteil, das entstandene Eis zwischen euch beiden würde bis Semesterbeginn brechen.«

»Wie bitte?«, platzt es aus mir hervor und ich verschlucke mich beinahe am Apfel.

Clarisse lächelt mich triumphierend an und meine Mom schaut verdutzt.

»Jaxon als Tutor?«, fragt sie erstaunt. »Ist während seines Studiums denn für so etwas Zeit?«

»Für die vielen Partys letztes Jahr war jedenfalls genügend Freiraum«, entgegnet Goldman.

Ich presse den Kiefer zusammen.

Er verzieht wissend einen Mundwinkel. »Meinen Kollegen und mir sind einige ... Eskapaden an der Universität ein Dorn im Auge.«

Er spricht von dem Schachspiel rund um die Stipen-

diaten. Natürlich ist Gutmensch Goldman daran interessiert, dass diese enden. Werden sie nicht, Heuchler.

»Und ich habe entschieden, dass er mit einer anderen Beschäftigung betraut werden sollte, die seine wenige Freizeit füllt. Clarisse kann sehr davon profitieren, gleich zu Beginn des Studiums einen qualifizierten Tutor an ihrer Seite zu haben. Und ich erwarte, dass Jaxon seinen Pflichten voll und ganz nachkommt. Sonst wird mein Kollegium darauf mit Konsequenzen reagieren.« Goldman räuspert sich erneut und Clarisse' Lächeln schrumpft zu einem siegesgewissen Schmunzeln zusammen.

Ich lache kurz. *Sie glauben, sie können Macht über mich ausüben? Clarisse wird sich wundern.* »Was mussten Ihnen die Cunninghams dafür zahlen, Professor?«

Goldman ignoriert meinen Vorwurf geflissentlich.

»Ist es nicht eine Bevorteilung gegenüber anderen Studenten, wenn Clarisse einen persönlichen Tutor gestellt bekommt?«, fragt meine Mutter zweifelnd. »Nicht, dass ich es nicht gutheißen würde, wenn mein Sohn weniger Zeit für Partys hätte ...«

Danke, Mom.

»Clarisse' Bewerbung ist ohne Zweifel eine der herausragendsten der letzten Jahre«, erwidert Goldman. »In einem solchen Fall wird das Talent besonders gefördert.«

»Das ist ... nun ...« Meine Mom schürzt die Lippen, säubert ihren Mundwinkel mit der Spitze einer Serviette und betrachtet konzentriert die Törtchen auf dem Tisch. Auch Mrs. Cunningham hat ein zufriedenes Lächeln aufgesetzt. Vermutlich plant sie bereits die Vermählung von ihrer reizenden Tochter und mir.

Mom denkt das Gleiche wie ich. Dass die Cunninghams Goldman Geld in den Arsch geschoben haben, um Clarisse und mich auf dem Campus zusammenzubringen. Die Cunninghams haben keinen Namen, sind fast so etwas wie neureich. Eine Partie mit einem Tyrell ist genau das, was ihnen vorschwebt. »Natürlich spricht nichts dagegen«, sagt meine Mutter kühl. »Ich sehe es einfach als Chance für Jaxon, sich weiterzuentwickeln.« Sie wahrt vor den Cunnighams das Gesicht der elitären Dolce-Puppe. »Wie waren deine Sommerferien bisher, Clarisse?«, lenkt sie vom Thema ab und winkt eine der Bediensteten herbei, die auf jedem unserer Teller ein Törtchen platziert.

Einen Muffin, von dem Clarisse aus Höflichkeit einen Bissen nimmt, und zwei Gläser Eistee später bin ich noch immer nicht sicher, wie genau die Cunninghams ausgerechnet auf mich als mögliche Partie kommen. Nur meines Namens wegen?

Ich bin ein schlechter Tutor.

Ich ficke Mädchen am Campus.

Ansonsten sind sie mir egal.

Ich habe nicht einmal großartig Kontakt zur weiblichen Spezies.

Die Kings organisieren sich welche, ich mache mit.

Manchmal fallen sie mir auch vor die Füße.

Ich werde Clarisse ein paar Drohbriefe zukommen lassen, und sie wird es niemals wieder wagen, mich anzusprechen.

Warum ist das den Cunninghams nicht von Anfang an klar?

Als das Gespräch auf Clarisse' Notenschnitt zu sprechen kommt, wird meine Mutter sichtlich nervös.

Zum Glück beginnt sie das Studium nach mir und wird nicht mit mir um einen Platz im Zirkel konkurrieren.

»Das ehrt mich, eine derart begabte Studentin am Tisch sitzen zu haben.« Meine Mom lässt die Gabel sinken, mit der sie beinahe in ihr Törtchen gestochen hätte. »Weißt du, ich gehörte ebenfalls zu den Besten meines Jahrgangs und habe mich für eine ganz besondere Auszeichnung qualifiziert.«

Sie gehörte zu den Besten, weil sie am besten ficken konnte. Denn meine Mom ist mit meinem Vater verheiratet, und das beweist, dass sie kein Gehirn besitzen kann.

»Jaxon, bevor du nur unnütz da herumsitzt, hol uns doch bitte das Jahrbuch des Wirtschaftszweigs von 1994.«

»Aber selbstverständlich, Mutter«, säusele ich und stehe auf. Das Jahr 1994. Das epische Abschlussjahr der Kingston University. Darunter zehn Absolventen, die heute allesamt die Welt regieren. Für meine Mom ist dieses Buch wie ein Porno, in dem sie gerne herumblättert, weil sie darauf neben dem heutigen Vizepräsidenten abgelichtet wurde. Mich sieht sie in zwei Jahren vermutlich auf der Titelseite prangen. Das ist alles, worum es ihr geht. Status. Eliten. Die Spitze des Machbaren, das Ende der Leiter, ein Handkuss der Queen.

Ohne genauer suchen zu müssen, ziehe ich in unserem Pokalzimmer beim erstbesten Versuch das richtige Buch aus der langen Reihe an Jahrbüchern. Ich seufze. Owens hässliches Grinsen prangt auf dem Einband. Heute ist er ein pädophiler Großunternehmer, dem fast ganz Nordamerika gehört, und ein echtes Dreckschwein. Er hat mehr Verachtung im Blut, als ich jemals empfinden könnte, aber er spart sie sich für seine Mitarbeiter auf. Meine Mutter wollte mich zwingen, ein Praktikum bei ihm zu machen. Ich habe einfach ein wenig in seiner Vergangenheit gegraben, nachdem er so dumm war, mich für drei Sekunden allein in seinem Büro zu lassen, und mir dann die Unterschrift auf meinem Praktikumsschein erpresst. Der Typ hält sich für unendlich schlau, und meine Mutter hätte sicherlich gerne einen unehelichen Sohn von ihm – aber, tja, leider bin ich schlauer.

Ich reiche Mom den Bildband und setze mich wieder.

»Es ist einfach so beeindruckend«, beginnt sie zu schwafeln und wird gleich eine Träne verdrücken, »was diese Universität aus jungen Männern macht. Und natürlich aus Frauen.«

Ich lächle, wie auf Kommando, unseren bezaubernden Gast an. In ebendieser Sekunde blickt Clarisse zu mir und in ihren Augen lese ich einen Hauch von Angst. *Womöglich weiß sie, dass ihre Familie zu weit gegangen ist.*

Sie wird unter mir zu leiden haben.

Außer sie fickt gut.

Dann überlege ich es mir vielleicht noch mal.

»Hier, sie ist die Favoritin für die nächste Vizepräsidentschaftskandidatur. Ist das nicht beeindruckend?«

»Ja, absolut, wirklich beeindruckend«, erwidern beide Cunninghams synchron und nippen an ihrem Tee.

»Zeig ihr doch das Bild von Beatrice«, schlage ich vor. »Sie war gestern erst in der Zeitung, weil sie einen Nobelpreis gewonnen hat.«

»Oh, da hast du recht, Darling.« Meine Mutter blättert aufgeregt ein paar Seiten weiter.

Nobelpreise. Sie werden genauso wie alles andere von Männern verliehen. Auch wenn Frauen so tun, als dürften sie abstimmen. *Es ist eine Scheinwelt da draußen. Eine kleine Scheinwelt voller Lügner und ignoranter Arschlöcher und ich gehöre leider zu ihnen. Blöd, oder?*

Wieder tut Clarisse so, als wäre ich nicht anwesend, und es nervt mich langsam.

»Mutter«, sage ich deshalb so höflich und unschuldig, wie es nur ein echter Tyrell schafft, ohne es ernst zu meinen, »was hältst du davon, wenn ich Clarisse das Pokalzimmer zeige? Das dürfte sie bestimmt interessieren, jetzt, da sie in Kingston ihr Studium beginnt.«

Da meine Mom mich kennt, ist sie nicht begeistert, aber sie hat keine andere Wahl, als zu nicken, wenn sie sich nicht die Blöße geben will. »Sicher, das ist eine gute Idee.«

Ich stehe sofort auf.

»Oh …«, macht Clarisse zögernd. Doch auch sie muss sich fügen. »Noch mehr Jahrbücher?«

»Ein Raum neben dem Salon, in dem schon unsere Vorfahren verewigt sind, die selbstverständlich alle in Kingston studiert haben«, erklärt meine Mutter stolz.

»Gehen wir«, bestimme ich und wende mich ab. Clarisse folgt mir. Ich öffne ihr die Tür zu dem kleinen holzvertäfelten Zimmer und warte, bis sie durchgetreten ist, dann lehne ich die Tür hinter mir an. »Beeindruckend, oder?«, frage ich sie.

Eben am Tisch hat sie noch ihre britischen Manieren bewiesen, jetzt aber schwingt sie die Hüfte, als sie vor die Wand mit den Pokalen tritt und mir ihren Arsch entgegenstreckt, als wollte sie sagen: ›Klar, bedien dich ruhig.

Alles deins, Jaxon.‹ Ich trete von hinten an sie heran, sodass uns nicht mehr viel trennt.

»Wirklich beeindruckend, ja«, haucht sie, dann fährt sie plötzlich herum. In ihren Augen sehe ich erneut die Angst aufblitzen, doch auch Neugierde. Sie hat kaum gesprochen am Tisch, kaum in meine Richtung gesehen, aber sie hat keine Chance, mich auf Abstand zu halten.

Sie ist eine von den Frauen, die ich besitzen *muss*, um sie in einem ebensolchen Pokalzimmer mit Sperma verklebt an die Wand zu nageln.

Ich schmunzle über meinen gedanklichen Wortwitz und bin mir sicher, dass Clarisse ihre Lippen mit Absicht einen Spaltbreit geöffnet hat. Sie muss sich auf dem Weg hierher in die Wangen gebissen haben, denn sie leuchten rötlich und ihre Augen blitzen keck auf.

Mein Atem trifft die blonden Strähnen, die ihr ins Gesicht gefallen sind, und ich frage mich, auf welche Art ich sie schnell und hart ficken werde. Im Stehen? Auf dem Boden? Vielleicht sollte sie mir erst einen blasen?

»Ich kenne dich, Jaxon Tyrell.«

Es kostet mich Kraft, sie nicht zu packen. »Dieser Ball ist ewig her«, raune ich.

»Mehr als nur von dem Ball«, erwidert sie zuckersüß. »Ich weiß, was ihr in Kingston treibt. Ich weiß, was du tust, um deinem Vater zu schaden. Und was du bereit bist zu investieren, um im Zirkel aufgenommen zu werden.«

»Sicher, dass du nicht nur irgendwelche Gerüchte über mich gehört hast?«, frage ich schief lächelnd.

Plötzlich tritt sie vor, sodass sie gegen meine Brust stößt.

»Du willst mich ficken, hm?«

»Könnte ich mir vorstellen, ja.« Aber ich kann sie nicht einfach benutzen, wenn sie sich mir anbietet.

Mädchen müssen um mich betteln.

Ich bin kein Zirkusclown, der sich für einen schnellen Akt bereitstellt.

Niemand bekommt mich einfach so.

Schon gar nicht, wenn er mich haben will.

Es darauf anlegt.

Clarisse legt es darauf an.

I don't like that.

»Nein, es waren nicht nur irgendwelche Gerüchte«, haucht sie verführerisch. »Ich weiß, wer du bist.«

Mit voller Absicht greift sie an meinen Schwanz und ich zucke zusammen. Ich versuche das Zepter zurückzugewinnen, das sie mir entrissen hat, aber ich schaffe es nicht. Mir entgleitet die Kontrolle.

Fuck, ich will die kleine, nervige, bitchige Blondine ficken.

Das ist nicht gut.

Ich darf nicht verführt werden.

Das steht mir nicht.

»Wer bin ich denn, hm?«, frage ich um Fassung ringend, meine Geilheit zurückhaltend.

»Ein notgeiler Perversling, der sich mit seinen Freunden mehr teilt, als ihm guttut. Aber ich bin bereit, darüber hinwegzusehen. Wenn wir eine Vereinbarung treffen.«

Ich lache. »Die wäre?«

»Die Vereinbarung, die sich unsere Eltern füreinander wünschen. Cunningham und Tyrell. *Das* Paar der Kingston University. Du und ich werden ausgehen. Deshalb bin ich hier.«

»Ah.« *Wenn sie meint. Ich ficke die Kleine einmal durch und dann war es das. Keine Dates. Keine Blumen. Sorry.*

»Du siehst gut genug aus für gemeinsame Kinder, und dein Benehmen kann erstklassig sein, sofern du es darauf anlegst. Ich bin sicher, wir werden ein hübsches Paar.«

»Wovon zur Hölle sprichst du überhaupt?«, fahre ich sie genervt an.

Sie hebt arrogant eine Augenbraue. »Du hast keine andere Wahl. Jedenfalls keine vergleichbar gute. Du glaubst doch nicht, dass du grundlos mein Tutor sein wirst? Wir werden uns verlieben, ganz unvoreingenommen, und die gesamte Universität von unserem Glück überzeugen.«

»Wie komme ich zu dieser berauschenden Ehre?«

»Unsere Eltern wollen es so. Deine Mom wird auch noch überzeugt. Und ich bin es leid, so zu tun, als wäre mir das nicht klar. Vermutlich hoffen sie, dass wir uns von selbst verlieben, aber ich fürchte, das werde ich nicht schaffen. Du bist an deine Freunde vergeben, was ich so gehört habe. Soll mir recht sein. Ich brauche nur eine gute Partie, mit der ich vor meiner Familie prahlen kann, damit sie mich für alle Zeit in Ruhe lassen.«

»Ähm.« Ich weiche zurück. »Vergiss es.«

»Du wirst mir keinen Korb geben«, behauptet sie streng.

»Tue ich gerade. Du kannst dich selbst ficken. Bye, bye, Clarisse.«

»Du wirst eine Freundin brauchen! Auch du musst dich fest binden! Du weißt, was sonst los ist, wie sie über dich reden werden, wie sie dich nicht ernst nehmen werden … Also tu nicht so, als würde es dir nicht gefallen, dass ich Klartext spreche. Ich bin keine von denen, die du mit deinen dämlichen Sprüchen rumkriegst. Ich lasse mein Gehirn eingeschaltet.«

»Verstehe.« Ich strecke meinen Arm aus und positioniere ihn oberhalb ihres Kopfes an der Wand. Ein sanftes Lächeln aufgesetzt, ein hochmütiges Glänzen in den Augen, ganz die Art, wie ich jede rumbekomme. »Ich möchte dir nicht widersprechen. Du fällst als Cunningham in die engere Auswahl meiner möglichen Heiratskandidatinnen, aber ich wähle grundsätzlich selbst. Wer mich *will*, wird mich nicht bekommen. Außer du bist bereit zu investieren. Was bietest du mir, Clarisse? Beweise mir, dass der Sex gut genug ist. Dass dein Mund groß genug ist für meinen *Schwanz,* und ich werde es mir vielleicht noch mal überlegen …«

»Du glaubst, du kannst mich wie eine billige Nutte behandeln?«, fragt sie zickig.

»Bist du das nicht?«, erwidere ich grinsend. »Bietest mir ohne Weiteres eine Affäre an, ich musste dich nicht einmal darum bitten …«

»Du wirst es bereuen, wenn du mich abweist«, zischt sie.

»Beweise es«, säusele ich zurück.

Für einen Moment blitzt Wut in ihren Augen auf, dann fasst sie plötzlich an meinen Kragen. Sie reibt ihre Titten an mir, sucht meine Lippen, krallt sich an mir fest, wie es eine echte Hure tun würde – und da ich in Kingston studiere, kenne ich genügend von ihnen –, und schiebt ihre Hüfte gegen meinen Schwanz.

Es fällt mir wirklich schwer, ihr zu widerstehen. Auch wenn ich nicht der Typ bin, der sich verführen lässt, schafft sie es fast. Ich bin kurz davor, nachzugeben, ihre forsche Art zu ignorieren, aber ... ich bin nicht völlig dumm.

Ich küsse sie, betatsche sie überall, wo ich nur kann, und ziehe ihr das Handy geschickt aus der Hosentasche. Sie merkt es erst, als es zu spät ist.

»Gib es mir sofort wieder!«, faucht sie und grabscht danach. Ihr gekünsteltes Stöhnen von zuvor, mit dem sie mich hat rumkriegen wollen, ist verschwunden.

Schnell halte ich ihr das Smartphone vors Gesicht, damit es sich entsperrt, und schlage ihre zappelnden Arme mühelos beiseite. In den Handys der Leute finden sich all ihre Geheimnisse. Jeder noch so dreckige Gedanke wird in Pixelform manifestiert. Ein zeitaktuelles Tagebuch, ein Einblick in Seelen. Handys und das, was Menschen mit ihnen tun, sind wahre Schätze und die sollten nie in die Hände der Falschen geraten. *Jeder* hat etwas zu verbergen. *Jeder*.

»Gib es mir sofort zurück«, zetert sie und fängt an, richtig mit mir zu rangeln.

»Vorsicht, Clarisse«, warne ich sie beim Abwehren. »Wir wollen doch nicht, dass einer der Pokale umfällt, oder?«

Sie verzieht ihre Lippen und dann sehe ich ihn.

Das, was sie versucht hat, vor mir zu verbergen.

Den Ausdruck in ihren Augen, den ich nicht ganz deuten konnte und der sich nun über ihr gesamtes Gesicht zieht.

Hass.

Jetzt wird es interessant. Sie hasst mich also, hm? Wozu wollen ihre Eltern sie zwingen?

Clarisse baut sich vor mir auf. Die offene Hand ausgestreckt, bewegt sie die Finger, ganz so, wie es die Mütter reicher Kids tun, wenn sie die harte Erziehungsrichtung einschlagen. »Gib es mir zurück oder du wirst es bereuen.«

Ich lache nur.

Droht sie mir gerade?

Dieses kleine, unerfahrene, blonde Ding?

Als ich es ihr nicht gebe, verzieht sie die Lippen, und dann tut sie etwas, das noch verrückter ist als alles andere zuvor.

Sie reißt an ihrem Jeansknopf, zerfleddert ihre Bluse, fängt an, lautstark zu schreien, und stolpert rückwärts gegen eines der Bücherregale. Eine Bücherreihe, die schräg darin stand, kippt um, dann rennt sie hinaus.

Ich blicke ihr fassungslos hinterher.

Mir ist noch nicht ganz klar, was in sie gefahren ist. Als ich ihr nachgehe, kommt mir meine Mutter bereits entgegen.

»Was ist passiert?«, fragt sie mich mit einer Mischung aus Angst und Zorn in der Stimme.

Ich zucke nur mit den Achseln.

Clarisse ist aus dem Salon gerannt, in das Gäste-WC gleich beim Eingang. Meine Mutter stürmt ihr hinterher, ich folge.

»Clarisse ...«, beginnt sie laut über die Schluchzer der Blondine hinweg, die bis zu uns nach draußen dringen. »Was ist passiert? Geht es dir nicht gut?«

Als sie weiter vor sich hin schluchzt, dreht sich meine Mutter zu mir um. »Was hast du getan?«, fragt sie mich leise. Drohend. So als ob sie sich ausgerechnet heute daran erinnert, wie es ist, eine Mutter zu sein, die ihrem Sohn nicht alles durchgehen lässt.

»Ich wollte sie nicht ficken«, erkläre ich ihr trocken. »In irgendeiner Weise hat sie das ziemlich wütend gemacht.« Zur Unterstreichung meiner Worte zeige ich Richtung Toilette, während ich unbemerkt Clarisse' Handy hinter einer der Vasen in der Halle verschwinden lasse.

Mom starrt mich an, als hätte ich ihr gerade gestanden, fünf Hundewelpen erdrosselt zu haben.

Ich verstehe ihr Problem nicht.

Und schon gar nicht das von Clarisse.

»Er hat mich angefasst«, ruft sie plötzlich aus dem Gäste-WC. »Er wollte mich … zwingen … und er hat …«

Die Augen meiner Mom werden größer.

Genauso wie meine.

Nun stoßen auch Goldman und Mrs. Cunningham hinzu.

»Stimmt das?«, fragt meine Mutter ruhig. Gefährlich ruhig. Was würde sie tun, wenn sie erfährt, dass ihr Sohn ein Vergewaltiger ist? Würde sie mir dann endlich meine Kreditkarte sperren? Mir verbieten, Partys in ihrem Haus zu feiern? Was? Ich bin längst volljährig. Was auch immer sie sich ausmalt, sie hat keine Handhabe gegen mich. Schlimm genug, denn wäre ich ein Vergewaltiger, würde ich mich kastrieren.

Ehre, wem Ehre gebührt.

»Ich bitte dich.« Einen Hauch Hohn kann ich nicht aus meiner Stimme herauslassen. Es ist schon dramatisch, wie schnell ein vernünftiger Kerl wie ich dumm dasteht, nur weil ein vermeintlich braves Mädchen ein wenig an ihrer Bluse zerrt und ›Missbrauch‹ schreit. »Mom«, setze ich nach.

In ihrer Miene bricht etwas. Für einen Moment scheinen sich ihre schlimmsten Albträume zu bestätigen.

»Ich fasse es nicht«, ruft Mrs. Cunningham, die einen Moment gebraucht zu haben scheint, um die Lage zu überblicken, und stürmt zur Badezimmertür. »Clarisse, mach die Tür auf!«

Goldman tritt zwischen mich und meine Mutter, die sich tatsächlich Schutz von ihm zu erhoffen scheint. Gerade kann ich mich nicht darüber ärgern, denn ich will nicht wahrhaben, dass ausgerechnet sie mir nicht glaubt. »Ich habe nichts getan, Mom«, beteure ich. Wer bin ich? Dass ich mich dazu herablassen muss, meine Unschuld vor meiner leiblichen Mutter auf diese Weise vorzubeten?

Die WC-Tür öffnet sich. Eine verheulte, zerzauste Clarisse, die noch immer – oder gerade jetzt – heiß genug ist, dass ich sie nach wie vor ficken würde, schluchzt noch etwas tiefer. »Bitte, Mrs. Tyrell, bitte verzeihen Sie mir, dass ich überhaupt ...«

»Es ist schon gut, Schatz«, beschwichtigt Mrs. Cunningham sie.

»Ich will nicht, dass Sie schlecht von mir ...«

»Das tue ich unter keinen Umständen«, stellt meine Mutter klar.

Ich lache. Toll! Da steht eine kleine Fotze vor meiner Mom, verdrückt ein paar Tränen und plötzlich bin ich ein Vergewaltiger. Noch bin ich zu fassungslos, um wütend zu werden. Ich stehe einfach da und genieße das Schauspiel.

Anders kann man es nicht nennen. Clarisse ist echt gut. Sie ist so verdammt gut, dass ich sie nicht mehr nur langweilig finde. Und damit wird ihr Angebot vergleichsweise interessant.

Eine spannende Freundin am Campus, mit der man Spielchen spielen kann, könnte meinen Alltag würzen. Zudem hat sie recht: Wäre ich liiert, würde meine Familie mich in Ruhe lassen.

Vor allem, wenn es eine ausreichend wohlhabende Cunningham ist.

»Jaxon«, hebt meine Mutter streng die Stimme und mustert mich mit Adleraugen. »Was hast du zu deiner Verteidigung zu sagen?«

Ich seufze schwer. Eigentlich möchte ich nicht, dass Clarisse klar wird, dass sie verloren hat, denn mir gefällt es, sie vorerst das Gegenteil glauben zu lassen, und außerdem ist es mir zuwider, Dads perfides Überwachungssystem ins Spiel zu bringen. Von dem meine Mom leider nichts weiß. Jedenfalls weiß sie nicht, dass so gut wie alle unteren Räume dieser Villa überwacht werden, damit er sie noch besser kontrollieren kann als sowieso schon. »Nichts, Mutter. Aber Dad hat etwas dazu zu sagen.«

»Dein Vater?«, fragt sie mich schrill. Vermutlich denkt sie, ich würde ihr nun vorbeten, dass meine Kindheit schwer und meine Jugend noch schwerer war, weshalb ich heute, mit über zwanzig Jahren, Frauen vergewaltige.

»Er hat eine Überwachungskamera im Pokalzimmer installiert. Sorry, dass du davon nichts wusstest.« Ich stecke gelöst die Hände in die Taschen meines Anzugs und genieße es, zu sehen, wie nicht nur die Miene meiner Mutter entgleitet, was mich mit einem dezenten Gefühl von Rache erfüllt, dafür dass sie ihren Sohn sofort verdächtigt, sondern auch die von Clarisse. Sie sieht aus, als müsste sie schreien und spucken gleichzeitig. Ihr ist sicherlich bewusst, dass sie mit dieser peinlichen Lügengeschichte ihre Glaubwürdigkeit gegen die verschissene Wand gefahren hat.

Das Video dokumentiert fabelhaft, wie sie sich blamiert.

Ich lächle ihr zu.

Ich habe die kleine Maus in der Hand. Sie wird sich hervorragend eignen, zu tun, was ich verlange. Denn sie darf ihr Gesicht nicht verlieren. Niemand soll jemals erfahren, zu welchen Mitteln sie greift, um sich Dinge zu erpressen.

Ich werde viel Spaß mit ihr haben.

Und ich werde die Regeln aufstellen.

Monogamie kann sie gleich vergessen.

Und ficken werde ich sie nur, wenn sie darum bettelt.

Das wird sie üben müssen.

Denn sie wird es niemals wirklich wollen.

Aber sie wird es wollen müssen.

Denn was eine Cunningham wirklich will, ist ein Tyrell. Ein Name. Ansehen. Ein Schloss wie dieses hier.

Hallo, Süße. Ich weiß, unser gemeinsamer Start war nicht leicht. Du bist offensichtlich nur hierhergekommen, um mich auszutricksen, und ich war so fies, mich nicht austricksen zu lassen.

Schade, dein Blatt war nicht das schlechteste.

Du hast es nur völlig falsch gespielt.

Wie wäre es mit einem Date?

JAXON

Du hast Bekanntschaft mit meinem alten Herren gemacht, Belle. Wie berauschend, nicht wahr?

Fast so, als hätte er dich betäubt und dich verschleppt.

Manieren liegen uns Tyrells wohl nicht. Für diese Tatsache müssen wir nicht einmal blutsverwandt sein.

ZWEI

MABLE

Ich wache auf. Es riecht nach Leder. Ledersitze. Mein Nacken fühlt sich an, als hätte ich stundenlang Gewichte gehoben. Ich brauche einige Sekunden, bis ich mich orientieren kann.

Etwas Weiches unter meinem Kopf. Meine Beine ragen über die Sitze hinweg und meine Füße befinden sich auf dem Boden, ich selbst liege quer. Eine Sitzbank.

Ein Auto.

Die Limousine.

Der Amoklauf.

Vance!

Ich schrecke hoch.

»Langsam, langsam.« Jemand hält mir in der Dunkelheit des Autos eine Flasche vors Gesicht. »Trink etwas.« Zum Fahrer gewandt sagt er: »Biege bei der nächsten Gelegenheit ab. Hier in der Nähe befindet sich ein annehmbares Motel, in dem sich Amabelle ungestört und hygienisch frisch machen kann.«

Meine Hände zittern, als ich nach der Wasserflasche greife, die ich nur deshalb entgegennehme, weil meine

Kehle vor Durst brennt. »Wo bringen Sie mich hin?«, frage ich den Mann, der rechts von mir sitzt.

Er trägt einen hochgeschlossenen Mantel, lederne Handschuhe, einen grauen Schal und schwarze, im wenigen Licht vor Sauberkeit blitzende Schuhe. Samuel Tyrell.

Er lächelt, als mein Blick auf sein Gesicht fällt. »Nach Hause, Amabelle. Ich bringe dich nach Hause.«

Obwohl ich mehrere Schlucke Wasser getrunken habe, fühlt sich mein Mund staubtrocken an. Samuels dunkles Haar ist mit grauen Strähnen durchsetzt, sein Kinn und seine Wangen sind glattrasiert. Eine hakenähnliche Nase verleiht ihm Ausdruck und lässt ihn streng wirken. Als er jünger gewesen ist, muss er sehr gut ausgesehen haben. Und vermutlich tut er das auch jetzt noch für Frauen wie Harper, die auf Ältere stehen.

Ich werde ihn nicht darüber informieren, dass er mich entführt. Oder dass ich ihn wegen des Mordes an Vance anzeigen werde. Ich bin klug genug, mich darauf zu konzentrieren, wie ich entkommen kann. »Zu meiner Mutter?«, frage ich im naiven Tonfall.

Samuel lächelt etwas breiter.

Ich hasse ihn.

Von niemandem will ich weniger, dass er mein Vater ist.

Er hat Vance getötet. Vance. Er hat ihn einfach erschießen lassen. Tränen brennen in meinen Augen, und ich wende mich ab, damit Tyrell sie nicht bemerkt.

»Nein«, antwortet er nur.

»Welches Zuhause meinen Sie dann?«

»Es liegt etwa dreihundert Meilen nordöstlich von Washington. Du wirst es lieben.«

Ich überlege, ob es Sinn macht, ihm das Gesicht zu zerkratzen, laut zu rufen, dass ich nichts von ihm wissen will und ich mir lieber keinen Vater als ihn wünschen würde. Aber ich entscheide mich dazu, mich dumm zu stellen. »Nein, danke. Bringen Sie mich nach Hause. Ich möchte nicht mit Ihnen fahren.«

Tyrell hebt eine Braue. »Du wirst.«

»Sie wollen mich entführen?«, frage ich mit bebender Stimme.

»Wenn wir einmal dort sind, kannst du jederzeit freiwillig gehen.«

»Ich will da aber gar nicht erst hin!«, rufe ich. »Was haben Sie mit Vance gemacht? Haben Sie ihn wirklich getötet? Er ist ein Zirkelmitglied! So viel habe ich bisher verstanden, dass es vollkommen unmöglich ist, einen von ihnen zu töten, ohne Konsequenzen zu erfahren.«

»Auch im Zirkel gelten die Gesetze von Notwehr.« Samuel Tyrell setzt ein schiefes Grinsen auf, das mich so sehr an Jaxon erinnert, dass ich mich frage, ob die beiden wirklich nicht verwandt sind. »Er hat einen meiner Männer entwaffnet und wild um sich geschossen. Was hätten wir tun sollen?«

»Das hat er nicht«, raune ich. »Niemand wird Ihnen diese Geschichte abkaufen.«

»Wenn du dich dazu entscheiden solltest, den Behörden zu sagen, was *wirklich* passiert ist, dann schon«, entgegnet er süffisant. »Außerdem hast du gar nicht so viel mitbekommen können, da wir dich aus der Gefahrenzone schaffen mussten.«

»Ich habe gehört, wie Sie gesagt haben, dass Ihre Männer Vance abknallen sollen«, murmle ich leise.

»Bevor er einen von *uns* tötet. Du wirst mir noch

glauben, dass wir in dem Moment das Richtige getan haben.«

»Warum? Weil Sie mich entführen, foltern und erpressen werden?«

Jetzt lacht er. »Nenn mich Samuel.«

Einen Teufel werde ich tun. Wir halten vor einem weiß gestrichenen Motel, über dessen Eingang mehrere Sterne golden leuchten. Zwei schwarze Wagen parken neben uns. Tyrell steigt aus, und ich überprüfe schnell, ob ich mein Handy noch bei mir habe.

Fehlanzeige.

»Wo ist mein Smartphone?«, frage ich ihn, nachdem ich ebenfalls ausgestiegen bin.

»Du würdest damit nur die Polizei rufen, Amabelle«, erklärt er galant. »Das kann ich gerade nicht gebrauchen.«

Ich schnaube.

»Du solltest deinen Mantel schließen«, bemerkt er. »Es ist kalt.«

Ohne Widerworte zu geben, folge ich seinem Rat. Denn es ermöglicht mir, meine Augen unbemerkt über die Umgebung gleiten zu lassen, während ich so tue, als würde ich die zerschlissenen Stellen an meinem Lieblingsmantel begutachten. Die Flucht vor dem Widerstand und das Kriechen durch die Belüftungsschächte haben einige Spuren hinterlassen, doch das ist es nicht, worum es mir gerade geht.

Der Parkplatz ist relativ leer. Aber wenn ich schreie, sollte mich dennoch jeder hören. Wird Samuel Tyrell mich erschießen, sobald ich versuche zu fliehen?

Da er auch Vance – ein Stich durchfährt meine

Brust –, ohne zu zögern, ›abgeknallt‹ hat, gehe ich nicht davon aus, dass ich einfach unbeschadet um Hilfe rufen und davonlaufen kann.

»Die Schlüssel, Boss.« Einer der breitschultrigen Handlanger reicht Samuel einen Zimmerschlüssel. Dieser öffnet damit das Zimmer 020 und winkt mich zu sich. Seine Männer betreten vor mir den Raum, durchsuchen alles akribisch genau, als könnte sich eine Selbstschussanlage hinter der Gardine verbergen, und lassen mich dann durch.

»Du kannst dich im Badezimmer frisch machen«, bietet Samuel an. »Solltest du etwas benötigen, lass es mich wissen.«

Ohne ein Wort zu sagen, gehe ich ins Bad und schließe hinter mir ab. Das Fenster ist zu klein, um zu entkommen, aber ich kann sowieso keinen klaren Gedanken fassen, als ich vor dem Waschbecken zusammensinke.

Vance.

Tot.

Gestorben, weil er mich beschützen wollte.

Getötet von meinem eigenen Vater.

Mein Vater.

Vielleicht hat Jaxon gelogen?

Vielleicht haben sich die Kings geirrt?

Dieser Mann kann unmöglich derjenige sein, der meine Mutter und mich damals im Stich ließ.

Ich will nicht, dass *er* dieser Mann ist.

Lieber würde ich weiter davon ausgehen, dass er ein feiges, drogenabhängiges Arschloch ist, über das meine Mutter nie reden wollte.

Aber so leicht wird mir mein Schicksal nicht gemacht. Wusste Sylvian es? Wusste er von Anfang an, wessen Tochter ich bin? Wollte er deshalb, dass ich aus Kingston verschwinde?

Eine unterbewusste Stimme bejaht mir diesen Gedanken, auch wenn ich seine Erklärungen nicht mehr deutlich in Erinnerung habe.

Es ist ohnehin gerade nicht wichtig, welche Geheimnisse Sylvian vor mir verborgen hat und welche nicht. Was die Kings verschwiegen haben und was nicht.

Denn das alles wird nichts daran ändern, dass ich von meinem eigenen Vater entführt werde, nachdem er Vance umgebracht hat.

Hektisch atme ich ein, als mir bewusst wird, dass ich für einen Moment vergessen habe, wie es geht. Atmen. Luft holen. Ich will es nicht wahrhaben.

Dass Vance tot ist, scheint nicht real zu sein.

Ich habe seine Leiche nicht gesehen.

Ich muss sie sehen, damit ich es glaube.

Was soll ich jetzt tun?

Macht es Sinn, zu kämpfen?

»Amabelle?« Samuel klopft an die Tür.

»Verschwinde«, murmle ich.

»Mach die Tür auf.« Pause. »Bitte.«

»Ich will nichts mit dir zu tun haben!«, schreie ich plötzlich. »Verschwinde!«

Er seufzt. Er wagt es, zu seufzen. Und er kann es sich erlauben, weil er alles in der Hand hat. Er allein entscheidet darüber, ob ich lebend aus diesem Badezimmer herauskomme oder gefesselt oder ohnmächtig ... Denn ich habe keine Chance gegen ihn und seine Männer. Ich habe keine Waffe. Ich habe nicht den Mut, gegen sie alle zu kämpfen.

So schwer es mir fällt, mich zusammenzureißen, ich muss auf eine bessere Gelegenheit warten. Ich befürchte nur, dass diese niemals kommen wird.

DREI

JAXON

»Er ist tot.« Zayns Stimme könnte auch von einer Leiche stammen. Der Leiche, die Sylvian und Romeo gerade aus dem Wasser bergen.

»Nicht so pessimistisch, mein Guter«, beruhige ich ihn. Samuel Tyrell würde kein Zirkelmitglied töten. Er würde es schlicht nicht tun. Er ist ein Wichser, aber nicht dumm.

»Du würdest dir wünschen, dass er tot ist«, raunt Zayn, stützt sich an meiner Schulter ab, scheint Schwierigkeiten zu haben, Halt zu finden. »Du hast ihn fahren lassen, weil du wusstest, was passieren wird.«

»Bullshit«, wirft Reece ein. Dieser sitzt entspannt auf einem Baumstamm, die Beine lang ausgestreckt, die Arme vor der Brust verschränkt. »Jaxon würde doch niemals seinen Arsch vom Dienst töten lassen. Er tut es selbst – oder keiner.«

Ich muss Reece in Gedanken recht geben. Vance' Leben liegt, wenn überhaupt, in meiner Hand. Niemand hat ihn ohne meine Erlaubnis anzurühren. Er gehört halb zu uns.

Das allein reicht, um ihm Schutz zu gewähren.

Wir haben davon erfahren, dass etwas geschehen sein muss, weil Vance nicht mehr auf unsere Anrufe reagiert hat – und Belle auch nicht. Also sind wir ihnen hinterhergefahren, einfach ins Blaue hinein, und haben auf der Brücke, die die Halbinsel Marylands mit dem Festland verbindet, verdächtige Reifenspuren gefunden. Wir haben uns aufgeteilt, sind den Küstenstreifen abgegangen, bis Sylvian etwas gefunden zu haben schien. Er sprang ins arschkalte Wasser und Romeo ihm hinterher, da einer allein vermutlich keinen Körper aus der Strömung hätte retten können. Dass auch Romeo so engagiert bei der Suche nach Vance ist, überrascht mich. Er muss seine Worte, dass er Vance mögen würde, vor ein paar Wochen ziemlich ernst gemeint haben.

»Das ist was anderes als eine Leiche«, keucht Zayn plötzlich und sprintet ins Wasser, bevor Reece oder ich ihn davon abhalten können.

Während Zayn auf Sylvian und Romeo zuwatet, erkenne ich es auch. Was sie bei sich haben, ist weit weniger als ein großer männlicher Körper.

»Nein«, brüllt Zayn, als er die beiden erreicht. »Nein, das ist nicht wahr! Habt ihr nach ihm getaucht? Wo habt ihr die Scheißweste gefunden? Wieso kommt ihr her mit nichts?«

Romeo schwimmt an Zayn und Sylvian vorbei auf das schmale, von hohen Büschen umsäumte Strandstück zu, das Teil einer Landzunge ist, die das Meer hier in zwei Hälften teilt. Ermattet bleibt er im Sand liegen und starrt gen Himmel.

»Alles in Ordnung, mein Freund?«, frage ich ihn und bücke mich, um ihn oberflächlich nach Wunden abzusuchen. Er nickt, schließt aber die Augen und wirkt bleicher als sonst.

»Sylvian, halt ihn auf!« Reece gestikuliert in Richtung Zayn, der sich in die Wellen gestürzt hat, um weiter nach Vance zu suchen. Sylvian schafft es gerade rechtzeitig, ihm hinterherzuhechten und ihn zurückzuziehen.

»Du wirst dich umbringen!«, knurrt er so laut, dass es über das Plätschern des Wassers hinweg zu uns dringt. »Die Strömung ist zu stark und du bist geschwächt, komm jetzt.«

»Nein!«, schreit Zayn. »Nein!« Er versucht sich zu wehren, aber der innere Schmerz entkräftet ihn. »Ich muss ihn suchen!« Seine Stimme schlafft ab, während Sylvian ihn aus dem Wasser zerrt und Reece ihm schließlich zur Hilfe kommt. »Nein, ich muss da raus. Ich muss da raus!« Ich kann hören, wie ihn der Kampf gegen die scheinbar unumstößliche Wahrheit, Vance sei ertrunken, entzweibricht. Tief aushöhlt und von innen heraus schwächt.

»Es wird alles gut, Bro«, redet Reece beruhigend auf seinen Zwilling ein, der sich im Sand wälzt, noch immer im Versuch, zurück ins Wasser zu gelangen, obwohl Sylvian und Reece ihn festhalten.

»Gar nichts wird gut!«, schreit Zayn, sodass das Leid in seiner Stimme selbst in mir etwas regt. »Er ist tot! Er ist einfach tot! Fuck!«

»Sylvian«, murmle ich, ziehe die Weste aus dem Wasser und hole mein Handy hervor, um sie zu beleuchten.

Sylvian lässt Reece und Zayn allein in ihrem Trauerspiel und kommt zu mir. Aus seinem schwarzen Haar tropft das Wasser in den Sand, sodass sich unter ihm Pfützen bilden.

»Zwei Schüsse«, murmle ich und zeige auf die Einschusslöcher in dem triefend nassen Stoff. Eines prangt mitten im Brustbereich, ein zweites auf dem Rücken. »Nur zwei. Vielleicht hat er sich von der Weste befreit und ist an Land geschwommen. Mein Vater würde ihn niemals erschießen. Ihm Angst einjagen, ja, aber ...«

»Er ist nicht dein Vater.« Sylvian geht in die Hocke. Ich frage ihn nicht, was diese unnötige Bemerkung soll. »Vielleicht wurde er noch an einer anderen Stelle getroffen.«

»Und wie soll er die Weste losgeworden sein? Sagen wir, Vance ist tot in den Fluss gestoßen worden, dann ... hätte sie sich nicht von selbst gelöst.«

»Die Strömung ist stark.« Er weicht meinem Blick aus und untersucht die Weste fachmännisch.

Zayn ist dazu übergegangen, leise zu wimmern, und Reece hält ihn wie ein kleines Kind im Arm.

»Er ist nicht tot«, behaupte ich und sehe hinaus auf die reißende Strömung der Bucht. »Vermutlich will er, dass wir das glauben.«

»Verdammt.« Sylvian wischt sich übers feuchte Gesicht. »Die Kugeln wurden aus nächster Nähe abgefeuert. Wenn er noch am Leben war, ist er geschwächt ins Meer gefallen. Er zog die Weste vielleicht noch aus, weil sie ihn beim Schwimmen behindert hat, und wurde dann besinnungslos. Aber ich glaube eher, dass er sie mit offenem Reißverschluss getragen hat, und so wurde sie von ihm heruntergespült, als sein Körper abgetrieben ist. Samuel Tyrell würde niemals halbe Sachen machen. Wozu auch? Was hätte er davon?«

Ich lächle schmal. »Dass er tot ist, glaube ich erst, wenn sie seine Leiche finden.«

»Das ist okay«, raunt Sylvian. »Du scheinst ihn als deinen Freund angesehen zu haben. Leugnen ist die erste Phase der Trauer.«

Ich schnaube und hoffe einfach, dass er nicht recht hat. *Vance' Tod würde nicht nur dich brechen. Sondern auch Zayn. Und ich mag es nicht besonders, wenn irgendein Teil der Kings zu gebrochen ist, um wahre Stärke zu zeigen.*

Denn die brauchen wir.

Wir haben viele Feinde, Belle.

Deinen Vater. Meinen Vater. Meine Mutter. Meine ganze Familie. Die Elite an sich. Vielleicht sogar das FBI, wenn sie erfahren sollten, dass wir in dieser Nacht Selbstjustiz betrieben und alle Widerständler ausradiert haben.

Wir können es uns nicht erlauben, schwach zu sein.

Mittlerweile geht es nicht mehr um alberne Streiche irgendwelcher verlorener Studenten. Es geht um etwas viel Ernsteres.

Sollte dein Vater Vance wirklich gekillt haben – und damit durchkommen ... Dann haben sich die Regeln des Zirkels geändert. Denn eigentlich steht jedes Zirkelmitglied unter Schutz. Und dieser Schutz war bisher das Einzige, auf das ich mich blind verlassen habe.

Wie können wir überleben ohne ihn?

Romeo

Ich sehe das Ganze wie Jaxon. Noch wissen wir nicht, was genau passiert ist. Es ist zu früh, in eine Form von Trauer zu verfallen oder zu glauben, der Zirkel würde plötzlich seine eigenen Mitglieder eliminieren.

Daher werde ich wie Tyrell abwarten, was sich die nächsten Tage ergibt.

Fragt sich eigentlich irgendjemand, wie Harper die letzten Wochen weggesteckt hat? Ach ja, natürlich nicht. Denn ich bin ja der Einzige, der davon Bescheid weiß.

Sie wurde gefoltert.

Bisschen lädiert aus einer Limousine geworfen.

Möglicherweise habe ich versucht, sie umzubringen, während sie mir dabei in die Augen sah.

Ich glaube, du hast genügend Könige, die sich um dich kümmern, Weaver.

Lass mich den Helden spielen und so tun, als hätte ich Sympathien für das nervige gefallene It-Girl übrig, das du deine Freundin nennst.

VIER

MABLE

Wir fahren schweigend. Das Einzige, was ich vor einer Ewigkeit von Tyrell gehört habe, ist, dass ich mich gedulden solle. Er werde mir alles erklären.

Aber nicht hier, in der Limousine.

Ich müsse keine Angst haben.

Ganz im Gegenteil.

Alles würde sich für mich zum Guten wenden.

Ich habe auf seine Worte hin nicht reagiert. Die Angst vor seinem Wahnsinn ist zu groß. Auch wenn mich Vance' Tod niederreißt, kann ich mein Leben nicht riskieren. Denn da sind noch vier weitere Männer, denen ich etwas bedeute und die mir etwas bedeuten. Es ist ein innerer Kampf, den ich gegen mich selbst führe. Im ersten Moment will ich mich abschnallen, auf Samuel springen und ihn töten. Wenigstens verletzen. Meine Finger tief in seine Augen drücken, bis er erblindet. Und im nächsten Moment wiederum will ich das hier einfach nur überleben.

Wenn ich mich gedulde, wie Samuel sagt, kann ich Vance rächen.

Und das werde ich.

Ich bin ihm eine Rache schuldig. Er war es, der mich immer wieder daran erinnert hat, dass ich für mich einstehen muss. Dass ich nicht nach meinen Gefühlen handeln darf. Dass ich meinen Wert erkennen soll.

Und mein neues Selbstwertverständnis sagt mir ganz eindeutig, dass ich meinem Vater niemals verzeihen kann. Nicht nur, weil er meine Mutter und mich im Stich gelassen hat.

Als der Wagen hält, merke ich erschrocken, dass ich eingenickt bin. Ich reiße die Augen auf, versuche mich zu orientieren. Wir stehen auf einer Straße vor einem massiven Tor. Eine mannshohe Mauer führt rechts und links so weit in den dichten Pinienwald hinein, dass ich das Ende nicht sehen kann.

Der Bentley fährt voran, sobald das Tor aufgeglitten ist. Wir durchqueren einen Park, der mittels moderner Spots im Boden in sanftes Licht getaucht ist. Der Rasen ist so perfekt gekürzt wie auf einem Golfplatz.

Als vor uns ein Gebäude auftaucht, recke ich den Kopf. Je näher wir kommen, umso größer wird es, bis ich feststellen muss, dass ich von hier unten aus nicht einmal die Hälfte des riesigen Schlosses erkennen kann.

»Lionbridge Manor«, erklärt Samuel. »Dein Zuhause.«

Ich schnaube.

Er lässt meine Reaktion unkommentiert. Kurz darauf halten wir auf dem großflächigen, runden Platz zwischen

Schlosswand und Springbrunnen. Die Tür zu meiner Rechten wird geöffnet und ich steige aus.

Vor mir wächst ein riesiger Palast aus dem Boden. Ich zähle drei Stockwerke, zwanzig Sprossenfenster, fünf Balkone. Über der Arkade des Eingangstors prangt ein Löwe, der mindestens so groß ist wie die Limousine, aus der ich ausgestiegen bin.

Aus einigen Fenstern strahlt Licht durch die Vorhänge, doch der Großteil des Gebäudes wirkt wie ausgestorben.

»Regen«, ruft einer der Männer ›meines Vaters‹ und nur wenige Sekunden später prasselt das Wasser auf uns herunter.

»Schnell.« Samuel umfasst meinen Oberarm und zieht mich vorwärts.

Die riesige Eingangstür des Schlosses ist so gewaltig, dass in ihren rechten Flügel ein weiterer, wesentlich kleinerer Durchgang eingearbeitet ist. Ein unscheinbarer Knauf ragt hervor. Samuel greift danach und öffnet die Tür.

Er geht vor mir hindurch, weshalb ich gezwungen bin, für einen Moment auf seinen hochgewachsenen Rücken zu starren und mich zu fragen, wie zur Hölle Jaxon und er nicht verwandt sein können. Die beiden verhalten sich so ähnlich, dass der Anblick schmerzt.

Obwohl irgendjemand einen Regenschirm über mich gehalten hat, bin ich zu größten Teilen durchnässt. Vielleicht spült es den Dreck weg, der an meiner Kleidung haftet, weil ich in Kingston auf der Flucht vor den Amokläufern mehrfach gestürzt bin.

Was ist, wenn heute Nacht nicht nur Vance gestorben ist?

Ein Stich des Schmerzes fährt tief durch mich hindurch und für ein paar Augenblicke nehme ich nichts um mich herum bewusst wahr. Ich kann nicht fassen, dass ich Vance' Mördern gefolgt bin und dass einer von ihnen mein Vater sein soll ...

So oft, wie ich von den Kings bereits angelogen wurde, hoffe ich, dass es sich hierbei um die größte Lüge von allen handelt.

Samuel Tyrell ist nicht mein Vater.

Er darf es nicht sein.

»Folge mir«, ordnet Tyrell an. Die Eingangshalle ist so pompös, wie das Schloss von außen vermuten lässt, das von innen allerdings überraschend modern eingerichtet ist. Kunstwerke, die aus nicht viel mehr als Farbklecksen bestehen, hängen an der Wand, gewaltige schwarze, konkav geformte Vasen stehen neben ein paar schlanken, weißen Ablagetischen, die vermutlich nie für die Ablage von irgendetwas verwendet werden.

Ich folge Samuel in einen schwach erleuchteten Raum, der an die Eingangshalle angrenzt, und muss mich zwingen, meinen Mund zu schließen. Von hier aus hat man durch die zahlreichen Fenster einen Blick über den gesamten romantisch illuminierten Park, und ich bin mir ziemlich sicher, in nicht allzu weiter Ferne einen Leuchtturm und das Meer zu erkennen.

»Hamptons?«, vermute ich ins Blaue hinein. Meine Stimme ist kaum zu hören. Daran merke ich, wie viel Kraft mich all das hier kostet. So zu tun, als könnte ich atmen, obwohl ich von Vance' Mördern umgeben bin.

»Schon einmal hier gewesen?«, entgegnet mein Vater.

Ich schüttle den Kopf, lasse den Blick über die

schlanken, weißen Sofagarnituren, die hochwertigen, gedimmten Deckenleuchten und die modernen Kunstwerke an den Wänden gleiten und bemerke, dass wir in dem riesigen Salon anscheinend allein sind.

»Setz dich.« Samuels Blick lässt keine Widerworte zu, aber dass niemand von seinen Schlächtern anwesend ist, gibt mir neue Kraft.

»Nein.« Meine Stimme ist leise und kühl. »Ich werde keine Befehle von *dir* entgegennehmen. Du hast fünf Minuten. Fünf Minuten, in denen du versuchen kannst, mir nahezubringen, warum zur Hölle ich jemals aus freiem Willen hierbleiben sollte. Danach gehe ich.«

Er schmunzelt.

Ich hasse ihn.

»Die Zeit läuft«, zische ich.

»Meine Liebe …« Er seufzt tief, schenkt sich aus der schlangenähnlichen Karaffe, die auf einem der Couchtische steht, einen Drink ein und setzt sich auf das Sofa vor mir. Selbstgefällig legt er den Fuß auf sein linkes Knie und breitet seinen rechten Arm auf der Lehne aus. »Ich weiß nicht, ob man es dir bereits gesagt hat oder du von selbst darauf geschlossen hast, aber …«

»Du bist mein Vater«, beende ich den Satz für ihn. »Das macht alles nur noch schlimmer.«

Er atmet tief durch. »Von dem Moment an, als du zur Welt kamst, Amabelle, habe ich mich deinem Leben verschrieben. Es gab keinen einzigen Tag, an dem ich nicht an dich gedacht habe. Mich nicht gesorgt habe. Nicht deine Zukunft geplant habe. Für diese Geschichte brauche ich länger als fünf Minuten. Aber, was wirklich wichtig ist, um dich zum Bleiben zu bewegen, ist, dass alles, was du bisher über mich oder Kingston oder meinen Sohn, seine Freunde, Harper, die Regina-Verbindung und so weiter zu wissen glaubst, eine riesige Lüge ist. Dir sollte klar sein, dass ...«

»Ich weiß«, unterbreche ich ihn. »Ich weiß längst über alles Bescheid. Über den Zirkel, über Jaxons Beweggründe, Sylvians Geheimnisse, Romeos Antrieb, Harper ... Ich weiß, dass sie für dich gearbeitet hat. Ich weiß, warum das Stipendiatenprogramm ins Leben gerufen wurde. Ich weiß, was der Zirkel ist und was er tut. Du brauchst keine wertvollen Sekunden verschwenden, um mir davon zu erzählen.«

Samuel hebt nachdenklich eine Braue. »Ich fürchte, sie haben dir mehr Lügen erzählt, als du dir vorstellen kannst. Und ich ...«

Wieder falle ich ihm ins Wort. »Du hast Vance getötet.« Ich sehe ihm direkt in die Augen. »Keine deiner Ausführungen könnte mich überzeugen, hierzubleiben. Außer du beweist mir, dass es nur ein übler Scherz war, um mich im Glauben zu lassen, mein leiblicher Vater wäre ein Mörder.« Hoffnung breitet sich in mir aus, er könnte das wirklich sagen.

Vielleicht ist alles eine große Show.

Ähnlich den Shows, die Jaxon in Kingston aufgeführt hat.

Samuel runzelt die Stirn. »Du verstehst nicht, dass Vance ... und Jaxon und Sylvian die wahre Gefahr ...«

»Nein!«, schreie ich. »Du bist derjenige, der nicht im Bilde ist! Bring mich sofort nach Washington zurück. Zu Mom. Erklär *ihr*, wieso du sie im Stich gelassen hast. Ich hingegen will kein Wort mehr hören. Ich will nicht hierbleiben. Ich will dich nicht kennenlernen. Ich will weg von dir und am liebsten die verdammte Polizei rufen!«

Erneut seufzt er tief und schwer. »Was haben sie dir über mich erzählt, hm?«

»Ich brauche nicht mehr über dich zu wissen als das, was offensichtlich ist!« Erst jetzt merke ich, dass Tränen meine Wangen hinabrinnen, und ich wünschte, ich könnte stärker sein. Weniger emotional. Ich muss die kühle, harte Mable werden, die niemandem ihre Gefühle preisgibt.

Aber ich kann nicht.

Ich kann nicht.

Vance ist tot.

Die Kings schweben in Lebensgefahr.

Mein Vater ist ein Monster.

Meine Mutter hat seinetwegen ihr Leben lang gelitten.

Ich will nicht mehr.

Ich kann nicht mehr.

»Amabelle ...« Samuel räuspert sich. »Ich weiß nicht, *was* genau in Kingston geschehen ist, aber ich kann mir mittlerweile zusammenreimen, dass es nichts Gutes war. Du bist schwer traumatisiert und verwirrt.«

»Nein, bin ich nicht.« Vor lauter Tränen kann ich nichts mehr sehen. *Wieso bin ich nicht stärker? Wieso bin ich so schwach? Warum ist Jaxon nicht hier, um mich zu verhöhnen? Sein Hohn beflügelt meinen Spott. Dann könnte ich meinem Vater ins Gesicht blicken und ihn anspucken. Und ich würde treffen, weil meine Sicht nicht von Tränen verschleiert wäre.*

»Du solltest dich erst einmal ausruhen«, sagt mein Vater leise, der aufgestanden und nähergetreten ist. »Ich überlasse dir eines unserer größten Gästezimmer, sodass du dort genügend Raum für dich hast. Du solltest schlafen.« Seine Stimme klingt wie feines Schmirgelpapier. Ich stelle mir vor, wie er wimmert, weil ich ihm die Kehle zupresse, und durch diesen Gedanken versiegen meine Tränen.

Rache ist das einzige Gefühl, das mich noch atmen lässt.

»Komm.«

Wie ferngesteuert folge ich ihm. Mir ist klar, dass ich von diesem Grundstück nicht ohne Vorbereitung fliehen kann. Außerdem habe ich keine Ahnung, wie weit der nächste Ort entfernt ist. Der nächste Nachbar.

Wenn ich abhauen will, muss ich Informationen einholen.

Ausgeschlafen haben.

Mehr tragen als meine zerschlissene Kleidung.

»Hier.« Das Lächeln, das Samuel mir zuwirft, als er mir nach einem Marsch durch viele hübsche Gänge und Treppenhäuser eine Tür öffnet, die in ein luxuriöses Wohnzimmer führt, erzeugt Übelkeit in mir. »Es ist ein kleines Apartment. Vorne befindet sich eine Toilette und dort hinten liegt das Schlafzimmer mit dem Bad en suite. Der Ausblick ist tagsüber mit der beste im ganzen Haus. Wenn du fernsehen möchtest …«

»Sicher nicht«, unterbreche ich ihn tonlos.

Samuel hebt die rechte Schulter. Möglicherweise soll diese Geste entschuldigend gemeint sein. Aber nichts auf der Welt wird jemals rechtfertigen, was er getan hat.

Vance.

Ist tot.

Und schlimmer noch, mein Vater hat ihn zum Sterben zurückgelassen!

Alles, worüber ich nachdenken kann, ist, wie ich ihm zurückzahle, was er tat. Mein gesamter Kopf kennt nur einen Wunsch. Rache.

Dass er mein leiblicher Vater sein soll, macht dieses Gefühl umso süßer.

»Wenn du möchtest, lasse ich dich nun allein«, schlägt er vor.

»Ja«, schieße ich ihm sofort entgegen.

Sein Lächeln ist jetzt mitleiderregend. Erwartet er etwa, dass ich mich mit ihm an einen Tisch setze und über die letzten zwanzig Jahre meines Lebens plaudere, in denen er gefehlt hat? Glaubt er, ich könne ihm irgendetwas verzeihen?

»Gute Nacht, Amabelle.«

»Mable«, verbessere ich ihn kalt. »Ich heiße Mable.«

Er dreht sich im Türrahmen zu mir um. Die Augen scharf gestellt, die Körperhaltung wachsam. Er ist nicht völlig dumm und weiß, dass sich in mir alles danach verzehrt, ihm wehzutun. »Gute Nacht, Mable«, entgegnet er nur, verlässt den Raum und schließt hinter sich die Tür.

Ich stürze nach vorn, gehe sicher, dass das Zimmer von innen verriegelt ist, und sinke gegen das edle Holz des Türblatts. Erst jetzt überkommt mich ein unkontrolliertes Beben, das mir den Atem raubt und mich zu Tränen verkommen lässt.

Ich bin nur noch Schmerz.

Schmerz und Angst und Liebe und Schmerz.

Reece.

Zayn.

Jaxon.

Romeo.

Sylvian.

Sie alle befinden sich noch in Kingston. Versuchen den Kampf gegen die Amokläufer zu gewinnen. Ich werde nicht erfahren, ob es ihnen gut geht.

Vance.

Tot.

Von den abtrünnigen Soldaten meines Vaters getötet.

Etwas bricht sich in meiner Brust Bahn, das allumfassender ist als das Gefühl von Verlust. Es ist Schwäche.

Diese Schwäche flüstert dem Rachedurst in mir zu, dass ich es sowieso niemals schaffen werde. Noch nie habe ich mich wirklich an irgendjemandem für das gerächt, was er mir angetan hat. Der Rachedurst windet sich, verkümmert und lässt ein ungeahntes Gefühl der Leere zurück.

Nein. Nein, ich brauche dich. Ich brauche diese Stärke. Ich kann es schaffen. Ich kann es schaffen!

KANNST DU NICHT.

DU BIST SCHWACH.

DU BIST ES NICHT WERT.

DU HAST KEIN GLÜCK VERDIENT.

GIB AUF.

Nein. Doch mein Widerstand nimmt ab, und dann ist er da, der Wunsch, es einfach beenden zu können.

Wie einen Lichtschalter, den man ausknipst, damit all das Schreckliche sofort vergeht.

Ich fühle mich plötzlich gefangen, gefangen in einem Loch aus Schmach und Scham. Das Einzige, wozu ich fähig bin, scheinen toxische Beziehungen zu sein. Beziehungen zu Menschen, die ich über alles liebe und die mir ihre Liebe nicht beweisen.

Angefangen bei meinen schäbigen Eltern.

Meine tablettensüchtige Mom, die nie für mich da war.

Mein herrschsüchtiger, elitärer Dad, der nie für mich da war.

Die Kings, die mich am Boden liegen gelassen haben, als ich im *Crowns* gestürzt bin. In der Lache der Getränke. Begleitet von Gelächter.

Ich fühle mich, als läge ich noch immer dort.

Als würde die gesamte Welt hämisch auf mich hinabblicken.

Wer sind meine wahren Freunde?

Meine wahren Verbündeten?

Bin ich für mich da?

Ich schreie stumm, verkrampfe mich, versuche den abgrundtiefen Schmerz zu kompensieren, der über mich kommt wie ein gewaltiger Schatten. Er zieht mich in die Schwärze, in das endlose Nichts aus Hoffnungslosigkeit und Hass.

Ich habe studiert.

Ich bin einem Traum gefolgt.

Alle Worte von Sylvian machen Sinn.

Es fällt mir plötzlich wieder ein, als wäre es nie fort gewesen.

Wie er auf der Gala zu mir sagte, dass man mich auf Kingston vorbereitet habe.

Dass Lehrer um mich herum positioniert wurden, um mir von klein auf nur ein einziges Ziel in die Gehirnwindungen zu weben: EIN STUDIUM IN KINGSTON.

Ich breche zusammen. Der Raum dreht sich, Teppich an meiner Wange, Schlieren vor meinen Augen. Mein gesamtes Leben war eine *fucking verlogene, selbst-*

gerechte Lüge.

All das Leid, das ich durchstehen musste.

Mein eigener Vater hat es provoziert. Er *wollte*, dass ich als Stipendiatin von der Elite zerrissen und verschlungen werde. Und die einzige Person, die er mir zur Seite stellte, war Harper!

Was mir wiederum meine einzige Freundin nimmt, denn sie behauptet zwar, sie hätte mich von Anfang an gemocht, aber wer kann mir das versichern?

Dadurch, dass sie mir helfen musste – weil Tyrell Senior sie gezwungen hat –, wurde sie an der Universität gesellschaftlich vernichtet.

Verdammt, *niemand* will mehr etwas mit ihr zu tun haben außer mir.

Warum sollte sie zugeben, mich nicht zu mögen? Dann würde sie vollkommen allein dastehen.

Ich beschließe, sie aus meinem Leben zu bannen, und weiß beim nächsten Atemzug, dass ich es doch nicht schaffen werde. Ich bin zu schwach. Ich bin zu schwach, um mich gegen meinen Vater zu wehren. Ich bin zu schwach, um meine Mutter zur Rede zu stellen, weshalb sie, seitdem sie in unserem neuen Haus wohnt, so verdammt verändert ist.

Wer ihr dabei geholfen hat.

Warum das alles passiert ist.

Wer *sie* überhaupt *ist.*

Ich sollte auch mit ihr niemals wieder ein Wort wechseln. Abstand halten. Sie verdienen es nicht, dass ich mir überhaupt über sie Gedanken mache, oder?

Harper, meine Mom, mein Dad.

Für eine winzige Sekunde empfinde ich so etwas wie Stärke, die meine Adern belebt. Wenn ich es nur schaffen könnte, ihnen allen die Stirn zu bieten, für immer mir selbst treu zu bleiben und sie nicht mehr an mich heranzulassen, dann würden sie eine Quittung für ihr Handeln erhalten.

Und mich endgültig verlieren.

Das ist es, was sie alle verdienen.

Alle bis auf ...

Ich liege da, auf dem teuren Perserteppich, und starre gegen den schlanken Kronleuchter, der die beigefarbene, neumodische Sitzecke erhellt. Sicher sein kann ich mir nicht, aber ich gehe davon aus, dass Jaxon in diesem riesigen Palast aufgewachsen ist.

Dass er die Winkel dieses Hauses kennt. Bereits mehrfach in diesem überdimensionierten Gästezimmer war.

Ein paarmal atme ich bebend ein. Versuche zu ergründen, wie ich über ihn denke.

Er ist Samuel Tyrells Stiefsohn. Es macht alles Sinn. Dass er vom Zirkel nicht ausgewählt wurde, weil ich seine Schwester bin. Goldman hatte es mir erklärt. Eigentlich war es offensichtlich.

Aber wie hätte ich darauf kommen sollen?

Sylvian muss es gewusst haben.

Ein brennender Stich durchfährt meine Brust. Er wusste es und hat es mir nicht gesagt. Vielleicht hat er es nicht einmal Jaxon gesagt. Sylvian hat ihn und mich verraten.

Er hat das alles zugelassen.

Dass wir uns angenähert haben.

Dass wir uns verliebt haben.

Dass wir uns beinahe verlobt hätten.

Jetzt verstehe ich, woran die Kings im Frühsommer

zerbrochen sind. Ich fühle mich, als hätte Sylvian feixend dabei zugesehen, wie Jaxon und ich uns in ein schreckliches Band verwickeln.

Als er es mir vorhin offenbart hat, war ich erleichtert. Ich hatte mit etwas Schlimmerem gerechnet. Mit etwas weitaus Schlimmerem. Einem viel schmerzhafteren Geheimnis. Einer Affäre. Oder vielleicht dem Umstand, dass wir nicht zusammenbleiben können. Doch jetzt, da diese neue Erkenntnis in mich hineinsickert wie wohldosiertes Gift, spüre ich, dass es die Dinge komplizierter macht als vorher.

Wieder kämpft der Schmerz in mir, lässt mich zusammenkrümmen, wie ein ungeschützter, hilfloser Embryo liege ich da und wünsche mir nichts sehnlicher, als dass mich jemand aufhebt.

In den Arm nimmt.

Jemand, der von alldem nichts wusste.

Der kein Teil des Ganzen war.

Nicht wirklich jedenfalls.

Vance.

Ich kann nicht mehr still heulen.

Es geht nicht.

Die Trauer spült sich durch mich hindurch und ich zittere am ganzen Körper. Er hat mich geliebt. Er hat mich aufrichtig geliebt und so lange auf mich gewartet, obwohl ich mich auf diese gestörten Könige eingelassen habe. Ihn habe ich so oft mit Abweisungen verletzt.

Hunderte Male.

Ich habe ihm am wenigsten vertraut, dabei hat er mein Vertrauen am meisten verdient.

Und er würde mich sogar teilen. Mit den anderen. Die ihm noch größeres Leid angetan haben als mir.

Sie haben ihn beschimpft, herabgewürdigt, belächelt, verleumdet und wie Dreck behandelt.

Er hat mich trotzdem mit ihnen geteilt.

So fucking verdammt scheißweit reichte seine Liebe.

Ich kann nicht mehr.

Ich bekomme so eine Todessehnsucht, dass ich mich vorkämpfe. Zum bescheuerten Fenster.

Die Tiefe.

Jenseits des romantischen Steinbalkons.

Ist nicht tief genug.

Ich werde mir höchstens etwas brechen.

Und ich werde es sowieso nicht schaffen, mich über irgendeine Brüstung zu hieven. Meine Angst ist zu groß. Ich bin schwach.

Schwach, schwach, schwach, schwach und erbärmlich. Und die ganze Welt spuckt auf mich.

Oh, wie sehr muss es die Elite genießen, daran zu denken, wie ich mit mir kämpfe. Dass ich am Ende angekommen bin. Nicht mal mehr atmen will, weil die Schmach mich so erfüllt. Wenn ich mich umbringe, dann hätten sie alle gewonnen.

Sie würden die Nachricht himmelhochjauchzend auf ihren überteuerten Smartphones hin und her schicken und lustige Emojis daruntersetzen. ›Boah, endlich sind wir sie los.‹

›Gut, dass wir noch Spaß mit ihr hatten. War echt amüsant, ihr immer beim Versagen zuzusehen.‹

Und trotzdem ...

Es wäre so befreiend.

Wenn ich nicht mehr existieren würde, wäre es mir auch egal, ob sie sich die dämlichen Mäuler zerreißen.

Diese Erkenntnis ist so bitter, dass ich nicht aufhören kann, mir auszumalen, wie jeder auf meinen Tod reagieren würde. Mich erfüllt eine erschreckende Genugtuung bei dem Gedanken, meine Mom könnte sich schuldig fühlen.

Sogar mein Dad.

Und Olive …?

Selbst dass ich sie zurücklassen müsste, kann mich nicht schrecken.

Wie würden die Kings reagieren?

Reece, Zayn, Sylvian, Jaxon?

Ich erinnere mich, wie ich nach meinem Koma aufgewacht bin. Als ich angeschossen worden war, niemand wusste, ob ich überleben würde. Und als die Alte zurückkehren würde.

Sie waren einfach da.

Aber keine Liebe ist unendlich. Sie werden sich ein neues Mädchen suchen. Es teilen, zerreißen, zerstören, zusammenflicken und vögeln.

Wozu brauchen sie mich?

Es vergeht mehr als eine Stunde, in der ich einfach nur daliege und über all das Dunkle in mir nachdenke, das sich plötzlich zeigt. Als wäre meine Stärke endgültig zerbrochen. Am grausamen Lächeln meines Vaters. An Sylvians Lügen. An Vance' Tod.

Ich weiß nicht, wie ich es schaffen soll, jemals wieder aufzustehen.

Habe ich überhaupt noch Beine?

Vielleicht ist es besser, wenn ich so viele Körperteile wie möglich verliere. Dann können nicht so viele von ihnen wehtun.

Meine Trauer ist selbstzerstörerischem Zynismus gewichen. Mein rationaler Verstand sagt mir, dass mir eine Therapie guttun würde, und mein dunkles Ich flüstert, dass niemand mir helfen kann.

Niemand wird mir helfen können.

Für mich gibt es keine Hilfe.

Mich kann man nicht lieben.

Mich kann man nicht gut behandeln.

Zu mir kann man nicht offen und fair sein.

Das wird auch ein verdammter Therapeut nicht ändern.

Erst als mich eine Welle der Müdigkeit überkommt, raffe ich mich auf. Ich stolpere mehr, als dass ich gehe, durch den Raum.

Hin zum Bad.

Auf der Toilette sinke ich zusammen, fühle mich so elend und nutzlos wie noch nie. Meine ganzen verdrängten Traumata zeigen sich. Da ist ein Baby, das im Stich gelassen wurde. Ein kleines, unschuldiges Kind. Es wurde im Stich gelassen, von der eigenen Mutter, vom eigenen Vater, wurde verwahrlost in einem verranzten Trailerpark großgezogen und im Hintergrund für die leuchtende Karriere eines Samuel Tyrell vorbereitet.

Manipuliert.

Es hat nie echte Liebe erfahren.

Es weiß gar nicht, was das ist.

Und dieses kleine Mädchen bin noch immer ich.

Kopfüber und mit Todessucht stürzt es sich in dramatische Geschichten und hofft auf ihr persönliches Happy End. Dass sie es dieses Mal erhalten möge. Dass sie dieses Mal die Liebe erfährt, nach der sie sich sehnt.

Deswegen gleich fünf Typen, hm? Einer davon wird

es schon wahrhaftig ernst meinen ...

Ich betätige die Spülung, wasche mich grob, und während ich vor dem Spiegel stehe, mich auf das arschteure Marmorwaschbecken stütze, denke ich darüber nach, was wohl wäre, wenn ich einfach ausrutschen würde.

Ich könnte aus der Dusche treten.

Auf dem feuchten Stein den Halt verlieren.

Nach hinten fallen.

Mir den Kopf aufschlagen.

Wenn mich Samuel zu spät entdeckt, würde ich dann verbluten?

Und wenn ich bade?

Funktioniert der Scheiß mit dem Föhn noch?

Als ich den goldenen Haartrockner direkt vor mir in einer Wandhalterung bemerke, zucke ich zusammen. Angst vor mir selbst mischt sich pochend unter meine destruktiven Gedanken. Angst, Angst, Angst, die sich in Wut wandelt.

In blanke Wut, dass ich zu schwach bin, es durchzuziehen.

Auf dieser hässlichen Welt will mich niemand, liebt mich niemand, ist niemand für mich da, und ich bin trotzdem zu feige, um mich selbst zu beschützen. Ich setze mich lieber weiterhin all dem Leid um mich herum aus, anstatt den Mut aufzubringen, Frieden für mich herbeizuführen.

Mit jedem weiteren Gedanken schiebt sich die Wut mehr und mehr in mein Bewusstsein, bis sie meine gesamten Glieder erfüllt.

Durchbricht.

Mich nach dem Scheißseifenspender greifen und ihn

gegen den hässlichen Föhn donnern lässt.

Es scheppert befriedigend laut, überall springt Glas.

Ich betrachte es, überlege, ob ich mich wenigstens traue, in die Scherben zu treten.

Aber ich weiß, dass ich es nicht tun kann. Verzweifelt sehe ich mich um. Meine Wut will noch mehr zerstören. Wenn ich es nicht schaffe, mich selbst zu verletzen, damit das Ganze ein Ende findet, muss die verdammte Welt um mich herum brennen!

Doch es gibt nichts Bewegliches im Raum. Alles ist fest montiert. Sogar die blöden Duschgele.

Ein Wunder, dass der Seifenspender die Montagearbeiter überlebt hat ...

Ohne eine einzige Glasscherbe zu berühren, muss ich mich geschlagen geben und das Bad verlassen. Kaum bin ich zurück im Schlafzimmer, erlischt meine Zerstörungswut.

Scheinwerfer eines Autos erhellen das dunkle Zimmer, und ich frage mich, ob es einen Wagen auf diesem Gelände gibt, den ich für eine Flucht kurzschließen könnte ...

Nur wo will ich hin?

Es gibt keinen Ort, an den ich fliehen könnte.

In meinem Zuhause wohnt meine Mom.

Ich will ihr am liebsten niemals wieder begegnen. Sie hätte mir mehr über meinen Vater erzählen müssen, dann hätte ich das Geheimnis um meine Existenz früher durchschaut.

Kingston ist durch die Elite verseucht. Jeder Schritt auf dem Campus hat mir seit jeher gezeigt, dass ich dort nicht willkommen bin.

Soll ich weglaufen?

Und wenn ja, wohin?

Warum glaube ich, dass es mir woanders besser gehen könnte?

Sylvian

Es ist okay, nachzugeben. Diesen Wunsch in dir zu spüren, es zu beenden. Er gehört dazu. Er gehört zu Wendungen dazu, die dein Leben verändern. Du kannst dich diesem Gefühl stellen, es anfassen, berühren, erkunden. Oder du sperrst es weit weg. Tief, und noch tiefer in deine Seele.

Aber das ist, was alle anderen tun. Und sie verlieren sich irgendwann in dem Loch, das sie sich selbst mit jedem Tag schaufeln.

Ich weiß, dass du versuchen wirst, dich wieder emporzugraben.

Nur Geduld.

FÜNF

MABLE

Eine weitere Stunde später sitze ich auf dem Teppich vor meinem Bett. Die Knie an meine Brust gezogen, den Kopf auf meine Beine gestützt, den Blick starr nach vorn gerichtet. Ich wippe leicht nach vorn, zurück, nach vorn, zurück und versuche, nicht noch verrückter zu werden.

Mir kommen lächerliche Ideen.

Wie zum Beispiel die, Vance einen imaginären Brief zu schreiben.

Oder einen echten, den ich niemals abschicke.

Aber dieser Gedanke lässt mich nur noch mehr verzweifeln.

Alles lässt mich verzweifeln.

Wie es Zayn wohl ergehen wird, sobald er von Vance' Tod erfährt? Es ist ganz komisch, doch selbst der Gedanke an ihn kann mich nicht trösten. Vielmehr spüre ich stumpfe, tote Gefühle in mir, wenn ich an ihn denke. Er spiegelt mein Versagen. Er ist vermutlich ein ebenso großer Psycho wie ich.

Gebunden an seinen strahlenden Bruder.

Misshandelt von seiner eigenen Mutter.

Verliebt in mich, ohne dass er mich ganz haben kann. Daher ist es naheliegend, dass auch er sich früher oder später von mir abwenden wird. Ja, das ist es. Das ist es, was meine Verlustangst nährt. Warum sollte Zayn sich damit abfinden, mich mit den anderen zu teilen?

Er will eine *ganze* Freundin.

Eine *ganze* Frau.

Er will sie vor den Altar führen, ihr kleine Babys machen und das von ihr bekommen, was er vermutlich verdient.

Zayn kann ich eigentlich genauso löschen wie die anderen.

Reece hat mich mit irgendwelchen Regina-Bitches betrogen.

Sylvian würde mich eher in einen Kerker sperren, um mich zu beschützen, statt mir ein Recht aufs eigene Leben, verbunden mit allen Risiken, zu gewähren.

Und Jaxon ... Keine Ahnung. Er ist genauso am Arsch wie ich.

Zwei Kranke, die versuchen, sich Halt zu geben?

Ich spüre nichts als Erschöpfung, wenn ich an ihn denke.

Das war eine zu große Herausforderung für mich.

Er ist eine zu große Herausforderung für mich. Ich will nicht mehr weglaufen wie nach Thanksgiving. Damals habe ich insgeheim darauf gehofft, dass sie kapieren, wie ernst es mir ist.

Jetzt will ich nur noch, dass jeder Ernst verschwindet.

Ich will sie am liebsten alle nicht gekannt haben.

Bis auf Vance ...

Mir wird so unerschütterlich klar, dass mit ihm meine Chance auf wahres Geliebtwerden für immer vergangen ist. Und wie wird erst seine Familie um ihn trauern?

Und was wird sie mit mir tun wollen, wenn sie erfährt, dass es meine Schuld war?

Dass es mein eigener Vater war, der Vance getötet hat, weil er *mich* verteidigen wollte?

Mich beschützen wollte?

Obwohl er nie eine Chance hatte?

Die hohen Wände schlucken meine Schluchzer und der Teppich unter mir ist nass. Eingerollt, frierend und mutterseelenallein liege ich da, als ich es höre.

Ein Summen.

Ein Vibrationsalarm.

Im ersten Moment bin ich zu schwach, um mich aufzurichten. Selbst wenn das Geräusch von einem Handy stammen sollte; ich will keines finden. Ich will niemanden anrufen. Nicht einmal die Polizei.

Keiner kann mir helfen.

Es ist auch ganz egal, ob mir jemand hilft.

Aber das Summen hört nicht auf und es nervt mich irgendwann.

Es stört mich bei meinem Hass auf alles und die Welt.

Wütend kämpfe ich mich hoch, suche das dämlich riesige Zimmer ab und orte das Geräusch schließlich in einem der Bettkästen. Frustriert reiße ich das Schubfach auf.

Tatsächlich liegt dort ein Smartphone.

Auf dem Display leuchtet groß und weiß das Wort *Ich*.

Ein Anruf.

Von *Ich*.

Mir wird kalt und heiß gleichermaßen, als ich das Handy anhebe und bemerke, dass es noch an seinem Ladekabel steckt. Innerhalb des Schubfachs befindet sich ein eingebauter USB-Port. Wow. Mehr hipper Reichtum geht nicht.

Ich überlege eine Sekunde zu lang, ob ich rangehen soll, und der Anruf bricht ab.

Okay, das ist meine Chance.

Ruf jemanden an.

Leider kenne ich kaum eine Nummer auswendig.

Soll ich die Polizei rufen? Würde die sich überhaupt darum kümmern, was geschehen ist? Oder lenkt ein einflussreicher Samuel Tyrell solche Notrufe einfach um? Das ist es, was Sylvian und Harper mir bereits in meinem ersten Monat in Kingston eingebläut haben.

Die Polizei arbeitet für die Eliten.

Immer.

Aber vermutlich ist ein Notruf das Einzige, was ich mit einem gesperrten Handy tätigen kann. Ich streiche über das iPhone, damit es wieder angeht, und starre fassungslos auf das Display.

Auf dem Hintergrundbild bin ich zu sehen.

Einfach ich.

Wie ich vertieft über einer Hausarbeit in der Bibliothek sitze. Es ist ein sehr schönes Foto, irgendwie, es hat den richtigen Lichteinfall, zeigt mein Profil und ich schaue auch nicht zu konzentriert oder verkniffen. Derjenige, dem das Telefon gehört, muss es in einem unbemerkten Moment von mir aufgenommen haben.

Und es kann nur einer Person gehören, oder?

»Bist du hier?«, flüstere ich. Natürlich muss er hier sein. Wieso sollte sein Handy sonst hier herumliegen? Das ist das Haus seines Stiefvaters. Bestimmt ist er hier aufgewachsen. Vermutlich wohnt er noch immer hier.

Jaxon Tyrell ... ist mein Bruder.

Sein Handy liegt in dem Zimmer, das mir sein ... mein Vater zur Verfügung gestellt hat.

Ich taste an der Wand neben dem Bett nach dem Lichtschalter und sinke enttäuscht in mich zusammen, als ich feststelle, dass das gesamte Apartment leer ist. Auch im Badezimmer ist niemand.

Ich weiß nicht, was ich erwarte. Einen Jaxon, der in meiner Nähe ist? Mir alles erklärt? Sich entschuldigt und mir versichert, dass niemand gestorben ist?

Zayn, Reece, Romeo?

Dass sie wohlauf sind und für immer in meinem Leben sein dürfen?

So wie Jaxon selbst?

Ich will Antworten und Trost und ... Nähe.

»Ruf noch mal an«, flüstere ich. Ich kann nichts tun, als zu hoffen, dass ›Ich‹ sich ein weiteres Mal meldet. Mindestens die Neugier lässt mich das Handy starr in der Hand halten.

Dann passiert es.

Nach nur wenigen Minuten.

Auf dem Display prangt *Jaxon* auf. Im Hintergrund schimmert ein Bild von ihm, das ihn beim Schwimmen zeigt. Er grinst am Beckenrand und streckt dem Fotografen den Mittelfinger entgegen.

Mit klopfendem Herzen nehme ich den Anruf an.

»Belle?« Er ist es.

Er ist es einfach.

»Ja«, erwidere ich mit kaum hörbarer Stimme.

Ein befreites Aufatmen dringt zu mir durch. »Fuck, ich liebe Crescent für seine unendliche Verplantheit für immer und alle Zeit. Ich bin vorhin angekommen. Du musst tun, was ich dir sage. Alles klar?«

SECHS

JAXON

> Es hat geklappt. Fuck, Zayn, du bist unser Held.

Er antwortet nicht. Kein Lob wird ihn heute trösten. Ich stehe im Regen an der Balkonbalustrade und beobachte Amabelle dabei, wie sie meine Anweisungen umsetzt. Sie öffnet die Fenster ihres Zimmers. Lässt die Vorhänge hinausflattern, sodass sie die Sicherheitskameras an den Außenwänden verdecken. Im Schutze dieses toten Winkels springe ich von meinem Balkon zu ihrem hinunter.

Sie zuckt zusammen, als ich direkt vor ihr auf dem Stein lande, und starrt mich an wie eine Leiche.

»Schnell, rein«, murmle ich, schiebe sie vorwärts ins Innere des Zimmers, hole in der geschützten Dunkelheit die Vorhänge wieder zurück ins Haus und schließe die Balkontüren. Dann sorge ich dafür, dass nicht ein Spalt Fenster frei bleibt, indem ich die Stoffbahnen fest zuziehe.

»Jaxon.« Amabelle sieht mich an und bricht in sich zusammen, gerade als ich mich ihr nähere. Ich schaffe es, sie aufzufangen, bevor sie zu Boden sinkt, und halte sie. Nun, da sie weiß, wer ich bin, kann ich noch nicht fassen, dass sie mich weiterhin freiwillig berühren will.

»Belle«, raune ich. »Ich bin hier.«

Dann weint sie los.

So laut und ungehemmt, dass ich selbst davon berührt werde. »Darling, was ist passiert?«, flüstere ich immer wieder. Versuche sie dazu zu bringen, mir zu sagen, weshalb sie so aufgelöst ist.

Aber nach zehn Minuten gebe ich auf.

Mittlerweile habe ich mich gegen einen der freistehenden Kleiderschränke gelehnt, während sie sich in meinem Schoß zusammengerollt hat. Ihr Körper wird durchgeschüttelt von Schluchzern und meine Hose ist getränkt von warmen Tränen.

Geduldig streiche ich ihr durchs Haar.

»Vance ist tot«, bringt sie schließlich mit erstaunlich fester Stimme hervor. »Samuel hat ihn abgeknallt. Einfach so.«

Ich schlucke hart. Das wollte ich nicht hören. »Warst du dabei?«

»Ja.« Sie heult wieder auf, krallt sich an mich, versucht sich noch kleiner zusammenzurollen, als wollte sie sich am liebsten wie eine Katze komplett in meinem Schoß verstecken. »Er hat ihn einfach ... Und da war ... Ich ...« Sie weint noch bitterlicher und mir fällt kein Trost ein.

Ich habe Buchanan nicht gerade die Ehre erwiesen, die ihm gebührt.

Er war kein schlechter Mann.

Eigentlich war er sogar ein verdammt loyaler Kerl.

Der nie den Glauben an Zayn verloren hat. Niemals. Und dann auch nie seinen Glauben an Belle.

Er sieht das Gute in den Menschen. Den einen guten, wahren Kern.

Diesen hat er bestimmt auch in mir gesehen.

Und ich war ein Bastard.

Wie ich mit ihm umgegangen bin.

Wie ich die Kings dazu angestachelt habe, ihn zu erniedrigen.

Scheiße.

Wenn er wirklich tot ist, dann wird er jetzt von oben auf mich hinabsehen und mir versichern, dass er mir keine weitere Sünde durchgehen lassen wird.

»Ich bin hier«, raune ich erneut. Etwas anderes fällt mir als Trost nicht ein. Mit dieser Nachricht muss ich selbst erst mal klarkommen. Ich hätte schwören können, dass er überlebt hat. Dass er seine Spuren vielleicht verwischen will. Wie dieser Boxstar Nolan Seyward, von dessen Freunden ich die Waffen erhalten habe. Ich hätte Vance exakt so eine Geschichte zugetraut.

Aber wenn Belle mitangesehen hat, wie ihr Vater ihn erschossen hat ...

Dann muss ich diese Scheiße wohl akzeptieren.

Fuck.

Ich wollte nie, dass er stirbt.

Vance ist zu zäh, um zu sterben.

Dachte ich.

»Jaxon«, flüstert Amabelle und ihre Tränen versiegen. Sie nimmt Abstand, sieht mich an. Ihr Gesicht ist trotz der aufgequollenen Augen wunderschön. Ich liebe sie.

Daran besteht kein Zweifel mehr.

Jetzt, da sie weiß, wer ich bin, können wir vielleicht von vorn beginnen.

»Ja?«, frage ich sanft.

Als hätte ich sie mit diesem Wort beleidigt, rutscht sie plötzlich von mir weg.

»Was ist?«, raune ich umso einfühlsamer. »Was brauchst du?«

»Nein«, keucht sie, steht auf und weicht ans andere Ende des Zimmers zurück. »Nein, ich will das nicht mehr.«

»Wovon sprichst du?« Meine Stimme ist kontrolliert. Ruhig, kontrolliert, fürsorglich, aber innerlich kämpft sich der tyrannische Jaxon hervor. *Sag mir nicht, dass du doch ein Problem mit unserem Verwandtschaftsverhältnis hast, Belle. Sag es mir nicht.*

»Deine Mom. Sie wollte mich umbringen.«

Okay. Okay, dieses Gespräch nimmt eine ungeahnte Entwicklung. »Das …«, beginne ich, aber sie fällt mir hysterisch ins Wort.

»Ich will weg von dir.«

Etwas in meiner Brust zieht sich zusammen.

»Bring mich hier weg. Töte meinen Vater, bitte sorg dafür, dass er mich *niemals wieder* entführt. Und dann lass mich bei meiner Mom raus. Gib mir Geld. Ich werde mit Olive abhauen. Verschwinden. Du wirst mich niemals wiedersehen. Wir werden uns niemals wiedersehen. Nie.«

Fuck. »Belle …«

»Ich will es so«, behauptet sie stur. »Selbst wenn du es nicht glauben willst. Ich will weg von dir. Aber ich brauche dafür deine Hilfe. Und das ist mir recht. Du musst irgendwie Sylvian davon abhalten, nach mir zu suchen. Ihn will ich auch nie wieder sehen. Niemals. Das bist du mir schuldig. Du bist mir das alles schuldig. Und wenn du es nicht tust ...«

Etwas in mir ist eingefroren. Schlimmster Albtraum wahrgeworden, oder wie sagt man? Langsam richte ich mich auf.

»Bleib, wo du bist!«, schreit sie mich an.

»Nicht so laut«, murmle ich.

Sie senkt die Stimme, sodass ich sie kaum noch verstehe. »Du hast mich gehört. Überleg dir einen Plan, sag mir, wann und wie es losgeht, und dann ruf mich hierauf wieder an.« Sie hebt die Hand, in der sie immer noch Zayns altes Handy hält. »Geh jetzt.«

Als ich einen weiteren Schritt auf sie zu mache, springt sie zurück, huscht durch die Tür zum Bad und sperrt sich darin ein.

Ich starre auf die leere Wand, vor der sie eben noch stand, und fühle mich mehr als nur vor den Kopf geschlagen. Diese Reaktion habe ich erwartet. Ich habe sie mir monatelang ausgemalt. Offensichtlich habe ich mir damit meine eigene Prophezeiung erfüllt.

Ich spüre mein eigenes Handy in der Hosentasche.

Vielleicht wäre jetzt ein Freund gut.

Ein Freund, der mir sagen kann, was zur Hölle ich tun soll.

Was ich tun *muss*.

Sollte ich Amabelle womöglich sogar bei ihrem Fluchtplan helfen?

Ich bin es ihr wirklich schuldig, nicht wahr?

Auf all das hier hätte ich an ihrer Stelle auch keinen Bock.

Sie ist nicht so machthungrig wie ich. Sie wurde nicht von der Elite geprägt. Sie kann sich mit einem viel einfacheren Leben zufriedengeben. Alles, was besser als ein vergammelnder Trailerpark ist, wird für sie ausreichend sein.

Aber ich will niemanden anrufen.

Keinen der Kings zumindest.

Sie alle wollen Amabelle auf ihre jeweilige Art nicht gehen lassen, also würden sie auch niemals ihre Flucht unterstützen. Der Einzige, der mir das raten würde, was allein für *sie* gut wäre, ist Vance.

Tja.

Sad.

Ich bin total am Arsch, als ich mich vor der Badezimmertür auf den Boden gleiten lasse. Für eine ganze Weile weiß ich nicht, was ich sagen soll.

Irgendwann höre ich Amabelles Schluchzen durch die Tür. Sie ist nah. Vermutlich hat sie sich ebenfalls an die Tür gelehnt. Oder zumindest in deren Nähe gelegt, so schwach, wie sie auf den Beinen ist.

»Belle«, beginne ich gegen das Holz zu sprechen, »ich weiß, dass dich das nicht beeindruckt, doch ich habe absolut keinen blassen Schimmer, wie ich ohne dich leben soll. Ohne dich … und die anderen. Ich kann dir zur Flucht verhelfen. Ja. Falls du das *wirklich* willst. Du hast absolut recht, ich bin dir mehr als nur das schuldig. Aber wenn du auch nur einen Hauch …« Ich schlucke hart. Fuck, fuck, fuck, fuck! Was ist los mit mir? »Wenn du nur einen Hauch Zweifel hast«, murmle ich, »dass ich dich noch einmal fallen lassen könnte, dir irgendwie wehtun könnte, dann …« Okay, Bastard, versprich ihr nicht, dass du sie nie wieder verletzen wirst. Das ist Reece' Part. Es ist nicht deiner.

Du kannst ihr nicht garantieren, dass du nie wieder

deine hässliche Seite zum Vorschein kehren wirst.

»Dann hast du damit vermutlich recht«, raune ich gegen das Holz. »Ich werde die Flucht mit dir planen. Aber ich kann dich nicht alleine lassen, wenn du in diesem ... Zustand bist.«

Wow, so rührige Gefühle, Jaxon! Musste erst einer deiner Leute sterben, dass du mal checkst, wie zerbrechlich das Leben ist?

»Belle«, raune ich.

Erstaunt nehme ich ihre Antwort wahr. Ein leises Klicken.

Sie hat den Verschluss geöffnet.

Zögernd stehe ich auf und drücke die Klinke hinunter. Sie liegt direkt vor mir auf dem Boden, sodass ich kaum durch den sich öffnenden Türspalt passe.

Sie starrt mit leerem Blick zu mir hoch.

Meine Schuhe zerdrücken Glas, und mir wird zum Glück schnell genug bewusst, dass sie in zig Scherben liegt.

»Was ist ...?« Im Augenwinkel bemerke ich den Kopf eines Seifenspenders.

»Ich will nicht mehr leben«, flüstert sie und stumme Tränen quellen ihre Augen auf.

Ich greife nach ihrer Hand, versuche sicherzugehen, dass sie sich nicht in weitere Scherben bettet. »Du wirst jetzt aufstehen, Belle.«

»Ich will nicht.« Flehentlich sieht sie mich an. »Ich will nicht fliehen. Ich will, dass du mich tötest. Das bist du mir *wirklich* schuldig.«

Meine Kehle schnürt sich zu.

Ich brauche sie nicht zu fragen, was passiert ist. Sie hat erlebt, wie Vance von ihrem eigenen Vater erschossen wurde. Sie hat heute Nacht erst erfahren, wer ihr Vater überhaupt ist.

Wer ich bin.

Vermutlich kann sie sich auch zusammenreimen, dass Sylvian es die ganze Zeit über wusste.

Und hinzu kommt meine eigene Mutter, die sie tot sehen will.

Sie muss sich verdammt ungeliebt fühlen.

Wir haben auch alles dafür getan, dass sie das tut.

Wir haben ihre kleine Seele genommen und zerpflückt. Das hätte gut ausgehen können. In einem Paralleluniversum. In dem Leute, die so etwas tun, keine Psychopathen mit tiefen Störungen sind.

»Ich verstehe, wie du dich fühlst.« Meine Hand streicht ihr zärtlich eine Strähne aus der feuchten Stirn. »Es scheint alles verloren. Aber wenn du jetzt aufgibst, meine kleine Königin, haben sie gewonnen.«

»Das haben sie eh schon«, antwortet sie prompt. Ihre Stimme klingt bereits tot. »Selbst wenn ich es ihnen heimzahlen kann. Das will ich gar nicht. Ich will nicht, dass sie ausgerechnet von mir lernen, wie verlogen und schäbig sie alle sind. Das werden sie auch nie. Sie werden sich ihre Seite der Geschichte immer so schönreden, wie sie es brauchen. Jeder von ihnen. Deine Mom. Mein Dad. Harper. Clarisse. Abigail. Jedes einzelne Mädchen auf dem Campus, das mich hasst. Und ihr. Ihr werdet nach meinem Tod nicht dasitzen und sagen: ›Okay, jetzt werde ich ein besserer Mensch.‹ Sondern ihr werdet nur darüber nachdenken, wie schwach ich letztendlich war. Wie ungeeignet für eure Spielchen.«

»Belle ...« Mir fällt einfach nichts ein, als sie irgendwie davon abzubringen, so eine Scheiße hervorzubringen. Und andererseits: Sie hat ja recht. Genau so wird es sein.

Ihr Tod wird im Kreis der Zirkelerben und unter den Studenten eher eine Party verursachen, und niemand von ihren Peinigern, schon gar nicht ihr Vater, wird sich ändern.

»Ich möchte in dieser Welt nicht leben. Selbst wenn du mir die tollste Liebeserklärung aller Zeiten machst. Wir müssten trotzdem dieselbe Luft atmen wie *sie*. Ich bin nicht mehr bereit, das mit dir zusammen durchzustehen. Räche dich, an wem auch immer du willst. Töte jeden Einzelnen von ihnen, wenn es dich befriedigt. Aber ich empfinde dabei keine Genugtuung, wenn ich vor meinem Vater stehe oder vor meiner Mom oder vor Clarisse und ihr eine Waffe an den Kopf halte. Sie werden es *niemals* verstehen, *niemals* erkennen können, dass sie etwas falsch gemacht haben. Dazu sind sie gar nicht fähig. Diese Fähigkeit haben sie von sich abgetrennt. Denn diese Fähigkeit würde sie sonst zu einem Moment wie diesem hier führen. Sie würden in Glasscherben liegen und nicht mehr leben wollen, weil ihnen alles so sehr wehtut. Da sie Mitleid für alles und jeden empfinden und nicht mehr atmen wollen in einer Welt, die es bösen, niederträchtigen, hinterhältigen Menschen ermöglicht, zu existieren. Ungestraft. Während sie Geld und Reichtum in den Arsch geschoben bekommen.«

»Ich glaube dir nicht«, flüstere ich und beuge mich zu ihr vor.

Sie schnaubt. »Ich war noch nie näher an der Wahrheit als jetzt gerade. Warum wolltest du zu mir ins Badezimmer kommen, wenn du mir nur wieder deine Tyrell-Lügen auftischen willst?«

»Oh, ich gebe dir mit allem recht, Belle.« Meine Stimme ist zart. »Außer damit, dass du sie nicht töten wollen würdest. Du willst es tun. Das ist es, was dort noch tiefer in dir verborgen ist. Du möchtest dieser Wut ausweichen. Du glaubst, du könntest niemals für die ultimative Gerechtigkeit sorgen. Du glaubst, es gibt keinen Weg zu deinem Ziel. Aber du irrst dich. Du kannst *jeden Einzelnen von ihnen* bezahlen lassen. Du kannst sogar einige von ihnen töten und müsstest dich nicht einmal vor einer Strafe fürchten. Du willst auch nicht wirklich sterben. Sonst hättest du es längst durchgezogen. Schon viel früher als heute. Du hättest nicht erst gewartet, bis ein Freund stirbt. Oder sich dein Vater zu erkennen gibt. Du hättest es getan, wärst du aus dem Scheiß, den deine Mom mit ihrer Tablettensucht fabriziert hat, nicht gestärkt hervorgegangen. Ich gebe dir in allen Punkten recht, Belle. Die Leute da draußen werden sich einen Dreck um dich scheren, wenn du sie nicht zwingst, zu dir aufzusehen. Was kümmern dich diese maskierten Fremden in den letzten Reihen? Sie sind nicht so stark und fähig wie du. Sie müssen sich zu Gruppen zusammenschließen, sich hinter dem Einfluss der anderen verbergen, können keine eigenen moralisch wertvollen Entscheidungen treffen. Sie haben versucht, dich zu vernichten. Sie haben applaudiert, als wir Kings dich vorgeführt haben. Aber was ist dann passiert? Du hast sie so hart zurückgefickt, dass sie gar nicht anders *können*, als dich noch mehr zu hassen. Dein Name wird sich über Generationen in aller Munde befinden, während sie ein großes ganzes *Nichts* sind. Du beneidest sie? Um den kleinen Vorteil, den sie zeitweise errungen haben? Ich kenne diese Menschen. Ich kenne sie *alle*. Sie können ihren Vorteil nicht genießen. Sie sind so sehr damit beschäftigt, sich selbst zu hassen, dass sie keine Zeit haben, irgendetwas anderes zu tun. Und wenn doch, wenn es da doch die ein oder andere rührige Person gibt, die ihre Fehler zugibt und erkennt, wird sie als Erstes zu dir kommen. Um ihre Schuld reinzuwaschen. Sie wird dir ihre verdammte Hilfe anbieten, sie wird für dich kämpfen und dir das zurückgeben, was sie dir einst genommen hat. So wie wir. Wer das nicht tut: Der verrotte in der Hölle. Denn am Ende richtet jemand über uns, dessen Macht wir nicht begreifen können. Vielleicht Gott. Vielleicht gibt es eine Wiedergeburt. Oder die Gerechtigkeit ist einfach nur der Umstand, dass ihre Namen in dem Moment vergessen sind, wenn ihre Enkel den Treuhandfond abgehoben haben.«

»Okay«, murmelt sie.

»Okay?«, frage ich lächelnd.

»Bitte bring mich ins Bett.«

Belle lässt sich von mir aufhelfen und ist dabei wie ich darauf bedacht, dass sie in keine weiteren Scherben mehr steigt. Ich bringe sie zum Bett, befreie mich von meiner regennassen Kleidung und breite die Decke über uns aus.

Fest halte ich sie im Arm.

»Das ist das erste Mal, dass wir das hier tun«, sagt sie leise. »Du und ich. In einem Bett. Schlafend.«

»Ich bin mir nicht sicher, ob ich schlafen kann«, gebe ich zu.

»Okay.« Wieder dieses Okay.

Verdammt, ich würde gerne in ihren wirren Kopf

hineinsehen können. »Den anderen geht es gut«, informiere ich sie in die Stille des Zimmers hinein. »Alle wohlauf.«

»Gut.« Sie bleibt regungslos in meinem Arm liegen. Die Augen weit geöffnet. »Ich habe mich gerade so elend gefühlt wie noch nie.«

Ich drücke sie fester an mich.

»Dann kam dein Anruf. Warum lag das Handy hier?«

»Zayn hat es bei seinem letzten Besuch hier vergessen. Ist ihm erst im Flugzeug aufgefallen. Als wir in Kalifornien angekommen waren, hatte er sich ein neues gekauft, seine ganzen Bilder und so weiter über iCloud geladen und es einfach hier im Schubfach liegen lassen. Er meinte vorhin, er glaube, es müsse immer noch am Ladestecker hängen, wenn eine Putzfrau es nicht gefunden hat, also rief er sich an. Du bist beim ersten Anruf nicht rangegangen. Aber ich habe es dann nochmal versucht, da mir klar wurde, dass du seinen Code nicht kennst und es vielleicht zu spät gehört hast.«

Sie antwortet erst nach einer Weile. »Woher wusstet ihr, dass Samuel mich hierherbringen würde?«

»In dieses Zimmer? Es ist mit das schönste im ganzen Haus.«

»Nein … ich meine, hierher. Nach Lionbridge Manor.«

»Ich habe meine Mutter angerufen, und sie hat mich darüber informiert, dass Samuel heute Nacht kopflos aufgebrochen war. Und zwar mit dem Auto. Wir haben dann ausgerechnet, wann ungefähr er Kingston erreicht haben könnte, und es passte zeitlich mit der Abfahrt von dir und Vance zusammen. Und wer sollte dich sonst ›aus einem Amoklauf retten wollen‹ und ›sichergehen, dass es seiner Tochter gutgeht‹, wenn nicht er?«

»Glaubst du, es geht ihm um mich? Dass er sich irgendwie ... um mich ... sorgt?«

»Das wäre die erste Gefühlsregung, die ich von ihm mitbekomme, die nicht aus Ärger und Hass besteht, aber ja. Warum nicht? Er hat viel getan, damit du in Kingston als unbescholtene Stipendiatin studieren kannst. Dann wird er vermutlich auch etwas wie ... Sorge um dich kennen.«

»Und wo sind die anderen jetzt? Auch hier?«

»Nein. Wir wären zusammen sicherlich nicht aufs Gelände gekommen. Aber ich wohne hier, und daher können mich die Wachen schlecht abweisen, auch wenn mein ... dein ... ach, verdammt.« Ich schaue genervt zur Decke. »Auch wenn Samuel das Haus lieber nur für dich und sich hätte, bis du ihm vertraust. Er will dich sicherlich davon überzeugen, glücklich über deine Herkunft zu sein, indem er dir seinen Reichtum direkt vor Augen führt. Vermutlich will er dich auch über kurz oder lang als seine leibliche Tochter in diese Familie ... integrieren. Und er plant nicht, sich dafür scheiden zu lassen. Vielmehr glaubt er wohl, meine Mom wird es einfach hinnehmen, da ich schließlich genauso ein uneheliches Kind bin.«

»Ich hasse ihn.«

»Ich auch«, flüstere ich.

»Bitte töte ihn.«

»Gern. Aber nur, wenn ich mir sicher sein kann, dass es kein Märtyrertod wäre. Seinetwegen will ich ungern vom Zirkel verbannt und gefoltert werden.«

»Dann werde ich es tun.«

»Lass ihn auf andere Weise leiden, Belle«, flüstere ich in ihr Ohr.

»Und wie?«

»Fick mich. Lass es ihn erfahren. Mich kann er nicht so einfach vor die Tür setzen.«

Ich entdecke ein kleines Schmunzeln auf ihren Zügen, bevor sie die Augen schließt.

»Bleib bei mir, Jax«, raunt sie müde. »Egal, was ich sage. Egal, womit ich dich verletze. Egal, wie sehr ich dir weismachen will, dass ich dich nicht brauche. Bitte bleib trotzdem.«

»Wirklich?«, frage ich sie stimmlos, doch sie antwortet nicht mehr. Fuck, Belle. Das ist es, was ich hören wollte.

Aber ist es auch das, was du mir sagen willst?

SIEBEN

REECE

»Einer von uns muss jetzt gleich aussteigen, Bro.« Ich klopfe ungeduldig mit den Fingern auf die Armlehne der Autotür. »Einer von uns muss im Motel warten, bis Romeo zurückkommt. Wir können nicht zu dritt in Lionbridge Manor aufkreuzen. Dafür werden sie viel zu wachsam sein, wen sie reinlassen.«

Zayn antwortet nicht. Er starrt wie die gesamte Fahrt über nach vorn. In ein endlos scheinendes Nichts.

»Zayn …« Ich versuche es mit noch sanfterer Stimme, doch auch das zeigt keine Wirkung. »Einer von uns muss zu Tyrell. Du musst nicht mitkommen, wenn du nicht willst. Soll ich dir ein Hotel buchen? In der Stadt? Sylvian kann dir bestimmt etwas aus seiner Zauberkiste für Depressive zukommen lassen …«

Keine Reaktion.

Genervt verdrehe ich die Augen.

»Also soll ich jetzt abbiegen?« Auch Romeo klingt ungeduldig. »Ich glaube, es ist egal, wo wir Zayn zurzeit parken.«

Ich hebe die Schultern, unschlüssig, was ich mit meinem Bruder anstellen soll. Oder wie ich ihm helfen kann. Er sagt seit Stunden kein Wort mehr. Dass sein altes Handy möglicherweise noch immer in der Tyrell-Manson liegen könnte, war das Einzige, was er hervorgebracht hat, seit wir den Strandabschnitt verlassen haben.

»Ja, wir lassen ihn im Motel. Und du holst ihn später ab, um ihn in Tyrells Anwesen einzuschleusen. Wie abgesprochen. Hoffentlich hat er sich bis dahin einigermaßen im Griff.«

»Alles klar.« Romeo setzt den Blinker und verlässt den Highway. Kaum stehen wir an einer Kreuzung vor einer Ampel, öffnet Zayn plötzlich seine Tür und steigt wortlos aus.

»Was zur Hölle«, murmle ich und laufe ihm hinterher.

Ich zerre ihn von der Straße auf den Seitenstreifen. Die Ampel schaltet grün. Romeo muss weiterfahren.

»Was ist in dich gefahren?!«, schreie ich. »Reiß dich zusammen!«

Zayn starrt mich an. Seine Augenhöhlen sind schattig, seine Lippen beben. Es scheint, als würde er seit einer Ewigkeit Tränen zurückhalten, die seine übrige Haut von innen aufquellen. »Was in mich gefahren ist?«, fragt er ohne Kraft.

Ich atme durch, versuche, meinen Ärger hinunterzuschlucken. »Ich weiß, dass er dir viel bedeutet hat –«

»Du weißt *gar nichts*«, zischt er mich an. »Was ist los mit dir, *Bro?* Du hast doch sonst so ein tolles Mitgefühl? Tut es dir überhaupt nicht *leid*, dass wir Vance' Leben zur Hölle gemacht haben, ihn nach allem, obwohl er immer *loyal und treu* war, komplett zerschunden haben und er jetzt einfach unseretwegen tot ist? Weil wir ausgerechnet *ihn* mit Mable mitschicken mussten? Tyrell hätte niemanden von uns abgeknallt. Schon gar nicht dich oder mich als ihren offiziellen Verlobten. Und dich plagt nicht mal der *Scheißhauch* eines schlechten Gewissens.«

Ich massiere mit Daumen und Zeigefinger meine Schläfen.

Das scheint ihm den Rest zu geben. »Ich suche mir selbst ein Motel, danke.« Er stapft über den schlammigen Grünstreifen auf die Querstraße zu und ich lasse ihn ziehen.

Vielleicht liegt es daran, dass ich erst vor Kurzem Zayns und Vance' Verbindung verstanden habe, aber ich kann tatsächlich nicht nachvollziehen, wie er sich fühlt.

Fast bin ich geneigt, zurück zu Romeo ins Auto zu steigen und allein nach Lionbridge Manor zu fahren. Zayn treibt mich an den Rand der Verzweiflung. Seitdem Mable in unserem Leben aufgetaucht ist, wird es mit jedem Tag schlimmer. Er ist verschlossen, er lügt, er vertraut sich mir nicht an, und er macht alles komplizierter, als es sein müsste.

Und meine Geduld, die mich in der Vergangenheit oft genug dazu gebracht hat, ihm jeden Mist zu verzeihen, neigt sich dem Ende.

Wie wohltuend es wäre, ihm die Konsequenzen seines Handelns vor Augen zu führen, indem ich ihn sich selbst überlasse.

Soll er doch sehen, wie er ohne Kreditkarte, ohne Mantel, ohne Bargeld zurechtkommt und wohin ihn seine ständige Kopflosigkeit führt.

Aber er ist leider mehr als nur mein Bruder.

Er ist ein Teil von mir.

Und ich habe mir geschworen, für immer darauf

achtzugeben, dass uns nichts trennen kann. Schon gar nicht er selbst.

Ich gehe zurück zum Tesla, den Romeo mit Warnblinker am Straßenrand geparkt hat, weshalb seit drei Minuten jeder zweite passierende Autofahrer hupt und irgendetwas zu nervigen Elektroautos aus dem Fenster schreit. Statt einzusteigen, trete ich an den Kofferraum und hole unsere Mäntel.

Romeo wirft mir einen fragenden Blick über den Rückspiegel zu.

Ich zucke nur mit den Achseln.

Um meinen Bruder muss ich mich allein kümmern.

Und wenn es bedeutet, dass ich ihm stundenlang an irgendeinem schlammigen Straßenrand hinterhergehen muss.

Ich schlage meinen Kragen hoch, wickle meinen Schal fest ums Gesicht, damit uns niemand zufällig als zwei Crescents erkennt. Dann ergebe ich mich meinem Schicksal. Zayn braucht mich.

Immer.

Auch wenn es mich den letzten Nerv kostet.

ZAYN

Ich hasse sie alle. Mit ihrer aufgeblasenen, reuelosen Arroganz. Wir hätten nie tun dürfen, was wir taten, nie sein dürfen, was wir sind. Wir hätten uns verdammt noch mal zusammenreißen müssen. Aber nein. Statt ein Leben in Normalität zu führen, zerrt mein Bruder mich aus der Klapse, in die ich wahrlich hineingehöre, und setzt mich als sein Doppelgänger ein.

Weil er angeblich ohne mich nicht leben kann und bla, bla, bla. Aber das ist es, wohin ich wieder zurückgehen werde.

In diese Zelle.

Mit dem einen Bett.

Dem einen Waschbecken.

Mit den Schreien, die in der Nacht durch die Gänge hallen.

Genau dort gehöre ich hin.

Denn ich habe Vance das Leben zur Hölle gemacht. Jeden einzelnen Tag, weil ich zu feige war, der Freund zu sein, der er für mich zu sein versuchte. Meine Sünden sind zu groß, um sie wieder gutzumachen. Ich habe sein Leben verwirkt.

Ich gehöre weggesperrt.
Ich und die ganze Horde der glamourösen Kings.

ACHT

MABLE

Als Jaxon aufsteht, will ich, dass er bleibt. Aber ich bin zu schwach, um ihn darum zu bitten. Er soll es von sich aus wissen. Er soll wissen, dass er bleiben muss. Dass er mich nicht hier liegen lassen kann, dass ich aber auch nicht weiß, wie ich aufstehen soll.

Mein Herz ist schwer.

So schwer und mit Trostlosigkeit gefüllt, dass ich nicht weiß, wie ich die Kraft finden soll, überhaupt irgendetwas zu sagen.

»Süße …« Schmetterlinge brechen plötzlich in meinem Bauch auf und verdrängen für ein paar Sekunden die endlose Schwere, als Jaxon sich von der anderen Bettseite über mich beugt. Die Lippen zärtlich an meinem Ohr entlangschweifen lässt. Jaxon Tyrell. Das ehemalige Monster. »Lass uns aufstehen. Uns erwartet ein Tag voller Dramen, ganz wie du es magst.«

Und die Schmetterlinge sterben.

Stöhnend ziehe ich die Decke über den Kopf. »Ich will nicht.«

»Du willst.« Er zerrt die Decke von mir herunter.

»Duschen. Anziehen. Strahlen. Ich will dich noch heute vor meinem Dad tief und lange *lecken.* Sollte ich sagen: unserem Dad? Ich kriege es nicht aus meinem Wortschatz.«

»Das ist ... Ich will nicht, dass das alles wahr ist.« Verzweifelt sehe ich zu ihm hoch, aber er grinst nur.

Anziehend und bildschön und etwas unreal. Denn dass er so zu mir ist ... So zu mir sein *will*, ist fast noch nie vorgekommen.

»Belle«, säuselt er, fährt mit seinen Fingern durch mein zerzaustes Haar. »Du darfst schwach sein und in meinen Armen weinen. Nachts. Wenn es niemand sieht. Aber jetzt wirst du in der Sonne dastehen und glänzen.«

Ich seufze schwer. Alles fühlt sich viel zu schwer und unmöglich an, als ich mich aus dem Bett kämpfe, zum Bad trotte und mich in die Dusche stelle. Nicht einmal Jaxons Anwesenheit kann das Gefühl der Leere und Hoffnungslosigkeit in meiner Brust dämpfen.

Nicht einmal Vance könnte es.

Es ist, als wäre mir die Fähigkeit, zuversichtlich zu sein, einfach abhandengekommen.

Stumme Tränen rinnen an meinen Wangen hinab. Ich will nicht, dass Jaxon sie sieht. Nicht, wenn er sich darum bemüht, mich wieder aufzubauen.

Er soll nicht wissen, dass er es nicht schafft. Nicht schaffen kann. Er soll nicht glauben, dass es etwas mit ihm zu tun hat.

Während ich dastehe und mich vom Wasser überspülen lasse, kommen erneut all die düsteren Gedanken der gestrigen Nacht über mich und setzen sich in mir fest. Als wäre etwas weggespült worden, eine Schicht aus eingebildetem Glück, und die nackte Wahrheit würde mir ins Auge stechen.

Kalt und unberechenbar, gepaart mit diesem gewaltigen Realismus.

Oder ist es Pessimismus?

Ist es überhaupt irgendetwas?

Als ich es nicht mehr hinauszögern kann, mit dem Duschen fertig zu werden, schalte ich das Wasser ab und drehe mich zu Jaxon um.

Er lehnt an der Wand neben der offenen Dusche, ein Handtuch in der Hand, und lächelt, als wäre nie auch nur ein schlechtes Wort zwischen uns gefallen. »Du hast geweint.«

Ich weiche seinem Blick aus. »Nein.«

»Nicht nur wegen Vance.«

Mir ist es unangenehm, dass er mich ertappt hat. Genau das ist es, was ich nicht will. Ihn spüren zu lassen, wie wenig hilfreich seine Anwesenheit in diesem Moment für mich ist. Als könnte er etwas dafür. Das setzt mich unter Druck. Es zwingt mich geradezu, fröhlicher zu sein. Während ich es nicht schaffe.

Ich weiß einfach nicht mehr, wie es geht.

»Belle, du musst dich nicht vor mir verstecken.« Jaxon legt das Handtuch um meine Schultern und trocknet mit einem zweiten meine Haare. »Das alles ist viel für dich gewesen. Viel zu viel. Wenn du dich schlecht fühlst, es dich zerreißt, du weg von mir willst und irgendwie doch nicht … All das ist absolut nachvollziehbar, und wenn du dich durchgehend gut fühlen würdest, wäre mehr in dir kaputt als andersherum.« Er schiebt mich sanft Richtung Waschbecken. Bedient sich dort an dem Spender für Tagescreme und beginnt, sie in meine Schultern einzumassieren.

Gerade jetzt, wenn ich es nicht genießen kann.

»Wir haben es darauf angelegt, dass du an diesen Punkt kommst. Haben dich in ein Verwirrspiel verstrickt, haben dich gefickt, fallen gelassen und dann nach und nach dein Herz wieder zusammengesetzt, nur um dich zu einer Entscheidung zu zwingen, die du nie fällen wolltest. Du musstest die anderen aufgeben, um nicht alle zu verlieren. Wir haben dir viel zugemutet, unsere Egos kämpfen lassen und uns einen Scheiß darum gekümmert, was es wirklich mit dir macht. Denn niemand von uns hätte *jemals* geglaubt, dass du uns *alle* lieben kannst. Und dann ... Dann erfuhr ich, wer du bist. Die Tochter des Mannes, den ich mein Leben lang verabscheut habe. Ich wollte dich hassen, konnte es nicht mehr. Ich wollte mir verbieten, dich anzurühren, habe es nicht geschafft. Ein weiteres nervenzerreißendes Hin und Her für dich, weil ich dich nicht gehen lassen konnte. Und jetzt hat dich alles auf einmal überrollt. Dazu ist Vance verschollen ...«

»Er ist tot.«

»Hast du gesehen, wie er gestorben ist? Hast du seine *Leiche* gesehen?«

Ich schüttle den Kopf. »Es ging alles zu schnell und ...«

»Wir haben seine Weste gefunden. Wie zur Hölle soll er die ausgezogen haben, tot? Warum sollte die Strömung in der Lage sein, einen Reißverschluss zu öffnen und ihm die Weste vom Leib zu reißen? Als er ins Wasser gestoßen wurde, war er noch am Leben. Ich wette mit dir.«

»Dann ist er eben später gestorben. Und aufs Meer hinausgetrieben.«

»Ja. Oder er ist untergetaucht.«

Ich sehe Jaxon zweifelnd über den Spiegel an. »Du verleugnest seinen Tod einfach. Auch sehr praktisch.«

Er seufzt, nimmt sich mehr Creme und reibt meinen Oberkörper ein. Dadurch geht es mir etwas besser.

Ein kleines bisschen.

Als seine Hand meine Pussy erreicht, lasse ich es zu. Es ist angenehm, wie er mich streichelt.

Wie er mich hält.

Wie nah er ist.

Er umfasst mich von hinten, stimuliert mich sanft und ich verliere bröckchenweise meinen Kummer.

»Was ist, wenn Vance noch am Leben ist? Dann braucht er doch bestimmt unsere Hilfe, oder?«

»Wenn er noch am Leben ist, hat es einen Grund, dass er untergetaucht ist. Irgendeinen guten Grund. Ich bin mir sicher, dass er nicht unbemerkt an irgendeinem Strand liegt und verdurstet.« Jaxon beginnt, meinen Hintern mit Creme einzureiben.

»Aber wenn er noch am Leben ist ...«

»Ja?«, fragt er leise.

»Was würde das bedeuten?«

Er hält mit seinen Streicheleinheiten inne und ich drehe mich zu ihm um. Sehe ihn einfach fragend an, denn ich habe nicht die Kraft, die Worte in meinem Kopf auszuformulieren.

»Für wen bedeuten?«, fragt er einfühlsam. »Für dich?«

»Für ... uns.«

Jaxon schluckt und lässt seinen Blick nachdenklich

durchs Bad schweifen. »Ich habe Angst, dass er nie ein Teil von uns werden kann, so wie die anderen es sind. Weil unsere Sünden größer sind, als seine es jemals sein könnten. Er ist mehr wie du. Unschuldig. Gutherzig. All der Scheiß, den wir Kings niemals waren. Ja, er hat mitgemacht, gewissermaßen. Er hat sich bezahlen lassen für Scheiße, die wir in Auftrag gegeben haben. Aber er tat es nicht aus denselben Gründen wie wir. Er hat es nicht …«

»Genossen«, schließe ich, denn ich bin mir sicher, dass Jaxon exakt dieses Wort sagen wollte.

Etwas entschuldigend sieht er mich wieder an. »Ich habe dir bereits gestanden, dass ich es genossen habe. Und die anderen taten das auch. Einer der Gründe, weshalb wir ihn bisher zwar toleriert haben, aber nicht wirklich … akzeptiert. Im Vergleich zu uns ist er derjenige, der wirklich gut für dich wäre.«

»Ich habe es auch versucht, mich nicht in ihn zu verlieben, wirklich! Aber ihr seid alle irgendwie … so verdammt unwiderstehlich.«

Jaxon schüttelt den Kopf. »Hast du mir zugehört? Er ist der Einzige, der wirklich gut für dich wäre. Was ist, wenn dir das früher oder später klar wird? Dann sind wir am Arsch.«

»Also könnten wir nicht … alle … zusammen sein?«

»Möchtest du das?«

»Ja.«

»Mit uns fünf?«

»Ja.«

»Hast du dir je intensivere Gedanken dazu gemacht? Irgendeine genaue Vorstellung? Soll es Wochentage geben, nach denen wir uns aufteilen? Was ist mit Kindern? Wen willst du offiziell heiraten? Mit wem willst du offiziell wo zusammen wohnen? Und wie willst du bei einer Beziehung mit fünf notgeilen Fuckern wie uns Zeit für irgendetwas anderes haben?«

»Ich möchte …« Plötzlich ist meine Niedergeschlagenheit wie weggeblasen.

»Ja?«, fragt Jaxon grinsend.

»Ich möchte euch alle jeden Tag um mich haben«, flüstere ich. »Ich will mit euch Zeit verbringen, als wärt ihr eine Person und ich die andere. Zusammen ins Kino gehen. Zusammen essen gehen. Ich will euch nacheinander küssen und alle in meinem Bett schlafen haben und ich will euch alle gemeinsam heiraten. Fünf Bräutigame und ich. Und dann will ich von jedem von euch ein Baby. Fünf kleine Minikönige, und ihr dürft euch dann um die Meute kümmern, während ich in die Politik gehe und für Frauenrechte einstehe und niedrigere Studiengebühren und bessere Gesundheitsversorgung …«

»Alles klar, Mrs. President.« Er lacht vergnügt, umfasst meinen Hals und knabbert an meinem Ohr. Seine Lippen wandern über meine Wange zu meinem Mund, doch anstatt mich zu küssen, schiebt er mich vor sich her, bis ich mit den Schenkeln an den Wannenrand stoße.

»Jaxon?«, frage ich verwirrt. »Wo willst du hin?«

»Dieses Badezimmer ist das einzige jungfräuliche im ganzen Haus«, antwortet er mit einem verführerischen Lächeln. »Ich finde, wir sollten es einweihen.«

Ich versuche sein Lächeln zu erwidern, aber es fühlt sich kraftlos an. »Es tut mir leid …«, murmle ich verschämt. »Aber mir ist nicht danach.«

»Lass uns ein wenig in eine alternative Realität fliehen, Belle. Lust auf ein kleines Spiel?« Seine blauen Augen blitzen auf, während er mich an meinen Schultern hinunter auf den Rand drückt und im Anschluss vor mir in die Knie geht.

Mein Magen zieht sich zusammen und etwas in meinem Schritt beginnt zu pochen. Nur mein Kopf. Mein Kopf kann einfach nicht abschalten. »Jaxon, es tut mir leid. Ich will nicht.« Ich strecke meine Hand nach seinem Gesicht aus und streiche mit meinen Fingerspitzen sanft über seine Wange. »Ich fühle mich elend.«

Er nimmt meine Hand, führt sie zu seinem Mund und haucht einen sanften Kuss auf meinen Handrücken. Erneut durchstößt ein Kribbeln meinen Bauch. Er ist ganz anders als sonst. So als wäre er hier bei sich zu Hause ein anderer Mensch. »Wir werden gleich frühstücken gehen. Dein Vater hat bestimmt für uns alle gedeckt. Du, er, ich, meine Mom. Und ich will dich vorher markiert haben, ich will, dass deine Pussy noch nach mir schreit, wenn wir dort unten sitzen. Er soll mich an dir *riechen* können.«

»Jaxon ...«

»Das ist die Rache, die er verdient.«

Ich seufze. Er hat recht. Allerdings will ich nicht an meinen Vater denken, wenn Jaxon zwischen meine Beine geht. Sondern nur an mich. An uns. Ich bin ihm einfach so dankbar dafür, dass er gerade so ist, wie er ist. Er hat mich am Boden. Dort, wo er mich eigentlich immer haben wollte. Er bräuchte nur noch reinzutreten, um mich endgültig zu vernichten. Doch er tut es nicht. Im Gegenteil. Er tut alles, um mich wieder aufzubauen. Weil er mich glücklich machen will.

Ich spüre es. Ich weiß es.

Ich atme tief ein und widerstehe dem Drang, ihn von

mir zu schieben. Stattdessen zwinge ich mich, auf dieses *Spiel*, das er mir soeben angeboten hat, einzugehen.

Es ist, wie wir funktionieren, nicht wahr? Mein Einsatz ist jedes Mal meine Seele, und mal ist sie zerbrochen, mal blieb sie ganz und mal wurde sie geheilt.

Was, wenn ich von nun an den Jaxon vor mir habe, der nur noch spielen will, um mich gewinnen zu lassen?

Kann das sein?

»Stell dir vor«, beginnt er mit leiser Stimme, »du bist fünfzehn Jahre alt. Vielleicht auch schon sechzehn.«

Irritiert runzle ich die Stirn, doch ich erwidere nichts.

»Du bist erst vor Kurzem hierhergezogen und neu an der Prep School, auf die dein Vater dich schickt. Du hast erfahren, wer er ist und wie viel Geld er scheißt. Du ziehst bei ihm ein, bei ihm und deiner neuen Stiefmutter und ihrem Sohn.« An seinem Tonfall kann ich erkennen, wie sehr ihn diese Vorstellung zum Schmunzeln bringt. »Deine Stiefmom und dein Stiefbruder geben dir das Gefühl, nicht willkommen zu sein. Und vor allem die anderen Mitschüler machen es dir nicht leicht. Sie sind eine eingeschworene Gesellschaft und wissen nicht, was sie von dir halten sollen.«

Ich verdrehe die Augen. »Sag doch gleich, ich soll mich an meinen ersten Tag in Kingston zurückversetzen.«

»Schließ deine Augen, Belle«, knurrt er mich warnend an.

Ich verdrehe sie nochmals und schließe sie wieder.

Wie um mich zu belohnen, streicht er mit einem Finger über meine Lippen und dann spüre ich einen sanften Kuss auf ihnen. »Deine ersten Schultage an der

Prep School sind einsam. Sie geben dir das Gefühl, nicht erwünscht zu sein.«

Erneut ziehe ich eine unwillige Grimasse, aber ich lasse mich darauf ein.

»Erst recht die beliebten Schüler. Denn dein Stiefbruder ist einer von ihnen. Er gehört zu denjenigen, mit denen alle befreundet sein wollen. Sie schauen auf dich herab und reden ganz offensichtlich über dich. Natürlich ist ausgerechnet dein neuer Stiefbruder der heißeste Typ der Schule.« Wieder das Schmunzeln in der Stimme. »Der, auf den alle abfahren. Er macht keinen Hehl daraus, wie egal du ihm bist.«

»Könnte spannend werden«, kommentiere ich und genieße es, dass Jaxon bereits vor einigen Worten angefangen hat, mit seinen Fingerspitzen sanft über meinen Hals zu streichen.

In diesem Moment erreichen sie meine Schultern und dann meine Oberarme. Ich erzittere. Es fühlt sich so ungewohnt sanft und zärtlich an.

Als würde Jaxon instinktiv spüren, was ich gerade brauche.

»Doch er ist dir nicht egal«, führt er besonnen fort. »Etwas an ihm zieht dich magisch an. Als wärt ihr füreinander bestimmt.« Seine Fingerspitzen erreichen meine Handrücken und streichen daraufhin wieder hinauf und begegnen sich an meinem Dekolleté. In einer fließenden Bewegung öffnet er den Knoten meines Handtuchs und es fällt zu meinen Seiten hinab.

Die mittlerweile abgekühlte Luft im Bad trifft prickelnd auf meine Nippel, die sich aufstellen, und als Jaxons Fingerspitzen sie leicht berühren, seufze ich ungewollt auf. Es tut so gut, einfach nur liebevoll von ihm berührt zu werden und seiner Geschichte zu lauschen.

»Als die erste große Party bei einem deiner Mitschüler ansteht, wirst du zu deiner eigenen Überraschung eingeladen. Du gehst hin, obwohl du glaubst, dass deine Einladung ein fieser Trick ist, um dich zu demütigen. Doch nichts passiert.« Seine Fingerspitzen wandern über meinen Bauch und meine Hüfte. Ich sehe es vor mir.

Stelle mir vor, wie alles ganz anders hätte verlaufen können.

Mein Vater, der mich aus dem Trailerpark rettet.

Der mich in dieses Schloss einziehen lässt.

Ein liebevoller Vater ist, während Jaxons Mom mich hasst.

Jaxon, wie er mich mit kaltem Blick willkommen heißt. Ich im ersten Jahr der Highschool, er als Senior.

Wie ich darauf hoffe, dass er mich akzeptieren wird, damit ich in dieser neuen Welt aus Reichtum und Glamour bestehen kann. Aber er tut es nicht.

Er ignoriert mich.

Nimmt mich nicht wahr.

Aber immer, wenn wir uns im Haus begegnen, spüre ich eine Hitze zwischen uns. Werden meine Wangen rot.

Ich kann es nicht verbergen.

Und auf der Party ...

»Du hast Spaß. Einige der Mädchen reden mit dir. Schließlich bist du eine Tochter aus einer angesehenen Familie, und nicht alle können so tun, als hätten sie kein Interesse an dir.« Jaxon erreicht meine Oberschenkel und schiebt sie mit einem Ruck auseinander, sodass ich leise aufkeuche. »Aber als du im Badezimmer bist, geht auf einmal das Licht aus.«

Ich verspanne. Als würde es wirklich passieren. »Wird es doch eine Horrorstory?« Ich kann nicht anders, als das zu kommentieren. Obwohl ich es genieße, dass Jaxon so zärtlich ist, ist es ungewohnt. Was, wenn dieses *Spiel* böse endet?

Jaxon ignoriert mich. »Zuerst denkst du dir nichts dabei, aber als du nach deinem Handy greifen willst, ist es verschwunden. Jemand muss es dir geklaut haben. Also tastest du dich im Dunkeln voran, um die Tür aufzuschließen, doch sie ist blockiert. Du rufst und hämmerst ans Türblatt, doch niemand scheint dich zu hören.« Seine Finger fangen an, meine empfindliche Haut an der Innenseite meiner Schenkel zu streicheln. »Du tastest dich wieder im Dunkeln voran und setzt dich schließlich auf den Wannenrand. Und dann passiert es. Du hörst jemanden atmen.« In dieser Sekunde trifft sein heißer Atem auf mein Ohr und ich fahre zusammen.

Mein Puls beschleunigt.

»Jaxon, das ... ist eher gruselig und nicht heiß«, flüstere ich.

»Mhm«, macht er nur. Ich höre ein Klicken und das Licht geht tatsächlich aus.

Fuck.

Ich spüre ihn vor mir.

Und alles ist so echt.

So möglich.

Als hätte es wirklich so geschehen sein können.

»Hey«, raunt Jaxon verführerisch in mein Ohr. »Die Stimme, die das zu dir sagt, kommt dir bekannt vor, und du realisierst, dass es dein Stiefbruder ist. ›Ich wollte dich heimlich ficken, kleine Sis‹, raunt er. ›Deshalb habe ich dafür gesorgt, dass du zu dieser Party eingeladen wirst.‹«

Unwillkürlich spreize ich meine Beine weiter.

Schüchtern. Als wäre ich wirklich dort. Als wäre das wirklich echt.

»Du stehst auf mich, Sis, nicht wahr?«, flüstert er.

»Ziemlich«, flüstere ich.

»Wie oft hast du schon davon geträumt, dass ich aus meinem Zimmer nachts in deines komme und mich zu dir lege, hm?«

»Oft.« Meine Stimme ist ein Hauchen.

»Es wäre allerdings ziemlich sittenwidrig, wenn ich dich als dein Stiefbruder ficke, findest du nicht?«

»Mhm.«

»Und dann bist du auch noch Jungfrau ...«

Mein Atem geht bebend.

»Weißt du, warum ich dir in diesem Badezimmer aufgelauert habe?«

»Nein.«

»Weil ...« Für einen Moment gleiten seine Finger über meinen Venushügel und ich seufze leise auf. »Weil ich dich will und uns hier niemand hört.«

»Ich ...« Auch wenn es vielleicht albern ist, spiele ich mit. »Ich will nicht, dass es hier passiert«, flüstere ich.

Einer seiner Finger wandert zwischen meine Schamlippen und taucht für einen kurzen Moment in mich ein, sodass ich Schwierigkeiten habe, mich auf meine Worte zu konzentrieren.

»Was hier passiert?«, fragt er dunkel.

»Sex. Mein erstes Mal. Ich will nicht.«

»Hmm, sicher?« Sein Mund wandert von meinem

Ohr über meine Wange bis zu meinen Lippen, wo er für einen kurzen, köstlichen Augenblick verweilt. »Dann werde ich dich einfach nur kosten, Amabelle. Ich werde meine kleine, unschuldige Stiefschwester, die noch keine Ahnung hat, wie scheußlich die Elite ist und was sie an dieser Schule erwartet, in diesem marmornen Badezimmer mit seinen vergoldeten Armaturen so lange lecken, bis sie kommt. Was dagegen?«

»Ich …« Wieder taucht sein Finger in mich ein und massiert mich von innen. Er trifft genau den Punkt, der mich innerhalb von Sekundenbruchteilen schmelzen lässt. »Nein.«

Ein leises Lachen an meinen Lippen, und dann merke ich, wie er sich zu meinen Schenkeln beugt, spüre seinen Mund auf meinem Venushügel, wie seine Zunge über meine Schamlippen fährt. Seine Finger bohren sich in meine Schenkel und bringen mich dazu, die Beine noch weiter zu spreizen.

Er gibt ein leises Knurren von sich und versenkt seinen Mund auf meiner Mitte und drückt seine Zungenspitze auf meine Perle. Ich kann nicht anders, als laut aufzustöhnen. »Oh Gott, ja, Jaxon!«

Er hat es geschafft. Dieser Moment gehört nur uns beiden. Ich strecke mich ihm entgegen, öffne mich ihm, will, dass er mich ganz und gar nimmt.

Ich will vergessen. Ich will nur noch das Hier und Jetzt genießen.

Sanft leckt er über meine Klit, bringt mich zum Keuchen und lässt zwei Finger in mich eintauchen. Ich greife in sein weiches Haar, weiß nicht, wo ich mich sonst festhalten soll.

Es ist stockfinster, ich sehe nichts, und die Geschichte, die er erzählt hat, klingt noch in mir nach.

Sehnsucht durchbricht mich. Wie es wohl gewesen wäre? Ob er mich damals geliebt hätte? Wären wir daran gescheitert, Stiefgeschwister zu sein? Denselben Namen zu tragen? Hätten wir niemals zueinandergefunden?

Oder wären wir so wie jetzt gewesen?

Hätten uns jeden Tag in diesem riesigen Haus in dunklen Ecken und leeren Räumen getroffen, um zu vögeln?

Damit er die unanständigsten Dinge mit mir tut, während mein Vater und seine Mutter keine Ahnung haben, was geschieht?

Wieder gleitet Jaxons Zunge über meine Perle, während seine Finger mich langsam und vorsichtig ficken. Tief tauchen sie in mich ein, krümmen sich und berühren mein Innerstes, sodass ich mich unter seinen Berührungen aufbäume.

Dann entzieht er sich mir, und ich wimmere unter dem Verlust auf, da ich in diesem Augenblick nichts anderes spüren will als die Fülle, die seine Finger in mir verursacht haben.

»Nicht so ungeduldig, Belle«, murmelt er mit einem leisen Lachen und dringt auf einmal mit einem seiner Finger in meinen Anus ein, während er mich gleichzeitig mit seiner Zunge zu ficken beginnt.

Ich lasse mich fallen und lasse zu, wie meine Lust die Kontrolle übernimmt. Verführerische Bilder schwirren durch meinen Kopf. Jaxon und ich. Das Traumpaar der Schule. Wie jeder über uns spricht. Wie die Moral an uns zerschellt. Wie Samuel herausfindet, was wir hier tun.

Wie er beobachtet, dass sein Stiefsohn seine leibliche

Tochter im Badezimmer leckt. Dass er sie mit seinen Fingern fickt, dass er mit seiner Zunge in sie eindringt. Wie er sie zum Stöhnen bringt und wie seine Tochter ihre Beine noch weiter für ihn spreizt, den Kopf in den Nacken wirft und schließlich laut aufschreit, als sie kommt.

Ich verkrampfe mich. Genau das ist es.

Das ist die Rache, die er verdient.

Und das Leben, das *ich* verdiene.

JAXON

Das wäre ganz niedlich gewesen, wir zwei, hm? Aber glaub mir, als ich auf der High School war, war ich ein unreifes Baby. Reece und ich haben Mädchenherzen auseinandergepflückt, als wäre es eine floristische Kunst. Sei froh, dass du das nicht mitmachen musstest.

Wobei … Vielleicht hättest du mich auch gerettet?

Lass uns in dieser Idee einfach einen Moment verweilen. Es wird uns guttun.

NEUN

MABLE

Ich sitze beim Frühstück meinem Vater gegenüber.

Es ist eine lange Tafel, gedeckt wie für Könige. Ich bin hereingekommen, er las die *Times.* Dann habe ich mich gesetzt. An einen Tisch mit Vance' Mörder.

Einfach so.

Aber ich habe keine Angst vor ihm.

Angst ist ein Fremdwort, ein Gefühl, das entsteht, wenn der Stresshormonspiegel steigt. Etwas, das mein Körper nicht mehr kennt.

»Hast du ihn wirklich erschießen lassen?«

Er kaut, schluckt, verengt unmerklich die Augen und lächelt dann. »Wir haben viel zu bereden, Ama-... Mable.«

»Hast du ihn wirklich erschießen lassen? Oder wolltest du mich das nur glauben lassen?«

»Er hat die Meute angeführt, die wild in Kingston herumgeschossen hat, und hätte meine Männer beinahe erledigt. Natürlich gab ich als dein Vater den Befehl, zu tun, was nötig ist, um dich zu beschützen.«

Fast lache ich laut auf. »Er hat mich vor den Amokläufern *gerettet*. Wärst du ein Vater, hättest du nicht ausgerechnet den Mann getötet, der mich liebt und alles für mich getan hätte!«

»Er hat dich manipuliert.« Ein Nerv oberhalb seiner Braue zuckt. »Du wirst mir zuhören und *verstehen*. Du wirst *alles verstehen*. Und danach wirst du froh sein, dass er tot ist.«

»Dann rede.« Ich lasse mein Besteck klirrend fallen und lehne mich mit verschränkten Armen zurück. »Rede.«

Samuel seufzt. »Nicht beim Frühstück. In meinem Arbeitszimmer. Wenn du keinen Appetit hast, kannst du gerne dort auf mich warten.«

Ich stehe auf.

Aber ich gehe nicht.

Wütend stütze ich mich mit beiden Händen auf die Tischplatte und sehe ihn geradeheraus an. »Wenn du willst, dass ich dein verdammtes Arbeitszimmer *zerlege*, ›warte‹ ich gerne dort auf dich.«

Samuel betrachtet mich für einen Moment schweigsam, dann kräuseln sich seine Lippen. Das lässt meine Wut noch weiter hochkochen, und ich bleibe, wo ich bin, damit dieser abtrünnige Mensch sich erklärt. »Dein geliebter *Vance Buchanan* ist dafür verantwortlich, dass mehr als zwanzig Studenten letzte Nacht kaltblütig erschossen wurden.«

Ich hebe eine Braue. »Klar.«

»Du glaubst, ihn zu kennen. Du glaubst, *irgendjemanden* zu kennen. Aber nicht nur Harper hat dich in meinem Auftrag monatelang belogen. Auch alle anderen, die dich umgeben haben. Romeo, Reece, Vance. Und ich will nicht wissen, was zur Hölle ausgerechnet Jaxon mit dir angestellt hat, dass du bei der Gala in seine Richtung gesehen hast, als würdest du ohne seine Zustimmung nicht einmal das Wort erheben. Du bist ein *Opfer* einer höllengleichen Situation geworden, und ich bin der einzige Verbündete, der dir für die gesamte Zeit deines Lebens geblieben ist.«

»Vance ist *nicht* für den Amoklauf verantwortlich«, zische ich. »Du wurdest belogen. Nicht ich.«

»Du bist *fleißig*, Amabelle«, seine Stimme wird lauter, »aber du bist nur durchschnittlich *intelligent*. Du bist trotz deiner Mutter nicht gegen die Intrigen gewappnet, die sich in Kingston um dich herum gesponnen haben. Wage es nicht länger, mich oder das, was ich für dich bin, infrage zu stellen. Ich habe es überhaupt nicht *nötig*, verständnisvoll und höflich zu dir zu sein. Wenn die einzige Sprache, die du sprichst, die der Erniedrigung und Gewalt ist, wende ich sie gerne an. Ich will das Beste für dich, solange du dich dessen würdig erweist. Verurteile mich erst dann, wenn du die *gesamte* Wahrheit kennst. Obwohl es nicht deine Stärke zu sein scheint, dir *in Ruhe* ein Urteil zu bilden. Entweder du vertraust *blind* oder du vertraust gar nicht, nicht wahr? Wie bei Harper. Und allen anderen.«

Meine Wut kocht von meinen Händen, die sich auf der Tischplatte zu Fäusten geballt haben, bis in meinen Hals hoch. *Die Sprache der Erniedrigung und Gewalt. Durchschnittlich intelligent.*

Ich werde mich rächen.

Ich werde mich für jedes seiner Worte rächen.

Ich werde ihn, verdammt noch mal, *bluten* lassen für seine dämliche Arroganz und diese Überheblichkeit, zu glauben, ich könne jemals mehr in ihm sehen als das Arschloch, das er ist.

Ohne ein Wort zu sagen, lasse ich mich wieder auf den Stuhl sinken.

Diese Schlacht gegen meinen eigenen Vater werde ich nicht gewinnen, indem ich ihm kopflos Vorwürfe entgegenwerfe. Ich könnte mir eine Taktik überlegen.

Aber das brauche ich gar nicht.

Jaxon kennt Samuel besser als ich.

Er wird mir helfen.

Ich muss nicht alleine kämpfen.

Das ist gerade ziemlich praktisch.

Während ich an Jaxons heiße Küsse im Bad zurückdenke und nach einem Croissant greife, um es elegant in meinen Kaffee zu tunken, kann ich ein Schmunzeln nicht mehr unterdrücken.

Du wirst dich wundern, Vater.

Die Wahrheit wird nicht mir das Genick brechen.

Sondern verdammt noch mal dir.

ZEHN

JAXON

»Sie ist *hier* im Haus?« Miranda sieht mich an, als hätte ich ihr einen üblen Scherz erzählt.

Das Verhältnis zu meiner Mutter hat sich verändert. Seitdem mir Romeo offenbart hat, dass sie es war, die ihm die Waffe und den Umhang abgenommen und auf Amabelle geschossen hat, bin ich anders zu ihr.

Die Vorstellung, sie an den Zirkel zu verlieren, wenn ans Licht käme, dass sie versucht hat, Amabelle, die unter dessen Schutz steht, zu töten, zeigte mir plötzlich, wie wichtig sie mir ist. Selbst mein gesamter fehlender Respekt reicht nicht aus, dass sie mir egal sein könnte.

Sie ist meine verdammte Mutter.

Sie hat mich gezeugt.

Mich aufgezogen.

Sie hat mir versucht die Liebe zu geben, die sie als solche kannte. Sie war geduldig, verständnisvoll und all der Scheiß, den eine gute Mutter ausmacht. Und sie wollte mehr als nur ihr Leben riskieren, um meinen Platz im Zirkel zu sichern, indem sie auf Amabelle schoss.

Sie wollte das Richtige tun.

Für mich.

»Sie ist hier«, erkläre ich ihr ruhig. Wenn ich es nicht schaffe, sie zur Ruhe zu bringen, wird sie gleich die nächste Waffe auf Amabelle richten. »Aber du musst mir zuhören.«

Miranda sieht nicht danach aus, als wäre sie dazu in der Lage. Ihre klaren blauen Augen schnellen gehetzt durch den Raum, den Schmuck, den sie sich gerade umlegen wollte, hält sie vergessen in der Hand. Ihre blasse Haut verrät, dass sie überfordert ist. »Er *wagt* es, sie hierherzubringen«, zischt sie. »In *mein* Haus.«

»Dad will dich herausfordern. Er will uns vorführen. Er glaubt, er könne dich damit bestrafen, was Grandma und Grandpa seiner Tochter angetan haben. Samuel ist das Problem. Nicht Amabelle.«

»Sie *ist* ein Problem.« Ihre Stimme ist ein heiseres Flüstern. Der Wahnsinn in ihren Augen verrät, dass sie kaum einen klaren Gedanken fassen kann. »Er bringt sie hierher. *Hierher*.«

Ich atme tief durch. Es hat einen Grund, dass ich meine Mutter vor dem Frühstück in ihrem Zimmer abgefangen habe, um sie darauf vorzubereiten, was im Erdgeschoss auf sie wartet.

Sie ist nicht mehr dieselbe seit der Gala und seit ihr an diesem Abend klar geworden ist, dass Samuel uns hintergangen und jahrelang seine Tochter darauf vorbereitet hat, meinen Platz im Zirkel zu besetzen.

Mittlerweile habe ich nicht mehr das Gefühl, dass Miranda wie eine Mutter für mich ist. Vielmehr bin ich ein Therapeut für sie. Und ich halte sie mit Lügen hin, damit sie kein zweites Mal auf die Idee kommt, etwas gegen Amabelle zu unternehmen.

Obwohl ich Belle liebe, kann ich meine Mom nicht hassen.

»Ich habe dir erklärt, was mein Plan ist«, beschwöre ich sie und umfasse ihre Schultern. Früher hätte ich niemals so mit ihr gesprochen. Und mich dabei auch noch erwachsen gefühlt. Mir kommt es vor, als wäre ich um mehr als drei Jahre gealtert. »Ich werde ihm alles zurückzahlen. Verstehst du das, Mutter? Ich warte nur auf den richtigen Moment. Dieser richtige Moment ist heute. Was würde Samuel wohl am meisten verletzen? Was würde ihn am meisten aus der Fassung bringen? Darum geht es doch, nicht wahr? Uns an ihm zu *rächen*, dafür dass er es gewagt hat, Amabelles Existenz zu verschweigen und sie ohne unser Wissen in Kingston studieren zu lassen …«

»Du sollst dich nicht in Gefahr bringen, Jaxon.« Sie schüttelt meine Hände ab und steckt sich ihre Ohrringe an, während sie vor den Spiegel tritt. »Ich werde das erledigen. Ich lasse sie aus dem Haus werfen. Und mir wird schon einfallen, wie wir sie loswerden, ohne dass der Zirkel etwas mitbekommt.«

»Und was hätten wir davon?!« Ich werde lauter. »Mutter, was zur Hölle haben wir davon, wenn du dein Leben riskierst, um Amabelle zu beseitigen? Samuel *liebt* seine Tochter nicht. Er kennt sie doch auch gar nicht. Er wird nicht um sie *trauern*. Er wird vielmehr die Genugtuung genießen, dass er den Zirkel auf dich hetzen kann, solltest du so naiv sein, zu glauben, es käme nicht ans Licht, wenn du ihr etwas antust.« Ich kann mir nicht sicher sein, dass dieses Zimmer nicht verwanzt ist. Schließlich liebt mein Vater den Überwachungsraum mit den zehn Bildschirmen. Seitdem meine Mutter davon weiß, dass er im Haus

Kameras installieren ließ, ist sie streng darauf bedacht, regelmäßig den Westflügel, in dem ihr Schlafzimmer liegt, untersuchen zu lassen. Trotzdem kann sie dabei eine Wanze oder eine winzige Hightechkamera übersehen. Daher spreche ich nur die Dinge aus, von denen ich sicher sein kann, dass sie meine Mutter nicht verraten.

Sie gemeinsam mit Amabelle in einem Haus zu haben, ist riskant. Sie weiß nichts davon, wie Belle und ich zueinander stehen. Sie würde es nicht verstehen. Daher lasse ich sie im Glauben, dass ich sie nur ficke, um mich an Samuel zu rächen.

Aber auch das reicht Miranda nicht.

Sie ist nach wie vor davon überzeugt, dass es nur einen Weg gibt, wie ich doch noch im Zirkel aufgenommen werde: indem Amabelle stirbt – oder Kingston verlässt.

Und sie würde es sogar tun. Belle würde für mich alles tun, jedenfalls hätte sie das bis vor Kurzem. Im Herbst meinte sie zu mir, dass sie schlechtere Noten schreiben würde für mich. Das ist ihre Liebe.

Eine Liebe, die ich zu lange nicht begriffen habe.

An die ich noch immer nicht ganz glaube.

Doch ich will gar kein Mitglied mehr im Zirkel werden. Das Ergreifen der ultimativen Macht interessiert mich nicht mehr. Zwar habe ich bis zuletzt alles dafür getan, sie zu erhalten, aber wenn ein Leben als Zirkelmitglied bedeutet, ständig darum fürchten zu müssen, lehne ich dankend ab.

Vance ist vielleicht bereits ein Opfer der Lügen und Intrigen des Zirkels und seiner Mitglieder geworden. Was, wenn es einen meiner Kings erwischt?

Nichts könnte mir so viel bedeuten wie das Leben meiner Freunde.

Soll die Welt doch weiter zugrunde gerichtet werden. Sie braucht keinen Retter.

Jedenfalls keinen wie mich.

»Wie oft wollen wir dieses Gespräch noch führen, Mutter?«, frage ich sie sanft, aber bestimmt. »Du musst mir vertrauen. Wir sind *so kurz* davor, unser Ziel zu erreichen. Ich werde Samuels Tochter genau das geben, was sie verdient. Und er wird dabei zusehen müssen. Ohne etwas dagegen unternehmen zu können. Mich kann er nicht töten. Und er wird es nicht.«

»Ich hoffe, du weißt, was du tust«, sagt sie seufzend, drückt kurz meinen Arm und wendet sich ab, um zur Tür zu gehen.

Scheiße, Belle.

Ich hoffe, ich weiß das wirklich.

JAXON

Vielleicht fragst du dich, warum ich sie beschütze. Warum ich sie umsorge. Die Frau, die dir das Leben nehmen wollte.

Tja, Belle.

Sie ist noch immer meine Mom.

Noch immer die Einzige in meinem Leben, die mich bisher nicht verraten hat. Wobei … Sie hat mir nicht erzählt, wer mein Vater wirklich ist. Aber auch das verzeihe ich ihr.

Sie wollte mein Bestes.

Ich kann sie nicht sich selbst überlassen, auch wenn die Kings das nicht verstehen.

Dafür bin ich doch ein kleines bisschen zu gut erzogen …

ELF

MABLE

Ich weiß nicht, warum ich es so faszinierend finde, ausgerechnet mit Jaxon auf diese Art ›verwandt‹ zu sein. Es fühlt sich wie eine ganz neue und ungewöhnliche Form von Familie an, als er und seine Mutter den Raum betreten und sich gegenüber an die langen Seiten des Tisches setzen.

Weder seine Mutter noch Samuel sagen ein Wort.

Doch Jaxon begrüßt mich mit seiner gewohnten Arroganz, ohne durchblicken zu lassen, was wir eben im Badezimmer getrieben haben. »Guten Morgen, Schwester.«

Miranda, so heißt Jaxons Mutter meiner Erinnerung nach, verzieht bei den Worten ihres Sohnes die Lippen und lässt sich von einem der anwesenden Bediensteten Tee einschenken. Sie würdigt mich keines Blickes. Sie scheint eine elegante, gebildete Frau zu sein, doch ich kann niemand anderes in ihr sehen als die maskierte Gestalt, die auf mich zugekommen ist und auf mich geschossen hat.

Sie ähnelt ihrem Sohn. Ihre Haare sind dunkelblond und die Augen eisblau. Sie trägt einen hochgeschlossenen Jumpsuit, der wie maßgeschneidert an ihrem zierlichen Körper sitzt. Die schlichten schwarzen High Heels und der silberne Schmuck lassen sie noch eleganter wirken und schmeicheln ihrer Figur.

Wäre ich jemals von selbst darauf gekommen, dass sie mich tot sehen will?

Ausgerechnet diese Frau?

Samuel scheint nicht zu wissen, was sie getan hat, sonst säße sie sicherlich nicht unbehelligt mit uns am Frühstückstisch. So gut glaube ich meinen Vater bereits zu kennen.

Während wir vier am Tisch schweigend frühstücken, kann ich nicht anders, als daran zu denken, wie das Leben in dieser *Familie* wohl wäre.

Sicherlich könnte ich nicht offiziell mit Jaxon zusammenkommen, oder doch? Das wäre ... Ich weiß nicht, was es wäre. Gerade fühlt es sich eher so an, als wären er und ich das Paar und unsere jeweiligen Elternteile nicht. Sie wohnen zwar unter einem Dach, aber was hat das schon zu bedeuten?

»Wird Sylvian wieder die Feiertage mit uns verbringen?« Miranda richtet das Wort an ihren Sohn, der nickt, während er zu Ende kaut.

Doch Samuel kommt ihm zuvor. »Nein.«

Sie zieht die Schultern zusammen, als würde sie sich davor fürchten, ihm ein Widerwort entgegenzubringen. »Er verbringt *jedes* Jahr Weihnachten mit uns. Er hat keine Familie. Ich werde ihn nicht ausladen, wenn er kommen möchte.«

»Sylvian *hat* Familie«, widerspricht er ihr. »Und hier ist er nicht länger willkommen.«

»Sagt wer?«, fragt Jaxon und lächelt seinen ... Stiefvater blasiert an. »Seit wann bestimmst du allein darüber, wer hier ein und aus geht?«

Samuel straft seinen Stiefsohn mit einem abfälligen Blick. »Sylvian ist gefährlich, jetzt, da er wieder Kontakt zu seiner Familie hat. Er wird dieses Haus nicht betreten.«

»Wir werden sehen«, entgegnet Jaxon achselzuckend und zwinkert mir heimlich zu. Vorfreude erfüllt mich. Von meinem Vater in diesem Schloss festgehalten zu werden stellt sich nicht als so übel heraus wie gestern noch gedacht.

»Bist du fertig, Amabelle?«, fragt Samuel über den Tisch hinweg und stützt sich bereits in den Stand.

»Ja.« Ich schiebe meinen Stuhl zurück. »Dein Büro?«

»Ich habe deine Mom während meiner Highschoolzeit beim Surfen in Miami kennengelernt.« Samuel hat hinter seinem gewaltigen Schreibtisch Platz genommen. Das Zimmer ist überraschend modern eingerichtet mit seinen schwarzen, kantigen Möbeln und dem vielen Glas auf den Oberflächen und wird von allen Seiten in sanftes indirektes Licht getaucht. In seinem Rücken stehen zwei Glasvitrinen, in denen sich kaum Bücher befinden, sondern vereinzelt moderne kleine Skulpturen und exotische Vasen. In der Mitte zwischen den Regalbrettern prangt das Foto eines gewaltigen Rappen mit weißer Blesse, der stolz auf uns herabschaut.

Ein kunstvoller Kronleuchter, der aus filigranem Kristall besteht, hängt wie ein modernes Kunstwerk von der Decke. Gegenüber dem Schreibtisch befindet sich ein braunes Ledersofa mit zwei Sesseln um einen weiteren Glastisch, der auf solch dünnen Beinen steht, dass ich Angst hätte, er würde unter der Last einer Weinflasche brechen.

»Beim Surfen?« Ich will nicht behaupten, dass ich nicht neugierig bin. Auch wenn ich meinem Vater keine seiner Erzählungen einfach glauben werde.

»Ein Freund meiner Familie hat sie eingestellt, um die Saison über die Surfbretter instand zu halten und täglich die beachtliche Sammlung von Staub zu befreien. Ich konnte nicht surfen, und um mich nicht zu blamieren, tat ich so, als würde ich mich außerordentlich für die Surfbretter interessieren. Ich will nicht sagen, dass es Liebe auf den ersten Blick war, aber …«

»Sie war einfach zu haben«, vermute ich abfällig.

Samuel hebt eine Braue. »Du kennst deine Mutter schlecht. Sie war das absolute Gegenteil davon. Jeden Winter aufs Neue versuchte ich sie ins Bett zu kriegen, bis sie den Job kündigte, weil ihre Familie nach Baltimore ziehen musste. Das war der Jackpot für mich. Sie zog direkt in meine Nähe. Ich besorgte mir ihre Handynummer und überredete sie zu einem Date. Es gab genau einen Abend. Einen Abend in einer hippen Bar und eine Nacht in einem billigen Motel, in der ich glaubte, sie könne meine Zukunft sein, in der ich mich so gefühlt habe, wie ich mich niemals wieder fühlen würde.«

»Hör auf damit«, zische ich. »Ich will nicht wissen, wie schwer das Leben mit deinen reichen Eltern war, die sonst was für Erwartungen hatten. Du hast jemanden getötet, den ich *geliebt habe*. Ich nehme dir keines deiner rührigen Gefühle ab.«

»Dieser Jemand hätte beinahe dafür gesorgt, dass du

stirbst!« Samuel herrscht mich mit solcher Lautstärke über den Schreibtisch hinweg an, dass ich zusammenzucke.

»Er hat mich gerettet!«, schreie ich gegen ihn an. »Gerettet und beschützt! Und du hast ihn getötet, ohne eine einzige Sekunde darüber nachzudenken, ob das, was du für die Wahrheit hältst, stimmt! Ich will dich nicht kennenlernen! Ich will nichts über dich und Mom wissen! Denn du kannst *nichts* von dem wiedergutmachen, was du getan hast. Was du mir all die *Jahre* angetan hast und jetzt Vance antun musstest. Du wirst ihn mir nicht zurückbringen können. Egal, was für tolle Geschichten du mir erzählst. Mom und du habt nicht funktioniert? Du warst nie wieder so glücklich wie an diesem einen lächerlichen Abend? Ist das wirklich dein Ernst, Samuel? Willst du mir *so etwas* weismachen, wenn der Mann, der mich geliebt hat und den ich geliebt habe, durch deine Hand gestorben ist?«

Die Miene meines Vaters bleibt steif. »Du hast dich mit Reece Crescent verlobt.«

»Und er hat die Verlobung aufgelöst.«

»Nicht offiziell.«

»Trage ich seinen Ring?!« Ich hebe die Hand, um meinen leeren Finger zu zeigen.

»Du hast dich von Reece Crescent getrennt, um mit *Vance Buchanan* zusammen zu sein?«

»Na und?«, frage ich herausfordernd. »Ich bin nicht wie du und heirate jemanden nur wegen des Geldes.«

»Ich habe Miranda nicht wegen des Geldes geheiratet«, entgegnet er mit unterdrückter Wut. »Wenn du mir zuhören würdest …«

»Aber du hast Vance getötet! Du hast dafür gesorgt, dass er erschossen wird!«

»Er hat die Killer angeführt, die in Kingston zig deiner Kommilitonen ermordet haben!«, bellt er. »Hätten meine Männer einfach zusehen sollen, wie er auch sie nacheinander erschießt?!«

»Er war einer und ihr wart viele!«

»Trotzdem hat er gekämpft wie ein Irrer, als ob er nichts zu verlieren hätte! Du hast nicht seinen Todesschuss gehört, sondern den, den er abgefeuert hat, weil er einen meiner Männer entwaffnen konnte! Wir hatten keine andere Wahl, als ihn zu bändigen!«

»Er hatte etwas zu verlieren! Mich!«

»Aber er wollte nie etwas Gutes für dich!«

»Du kennst ihn doch überhaupt nicht! Ich war dabei, als der Amoklauf losging. DU NICHT!«

»Es gibt Beweise, dass er für den Amoklauf verantwortlich ist.«

»Das kann überhaupt nicht sein!«

»Natürlich kann es das!«

»Zeig sie mir. Zeig mir die Beweise.« Meine Stimme bebt. Ich bebe. Ich will ihm nicht glauben. Ich werde ihm nicht glauben. Es ist auch egal. »Selbst wenn du Beweise hättest, dann hätte er einen fairen Gerichtsprozess verdient. Du bist kein *Gott*, der darüber richtet, wer leben darf und wer nicht.«

»Buchanan hat absolut *keine* Fairness verdient. Darüber habe ich entschieden, ja.«

»Ich hasse dich.«

»Ich werde dir die Beweise zusammenstellen lassen.«

»Okay, bis dahin werde ich *nach Hause* fahren. Mom wird sich Sorgen machen, wenn sie in den Nachrichten vom Amoklauf erfährt. Sie wird sich fragen, ob es mir gut geht. Und ich bin nicht erreichbar. Also werde ich jetzt einfach gehen, und vielleicht überlege ich mir, ob ich mich für die Beweise interessiere.«

Samuel sieht aus, als würden ihm allmählich die Argumente ausgehen. »Wir rufen sie später an. Ich meine, *du* rufst sie später an.«

»Ich darf nicht gehen?«

»Buchanan sollte dich wer weiß wohin bringen. Die Leute, die dich tot sehen wollen, sind noch da draußen. Es ist zu gefährlich.«

Die Leute, die mich tot sehen wollen, sind hier, denke ich bitter. Aber ich will Samuel nicht den Trumpf in die Hand geben, über Mirandas Anschlag auf mich Bescheid zu wissen.

Es klopft an der Tür, bevor ich ihn weiter angiften kann.

Niemand von uns sagt einen Ton, aber die Tür wird dennoch geöffnet.

»Jaxon, geh«, verlangt Samuel trocken, als dieser im Rahmen auftaucht und fröhlich lächelt.

»Ich habe eure Schreie gehört und wollte euch darüber informieren, dass euer Disput selbst durch die dicken Wände dringt.«

Samuel lacht spröde. »Vielen Dank. Jetzt verschwinde.«

»Er soll bleiben«, beschließe ich spontan.

Beide Männer fassen mich ins Auge.

»Jaxon interessiert deine Story sicherlich mehr als mich. Er spielt darin schließlich eine wichtige Rolle, oder? Es muss einen guten Grund geben, weshalb er ein frauenverachtender Mistkerl geworden ist, der keinen Respekt hat und seinen Vater abgrundtief hasst.«

»Danke für dieses Kompliment, Schwesterherz.« Jaxon schließt die Tür hinter sich.

Samuel beobachtet, wie sein Stiefsohn auf die Couch zugeht, auf der ich sitze, sich neben mir niederlässt und einen Arm auf die Lehne legt, sodass es fast so wirkt, als würde er mich umarmen. »Alles, was er getan hat und was er tun wird, zielt darauf ab, seine Mutter und sich selbst zu rächen«, gibt Samuel leise von sich. Die Hände auf dem Tisch gefaltet, die scheinbare Ruhe in Person. »Was auch immer du glaubst, was ihr für ein freundschaftliches Verhältnis habt, es basiert auf Täuschung und Lüge.«

»Freundschaftliches Verhältnis?«, wiederhole ich herablassend. »Du hast mich doch hierhergebracht, in das Haus, in dem Jaxon seine Ferien verbringt, mit dir und seiner Mutter wohnt, damit wir eine große, tolle neue Familie werden, richtig? Wenn du glaubst, dass er mich nur zerstören will, wieso hast du dann nicht ihn getötet? Oder warte, warum hast du mich überhaupt hierhergebracht? Ist es nicht eher andersherum? Benutzt du nicht *mich*, um dich an Miranda und Jaxon zu rächen?«

»Es reicht«, zischt Samuel.

Ich zucke mit den Schultern. »Also lass uns an deiner berauschenden Geschichte über dein verlorenes Leben teilhaben, *Dad*. Vielleicht öffnet es uns ja die Augen, und wir verstehen endlich, wieso du so ein gewaltiges Arschloch bist.«

Ohne Jaxon anzusehen, spüre ich seine moralische Unterstützung wie nie zuvor.

Samuel wirkt, als würde er innerlich implodieren, bevor er sich das Gesicht reibt, gen Decke blickt, tief durchatmet und mit einem Mal wahnsinnig müde wirkt.

»Nicht so leicht, das mit der Erziehung, hm?«, fragt Jaxon genüsslich. »Vor allem, da deine Tochter leider schon erwachsen ist.«

Samuel seufzt, richtet sich auf, geht zu einem golden eingefassten Beistelltisch und bedient sich an einer exklusiv geformten Glaskaraffe. »Drink?«

Jaxon und ich nicken synchron.

Darüber schüttelt mein Vater erneut den Kopf. Drei Gläser in zwei Händen balancierend, setzt er sich auf einen der Sessel und reicht sie uns. »Vielleicht war ich naiver, als ich bisher angenommen habe. Ich hätte dich in Kingston stärker im Auge behalten sollen, Mable. Ich dachte, du wärest dort endlich sicher, viel sicherer als im Trailerpark zumindest, aber ich habe mich wohl getäuscht.«

»Mach doch da weiter, als du fast geweint hast, weil du mit meiner Mom nur eine einzige tolle Nacht verbringen durftest, bevor du ihr Leben zur Hölle gemacht hast«, schlage ich ihm freundlich vor.

Die Hand, mit der Samuel sein Glas hält, verspannt, als überlege er, es zu Boden zu donnern. »Sag mir«, raunt er und wirft Jaxon einen seitlichen Blick zu. »Sag mir, dass sie nicht immer so ist.«

Jaxon hebt die Brauen. »Keine Ahnung, warum sie so zu dir ist. Ich habe schon viel mit ihr angestellt, aber ihren Loverboy habe ich noch nicht getötet. Vor ihren Augen. Eiskalt.«

»Wie steht ihr wirklich zueinander?«, will Samuel misstrauisch wissen. »Stimmt doch alles, was du damals im Internet veröffentlicht hast, Mable? Ich dachte, das meiste sei erfunden gewesen.«

»Deine Story«, verlange ich. »Bitte herzerwärmend. Du hast das so schön hinbekommen.«

»Du kannst verdammt froh sein, dass du von meiner Erziehung verschont geblieben bist, Amabelle.« Seine Stimme bekommt erneut einen drohenden Unterton.

»Ja? Wäre ich sonst wie Jaxon geworden, der sogar ein riesiges Spiel inszeniert, um dein tolles Stipendiatenprogramm zu torpedieren, ohne dass du etwas dagegen hättest tun können?«

»Niedlich, oder?«, kommentiert Jaxon meine Bissigkeit. »Frauen und ihr Mundwerk. Bei Mom hast du es geschafft, dass sie niemals die Stimme gegen dich erhebt, aber ich fürchte, bei Amabelle bist du zu spät dran.«

»Ich merke es«, gibt er trocken zu. »Also, wo war ich.« Er lehnt sich zurück, während sein Blick Richtung Fenster schweift. »Deine Mutter, Mable, und ich waren das, was ich verliebt nennen würde. Kopflos. Sie ein Nichts, mittellos, ich so unverschämt reich und wohlhabend, dass es für sie wie ein kleines Märchen gewirkt haben muss. Wir trafen uns nur wenige Tage, bevor ich mein Studium in Kingston begann. Ich glaubte noch, ich könne mit ihr eine Beziehung führen. Am Wochenende nach Baltimore fahren. Das naive Denken eines Jungen. Aber natürlich war ich nicht so romantisch veranlagt, wie ich bei unserem ersten Date glaubte. Kingston verschlang mich. Die Partys, der Sex, die Drogen, der Druck. Ihr kennt das, oder?«, fragt er mit einem zynischen Zwinkern. »Es stellte sich schnell heraus, dass ich vor allem zu ehrgeizig war, um nicht die Wochenenden in der Bibliothek zu verbringen.«

»Aber Mom zu schwängern hast du dann dennoch geschafft, hm?«

»Ich wusste, dass Penelope keinen Platz in meinem

Leben haben würde. Doch eine andere Frau gefiel mir auch nicht. Trotzdem verlobte ich mich mit Miranda. Sie war überaus smart, nicht so ... oberflächlich wie andere. Es war eine gute Wahl, unsere Bindung verschmolz zwei angesehene Familien und schien mein Schicksal zu sein. Selbst als wir beide in den Zirkel aufgenommen wurden, glaubte ich noch, dass dies ein gutes Zeichen sei.«

»Nur hatte sie leider eine Affäre«, wirft Jaxon ein. »Wie hast du davon erfahren?«

»Sie wurde kurz vor der Ehe schwanger. Zwei, drei Wochen vorher. Aber trotzdem zu früh.«

»Du willst mir sagen, du hast Mom nicht vor der Ehe gevögelt?«, fragt Jaxon zweifelnd.

»In meinen Augen war sie keine Frau, die man *vögelt*, Jaxon«, entgegnet Samuel kalt. »Sie war eine Frau, die man heiratet. Also ja, wir haben gewartet. Wie man das früher gemacht hat.«

»Du hast dich doch nicht mit dem Sex bis zur Ehe zurückgehalten, oder?«, frage ich interessiert.

»Nein«, erwidert er.

»Aber sie hätte es tun sollen.« Ich trinke einen Schluck. Der Alkohol brennt mir im Rachen.

»Sie hätte nicht *schwanger* werden sollen«, knurrt er. »Von einem anderen. Das ist die disziplinarische Aufgabe. Nicht auf Sex zu verzichten. Sondern Sex zu haben, ohne dass es irgendjemand bemerkt. Und das auch nur *vor* der Ehe. Ich habe nie geplant, Miranda zu betrügen, sobald wir verheiratet sind. Mir war klar, worauf ich mich einlasse.«

»Woran hast du erkannt, dass sie schwanger war?«

»Sie hat sich fast täglich übergeben«, antwortet er

mir. »Und ich weigerte mich, mit ihr zu schlafen, bis ich Gewissheit hatte.«

»Keine berauschende Hochzeitsnacht?«, fragt Jaxon.

Samuel geht nicht auf ihn ein. »Sie hätte mir das Kind einfach untergeschoben. Das Kind eines anderen. Ich hätte die Ehe sofort annullieren sollen, aber ich war feige und wollte nicht wie der Idiot dastehen, der von seiner frisch Vermählten dreist betrogen wurde. Also spielte ich das Spiel mit. Und ohne jedes schlechte Gewissen suchte ich nach Penelope. So blind und verliebt und hoffnungsvoll, ich könnte mit ihr in ein großartiges Leben starten, war ich nicht mehr. Aber ich wollte sie auch nicht verlieren. Sie war damals die Einzige für mich, bei der ich mich nicht wie in einem Gefängnis gefühlt habe.«

Ich mag Samuels Offenheit und bedaure, dass er meine Sympathien nicht verdient hat. Reflektierte Menschen, die zu ihren Schwächen und Fehlern stehen, haben schon immer leicht mein Herz gewonnen, wie man vortrefflich an meiner Liaison zu den Kings erkennen kann.

Aber es reicht längst nicht, um zu vergessen, was mein Vater getan hat.

»Also hast du ihr Lügengeschichten erzählt«, vermutet Jaxon. »Sie kannte nicht einmal deinen vollen Namen, richtig?«

»Für sie bin ich ›Sam‹«, gibt er zu.

»Sie wusste weder, dass du verheiratet bist, noch, dass du in Kingston studiert hast, und das ist auch der Grund, weshalb du in der Politik im Hintergrund geblieben bist, nicht wahr? Obwohl du längst hättest Senator werden können. Du wolltest nicht, dass sie dich erkennt und Amabelle von dir erzählt.«

Samuel widerspricht ihm nicht. »Sie wurde schwanger. Es war nicht geplant, aber es ist passiert. Ich kaufte euch ein Haus, stellte sicher, dass es euch an nichts fehlte, und besuchte euch, wann immer ich konnte. Doch das Doppelleben hatte seinen Preis. Ich begann mich in meinen Lügen zu verrennen, sodass Penelope dachte, ich hätte noch eine andere. Und ich ertrug es nicht, zu sehen, dass sie mir misstraute, denn verletzen wollte ich sie nicht. Aber hätte sie mir geglaubt, dass ich Miranda nicht liebe? Ich bin in dieser Zeit an meine Grenzen gestoßen und habe sie meinen inneren Zwiespalt spüren lassen. Sie litt, und ich bemerkte zu spät, dass sie sich mehr Medikamente verschrieben ließ, als ihr guttaten. Viel zu spät.«

Ich hasse es, wie gut ich mich in ihn hineinversetzen kann. Seine Worte sind so tiefschürfend und ehrlich, dass ich Verständnis entwickle, obwohl ich das Opfer dieser Geschichte bin.

»Der Druck ließ mich unvorsichtig werden. Ich konnte alle täuschen bis auf meine eigenen Eltern. Sie kannten mich zu gut. In kürzester Zeit hatten die Detektive der Tyrells alles über meine Affäre herausgefunden. Und an dieser Stelle teilen wir alle in diesem Raum wohl dasselbe Schicksal, denn das Verhältnis zu meinen Eltern war noch nie besonders gut. Doch dass sie ausgerechnet ihre leibliche Enkeltochter ... Sie haben kaum gezögert, dich einfach töten zu lassen. Die Schmach im Stammbaum der Tyrells zu eliminieren. Einerseits ist es bitter, dass du keine Großeltern mehr hast, Amabelle. Aber andererseits: Sei dankbar, dass du ihnen niemals begegnen wirst.«

»Sie wollten mich töten?«, frage ich beklommen.

»Ja. Und das, obwohl ich ihnen alles erzählte. Darüber, dass Jaxon nicht mein Sohn ist, darüber, dass Miranda mir dieses Kind von einem anderen unterjubeln wollte. Das bestätigte sie nur in dem Gedanken, dafür zu sorgen, dass nichts davon jemals ans Licht kommt. In meiner Panik bat ich sogar Miranda um Hilfe. Sie war schließlich ebenfalls Mutter. Sie hatte dasselbe getan wie ich. Ich bat sie, eine Lösung zu finden, doch sie wollte einer Scheidung auf keinen Fall zustimmen. Sie ist eine perfekte Tochter und eine Person mit weißer Weste, in jederlei Hinsicht, und in ihrem Lebensplan kam eine gescheiterte Ehe einfach nicht vor. Ich hätte mich darauf auch eingelassen, hätte das leidige Spiel weitergespielt, aber sie hatte weniger ein Problem mit meiner Affäre. Sondern vielmehr mit dir.« Samuel sieht mich tiefgründig an. »Sie glaubte, dass der Platz ihres Sohnes im Zirkel gefährdet wäre, wenn du existierst. Es war krank, wie sehr sie sich darauf versteifte. All meine Versprechen, ich würde dafür sorgen, dass du niemals in Kingston studierst, halfen nichts. Sie sah dich als Bedrohung für ihren Sohn, und sie bat meine Eltern …«

Die Luft im Raum wird dünner. Zwar weiß ich nicht, ob Samuel die Wahrheit sagt, aber ich spüre, dass sogar Jaxon ihm glaubt.

»Ich sorgte rechtzeitig dafür, dass Penelope und du fliehen konntet. Ich gab ihr Bargeld und einen Brief und ließ sie von einem meiner Sicherheitsmänner weit weg bringen. Ich schrieb in dem Brief, dass sie selbst dem

Mann, der ihr bei der Flucht helfen würde, nicht trauen kann und sie ihn überwältigen muss, damit er nicht erfährt, wohin sie letztendlich verschwindet. Dafür hatte ich ihr Chloroform mitgegeben. Sie schaffte es. Ihre Spur war vollends verwischt. Ich merkte zu spät, dass auch ich sie nicht mehr finden würde.« Erschöpft fährt er sich durch die Haare. »Ich fand euch nicht. Egal, wo ich nach euch suchte. Sie kontaktierte nicht einmal ihre Eltern. Ließ all ihre Konten für immer unangerührt. Erst als ihr Vater an einem schweren Infekt starb, viele Jahre später, kam sie zu dessen Beerdigung. Ich konnte ihre Spur aufnehmen und suchte sie auf. Sie war eine andere Person. Ihr Gesicht eingefallen, von Medikamenten zerfressen. Ich hätte dich mitnehmen müssen, Mable.« Seine Stimme verliert an Kraft. »Ich hätte dich sofort dort rausholen müssen. Aber wie? Wohin hätte ich dich bringen können, ohne dein Leben zu gefährden? Und hätte ich dir deinen Vater, der dich nicht sehen darf, *und* deine Mutter nehmen sollen? Penelope drohte mir, sich umzubringen, wenn sie mir noch einmal begegnen würde, und ich glaubte ihr sofort. Ich war hilflos. Voller Angst. Es war sowieso riskant, dass sie zu der Beerdigung ihres Vaters gekommen war. Ich habe den schlimmsten Fehler meines Lebens begangen, als ich dich ... dort zurückließ. In diesem winzigen, dreckigen Apartment, in der eine Bong offen herumlag. Ich hätte zur Polizei gehen können. Ich hätte den Zirkel informieren können. Du wärst von da an unter meinem Schutz gewesen. Oder? Oder hätten meine Eltern einen Weg gefunden, mich für den Schandfleck auf ihrem heiligen Stammbaumteppich büßen zu lassen?«

Da Samuel eine Weile in sein halb leeres Glas stiert, nutzt Jaxon die Gelegenheit, mir kurz und sanft die

Schulter zu drücken.

Ich hasse meinen Vater nur noch mehr.

Dafür, dass er es schafft, Worte zu finden, die etwas erklären. Die ihn erklären. Die seine Reue zeigen.

Ich hasse ihn.

Weil ich ihn mögen will.

Den Mörder von Vance.

»Ich habe dich immer geliebt, Amabelle. Aber ich hielt mich trotz des Zustandes deiner Mutter nicht für das bessere Elternteil. Vergeblich versuchte ich, mir eine Strategie zurechtzulegen, wie ich dir hätte helfen können. Als dein Großvater plötzlich einen Herzinfarkt hatte, war es für mich wie ein Befreiungsschlag. Meine Eltern waren nur noch darum bemüht, sein Leben zu verlängern. Ganz mit sich selbst beschäftigt und auf sich konzentriert. Also begann ich vorsichtig, Kontakt zu Leuten aufzunehmen, die nicht wussten, wer ich war, aber tun würden, was ich verlangte. Personenschützer, die ich in deiner Nähe platzieren ließ. Dealer, die so taten, als würden sie deiner Mutter von sich aus bessere Preise machen, sodass sie nicht mehr auf irgendeine Form von Prostitution angewiesen war. Am Ende wohnten im Trailerpark fünf meiner Leute. Darunter zwei Frauen, die sich um dich kümmerten, wenn es deine Mom nicht konnte.«

»Helena und Cynthia?«, frage ich.

»Helena«, bestätigt mir Samuel. »Cynthia hat dich von sich aus ins Herz geschlossen.«

»Ich schleuste Privatlehrerinnen in deine Schule ein. Keine von ihnen weiß, von wem sie bezahlt wurden. Aber ihr Gehalt war gut genug, damit sie keine Fragen stellten. Sie förderten dich heimlich, und als aus dir trotz allem ein intelligentes, selbstbewusstes Mädchen geworden war, fasste ich einen ganz neuen, kühnen Plan. Was, wenn ich mich an meinen Eltern und vor allem auch an Miranda dadurch rächen könnte, indem ich dafür sorge, dass du *tatsächlich* Jaxons Platz im Zirkel einnimmst? Es schien mir fast unmöglich zu sein, dich unbemerkt nach Kingston zu schleusen, aber ich war vernarrt in diese Idee. Du bekamst bessere Lehrer, bessere Mitschüler. Ja, ich sorgte dafür, dass du mit den besten deines Jahrganges zusammen in Kurse gesteckt wurdest, damit du von einer guten Lernatmosphäre profitierst. Als du anfingst, in die Pubertät zu kommen und auf Partys zu gehen, bekam ich Angst, dass du wie deine Mutter enden könntest. Also fing ich an, Schülerinnen mit Schauspieltalent zu finden, die so tun sollten, als wären sie deine Freundinnen. Aber du hattest kein Interesse an ihnen. Ich musste die Freunde, die du bereits hattest, bestechen. Zum Glück funktionierte das ganz gut. Nachts haben sie dich nie aus den Augen gelassen, immer dafür gesorgt, dass du deine Alkohollimits einhältst, und dich oft genug daran erinnert, dass du anders bist als sie. Dass du mehr erreichen wirst, weil du begabt bist.«

»Ich hatte also nie echte Freunde«, murmle ich und spüre eine neue Form von Trauer in mir hervorkommen.

»Ich bin mir sicher, dass sie dich wirklich mochten. Warum sollten sie kein Geld von einem anonymen Spender annehmen, wenn es darum geht, dir gutzutun? Ich habe nichts von ihnen verlangt, das etwas Schlechtes für dich bedeutet hätte.«

»Aber sie müssen doch Fragen gestellt haben. Wer ein Interesse daran haben könnte, mir auf diese Art zu helfen, zum Beispiel. Und wie kann es überhaupt sein, dass keine von ihnen sich jemals verplappert hat? Wie hast du dafür gesorgt?«

»Sie hatten alle ein Interesse daran, dass die Quelle meines Geldes nicht versiegt, und haben sich gegenseitig kontrolliert, dass niemand von ihnen es dir verrät.«

Ich schaudere. »Und das Gleiche hast du mit Harper gemacht.«

»Harper schuldet mir ihre unabdingbare Loyalität. Ich habe ihr geholfen, unbemerkt einen Drogenentzug machen zu können. Im Gegenzug habe ich einen Gefallen eingefordert. Dass ihr euch so gut verstehen würdet, hätte ich nicht gedacht. Ich war überrascht zu erfahren, dass du längst von allem wusstest und trotzdem dankbar warst, sie im Krankenhaus an deiner Seite zu haben. Natürlich wusstet ihr beide nicht, wer ich wirklich bin, aber ...«

»Und wie viele von den Studenten in Kingston sind noch deine Spitzel?«

»Leider niemand.« Samuel wirft seinem Stiefsohn einen mehrdeutigen Blick zu. »Ich habe irrtümlicherweise geglaubt, du wärst dort sicher. Alles verlief nach Plan. Ich musste nur dafür sorgen, dass du dich von Jaxon und seinen Spielchen fernhältst. Dass Harper es wagen würde, mich mehrfach anzulügen, um ihr eigenes Versagen zu verdecken, kam mir nie in den Sinn. Sie war wirklich überzeugend, als ich sie auf die Videos, die du ins Netz gestellt hast, angesprochen habe. Jahrelang hatte ich jeden deiner Schritte kontrolliert. Ich ahnte, seitdem du in Kingston angenommen wurdest, dass es nicht mehr lange dauern würde, bis ich den Zirkel darüber unterrichten könnte, wer du bist. Und das hat mich gehemmt, dich zu sehr zu beobachten oder zu kontrollieren. Ich wusste ja bereits, dass du nie einen Freund hattest, nie wirklich auf Dates warst. Es fiel mir zwar schwer, aber ich glaubte, ein guter Vater zu sein, indem ich mich zurückzog und darauf vertraute, Harper als Verbündete würde reichen.« Samuel leert seinen Drink, ohne die Miene zu verziehen. »Außerdem ist Kingston sicher. Der Zirkel wacht dort über seine Studenten und schafft es immer wieder, Betrüger in Prüfungen oder Gewalttäter ausfindig zu machen. Zudem sind alle Anwärter penibel darauf bedacht, sich keiner Verbrechen schuldig zu machen. Ich musste nur noch auf den Zeitpunkt warten, an dem der Zirkel Interesse an dir zeigen würde, damit du nicht nur unter meinem Schutz als meine Tochter stehen würdest, sondern der Zirkel tatsächlich an dir *interessiert* wäre. Ich glaubte, von diesem Moment an würde niemand es mehr wagen, dir etwas anzutun. Schon gar nicht eine einfältige Clarisse Cunningham, die ihr Leben verwirkt hat, indem sie dich folterte. Du hast sie mit dem Veröffentlichen der Videos schachmatt gesetzt, obwohl du es selbst vielleicht nicht wusstest. Sie kann froh sein, wenn sie nicht von ihrer Familie verstoßen wird. Und sie wird suspendiert, sobald sie sich den kleinsten Fehltritt leistet. Da sie noch einen jüngeren Bruder hat, will der Zirkel sie nicht vollständig von Kingston verbannen, um sich eine Chance darauf zu sichern, einen Cunningham aufnehmen zu können. Aber das ist auch inzwischen ihre einzige Existenzberechtigung dort.«

»Wie schade«, merkt Jaxon an. »Ich habe in dem Ganzen doch keine Rolle gespielt.«

Samuel schnaubt. »Du bist der Grund, weshalb ich beinahe meine Tochter verloren hätte. Und der Sohn eines Fremden, der mir untergeschoben worden ist. Zudem kommst du nach mir, als hätte dich allein mein Verhalten mehr geprägt, als Gene es je könnten. Du wurdest von deinen Großeltern aufgezogen. Verhätschelt. Zerstört. Sie haben dich wie einen blutsverwandten Enkel angenommen, aber meine leibliche Tochter, die wollten sie töten. Und kaum warst du aus dem einigermaßen erträglichen Alter raus, hast du dich mir gegenüber genauso benommen wie alle anderen in diesem Haus. Als hätte *ich* etwas falsch gemacht. Als wäre es *meine* Schuld, wie verlogen wir zusammenleben. Als wäre *ich* derjenige, der dieser Ehe nie eine Chance gegeben hat. Als müsste ich von allen auf *noch* mehr verzichten. Auf Sex, auf Zuneigung, auf Liebe und Verständnis.«

Ich schlucke hart.

Auch Jaxon regt sich neben mir. »Du hast diese Ansprache jahrelang geprobt, schätze ich.«

»Es ist die *Wahrheit*«, raunt mein Vater. »Ja, ich warte Jahre darauf, sie endlich aussprechen zu können. Und ich erwarte nicht, dass du irgendeines meiner Worte verstehst, Jaxon. Du bist genauso arrogant und eingebildet, verzogen und sadistisch wie der Rest deiner Familie. Sie haben aus dir den Sohn gemacht, den sie sich wünschen. Ich kenne das alles. Wie man nicht anders kann, als ein manipulatives, lügnerisches Arschloch zu werden, weil die Tyrells einen nur dann akzeptieren. Gefühle und Schwächen, Fehler und Nahbarkeit sind Dinge, die niemand benötigt, der werden soll wie sie.«

»Was war dein Deal?«, fragt Jaxon ungerührt. »Du hast dafür gesorgt, dass Penelope und Amabelle unauffindbar bleiben. Warum hast du nicht als Rache verraten, dass ich weder dein Sohn bin noch Miranda der Engel, als den sie sich verkauft?«

Samuel wirkt, als hätte er Jaxons Frage nicht gehört. Er steht auf, geht zum Fenster, schiebt die Hände in die Hosentaschen und sieht hinaus. »Mein Deal war, dass ich sie nie wieder anrühren muss. Weder in der Öffentlichkeit noch hier. Und ich habe mir das Haus überschreiben lassen. Deine Mutter und du habt lebenslanges Wohnrecht. Aber ich besitze es. Ich entscheide darüber, wer sich hier neben dir und deiner Mutter aufhalten darf und wer nicht. Wenn es schon mein Gefängnis sein sollte, dann sollte es wenigstens *mein* Gefängnis sein.«

»Wie schade, also kann Sylvian wohl doch nicht die Ferien über vorbeikommen«, stellt Jaxon ironisch fest.

»Warum Vance?« Ich nippe an meinem Drink. Versuche, nicht daran zu denken, dass er tot ist. Was passiert ist. »Wieso glaubst du, er hätte den Amoklauf angezettelt?«

Jaxon sieht mich fragend an. »Das glaubt er?«, fragt er leise.

Ich nicke.

»Vance Buchanan«, beginnt mein Vater und nimmt wieder hinter seinem Schreibtisch Platz, »hat von drei berüchtigten Gestalten, die sich vor ein paar Jahren gegen den Zirkel gestellt haben und damit durchgekommen sind, Waffen besorgt und alle jungen Erwachsenen aus der Umgebung, die einen Hass auf Kingston haben, damit ausgestattet. Er hat auch einen Brand im Inneren der Zirkelhallen mithilfe dieser Leute gelegt. Und er wird an dem Einsturz der Wasservilla beteiligt gewesen sein. Ich selbst habe dafür gesorgt, dass er im Zirkel aufgenommen wird, da er ein brillanter Student ist, der noch brillanter Football spielt, weshalb ich glaubte, ein besonderes Talent in unsere Reihen zu holen. Dabei weiß ich mittlerweile, dass er schlicht so beliebt auf dem Campus und auch unter den Lehrenden war, weil sie seine Leistungen eher nach seinen Ergebnissen auf dem Spielfeld als nach seinem wahren Können bewertet haben. Die Lehrenden des Zirkels haben früh erkannt, dass er all unsere Inhalte hasst und kein Teil davon sein will. Das schien seine Wut erst zu kanalisieren.«

»Das sind nicht einmal Indizien.« Meine Wut ist verklungen. Vielmehr bleibt ein Gefühl von noch tieferer Leere zurück. Samuel hat bewiesen, wie weit er sich öffnen kann. Dass er reflektiert und klug ist. Und jetzt soll er jemanden wegen halbgarer Hinweise erschossen haben? Wieso?

Wieso muss ausgerechnet mein Vater das getan haben?

»Ich sagte dir bereits, dass ich dir die Beweise zusammenstellen lassen werde. Nach dem Sichten kannst du urteilen.«

Jaxon nimmt seinen Arm von der Lehne, beugt sich vor und umfasst mit beiden Händen sein Glas, während er den Blick zu Boden richtet. »Du kannst dir das alles sparen, Samuel«, beginnt er gedankenverloren. »Was auch immer du glaubst, für Beweise zu haben, ich kenne die Wahrheit.«

Samuel lacht. »Natürlich. Mein unbescholtener Stiefsohn hat danebengestanden und es selbst miterlebt, wie die Täter aktiv wurden.«

»Ja.« Seine Stimme ist klar. »Ich war es.«

»Jaxon«, keuche ich. Panisch sehe ich zu meinem Vater. Ein Geständnis ausgerechnet vor Tyrell Senior? Dem Mann, der ihn hasst?

»Ich habe mir den Widerstand zunutze gemacht. Nicht Vance. Und sie haben die Waffen von mir. Nicht von ihm. Sie waren nicht dazu gedacht, einen Amoklauf zu starten, aber, nun ja ... Es sind Märtyrer. Verbohrt. Faschisten unter roter Flagge. Das ganz große Kino von Wahnsinn.«

Samuel sagt kein Wort und seine Miene ist zu verschlossen, um darin zu lesen.

»Du hast den Falschen getötet, *Stiefvater.*« Jaxon richtet sich auf. »Und du wirst für immer damit leben müssen, dass du Amabelle einen ihrer wichtigsten Freunde genommen hast. Eine enorm bittere Wendung nach allem, was du für sie getan hast.«

»Wenn du es gewesen wärst«, raunt Samuel, »würdest du niemals einfach gestehen.«

»Warum nicht?«, fragt Jaxon ihn herausfordernd. »Wirst du mich an den Zirkel verraten? Wirst du ein weiteres Leben endgültig zerstören? Das von Penelope? Von Amabelle? Von mir? Ich denke nicht. Du bist blendend darin, Geheimnisse für dich zu behalten. Außerdem verstehe ich bei all dem, was du erzählt hast, nicht, wieso du noch immer an den Zirkel glaubst. Das sind Leute wie Grandpa und Grandma. Wie die Cunninghams. Wie ... meine Mutter. Skrupellose Mörder, die sich nicht für Gerechtigkeit interessieren. Irgendetwas sagt mir, dass du dort nicht so gut aufgehoben bist, wie es dir scheint.«

»Der Zirkel tut auch Gutes.«

»Ja? Mit schwarzen Pentagrammen und geopferten Jungfrauen?«

»Diese Praktiken sind längst überholt.«

»Sie werden in Kingston noch immer *gelehrt*.«

»Weil es genügend Menschen gibt, die daran glauben. Das ist nicht nur Lehre. Es ist *Forschung*.«

»Es ist absolut gestört«, knurrt Jaxon.

»Das mag auf dich so wirken, ja. Aber viel gestörter ist, wie viele Menschen glauben, die Fragen der Wissenschaft würden sich nur noch mit der Größe des Universums oder dem Verhindern des Alterns beschäftigen. Dabei weiß niemand, wozu unser Bewusstsein und viel mehr noch unser Unterbewusstsein wirklich in der Lage sind. In allen Religionen beantwortet man diese Frage mit *Gott*. Der Zirkel glaubt nicht an eine höhere Kraft außerhalb von uns selbst. Das ist der Grund für seine Lehren.«

»Bleib weiter so vernarrt, wenn es dir Spaß macht. Danke für die Geschichtsstunde. Wir sehen uns beim Abendessen. Amabelle? Lust auf eine Runde Tennis? Wir besitzen eine eigene Turnhalle auf dem Gelände.«

JAXON

Samuels Geschichte klingt einleuchtend, sie ist auch ein wenig episch, ganz so, wie es meiner kleinen Dramaprinzessin gefällt, nicht wahr?

Herzschmerz und Reue und Vergebung und Verlust …

Aber täusche dich nicht, Belle.

Um diesen weichen Kern deines Vaters befindet sich normalerweise eine verdammt harte Schale.

Und wenn du weiter so auf seiner Nase herumtanzt, wird er dir diese zeigen.

Aber keine Sorge.

Sylvian und ich sind die Einzigen, die dich ab und an erziehen.

ZWÖLF

MABLE

Ich habe zuletzt auf der Highschool Tennis gespielt. Auf hartem Hallenboden mit zerschlissenen Schlägern. Die Tennishalle der Tyrells ist wie aus einem Bilderbuch für Sporteinrichtungen. Zu beiden Seiten scheint mattes Dezemberlicht herein und überall verströmen Kunstpflanzen eine warme Atmosphäre.

Jaxon und ich konzentrieren uns auf das Spiel, ohne viel miteinander zu sprechen. Wir scheinen gleichermaßen verdauen zu müssen, was Samuel uns offenbart hat.

Etliches von dem, was er gesagt hat, ergibt Sinn und erklärt sein Handeln. Ich kann mir vorstellen, dass Jaxon ergriffen ist von Samuels unermüdlichem Versuch, mich zu beschützen. Denn das ist es, was die Kings mittlerweile auch tun würden.

Und damit er selbst.

»Hier, trink.« Wir sind schweißgebadet, als wir uns an der Seite des Tenniscourts begegnen und er mir eine Flasche Wasser in die Hand drückt. Da ich nicht besonders gut im Tennis bin, haben wir aufgehört, gegeneinander zu spielen, und haben stattdessen versucht, uns den Ball so oft wie möglich hintereinander gegenseitig zuzuspielen.

Das kühle Zitronenwasser rinnt mir die Kehle hinab, und ich lasse mich auf eine der weiß getünchten Korbbänke sinken, um mich auszuruhen. »Glaubst du ihm?«, frage ich.

»Ja. Was er sagt, deckt sich mit dem, was mein eigener Vater mir erzählt hat.« Jaxon setzt sich zu mir und fasst unaufgefordert und knapp zusammen, was es mit seinem Vater auf sich hat.

»Und wo ist er jetzt? Ist er noch immer im Zirkel gefangen?«

Er zuckt mit den Achseln. »Ich habe ihn befreit und schließlich gehen lassen. Ich war kurz davor, ihn zu töten, damit ich sicher sein konnte, dass er dir nichts antun würde, doch ich konnte es nicht durchziehen. Daher stammte das Blut, das du an mir gesehen hast. Weißt du noch?«

»Du hast auf ihn eingestochen?«, frage ich schockiert.

»Einmal«, gibt er nickend zu. »Aber er ist mein Vater. Wie deiner hat er nur versucht, mir zu helfen. Mir einen Platz im Zirkel zu sichern. Ich glaube nicht, dass er noch mal zu einer Gefahr wird. Er hat verstanden, was du mir bedeutest und wie egal mir der Zirkel geworden ist.«

»Jeder in deiner Familie will mich tot sehen«, murmle ich.

Jaxon nickt. »Ist mir heute auch klar geworden. Aber deine Großeltern sind bereits beerdigt. Wir hatten Glück. Wären die Tyrells noch am Leben, wer weiß, was sie sich alles ausdenken würden, um dich spüren zu lassen, wie ungewollt du bist.«

»Oder vielleicht würden sie mich auch annehmen. Jetzt, da ich von Kingston als Beste meines Jahrgangs ausgezeichnet wurde.«

Er zuckt mit den Achseln. »Vielleicht.«

Ich kuschle mich an ihn, lehne den Kopf an seine Schulter. »Es ist alles so ganz anders zwischen uns, findest du nicht auch? Als wäre das hier ein anderer Ort, an dem nie geschehen ist, was in Kingston war.«

»Ich habe mich in den letzten Monaten verändert. Das Leben ist kein Spiel mehr. Und ich glaubte, zu diesem Ernst des Älterwerdens würde gehören, dass du deinen Stiefbruder niemals wieder anrühren willst.«

»Du bist kein Bruder für mich«, flüstere ich und verschränke meine Finger mit seinen, während ich den Siegelring der Kings an seinem Mittelfinger betrachte. »Du bist mein Gegenstück. Danke, dass du für mich da bist.«

Er drückt mir einen Kuss aufs Haar. »Danke, dass du mir verziehen hast.«

Und so sitzen wir da.

Verändert.

Geprägt.

Verbunden durch ein tiefes Schicksal.

Und verliebt.

DREIZEHN

ROMEO

Eine halbe Ewigkeit stehe ich vor den Schnittblumen und fühle mich wie ein Idiot. Nie zuvor habe ich eine Rose gekauft, wenn es um das einfache Verschenken dieser ging. Etwas so Simples und so Unbrauchbares für bares Geld zu kaufen widerstrebt mir dermaßen, dass mich der Verkäufer bereits mustert, weil er zu denken scheint, ich hätte Magenkrämpfe.

Scheiße.

Es wäre viel leichter, Amabelle Weaver eine Rose zu kaufen. Ich würde eine rosafarbene wählen, sie ihr mitbringen, in die Hand drücken und ihr beim Lächeln zusehen. Weaver ist berechenbar. Sie freut sich, weil ihr Herz so lieblich und niedlich ist, und sie freut sich selbst über dämliche, unbrauchbare Geschenke, weil sie die Geste dahinter versteht.

Harper hingegen …

Mag ich nicht einmal.

Im Grunde will ich ihr nichts schenken.

Diese Frau nervt mich schon allein, wenn sie atmet, und ich habe gezwungenermaßen immer nur dann Zeit mit ihr verbracht, wenn Weaver in der Nähe war. Zeitweise habe ich einfach so getan, als würde ich die beiden Mädchen mögen, um meiner Mission für Jaxon gerecht zu werden. Um der Joker zu sein, den er brauchte, damit Amabelle ihm vertraut.

Dann passierte es, dass ich leichte Sympathien für die Dame der Kings entwickelte, besonders in den Momenten, wenn sie sich teilen ließ. Das hatte etwas ... Angenehmes. Irgendwie fühlte ich die tiefe Verbundenheit zwischen ihr und den anderen und sie hat mich gewissermaßen befriedigt.

Harper hingegen ...

Mich hat allein die Vorstellung, Sylvian und sie würden wieder ficken, selbst gefickt. Weder hat sie zu ihm gepasst noch zu unserer Gemeinschaft, und dass ich ausgerechnet ihretwegen in diesem dämlichen Blumenladen stehe und auf die verschiedenfarbigen Rosen starre, ist erbärmlich.

Das bin ich nicht.

Das ist nicht Romeo Portcharles.

Eigentlich müsste ich ihr nichts schenken. Sie würde sich allein darüber freuen, dass ich überhaupt vor ihrer Tür auftauche und mich entschuldige. Ihre Art von Freude ist verglichen mit der von Weaver nur leider unausstehlich. Es ist, als würde jemand meine Eingeweide herumdrehen, wenn sie mich anlächelt. Weil sie mein Geheimnis kennt.

Es erfahren hat.

Vor allen anderen.

Harper Mitchell, die gerade einmal einen IQ von 20 erreicht, hat hinter meine mühsam errichtete Fassade blicken können. Was für ein Versager bin ich bitte?

Und warum sollte ich sie dafür auch noch in Form eines Geschenks belohnen?

»Wir schließen in zehn Minuten, Sir«, murmelt der Verkäufer. Ihm ist nicht entgangen, dass ich meinen Spider auf dem Bürgersteig direkt vor seinem Laden geparkt habe und vermutlich auf einen Schlag das gesamte Gebäude kaufen könnte.

Ich atme tief durch und unterdrücke den Wunsch, jemanden anzurufen, der mir bei der Auswahl der bescheuerten Blume hilft. Weaver würde mir zwar einen guten Rat geben, aber sie soll als Letzte erfahren, dass ich ausgerechnet an Weihnachten Harper besucht habe. Außerdem hat sie genügend eigene Probleme. Jaxon wäre normalerweise meine erste Wahl, wenn ich jemals zuvor mit ihm über solch belanglose Dinge gesprochen hätte. Sylvian würde mich als Einziger verstehen, aber er ist Harpers Ex, und ich müsste ihm ausführlich erklären, warum ich gerade ihr eine Rose kaufen muss. Crescent, beide, nerven mich grundsätzlich. Bliebe noch Vance.

Mein Magen stülpt sich um bei dem Gedanken daran, er könnte wirklich tot sein. Ich bin kein Romantiker. Warum sollte Vance noch am Leben sein und sich nicht bei uns melden?

Trotzdem kann ich den letzten Funken Hoffnung nicht aufgeben.

Er ist der Einzige, dem ich mich blind anvertrauen könnte, ohne mit einer Verurteilung oder unangenehmen Fragen rechnen zu müssen. Vermutlich weil mir seine Meinung so egal ist wie eine Pflaume, die in China verfault.

Ja, das wird der Grund sein, warum ich mich ausgerechnet an dieses Muskelpaket ohne Noblesse, Geld, Familienhistorie oder generell Kultiviertheit wenden würde. Es kann nur daher kommen, dass er noch erbärmlicher ist als ich, logischerweise.

»Sir?«, drängelt der Verkäufer.

Meine Hand schließt sich um die Waffe in meiner Manteltasche. Seit dem Sommer bin ich durchgehend hochgradig aggressiv, und ich frage mich, wann ich endlich dazu komme, die Pistole zu benutzen. »Ich nehme die ... weiße da.«

»Eine?«

»Ja.«

»Sie wollen *eine* Rose kaufen?«

»Ist das ein Problem?«, zische ich ihn an.

Der Mann zuckt zusammen, macht einen weiten Schritt um mich herum und holt eine der Rosen aus der Vase. »Soll ich sie Ihnen einpacken, Sir?«

»Nein. Entfernen Sie einfach diese lästigen Dornen.«

»Wie Sie wünschen.« Der Verkäufer werkelt ein paar Minuten hinter seinem Tresen herum, dann reicht er sie mir und ich ihm fünf Dollar.

Unschuldiges Weiß ist die letzte Farbe, die zu Harper passt, aber Rot wäre einfach zu übertrieben. Außerdem hat es etwas von Winter. Es schneit in Washington, nur wird der Schnee in Kürze wieder schmelzen. Ich lege die Rose neben mir auf den Beifahrersitz. Um in die nötige Weihnachtsstimmung zu kommen, die ich für gewöhnlich seit Jahren nicht mehr habe, drehe ich das Radio laut auf und klopfe mit dem Finger ungewollt zu *Driving Home for Christmas* auf dem Lenkrad herum.

Ich bin absolut verloren.

»Meine Eltern denken jetzt, dass wir daten.« Harpers Kichern sticht mir in den Ohren. Ja, dass sie auf die Idee kommen könnten, ich wäre mit Mitchell zusammen, ist ein ernst zu nehmendes Problem. Denn sie werden meine Eltern früher oder später darauf ansprechen und dann wird mich vor allem meine Mutter täglich mit Fragen zu meinen Hochzeitsplänen bombardieren.

»Das sollten wir ändern«, schlage ich vor und nippe an meinem Cocktail.

Keine Ahnung, wie ich von Harpers Haustür aus hier gelandet bin.

Es hat harmlos angefangen.

Ich stand vor ihrer Tür, ein Dienstmädchen ließ sie rufen. Sobald sie die Rose gesehen hatte, glitzerten kullerartige Tränen in ihren braunen Augen und sie ließ mich eine fünfminütige Entschuldigung formulieren, die beinhaltete, dass ich meine gesamte Seele vor ihr ausgebreitet habe.

Sie erfuhr, wie ich mich an dem Abend an Thanksgiving gefühlt habe, weshalb ich sie beinahe erwürgt hätte und warum es mir so verdammt schwerfällt, nett zu ihr zu sein.

Kurz darauf heulte sie laut auf, schloss mich in ihre dünnen Arme und presste sich an mich.

Wir standen nochmals fünf Minuten da. In der Kälte.

Arm in Arm.

Die Rose an ihrem Rücken.

Das ist das Gute an Mitchell. Sie macht kein Drama. Nicht so wie Weaver.

Sie wurde gefoltert, fast erdrosselt, von mir bloßgestellt?

Hey, no problem.

Vermutlich müsste ich, wenn ich ihr eine Art Freund sein wollte, dafür sorgen, dass sie das Geschehene nicht einfach verdrängt. Es nicht betäubt. Es verarbeitet, so wie Weaver es tun würde.

Aber ich bin selbst nicht besonders gut darin, über mein Innerstes zu sprechen, also warum sollte ausgerechnet ich Harper helfen können?

Sie bat mich herein und ich musste das gesamte Abendessen mit ihrer Großfamilie dinieren.

Es war so sterbenslangweilig, dass ich mich ordentlich am Wein bedient habe, und schließlich durften wir endlich gehen.

Sie schlug vor, in die Stadt zu fahren, und wir ließen uns chauffieren.

Jetzt sitzen wir hier, in einer überfüllten Bar, in der man uns für zusätzliches Eintrittsgeld einen Platz an der Bar gesichert hat, und betrinken uns.

Ich brauche das, wenn ich wirklich ihrem bescheuerten Plan nachkommen sollte.

Denn das will ich eigentlich nicht.

Ich will keinen Kerl aufreißen.

Niemand steht auf Kerle.

Jedenfalls nicht hier.

»Romeo, Hasi«, Harper zieht eine Schnute und fasst mir in die Wange, sodass ich mich wegen der Misshandlung beinahe übergeben muss, »du musst dich umschauen. Ich kann nicht herausfinden, wer hier bi ist. Okay? Die Typen, die *dich* ansehen, wenn *du* sie ansiehst, das sind potentielle Fänge.«

Ich schlucke hart.

Typen ansehen.

Flirten.

Genau so sehe ich aus.

Meine Finger zucken in meiner Tasche. Wenn ich jemanden via SMS fragen könnte, was ich tun soll, dann ... wäre es nur Vance.

»Vance ist tot.« Ich sage es, ohne darüber nachzudenken. Wie es mir bereits einige Male in Harpers Anwesenheit passiert ist.

»Was?«, fragt sie mich über die laute Musik hinweg.

»Tot«, wiederhole ich und exe meinen Cocktail, sodass mir das ganze Eis darin fast in die Fresse fliegt. »Ich habe ihn gemocht. Aber ich weiß nicht, ob er das je mitbekommen hat. Und jetzt ist er tot und ich kann es ihm nicht mehr sagen.«

Harper zieht das Glas von meinen Lippen weg. »Romeo! Ich habe kein Wort verstanden! Welcher Typ trägt hier Rot?«

Ernsthaft? Gelangweilt mustere ich ihre begriffsstutzige Visage. Vielleicht habe ich wirklich zu sehr genuschelt, aber wieso kann sie denn nicht Lippenbewegungen lesen? Ich kann das.

Jeder sollte das können.

Ich gebe dem Barkeeper mit einem Wink Bescheid, dass er mir einen neuen Drink hinzustellen hat, danach beuge ich mich zu Harper vor. »Warum hast du mir so leicht verziehen, Mitchell? Ich habe versucht, dich umzubringen.«

Sie seufzt und beugt sich an mein Ohr, damit ich sie verstehe. »Mein Herz, ich kenne dich nun eine ganze Weile. Im Krankenhaus waren wir rund um die Uhr für Mable da, dann hast du mit mir die ganze Zeit gesimst, auch wenn da nie viel deiner Persönlichkeit rüberkam. Und dann fiel es mir einfach wie Schuppen von den Augen, dass du schwul bist. Und ich bin die erste Person gewesen, der du es gesagt hast, oder? Ich weiß, wie krass dich das alles quälen muss, und auch wenn es richtiger Psychoscheiß ist und du dringend eine Therapie machen müsstest, verstehe ich es irgendwie, dass du mich sterben lassen wolltest, damit das Geheimnis eines bleibt. Es muss dir schrecklich gehen, weil du es so viele Jahre unterdrückt und für dich behalten hast. Keine Ahnung, ob das nun total dumm ist oder einfach nur abenteuerlustig, dass ich trotzdem hier mit dir sitze. Aber ich mag dich, Romeo, weil ich weiß, dass du ein gutes Herz hast. Das einfach noch nie wirklich Liebe erfahren hat und glaubt, nie welche erfahren zu können. Ich könnte jetzt nachtragend sein, aber dann würde ich einen Freund verlieren, der mich gerade braucht, oder?«

»Du hast 'nen Knall, Mitchell. Einfach einen Knall.«

»Du hast auch einen. Passt doch perfekt.«

Ich stöhne. »Wenn das hier heute Nacht noch etwas werden soll, werden wir nicht hier rumsitzen und darauf warten, bis jemand mit einem queeren Aufdruck durch die Tür läuft. Du nimmst diese Richtung, ich die andere, und dann fragen wir einfach jeden einzelnen Typen, bis wir alle durch haben. Und wenn wir keinen finden, gehen wir in die nächste Bar. Und in die nächste. Und in die nächste.«

Harper öffnet erstaunt den Mund. »Das ist ein krasser Vorschlag. Ich bin beeindruckt, Romeo.«

Ich bin überhaupt nicht beeindruckt. Vielmehr verdanke ich diesen Mut dem vielen Alkohol in meinem Blut.

Als ich mich durch den Raum bewege, auf die einzelnen Männer zu, dreht sich mehr als nur die Discokugel im Zentrum der kleinen Tanzfläche.

Ohne Umschweife fasse ich nacheinander an die Unterarme der Typen und frage sie, ob sie schwul sind. Ich werde teilweise zurückgestoßen, teilweise ausgelacht, teilweise freundlich darauf hingewiesen, dass das nicht der Fall ist, und ich mache einfach weiter.

Wenn Vance hier wäre, würde er mir sicher lächelnd dabei zusehen, wie ich über meinen Schatten springe.

Er wäre stolz.

Bei dem fünften Typen angelangt, greife ich plötzlich an ihm vorbei, an eines der Geländer, die die Tische vom Tanzbereich abtrennen, und stütze mich ab.

Versuche Halt zu finden.

Der Alkohol hat sich zu einer giftigen Mischung verdichtet, benebelt meinen Verstand.

Da ist so viel Schmerz, dass ich nicht mehr atmen kann.

Wie ging Atmen?

Scheiße, Scheiße, Scheiße.

Vance.

Vance.

Ist.

Tot.

Jämmerliche Tränen schießen mir in die Augen. Wenn er hier wäre. Wie er mir zusehen würde. Wie ein Freund. Ein echter Freund. Nicht Jaxon. Nicht Reece. Für die bin ich nützlich. Ja, ich liebe sie, verdammt noch mal, aber sie lieben mich nicht. Nicht so, wie fucking Vance das tut. Auf eine … fucking unbeschwert freundschaftliche Scheißart.

Wie Weaver es tut.

Amabelle und er sind zu Liebe fähig.

Zu aufrichtiger, bedingungsloser, nichts erwartender Liebe.

In meinen Seiten sticht es, meine Brust ist eng.

Der Typ, den ich anlangen wollte, fragt mich, ob alles okay ist, und ich zische ihn an, dass er sich so weit wie möglich verpissen soll.

Er hat keine Ahnung, was alles nicht okay ist.

Ich bin nicht schwach.

Vance Buchanan ist ein *Niemand.*

Deswegen *leide ich nicht.*

Brauche ich wirklich jemanden wie *ihn*, um mich bestätigt zu fühlen?

Geliebt?

Der Typ ist nicht schwul.

Er *kann* mich gar nicht lieben.

Wieso fühlt es sich dann an, als hätte ich mehr als einen Freund verloren?

Weil er mich so nimmt, wie ich bin?

Mir wird so übel, dass ich mich übergeben will. In mein Bewusstsein drückt sich die Erkenntnis, dass ich schuld bin. Ich hätte ihn besser behandeln müssen.

Immer.

Und.

Ich hätte Weaver nach Hause bringen sollen.

Ich.

Nicht er.

Weaver.

Ich würge.

Doch kein Tropfen kommt meinen Rachen hinauf.

Mit zitternden Fingern fische ich mein Handy aus der Hose.

Ich versuche ihre Nummer zu finden.

Alles verschwimmt vor meinen Augen.

Nicht wegen meines Zustands.

Sondern wegen meiner Tränen.

Ich fühle mich so erbärmlich. Dass ich hier weg muss. Weg. Ich.

Alles dreht sich, als ich mich aufrichte, durch die Menge stolpere, das Handy am Ohr. Doch ich höre nichts. Es ist zu laut. Mein Gehirn zu leise.

Ich lege auf, bevor ich Weaver noch zulalle und mich endgültig und für alle Zeit blamiere.

»Romeo.« Eine bekannte Stimme, eine Hand, Harper. »Alles klar?«

Sie strahlt mich an.

Und ich hasse sie.

Sie ist nicht Vance.

Aber ich brauche einen Freund wie Vance in meinem Leben.

Einen männlichen Freund.

So dumm das auch klingt.

Einen Freund, der kein King ist. Der nicht so ist ... wie ich. Im Inneren nicht komplett verrottet. So wie es Zayn, Sylvian und Jaxon sind. Und ich.

Ich brauche Vance.

Keine Harper.

»Das ist Connor.«

Ich muss trotz allem einen anständigen Eindruck machen, denn Connor lächelt mich an.

Connor.

Connor wird meinen Verlust ertränken.

Indem er mir den verdammten Schwanz so lange bläst, bis ich Musik höre.

»Hi.« Ich strecke ihm die Hand entgegen. Vance ist tot. Na und. Ich lebe. Ich fühle nichts. Ich habe noch nie etwas gefühlt. Ich bin dafür geboren, nichts zu fühlen. »Ich bin Romeo.«

Ich weiß nicht, wie wir hier gelandet sind.

Ein Bett, ein Hotelzimmer, ein Bad, eine weitere Flasche Champagner, und Connor.

Der mit Harper rumknutscht.

Sie sind bereits halb nackt.

Ich weiß nicht, was ich die letzten dreißig Minuten getan habe.

Ich weiß nicht, wen ich berührt habe.

Wen ich berühren wollte.

Aber ich sehe das Kokain auf dem Tisch glänzen.

Es ist meine Rettung aus dem Sumpf. Keine Ahnung, ob ich die Line wirklich einziehe. Doch nach ein paar Minuten bin ich klarer.

Bin ich wieder da.

Und ich spüre, wie sich in mir etwas regt.

Harper hat es tatsächlich geschafft.

Da steht er.

Connor.

Seine lockigen, braunen Haare fallen ihm in die Stirn. An seinem Kinn hat er ein ausgeprägtes Grübchen. Glasklare grüne Augen. Ein runder, geschwungener Mund.

»Er hat das noch nie gemacht«, flüstert Harper von hinten. »Das hab ich dir ja schon im Club erzählt.«

»Kein Problem.« Connor grinst mich freundlich an. Er trägt nur noch seine Fliege und seine Hose. Sein Oberkörper ist durchtrainiert und glatt rasiert. Als er auf mich zukommt, versteife ich mich, und als er sich zu mir herunterbeugt, erhöht sich mein Puls.

Nicht vom Kokain.

So viele Jahre habe ich mich dagegen gewehrt, das hier zu wollen.

Schon zu lange, als dass es sich noch natürlich anfühlen könnte. Ich habe mir weisgemacht, dass ich mein Leben ohne einen Kuss, ohne eine sexuelle Berührung aushalten werde. Dass ich weder in einen Puff gehen muss, um meine Begierde zu stillen, noch mit einer Frau rummachen werde, nur um zu wissen, wie es ist.

Und jetzt passiert es.

Connor küsst mich.

Es ist nicht wie erwartet.

Denn dass er mich küsst, stresst mich und lässt mich nervös werden.

»Hey, entspann dich«, raunt er vor meinen Lippen. »Öffne einfach ganz leicht den Mund und dann lass mich machen.«

Gehorchen ist nicht mein Ding, aber habe ich eine Wahl? Woher soll ich wissen, wie man rummacht?

Ich weiß es nicht. Also lasse ich Connor mit seiner Zunge meine Lippen zerteilen. Tausendfach habe ich mir den Gedanken daran verboten, wie es sich anfühlen würde, und jetzt kann ich es nicht einmal genießen.

Vielleicht habe ich den Drang in mir bereits zu lange unterdrückt.

Habe ihn mit meinem Selbsthass zerstört.

Connor streichelt durch mein Haar und dann meine Brust. Er küsst mich weiter, während seine Finger zu meinem Hosenbund wandern.

Ich bin das Gegenteil von geil oder entspannt.

Als er an meinen Schwanz greift, ist dieser nicht hart. Nicht mal aufgerichtet.

»Hey, du brauchst nicht nervös zu sein, Süßer«, züngelt er. »Soll ich dir einen blasen, hm? Das wird dir bestimmt gefallen.«

»Du bist so lieb zu ihm«, zwitschert Harper, die sich vom Bett aufrichtet. Gut, dass sie da ist. Im Notfall kann sie mich beschützen.

Vor was eigentlich?

»Ich finde es umwerfend, was ihr zwei für einen geilen Gedanken habt. Man findet echt selten ein Duo aus schwul und hetero zum Ficken. So hab ich jeden von euch ganz für mich. Ist was anderes.«

»Ah«, mache ich dümmlich und beide lachen. Dann sinkt Connor zwischen meine Beine, zerrt meinen Schwanz hervor und umschließt meine Spitze mit seinen Lippen.

Ich keuche auf, kralle mich mit den Händen in die Lehnen des Sessels fest. Etwas fühlt sich so falsch daran an, dass ich hier sitze und irgendein Fremder das tut.

Ein Mann. Meinen Schwanz. Im Mund.

Ich will schreien.

Zwinge mich aber, mich am Riemen zu reißen. Es zu genießen. Denn davon träume ich. Seit Ewigkeiten. In der Dunkelheit. Wenn ich zu hundert Prozent sicher sein kann, dass ich allein bin.

Doch es ist nicht wie in meinen Fantasien.

Es ist nicht einer der Typen vom Campus.

Es ist nicht einmal jemand, der genauso ist wie ich.

Es ist irgendein bisexueller Mischlingstyp, dem Frauen nicht reichen.

Er ist nicht wirklich schwul.

Er macht das, was er mit mir tut, auch mit Frauen. Leckt sie. Küsst sie.

Plötzlich ist nichts mehr an der Vorstellung geil, dass der Typ Harper hinterher fickt. Oder doch, ist es. Aber ich will nur zusehen. Das war's. Ich will nicht *dabei* sein.

»Mhhh, heiß.« Harper hat sich hinter Connor gehockt und schlingt ihre Arme um ihn. Während sie Küsse auf seinem gestählten Rücken verteilt, geht sie mit den Händen in seine Hose und grinst mich schief an.

Ich kann das nicht.

Versuche ich zu sagen.

Aber ich habe Schiss, mich dann endgültig zu blamieren.

Vielleicht werden sie meinen, dass ich nicht einmal schwul bin. Dass ich einfach *gar nichts* bin außer gestört. Wenn mir ein Typ einen bläst, muss ich das geil finden, oder?

Aber ich finde es nicht geil.

Ich kenne den Kerl nicht.

Ich weiß nichts über ihn.

Und ich werde ihn auch niemals wieder sehen.

Ich will nicht mit irgendeinem Wildfremden ein Geheimnis teilen, das nicht einmal meine Eltern kennen. Wozu habe ich mich jahrelang kontrolliert, wenn ich jetzt einfach damit hausieren gehe?

»Ich kann das nicht«, keuche ich und rutsche auf dem Sessel zurück.

Connor schaut verdutzt zu mir hoch. »Hö?«

»Ja, was wird das hier? Wer bist du überhaupt? Was ist falsch mit dir, dass du mit uns eine Nacht ficken willst und dann war es das? Du hast keine Ahnung, ob mein Schwanz voller Krankheiten ist. Was auch immer. Das ist mir suspekt.«

»Chill«, sagt Connor und steht auf.

Harper bleibt am Boden sitzen, runzelt die Stirn.

»Geh einfach.« Wenn er nicht sofort abschwirrt, werde ich ihn erschießen. Schnell schließe ich meine Hose und öffne ihm die Tür. »Verschwinde.«

»Boah, was ist denn mit dem los?«, fragt er Harper verstört. »Noch im letzten Jahrtausend stecken geblieben, oder was?«

»Sein Outing ist noch nicht so lange her.« Sie hebt entschuldigend die Schultern. »Sorry.«

Connor schnaubt, dann geht er und knallt die Tür hinter sich zu. Zumindest versucht er das, doch eine Hoteltür lässt sich selten knallen. Sie prallt zurück und ich drücke sie dankbar ausatmend endgültig ins Schloss.

»Dumme Idee«, gebe ich zu und bin unendlich erleichtert, dass ich es rechtzeitig beendet habe. »Das nächste Mal schaue ich dir zu, kein Problem. Aber diese bisexuellen, halbgaren Typen sollen mich in Ruhe lassen.«

Harper rollt mit den Augen, geht zum Bett und klopft neben sich. »Rede mit mir, Romeo.«

Ich lache kalt. »Sicher nicht.«

»Erzähl mir, was in dir vorgeht.«

»Da ist nichts. Ich habe dir gerade gesagt, was ich denke.«

»Manchmal lügst selbst du schlecht.«

Genervt stöhnend setze ich mich zu ihr aufs Bett.

Mir ist das von eben nicht mal peinlich. Ich finde es eher peinlich, dass es wirklich Menschen gibt, die sich zu zwanglosem Sex treffen und dabei nicht mal aufs Geschlecht achten. Vielleicht bin ich auch einfach nur neidisch auf jemanden wie Connor, der problemlos eine normale Beziehung führen kann. Und ich stecke fest. Als Schwuler in einer Familie, die Schwule nicht nur hasst. Sondern schlichtweg *niemals akzeptieren wird.*

»Also, was war dein Problem?«, bohrt Harper nach. »Du hast es doch auch gewollt? Du fandest meine Idee super, als ich sie dir vorgeschlagen habe, oder nicht?«

»Möglich.« Ich massiere mir die Schläfen. »Ich kenne diesen Typen nicht. Da würde ich mir noch eher von dir das Küssen beibringen lassen.« *Habe ich das wirklich gesagt?* Kokain und Alkohol und ich öffne mich vollkommen.

»Klar, kann ich machen«, bietet sie sofort an.

»Quatsch, nimm nicht immer alles ernst!«, fahre ich sie an. »Lass mich schlafen. Wir werden das mit einem anderen wiederholen. Irgendwann.« Müde lehne ich mich zurück. Zum Glück hält der Alkohol das Kokain genügend im Zaum und ich könnte mir sogar vorstellen zu schlafen.

»Ich glaube, ich weiß, woran es liegt«, flüstert Harper. Sie hat sich direkt neben mich gelegt. Wir berühren uns fast. »Du liebst die anderen. Es fühlt sich für dich an, als würdest du sie betrügen. Ich weiß, wie das ist. Du liebst sie so sehr, dass du ihnen treu bist, obwohl du niemals eine Chance haben wirst, dass sie dich auch lieben werden.«

Ich versuche, ihre Worte erst gar nicht an mich heranzulassen, aber der Giftcocktail in meinen Venen ist ungnädig. Sie sickern durch die tiefe Schicht aus Benebelung.

Schwer und donnernd bringen sie meine Brust zum Beben.

»Ich liebe sie nicht«, halte ich dagegen und weiß, wie schlecht ich lüge.

Wenn Vance … Ich wage nicht einmal, es mir vorzustellen. Erstens ist er tot. Zweitens würde er mir niemals den Schwanz blasen.

Nein, darum geht es auch nicht.

Ich bin damit einverstanden, die Kings platonisch zu lieben.

Das funktioniert.

Aber ich will nicht weniger.

Ich will nicht bedeutungslosen Sex mit irgendeinem Tinderboy in irgendeinem überteuerten Hotelzimmer haben. Wenn ich mit jemandem ficke, dann soll es sich so anfühlen, wie sich meine … Verbundenheit zu den Kings anfühlt.

Es soll tief gehen.

Es soll ganz um *mich* gehen.

Und meinetwegen um Harper.

Sollte der Typ bisexuell sein und wir verstehen uns zu dritt gut. Es wäre in Ordnung.

Aber ich will eine Verbindung.

Ich will etwas, das mich den Schmerz vergessen lässt, den ich seit so vielen Jahren spüre. Diese Sehnsucht nach Menschen, die niemals mir gehören werden … Ich will das nicht mehr.

Ich will nicht Jaxon vor mir sehen, wenn ich ficke.

Ich will … Ich kann nicht …

»Romeo, du weinst«, flüstert Harper, dann wird es auch mir bewusst.

Die Scham reißt mich dermaßen nieder, dass ich mich von ihr wegdrehe. Aber die Tränen bleiben.

»Romeo, ich bin doch hier. Ich bin deine Freundin. Ich werde dich nicht verurteilen. Du kannst mir alles sagen. Alles, was dir im Kopf herumgeht.« Von hinten umarmt sie mich, während ich von Schluchzern durchrüttelt werde.

Noch nie im Leben habe ich mich so elend gefühlt.

So gebeutelt.

Es ist nicht nur Vance' Tod.

Aber es ist *auch* Vance' Tod.

Ich will ihn nicht vermissen. Ich will das Wort ›vermissen‹ nicht einmal *kennen*. Kann ich jemals glücklich werden? Gibt es das, dieses Glück, für mich? Oder werde ich mein Leben lang dazu verdammt sein, Jaxons Schatten zu mimen? Während ich mich jedes einzelne Mal, wenn er in meiner Nähe ist, anders fühle?

Und in Reece' Beisein?

Und bei Zayn?

Ich liebe sie, weil ich sie kenne.

Weil ich sie mit jeder kleinsten Schwäche und jeder großen Stärke kenne. Der Klumpen in meiner Brust scheint ein echtes Herz zu sein, wenn ich wie Weaver jeden von ihnen darin einschließen kann.

Nur kann ich sie nicht wie sie bekommen.

Kann nicht wie sie mit ihnen alles teilen.

Meine tiefsten Sehnsüchte.

»Romeo«, flüstert Harper.

Aber ich kann nicht mit ihr darüber sprechen.

Mit niemandem kann ich es.

Es würde so viel zerstören. Die Kings würden sich

vielleicht vor mir zurückhalten. Würden versuchen, mich nicht zu verletzen, würden sich zurückziehen.

»Ich hasse, was du aus mir gemacht hast«, murmle ich in die Kissen.

»Es ist okay.« Sie streichelt sanft meinen Kopf. »Du bist ein Mensch, Romeo. Menschen haben Gefühle. Daran ist nichts peinlich. Das ist nicht beschämend. Es gehört dazu. Ich bewundere dich so sehr, dass du es so viele Jahre ausgehalten hast, dich zurückzuhalten. Dich zu kontrollieren. Dich zu verleugnen. Aber damit darfst du jetzt aufhören. Wenn du lieber Sex mit einer Person hast, die dich liebt und die dich kennt und wertschätzt, dann ist das okay. Du darfst ein Romantiker sein. Passt auch zu deinem Namen, hm?«

Ich lache ins Kissen und will sie wieder würgen.

Statt dass mir ihre Worte dabei helfen würden, endlich klar zu werden, bricht noch mehr in mir. All der Schmerz spült sich an die Oberfläche, und ich tue etwas, das ich noch nie in meinem Leben getan habe.

Niemals.

Nicht mehr, seitdem ich drei Jahre war und mein Vater mich in den Keller gesperrt hat, mit all den Spinnen und Geräuschen darin, von dem ich heute noch träume, um mir beizubringen, dass man als Mann nicht zu weinen hat.

Dass man keine Gefühle zu zeigen hat.

Schon gar nicht gegenüber anderen.

Ich heule.

Ich hasse mich, trauere und heule.

Die Scham, die sich mit jeder Träne in meine Innereien frisst, macht es noch schlimmer. Aber ich versuche, ihr den Kampf anzusagen. Versuche, sie zu verdrängen. Indem ich es durchstehe.

Indem ich es einmal durchlebe, was ich die ganzen letzten Jahre nicht wahrhaben wollte.

Dass ich unsterblich in die vier bescheuerten Kings verliebt bin.

Und nichts und niemand mich jemals von dieser Liebe befreien kann.

Niemals.

VIERZEHN

SYLVIAN

Es stürmt, als ich mit dem Aston Martin vor den Toren Lionbridge Manors halte. Wider Erwarten bleibt das gusseiserne Tor geschlossen.

Die Wärter reagieren nicht auf meine Lichthupe und ich steige verärgert aus.

»Was ist los?«, rufe ich durch den Regen und stapfe auf das Wärterhäuschen zu.

Zwei bewaffnete hochgewachsene Männer betrachten mich, als wären sie das FBI.

»Du hast keinen Zutritt.«

»Was soll das heißen?«, fahre ich sie an. »Seit verschissenen vier Jahren verbringe ich die Feiertage hier. Es gibt keinen Grund, weshalb ich plötzlich ausgeladen sein sollte.«

»Wir entscheiden nicht darüber. Tut uns leid.«

»Es wird euch noch leidtun«, knurre ich. Nass bis auf die Knochen setze ich mich wieder in den Sportwagen. Meine Laune ist sowieso schon am Tiefpunkt. Reece und Zayn bleiben verschollen, Romeo setzt irgendwelche eigenen Pläne um, in denen Harper eine Rolle zu spielen scheint, und neben mir sitzt ausgerechnet Olive.

Mables Schwester.

Weil ihre Mutter in eine Klinik verlegt werden musste, da sie rückfällig geworden ist.

Und jetzt kommt auch noch Tyrell Senior auf die bescheidene Idee, mich auszusperren?

Lionbridge Manor ist wie mein Zuhause.

Jahr für Jahr habe ich seit meinem Studienbeginn die Semesterferien hier verbracht. Wenn Samuel glaubt, er müsse mich von seiner Tochter fernhalten, kommt er zu spät.

Ich werde mich nicht mehr fernhalten.

Schon gar nicht, da nach wie vor ungeklärt zu sein scheint, ob sie sicher ist.

Ich setze den Aston Martin zurück und gebe Gas. Rückwärts fahre ich die Einfahrt entlang, bevor ich in den Vorwärtsgang schalte, erneut aufs Gaspedal drücke und zur Seite ausschere.

»Äh, bist du sicher, dass du weißt, was du tust?«, fragt Olive panisch.

»Halt dich fest«, befehle ich und trete das Pedal durch.

Der Motor heult auf und rast auf die lichte Hecke zu, die nicht unweit des Eingangstors die massive Mauer ersetzt. Ein einfacher Maschendrahtzaun schützt zusätzlich vor Einbrechern, doch nicht vor PS-starken Autos.

Ich durchbreche die Barriere mit dem Aston Martin, als wäre sie aus Watte.

Alarmsirenen heulen um mich herum auf und Strahler werden auf mich gerichtet. Aber ich weiß, dass keiner der Wachleute mich einfach erschießen wird.

Mit quietschenden Reifen halte ich mitten vor dem Springbrunnen des Haupteinganges.

»Aussteigen!«, bellt mir jemand entgegen und im Nu sind mehrere Waffen auf mich gerichtet.

Gelassen steige ich aus und hebe die Hände.

Einer der Typen spricht in sein Mikrofon am Revers, und ich frage mich, ob Tyrell vielleicht doch so durchgeknallt sein könnte, einen Mordbefehl durchzugeben.

Aber im nächsten Moment geht die breite Flügeltür auf und er steht vor mir.

Arroganz und unterdrückte Wut stehen in seinem Gesicht, als er auf mich zukommt. »Verschwinde von hier. Du bist hier nicht länger willkommen. Wenn sie dich nicht hinausschleifen sollen, fahr selbst.«

Angewidert verziehe ich meinen Mundwinkel. »Wage es nicht, mich nach allem wie einen Niemand zu behandeln«, spucke ich ihm entgegen.

»Du bist kein Niemand.« Samuel ist eine Stufe über mir stehen geblieben und starrt wie ein hässlicher Rabe auf mich herab. »Du bist ein Silvano. Du wirst dich meiner Tochter nicht einmal *nähern.*«

Ich kann nicht anders, als dunkel zu lachen. »Deine reizende Tochter *lebt*, weil *ich* es wollte. Weil ich dafür *gesorgt* habe. Weil ich *da* war, wenn ihr Leben in Gefahr war. Glaubst du, sie hätte es ohne meine Hilfe aus dem Hörsaal geschafft? Weder sie noch Jaxon sind besonders gute Schützen, und diese Nacht wurde von einigen Studenten genutzt, um unbemerkt diejenigen beiseiteschaffen zu können, die sie hassen. Mable hätte ein verdammt leichtes Opfer sein können, wäre *ich* nicht da gewesen. Wenn du glaubst, du kannst sie entführen und *von mir* fernhalten, hast du alles unterschätzt, was einen Silvano ausmacht. Du wirst mich weder töten noch vom Grundstück prügeln. Du wirst sogar meine Lackschäden bezahlen und Mables Schwester, die im Wagen wartet, einen angenehmen Empfang bereiten. Du wirst kriechen vor mir. Denn im Gegensatz zu dir war ich für deine verdammte Tochter *da*, als die Elite sie auseinandernehmen wollte. Du verdankst mir so viel mehr, als dir jemals bewusst sein wird.«

»Wovon sprichst du«, fragt er leise. Drohend, aber auch abwartend. Als würde er ahnen, was ich ihm bisher verschwiegen habe.

Ihnen allen.

»Ich weiß seit *Jahren*, wer sie ist. Hätte ich *gewollt*, dass ihr etwas zustößt, hätte ich dafür sorgen können. Spielend leicht und unbemerkt. Aber ich tat es nicht. Du wirst meine Rolle noch kennenlernen, Samuel. Und jetzt geh mir aus dem Weg und kümmere dich um Olive. Wie ein liebevoller Vater es tun würde.«

Er starrt mich nieder, doch als ich einen Schritt auf ihn zugehe, weicht er zur Seite, umfasst aber meinen Oberarm. Nicht fest. Nur, um mich zurückzuhalten. »Ich verstehe das nicht«, gibt er zu. Er scheint sich wirklich Sorgen um Mable zu machen und will wissen, was er verpasst hat. *Er hat zu viel verpasst, Baby. Viel zu viel.* »Warum sollte das alles stimmen, was du sagst? Wieso solltest du ein Interesse daran haben, dass es ihr gut geht? Ausgerechnet du? Weil Harper mit ihr befreundet ist? Allein aus diesem Grund?«

»Weil Harper irgendwann ihre Freundin werden sollte, habe ich jahrelang geschwiegen?«, entgegne ich abfällig. »Sicher. Du bist nicht der Einzige, der in sie vernarrt ist.«

»Was willst du damit andeuten?«, knurrt er. »Erst Vance, jetzt du? Wie viele von euch glauben noch, unsterblich in meine Tochter verliebt zu sein? Sie ist mit Reece liiert. Seit *Monaten.*«

Ohne etwas zu erwidern, schüttle ich seinen Arm ab und gehe hinein ins Warme.

Ich sollte mich um Olive kümmern, aber ich kenne gerade nur ein Ziel.

Ich muss zu ihr.

Muss sicher sein, dass es ihr gut geht.

Dass sie die letzten Geschehnisse verkraftet hat.

Dass sie mir ... verzeiht.

Da ich nicht weiß, in welchem der vielen Gästezimmer sie untergebracht ist, probiere ich verschiedene Räume aus, bis ich einen finde, der verschlossen ist.

Schnell bastle ich mir einen Dietrich aus einem Drahtstück einer Kunstblume, die überall im Flur verteilt herumstehen, und öffne die altmodische Tür.

Leise und bedacht schlüpfe ich in die Dunkelheit.

Aber was ich im Zimmer vorfinde, ist nichts, womit ich gerechnet habe.

Und doch ist es so naheliegend.

Wieso habe ich geglaubt, du würdest ihn von dir stoßen?

Habe ich diese Sorge wirklich geteilt?

Oder wollte ich es sogar insgeheim?

Ist das der Grund, weshalb ich hier bin?

Will ich sicherstellen, dass nichts mehr ist, wie es einmal war?

FÜNFZEHN

SYLVIAN

Ich stehe im Schatten. Beobachte Jaxon und Mable im Schlaf, lausche ihrem ruhigen Atem und fühle mich wie Romeo. Einsam und unbeholfen.

Es spricht nichts dagegen, die beiden schlafen zu lassen, ihnen die Ruhe zu gönnen, die sie verdienen, außer meinem Bedürfnis, sicherzugehen, dass ich noch ein Teil davon bin.

Von dieser perfekten, ungestörten, harmonischen Einheit, die Mable und Jaxon in diesem Moment abgeben. Er hat seinen Arm um sie geschlungen, sie liegt vor ihm eingekugelt, Schutz suchend, zart.

Die Decke sanft über ihnen.

Als wäre das das Endgame.

Als wären *sie* das Endgame.

Eifersucht war mir bisher ein gänzlich unbekanntes Gefühl, aber das hier geht deep. Denn wenn Mable kein Problem damit hat, dass Jaxon durch die Verstrickungen ihrer Eltern auf dem Papier mit ihr verwandt ist, dass sogar die gesamte Welt da draußen denken wird, sie wären echte Geschwister, bedeutet es, dass sie ihn wirklich liebt.

Sie liebt ihn bedingungslos.

Das habe ich nicht erwartet.

Ich wollte es.

Aber ich hielt es nie für möglich.

Weshalb ich mich sicher bei dem Gedanken gefühlt habe, sie würde immer mir gehören.

Mir allein.

Verknallt in Zayn.

Verbunden mit Vance.

Verständnisvoll für Reece.

Aber unsterblich verliebt in mich.

Eine Liebe, die ich kontrollieren kann, weil sie ganz mir gehört.

Ein Herz, das ich besitze.

Ich und niemand sonst.

Gnädig war ich bereit, sie mit meinen Freunden zu teilen. Aus Angst, ich allein könnte ihr nicht guttun. Aber es sollte nie einen Moment geben, in dem sie mich nicht braucht.

In dem sie mich nicht will.

In dem sie mich, verdammt noch mal, nicht mit brennender Leidenschaft und unter den schlimmsten Schmerzen *vermisst*.

Aber ich habe sie freigelassen.

Ich habe sie so weit von mir ferngehalten, dass sie mir entglitten ist.

Während ich hier stehe und all diesen Schwachsinn zusammenspinne, fühle ich mich immer mehr wie Romeo. Verdammt noch mal, wie dieser verlogene Wichser, der noch Jahre brauchen wird, um zu seinen Gefühlen zu stehen. Ich bin wie er. Deswegen konnte ich ihn nie leiden. Er hält mir einen Spiegel vor.

Ich traue mich nicht, ganz ich selbst zu sein. Die Dinge zu beanspruchen, die mir gehören sollen. Weil ich Angst vor mir selbst habe.

Angst vor den Konsequenzen.

Angst davor, bei dem Versuch, meinen innersten, tiefschürfendsten Bedürfnissen zu folgen, alles zu verlieren.

Ich habe Mable mit den anderen zusammen sein lassen, weil ich mir ihrer sicher war. Aber wen wird sie letztendlich bevorzugen?

Wirklich noch mich?

Und bin ich so weit gesunken, dass ich mir solch erbärmliche Gedanken mache?

Ich fange an, mich auszuziehen. Geräuschlos. Dabei spiele ich einige Szenarien in meinem Kopf durch.

Ein viel zu großer Teil will Mable packen, sie von Jaxon wegzerren und markieren. Aber dann denke ich unwillkürlich an Vance. Der magische, unscheinbare sechste King, der mir raten würde, nicht meiner schlechtesten Version nachzugeben.

Möge er in Frieden ruhen, wo auch immer er ist.

Ich ziehe mich ganz aus. Nackt stehe ich vor dem süßen Paar und überlege, mich einfach zu ihnen zu legen. Aber ich habe zwei Tage voller Stress hinter mir und sollte duschen. Ohne die beiden zu wecken, gehe ich ins Bad.

Scherben liegen zusammengekehrt unter dem Waschbecken und das Zimmer wirkt nicht, als hätte eine Putzfrau es vor Kurzem gereinigt.

Ich stelle mich unter die Dusche.

Lasse heißes Wasser über mich regnen, versuche, meine Gedanken zu klären.

Ich bin ein Teil von ihm. Er ist ein Teil von mir. Wir begehren dich. Das ist unser wahres Schicksal. Niemand von uns ist höhergestellt, niemand niedriger. Du liebst jeden von uns auf seine Art.

Oder, Baby?

Das tust du doch, oder?

Oder schlägt dein Herz schneller, wenn Zayn den Raum betritt?

Würdest du für Jaxon sterben, aber für uns anderen nicht?

Wird Vance für immer ein Loch in deinem Herzen hinterlassen, das niemand von uns füllen kann?

Fuck.

War ich zu grob?

Oder war ich zu liebevoll?

Ist etwas zwischen uns verändert?

Hätte ich dich gehen lassen können?

Hätte ich dich niemals gehen lassen sollen?

Warum zweifle ich plötzlich?

Was zur Hölle ist los mit mir?!

Ich stelle das Wasser aus. Mein Atem geht bebend. Als wäre ich gesprintet. Als wären meine Gedanken anstrengender als Sport.

»Wie bist du aufs Grundstück gekommen?«

Ich zucke zusammen, drehe mich um.

Jaxon.

An dem Waschbecken lehnend. Wie immer erhaben, arrogant und mein Freund.

»Niemand kann mich von ihr fernhalten, wenn ich es nicht beabsichtige.«

»Ah ja, ich erinnere mich da an einige deiner Prinzipien. Warum so angespannt?«, fragt er locker.

»Sie scheint kein Problem damit zu haben, dass ihr verwandt seid«, zwinge ich mich zu sagen.

»Das war doch dein Plan, oder?«, erwidert er gelassen und stößt sich von dem Waschbecken ab. Er kommt auf mich zu, greift blindlings nach einem Handtuch und reicht es mir. Ich trockne mich grob ab und schlinge es um meine Hüften. »Deswegen hast du es mir all die Jahre verschwiegen, nicht wahr? Damit ich sie genauso lieben lerne wie du. Damit du jemanden an deiner Seite hast, dem du *bedingungslos* vertraust, dass er dich *immer davon abhalten wird*, ihr etwas anzutun, auch wenn alles in dir danach schreit.«

Ja, das war der Plan. Das war der verdammte Plan, Mable, und jetzt zerstört mich urplötzlich die Angst, dass er nicht aufgeht.

»Ich bin hier, okay?«, fragt Jaxon, scheint verwundert zu sein, weshalb ich so starr bin. »Alles in Ordnung?«

Mit meiner rechten Hand fahre ich mir durchs Haar. »Wie soll das funktionieren? Jeder, den wir kennen, wird über uns lachen. Drei Männer, ein Mädchen. Sie wird als Schlampe abgestempelt, wir als Vollidioten, weil wir uns keine suchen, die sich auf einen festlegen kann.«

»Vier Männer«, entgegnet Jaxon. »Unter der Annahme, Vance sei noch am Leben.«

»Fünf, wenn die Crescents jemals offen aus ihrem Versteckspiel treten.«

»Ja, das ist tatsächlich eine Herausforderung«, gibt er achselzuckend zu. »Du hast bis zuletzt geglaubt, das Ganze würde nicht funktionieren, hm? Dass es eine vorübergehende Geschichte ist. Bis sie von allem erfährt. Du wolltest sie mit mir teilen. Weil du dich alleine nicht an sie herangetraut hast, nach dem, wie du in der Vergangenheit zu Frauen warst. Du wolltest, dass ich sie will, dass ich sie so sehr liebe, dass ich sie vor dir beschützen würde. Aber du wolltest nie, dass das wirklich hält. Du bist davon ausgegangen, dass es vorbei ist, wenn sie von mir und sich erfährt. Von unseren Eltern. Von der ganzen Verstrickung. Deswegen hast du es ihr nicht erzählt. Deswegen hast du dich zurückgehalten. Du wolltest nicht, dass es endet. Und jetzt? Ist es ein Schock, dass es trotz allem nicht geendet hat?«

Dieser Bastard kennt mich zu gut.

Ich hasse es, wie er in meine Seele blicken kann, als läge mein Gehirn offen vor ihm.

»Sy.« Er tritt näher, legt eine Hand auf meine feuchte Schulter. »Du hast richtig entschieden. Hättest du mir von Anfang an erzählt, wer sie ist, hätte ich keine Sekunde gezögert und sie vernichtet. Das weißt du doch. Ich bin dir dankbar. Wir alle sind dir dankbar.«

»Ich bin nicht besser als Romeo«, spucke ich aus, »verleugne meine wahren Absichten, mein ganzes Selbst vor euch. Meine intimsten Gedanken. Ich hasse mich dafür. Als gäbe es etwas an mir, das ihr nicht zehnmal eher verstehen würdet als ich.«

»Ich habe keinen Schimmer, wovon zur Hölle du redest.« Jaxon feixt. »Du bist nicht wie Romeo. Romeo macht sich nicht schlechter, als er ist. Romeo hat keine Angst vor seinen inneren Dämonen, die gar nicht länger da sind. Romeo ist sich absolut sicher, zu jeder Zeit das eindeutig Richtige zu tun, weil er ein *Teil* von uns ist und wir ein *Ganzes* sind, das gar nicht falschliegen kann.«

Er hat recht.

Er hat recht, aber ich will es noch nicht begreifen.

»Ich bin so unfassbar froh, dass du hier bist, Mann.«

Jaxons Stimme klingt mit einem Mal belegt und er schließt mich in eine feste Umarmung. »Sie ist nicht mehr dieselbe«, raunt er an meinem Ohr. »Das Ganze hat sie weggekickt, sie hat selbstzerstörerische Gedanken, ist schon zu leer, um zu weinen. Das mit Vance kann sie kaum verkraften. Du musst mir helfen, sie wieder zurückzuholen. Nur du weißt, wie du ihr Feuer wecken kannst. Bitte.«

»Was heißt, sie hatte selbstzerstörerische Gedanken?« Etwas in meiner Brust zieht sich zusammen.

»Sie sprach davon, sterben zu wollen. Mehrmals.« Jaxon lässt mich los, die Miene von Bitterkeit erfüllt. »Keine Ahnung, was wir jetzt tun sollen. Aber du weißt es.«

Ich gehe an ihm vorbei zurück zum Schlafzimmer. Mable liegt unverändert da. Eingerollt, selig. *Du hast davon gesprochen, sterben zu wollen? Fuck, was habe ich verpasst?*

»Sie gehört uns, Bro.« Jaxon legt einen Arm um meine Schultern. »Dir und mir und den anderen. Den Kings. Für immer. Alles klar? Es ist vorbei. Dein ganzer Kampf, die Angst, es ist vorbei. Du hast sie. Dort, wo du sie haben wolltest. Zwischen uns. In deiner Kontrolle. Beschützt durch uns anderen. Nimm es dir. Nimm dir, was du selbst erschaffen hast. Die perfekte kleine Königin.«

Fuck.

Ich muss sie ficken.

Jetzt.

Ich lasse das Handtuch fallen, als ich um das Bett herumgehe. Langsam, bedacht. Dann lege ich mich zu ihr. Schließe sie von hinten ein, umfasse ihren Hals, sie keucht und ich schiebe ihr meinen harten Schwanz zwischen die Beine.

Sie reißt die Augen auf. Kann mich nicht sehen. Nur fühlen.

»Sylvian«, flüstert sie, dann bin ich schon in ihr.

Sie ist mein.

Mein, mein, mein, und alles ist genau so gekommen, wie ich es wollte. Jaxon hat es erkannt. Er wird sie mir nicht streitig machen. Er wird sie nicht alleine besitzen wollen. Er betrachtet mich als den Schlüssel, der ich immer schon war.

Derjenige, der uns die Tür überhaupt geöffnet hat.

Die Tür zu ihrem kleinen, zarten Herz, das für so viele von uns schlägt.

Selbst Vance war eigentlich mein Plan.

Ich habe wie ein Puppenspieler alle Fäden zur rechten Zeit gezogen.

Dafür gesorgt, dass alles so läuft, wie ich es wollte.

Nur ging ich nie davon aus, dass es wirklich klappen würde.

Dass ich am Ende mit Jaxon allein in einem Zimmer bin. Zusammen mit ihr.

Und sie es genauso will.

»Ja, Baby, ich bin es«, raune ich in ihr Ohr. »Und jetzt lass dich brav von uns ficken.«

Ich werfe sie auf dem Bett herum, drücke sie in die Matratze, ihren runden Arsch erhoben. Mit beiden Händen ziehe ich ihre Hüften an mich heran, um mich ganz in ihr zu versenken. »Schrei«, befehle ich ihr, und sie kann sowieso nichts anderes tun, weil meine gesamte Länge von hinten so tief in sie stößt, dass sie kaum zu Atem kommt.

Ich presse ihr mit meinem Schwanz jeden einzelnen Laut aus der Lunge, während ich sie in Besitz nehme. Mir ihre Pussy zu eigen mache und ihren Arsch dabei spanke.

Ich muss es tun.

Ich muss sehen, wie er in dem matten Licht der offenen Badezimmertür rot wird.

Glänzt.

Fuck.

Schweißgebadet rutsche ich zurück. Ich fühle mich so sicher und zuversichtlich wie noch nie.

Das war mein Ziel.

All das hier war mein Ziel und ich habe es tatsächlich erreicht.

An ihren Haaren ziehe ich sie zurück, sodass sie vor mir hockt, beiße in ihr Ohr. »Blas ihm den Schwanz, während ich dich lecke.«

Jaxon öffnet die Schlaufe seiner Stoffhose, stellt sich an den Bettrand. Mable kriecht auf allen vieren auf ihn zu, nimmt seine Spitze zwischen die Lippen.

Ich spreize ihren Hintern und lecke über ihren Anus.

Während sie Jaxon zum Stöhnen bringt, weite ich ihr Loch mit Spucke und Fingern. Sie seufzt himmlisch. Jaxon dirigiert ihren Kopf, hält die Augen geschlossen. »Fick sie noch mal, Sy. Ich will, dass sie kommt, während mein Schwanz in ihrem Mund steckt.«

Ich schmunzle. Langsam ziehe ich mich zurück und positioniere meine Spitze wieder vor ihrer Pussy. Ich streichle ihre Perle und bewege mich mit langen Stößen in ihr. Erstickt durch Jaxons Schwanz kann sie nicht schreien, als sie kommt.

Sie quetscht meinen Schwanz aus, indem sich ihre

Pussy zusammenzieht, und Jaxon fickt ungehemmt ihren Mund, bis ihr Orgasmus verklungen ist.

Für einen Moment lassen wir sie los und sie sinkt in sich zusammen. Während Jaxon sich auszieht, fasst sie nach meinem Handgelenk, zieht mich über sich.

Ich greife in ihr Haar, küsse sie grob und hart, genieße ihren Geschmack, lasse mich ganz darin fallen.

»Ihr seid so heiß«, flüstert sie an meinen Lippen. »Ist das ein Traum?«

Wir lachen.

»Komm, Belle, rutsch hierher.« Jaxon fasst nach ihrem Bein, positioniert ihre Hüfte auf dem Bettrand, greift in ihre Schenkel und stößt sich in sie vor.

Ich erforsche weiter ihren Mund, beuge mich über sie, küsse ihr das hemmungslose Stöhnen von den Lippen und zwirble ihre Nippel. Sie zerfließt zwischen uns vor Geilheit und durchdringt mit ihren Lauten bestimmt die Wände.

»Ja, du brauchst noch mehr, Belle, hm? Du müsstest von uns der Reihe nach gefickt werden. Von uns allen. Jeden verdammten Tag.« Jaxon wirft sie wieder herum, dieses Mal geht er selbst in die Hocke, zieht ihren Arsch bis zum Bettrand und leckt ihre Pussy und ihren Anus.

Er dehnt sie weiter, und ich nutze die Gelegenheit, sie meinen Schwanz blasen zu lassen.

»Ja, so ist es brav, Baby«, murmle ich, streiche über ihr Haar und schiebe ihr meine Spitze genüsslich zwischen die Lippen.

Sobald Jaxon fertig ist, stellt er sich wieder hinter sie. Dieses Mal positioniert er seine Eichel höher. Vorsichtig, behutsam dringt er in ihren Arsch ein. Mables Körper verspannt sich unter dem Gefühl. Wir lassen uns Zeit, es zu genießen.

Minuten vergehen, in denen Jaxon sie gemächlich dehnt und sie abgelenkt meinen Schwanz lutscht. Erst nach einer ganzen Weile werden seine Bewegungen schneller. Härter.

Wieder schreit sie, denn ich lasse sie los.

Stehe auf.

Gehe um das Bett herum.

Sie hockt mit den Knien auf dem Bettrand, Jaxon hinter ihr. Stoß um Stoß gibt er ihr, ohne Pause. Schweiß steht auf seiner Stirn. Ich stelle mich neben ihn. Genieße das Bild, das sich mir bietet.

Mable, wie sie von Jaxons riesigem Schwanz in ihren kleinen Arsch gefickt wird.

Allein von diesem Anblick komme ich fast.

Ihre Schreie werden so laut, dass ich mir Sorgen mache, ob jemand denken könnte, wir würden sie vergewaltigen.

Aber dann ist es mir auch egal.

Jaxon tritt zurück und lässt mir Platz. Statt ihren Arsch ficke ich wieder ihre Pussy. So lange, bis sie ein zweites Mal kommt.

Ihr Stöhnen verändert sich.

Wird ekstatisch, wirkt fern.

Ich lasse meinen Schwanz aus ihr hervorgleiten, schiebe ihn in ihren Arsch und ficke diesen so lange, bis ich abspritze.

Reinste Genugtuung erfüllt mich, reinstes Machtgefühl.

Das alles gehört mir.

Sie will, dass es mir gehört.

Ein weiteres Mal tauschen wir. Auch Jaxon packt sie erneut, benutzt ihren Hintern, vögelt sie, lässt sie schreien und schreien und schreien und stöhnt, als er sich in ihr ergießt.

»Verdammt«, knurrt er, als er von ihr ablässt. Ein zufriedenes Grinsen auf den Lippen. »Das war nicht geplant.«

Mable bleibt atemlos liegen.

Wir holen sie zwischen uns, sodass sie von uns eingebettet wird.

Von unserer Wärme und unseren Körpern.

»Ich bin so verliebt in euch«, flüstert sie, legt ihre Lippen an Jaxons Brust, dann an meine. »Ich will, dass das niemals endet.«

SECHZEHN

REECE

Meine Nerven liegen blank. Ich parke den Tesla abseits der Garagen, damit hoffentlich niemand der Angestellten auf die Idee kommt, ihn umparken, reinigen oder generell anrühren zu wollen.

Noch nie habe ich mich an Weihnachten in weniger festlicher Stimmung gefühlt, als ich auf Lionbridge Manor zugehe und die Eingangshalle betrete. Tatsächlich fehlt jeder Hinweis auf die Feiertage.

Nicht einmal die Dekoration wurde winterlich umgestaltet.

»Mr. Crescent, wie schön, Sie begrüßen zu dürfen.« Ein Butler kommt mir entgegen, nimmt mir meinen Mantel, den Schal und Schirm ab und begleitet mich in einen der Salons im Erdgeschoss. »Ich gebe Mr. Tyrell Bescheid, dass Sie eingetroffen sind.«

»Danke.«

»Möchten Sie ein heißes Getränk oder einen warmen Snack zum Aufwärmen?«

»Nein.« Ich werde allein gelassen und schalte am Handy den Campingmodus meines Elektroautos ein.

Zayn soll schließlich nicht erfrieren. Dann schreibe ich Sylvian und Jaxon, ob sie sich des Problems annehmen können, das in meinem Kofferraum wartet.

»Reece.« Samuel kommt mir ein wenig zu freudestrahlend entgegen. Seine Augen bleiben eiskalt, wachsam, und etwas an seiner Körperhaltung verrät, dass er mir nicht mehr so wohlgesonnen ist wie früher. »Gut, dass du hier bist. Wir müssen uns unterhalten.«

Ja, zum Beispiel über die Tatsache, dass seinetwegen Zayn ein Wrack ist. Vance' Tod hat ihn mehr zerstört als alles zuvor.

»Deswegen bin ich hier«, entgegne ich gelassen und lasse mich auf eine der Sitzgarnituren nieder.

Samuel hebt die Hand, als wolle er die beiden Männer, die hinter mir eingetreten sind, wegschicken, stattdessen kommen sie auf mich zu. Ich beachte sie erst, als sie sich neben mich setzen.

»Was zur …«, keuche ich, versuche aufzustehen, doch einer von ihnen packt mich grob und zerrt mich zurück. Zwei bullige Typen mit verbissenen Mienen in maßgeschneiderten Anzügen. Bodyguards. Oder so etwas Ähnliches. »Das wagst du nicht«, raune ich und blicke Samuel offensiv an. »Was glaubst du, wer du bist?«

»Ein Mann, der sehr viel mehr Macht und Möglichkeiten besitzt als du, Reece.« Er setzt sich gelassen vor mich. »Deine Familie mag reich sein, aber das ist auch alles. Ich hingegen bin niemand, der sich monatelang anlügen und täuschen lässt, ohne darauf entsprechend zu reagieren. Du hast mir eine *Menge* verschwiegen. Nehmen wir uns doch die Zeit, all die Ungereimtheiten, die zuletzt geschehen sind, aufzuklären.«

Ich mahle mit dem Kiefer. Wenn ich etwas mehr

hasse als einen Zayn, der sich nicht im Griff hat, dann ist es jemand, der glaubt, mich unterdrücken zu können.

Seit der Prep School bin ich so unangreifbar wie ein verdammter *Gott*. Selbst die Professoren und Lehrer waren stets weit davon entfernt, sich über mich zu erheben.

Meine Taktik, alle mit meinem Charme zu bezirzen, ging auf. Doch auch darüber hinaus habe ich niemals zugelassen, dass mich jemand erniedrigt.

»Ich habe dir *überhaupt nichts* verschwiegen«, zische ich. »Aber ich werde es ab sofort tun. Was immer du glaubst, über mich zu wissen, dieses Gespräch ist beendet. Du nutzt mein Vertrauen, meine Offenheit und meine Fürsorge aus, um deine Tochter zu beschützen. Und so dankst du es mir?«

»Du hast sie nicht *beschützt*«, spuckt er mir entgegen. »Sie glaubt, eine auf Liebe beruhende Affäre mit *Vance Buchanan* gehabt zu haben, und Sylvian Silvano offenbart mir auf dreisteste Weise, dass auch er ein Verhältnis mit ihr zu haben scheint. Erklär mir das. Sofort.«

Ich glaube, der spinnt wohl. »Sicher nicht«, entgegne ich und lehne mich entspannt zurück. Die Beine weit ausgestreckt, meine Ellbogen berühren die Typen neben mir. Soll er sich doch die Zähne an mir ausbeißen. Ich habe kein Problem damit, den ganzen Tag hier herumzusitzen und mir seine Drohungen anzuhören. Geduld ist, seitdem ich mich ständig verstecken muss, wenn Zayn seine Auftritte hat, meine ausgeprägteste Tugend.

Samuel kräuselt säuerlich die Lippen, dann nickt er nach links, als würde er den Männern neben mir ein Zeichen geben wollen. Ich hätte damit rechnen müssen.

Denn schließlich hat er auch Vance einfach abgeknallt.

Aber ich kann das Ganze erst glauben, als mich diese abgedrehten Typen tatsächlich an den Oberarmen fassen und auf die Knie drücken. Schon im nächsten Moment ziehen sich meine Muskeln an meinem Oberkörper zusammen. Schmerz, ausgehend von meinem Arm, durchdringt mich wie ein Schlag, ein Schlag, der nicht enden will, sich staccatoähnlich durch mich hindurchhämmert, mir das Gefühl für Zeit und Raum wegreißt und mich wie nach einem Marathon atmen lässt, als es aufhört.

In mir zerbirst etwas vor Wut. Samuel muss sich für unangreifbar und unendlich mächtig halten, wenn er mich mitten in seinem bescheuerten riesigen Haus mit einem Taser foltert, in dem sich Jaxon, Sylvian, bald auch Zayn, Mable, Miranda und zig Angestellte aufhalten.

So mächtig, so erhaben, so toll.

Er wird sterben.

Nichts kann mich mehr von diesem Gedanken abbringen.

»Bitte, Samuel …«, keuche ich den Bastard an, meine verstellteste Stimme im Einsatz, mein verlogenstes Gesicht. »Ich habe keine Ahnung, warum du das tust. Ich liebe Mable. Das mit Vance und Sylvian ist kompliziert. Wir wollten uns deswegen beinahe trennen, aber ich bin hier, um mich endgültig zu versöhnen.« Etwas wie Tränen verlassen meine gequälten Augen. Soll er denken, dass ich sie ehrlich meine. Doch in mir brennt alles. Köpfen werde ich ihn. Ich werde Zayn mit einem Blick sagen können, was Samuel getan hat, und mein Bruder wird den Rest erledigen. Wie ein Tier wird er sich auf ihn stürzen und ich werde den Anblick genießen.

Dazu Sylvian, Jaxon, Mable selbst.

Wir werden ihn so sehr vernichten, dass er sogar aus jeder Erwähnung in den Zeitungen, in den Geschichtsbüchern und überall sonst gestrichen wird. Wir werden ihn zu einem Mörder machen.

Einem Vergewaltiger.

Jemand, der Jungfrauen in seinen Keller sperrt und sie nacheinander schwängert und die Kinder verkauft. So einer wird er sein.

Als so jemanden werden die Leute seiner gedenken.

Und sie werden ihn vergessen wollen.

Werden vergessen wollen, dass es ihn je gab.

Wenn man über ihn spricht, dann wird ausschließlich Schock und Hass und Abscheu in den Erzählungen liegen. Niemand wagt es, mich so zu behandeln.

Niemand.

»Ich liebe Mable. Bitte. Ich war immer ehrlich zu dir. Wir haben seit Thanksgiving nicht mehr gesprochen, es blieb keine Zeit, dir irgendetwas zu erklären.« In diesem Augenblick heule ich wirklich. Gott, ich bin so gut im Schauspielern, ich feiere mich. Selbst Zayn würde es mir abnehmen. Er würde mich für einen Schwächling halten, wie Samuel es gerade tut. Stur blicke ich zu Boden.

»Dann erklär es jetzt«, verlangt Mables Vater kalt und ich nicke.

»Ja. Natürlich.«

Doch bevor ich erlöst werde, durchfährt mich ein weiterer Schlag. Schläge. Brennen. Vibrieren. Meine Gedanken werden zerschunden. Nichts ist mehr übrig außer Hölle, Hölle, Hölle. Erst als es aufhört, merke ich, dass ich nichts gedacht habe. Nichts denken konnte.

Der Hass in mir wird so dicht, dass er beinahe mein Pokerface durchbricht, doch ich bin kontrolliert. Das war vermutlich Samuels Absicht, mich mit einem zweiten Elektroschock noch etwas mehr zu zermürben und ihm zu offenbaren, dass ich nur spiele.

Aber er glaubt mir.

Lässt seine Schlächter wieder nach meinen Armen greifen.

Sie drücken mich zurück in die Couch. Da sitze ich und ringe nervös mit meinen Fingern, als wäre ich zu fertig, um mich zu konzentrieren. »Das mit Vance lief schon seit dem Krankenhaus«, murmle ich in mich hinein, tue noch immer so, als würde ich mich nicht trauen, Samuel anzusehen.

»Aha?«, fragt er kühl.

»Da haben sie sich angenähert. Aber ich dachte, sie wären nur Freunde. Sonst hätte ich es dir erzählt.« Ich war derjenige der Kings, der ihn davon abgehalten hat, auf Mable zuzugehen und sich ihr zu offenbaren. Er fraß mir aus der Hand, glaubte mir jede Lüge, die ich ihm aufgetischt habe. Dass niemand im Krankenhaus war außer mir und später Vance und Harper. Dass ich ihm sagen würde, wenn sie bereit ist, die Wahrheit zu erfahren, und ich damit warten würde, bis sie sich vollständig erholt hat. Dass wir einen schönen Sommer verbracht haben, ich nicht von ihrer Seite gewichen bin – das stimmte sogar. Ich ließ ihn in dem Glauben, ich würde mich voll und ganz um seine Tochter kümmern.

Gott, ich bin so ein verdammt guter Lügner.

Innerlich verneige ich mich vor mir selbst.

»Ein paar Tage vor Thanksgiving wollten die Mädchen, Harper und Mable, ein Wochenende in unserer Villa verbringen. Zu zweit. Aber eine von ihnen kam auf die Idee, dass es lustiger werden würde, wenn Vance und seine Freundin sich anschließen. In dieser Nacht muss es passiert sein. Vance und Mable empfinden viel füreinander. Sie sind aus demselben Holz, glaubten sie zumindest. Es war das erste Mal, dass ich sie allein ließ. Ich dachte, es würde ihr helfen, sich zu erholen und sich dann mit neuem Schwung auf die Prüfungen vorzubereiten. An Thanksgiving erfuhr ich davon. Sie gestanden es, betonten, es täte ihnen leid. Ich wusste, dass die beiden mehr Freundschaft als Liebe füreinander übrig haben. Mable hatte noch nie einen Typen vor mir. Sie beichtete mir, dass sie Angst hatte, dass sie, wenn sie dieser Form von … Begierde für Vance nicht nachgibt, na ja … unglücklich mit mir werden könnte. Besonders in unserer zukünftigen Ehe. Natürlich habe ich das im ersten Moment nicht einsehen wollen und die Verlobung zwischen uns aufgelöst. Aber nach einer Weile verstand ich. Von Vance wusste ich, dass es mehr Rache war als echtes Begehren. Wir sprachen uns aus. Er war dabei überraschend reflektiert. Das alles führte dazu, dass ich verziehen habe. Ich liebe Mable zu sehr, als dass ich ihr nicht zugestehen würde, nach allem, was ihr zugestoßen ist, na ja, sich noch ein wenig auszuprobieren. Sie hatte Angst, sie könnte irgendwann bereuen, etwas verpasst zu haben im Leben.« Jetzt sehe ich betont gequält zu ihm auf. Innerlich juble ich, denn Samuel scheint meine Geschichte zu schlucken. Jedes einzelne Wort. Natürlich widert es mich an, dass ich überhaupt gezwungen bin, ihm irgendeine Erklärung zu liefern. Aber es würde keinen Sinn machen, damit zu warten, bis ich von den Elektroschocks so sehr die Schnauze voll habe, dass ich ihm einfach die blanke Wahrheit erzähle. »Ich habe ihr verziehen, weil sie der Gedanke plagt, ihr Leben könne morgen schon vorbei sein. Ich habe auch Vance verziehen, weil sie ihn als Freund braucht. Ich kann beiden vertrauen. Er würde alles für sie tun. Und sie alles für ihn. Trotzdem liebt sie mich, das weiß ich.«

Samuels Finger tippen rhythmisch auf die Lehne seines Sessels. »Sylvian«, sagt er nur.

»Sylvian … liebt sie platonisch. Aber sie ihn nicht. Er stellt immer sicher, dass es ihr gut geht, weshalb es mir zugutekommt, doch er würde sie niemals anrühren. Es ist gut, ihn als meinen Freund an der Seite zu haben. Auch wenn ich hoffe, dass er seine Obsession irgendwann auf ein Mädchen richten wird, das wirklich zu ihm passt und ihm gerecht werden kann.«

»Und mein Sohn?«, fragt Tyrell scharf. »Die beiden scheinen sich so gut zu verstehen, als wären sie zusammen aufgewachsen. Als würden sie sich ewig kennen und ergänzen. Du hast mir versichert, dass Jaxon sich ferngehalten hat. Dass du dafür *gesorgt* hast.«

»Habe ich.« Ich atme tief durch. »Ich habe das getan, Samuel. Mable ist ihm im letzten Semester kaum begegnet. Wenn sie hier vor Ort so tun, als würden sie sich blendend verstehen, dann sicherlich nur, weil sie dich beide so sehr hassen und sie dieser Hass verbindet.«

»Woher weißt du, dass sie … ein Problem mit mir hat?«, fragt er, plötzlich unruhig klingend.

»Was sollte sie sonst verbünden? Mable ist emotional, manchmal kopflos, sie hat viel durchgemacht, und jetzt erfährt sie nach einem Amoklauf, bei dem sie beinahe ihr Leben gelassen hätte, wer ihr Vater wirklich ist. Erwartest du, dass sie sich ›normal‹ verhält? Gib ihr Zeit, zu verstehen, zu verarbeiten, zu heilen. Sie braucht erst mal Abstand zu dir. Du kannst das Ganze nicht übers Knie brechen.«

Samuel betrachtet mich nachdenklich. »Was ist dein Vorschlag?«

»Na ja ... Wenn ich es mir genau überlege, wäre es vielleicht klug, sie würde die nächsten Tage bei mir verbringen statt hier.«

Er lacht mich aus. »Sicher. Damit Sylvian und Jaxon und du dort was auch immer mit meiner Tochter tun könnt.«

»Wovon zur Hölle sprichst du?«, fahre ich ihn an. »Als ob ich zulassen würde, dass sie noch mehr leidet. Warum, *warum* sollte ich mich mit einem Mädchen verloben, sie Tag und Nacht umgeben, wenn sie mir nichts bedeuten würde? Jaxon und Sylvian dulde ich so lange in ihrer Nähe, wie sie sich benehmen können. Es sind meine *Freunde,* und ich kenne sie *gut genug*, um zu wissen, wann ich einschreiten muss. Ich weiß, du glaubst, ich wäre nur an ihr interessiert, weil sie eine Tyrell ist. Aber denk nach: Sie hätte niemals meinen Antrag angenommen, wenn ich sie nicht vorher schon umworben hätte. Und da dachte ich noch, sie wäre ein Nichts und ein Niemand!«

»In Ordnung«, sagt Samuel beschwichtigend. »Beruhige dich. Vielleicht hast du mit allem recht und ich habe voreilig gehandelt. Ich will, dass du mit ihr zu deinen Eltern fährst und sie dort in Ruhe darauf vorbereitest, wer ich bin und wie ihr zukünftiges Leben aussehen wird. Auch will ich, dass du ihr nahebringst, was ich für sie tat. An Silvester sehen wir uns wieder, und ich hoffe, dann ist sie mir wohlgesonnener. Ich vertraue dir ein weiteres Mal, Reece. Enttäusch mich nicht.« Er lächelt, als wäre das wieder ein gewöhnliches Gespräch zwischen dem Vater der Braut und dem Schwiegersohn. Die Folter von eben scheint vergessen. Und das macht ihn zu einem unberechenbaren Gegner, zu einem Mann, dem ich keine Gefühlsäußerung abnehme, der vollkommen geisteskrank ist und sicher niemals nur das Gute für seine Tochter will.

Vielmehr erwartet er bestimmt, dass er Vance direkt vor ihren Augen killen kann und sie ihm trotzdem vor Dankbarkeit um den Hals fällt, weil er im Hintergrund immer für sie da war.

Und wenn sie es nicht tut ... Wenn sie ihm nicht dankbar ist, was dann?

Wie lange wird Daddy Samuel es aushalten, nicht die Bestätigung von seiner Tochter zu erhalten, auf die er zwei Jahrzehnte gewartet hat?

SIEBZEHN

CLARISSE

Ich langweile mich.

Meine Mutter stochert begeistert in ihrer Mousse au Chocolat herum und quasselt meinen Vater mit Belanglosigkeiten zu, der so tut, als würde er ihr zuhören.

Mein Bruder ist unentwegt an seinem Handy, aber mir schreibt niemand, der interessant wäre, und mir ist der Appetit längst vergangen. Keine Zeit des Jahres ist so langweilig wie die rund um Weihnachten.

Jeder verbringt das Fest mit seiner großartigen Familie und nichts Besonderes geschieht. Keine Partys, keine wilden Affären, niemand betrügt irgendjemanden, und ich habe nichts, das mich unterhalten könnte.

Absolut gar nichts.

Möglicherweise würde meine Psychologin anmerken, dass ich eine schwierige Zeit durchgemacht habe, dass ich durch den Amoklauf ein Trauma davongetragen habe, ich doch bitte die Gelegenheit nutzen solle, mich zu erholen und bla, bla, bla.

Bullshit.

Ich habe Schlimmeres ertragen.

Meine ganze Beziehung zu Jaxon war zum Beispiel ein Trauma.

Dass mir eine dahergelaufene Schlampe aus dem Slum ihn ausgespannt hat, die sich dann als seine Stiefschwester entpuppt.

Dass Harper sich von mir abgewendet und mich bei den Reginas zurückgelassen hat, weil sie mir nichts davon erzählen wollte, dass sie in einer Drogenentzugsklinik war.

Wie sie mich ersetzt hat.

Wie sie nun mit *Amabelle Weaver* zusammen Zeit mit den *famosen Kings* verbringt, und ich habe nichts außer meinen erbärmlichen Nachplapperern und unausstehlichen Lackaffen, die mir an die Wäsche wollen, weil ich eine Cunningham bin oder einfach nur blond.

Das ist ein Trauma, das ich verarbeiten muss.

Ich hätte Jaxon niemals an mich heranlassen dürfen.

Niemals mit Reece zur Gala gehen dürfen.

Niemals Vance vertrauen dürfen, als er das Aschenputtel entführt hat.

Von allen wurde ich vorgeführt. Bloßgestellt. Ersetzt.

Als wäre irgendjemand von ihnen besser als ich.

Sind sie nicht.

Im Gegensatz zu mir haben sie einfach nur aufgehört, ihre wahren Ziele zu verfolgen. Macht und Einfluss zu erlangen. Mithilfe des Zirkels die Geschicke der Welt zu lenken.

Das, was wir wirklich anstreben. Die wenigen Intelligenten unserer jeweiligen Generation der Elite.

Denn die meisten von ihnen sind dumm.

So dumm, dass es schmerzt.

Nein, die netten Könige haben sich um ein zartes

Püppchen geschart, das mehr Feinde hat, als ihr guttun. Sie ist ja so unschuldig. So unbedarft. So wunderhübsch naiv.

Ihre Pussy muss magisch schmecken, wenn gleich drei Männer auf sie abfahren.

Oder vier.

Mittlerweile bin ich immer mehr am Zweifeln, ob die kleine Amabelle nicht die Wahrheit gesagt hat, als sie meinte, Zayn sei Reece' Zwilling. Es ist schwierig, das herauszufinden, so aus der Ferne, aber es ist eine Theorie, die mich beschäftigt.

Mehr beschäftigt als alles, was meine ehrenwerte Mutter heute von sich gegeben hat.

Eine ungewöhnliche Nachricht holt mich aus meiner Lethargie, während ich mir Brittanys dämliches Reel über ihre Weihnachtsgeschenke ansehe.

MIRANDA TYRELL

Triff mich in East Hampton.

Wann?

MIRANDA TYRELL

Jetzt.

Mein Herz flattert ein wenig. Endlich raus aus dieser langweiligen Hölle der langweiligsten Eltern der Welt. »Ich werde nach East Hampton fahren«, informiere ich Mom und Dad und stehe auf.

»Jetzt noch?«, fragt mein Vater besorgt.

»Mit wem willst du dich treffen?«, fragt meine Mutter kritisch.

»Bringst du mir Chips mit?«, fragt mein dämlicher Bruder.

Ihm zeige ich den Mittelfinger, woraufhin ich von Mom getadelt werde und Dad mir droht, mich nicht fahren zu lassen, wenn ich das wiederhole.

Ich schwöre, meinen Bruder heute nicht mehr zu beleidigen, da ich ihn sowieso nicht mehr sehen werde, bevor er sich vor seine Playstation verkriecht, und verlasse den Tisch.

Ein Treffen mit Mrs. Tyrell ist fast so spannend wie eine exzessive Nacht mit Harper, in der wir einen Typen nach dem anderen angeln und uns am Ende des Abends darüber unterhalten, wer von den vielen Kerlen am besten küssen konnte.

Oder lecken.

Ich parke meinen Cadillac am Straßenrand vor dem kleinen Café, das sich zwischen zwei exklusive Kleidungsgeschäfte quetscht, und steige aus. Dicke Schneeregentropfen zerstören meine Frisur, als ich zum Eingang laufe.

Drinnen sitzt nur sie.

Miranda.

Die ihr fabelhaftes Aussehen an ihren noch fabelhafter aussehenden Sohn vererbt hat.

Ich hasse es, dass ich noch immer an ihn denken muss. Daran denken muss, dass ich diejenige hätte sein sollen, die er begehrt. Die er will. Die er heiratet. Denn mit ihm wäre das Leben niemals langweilig geworden. Das weiß ich.

»Es freut mich, dass du es so schnell einrichten konntest.« Miranda begrüßt mich mit einem Wangenkuss, als wäre ich eine ihrer Freundinnen.

»Natürlich«, gebe ich zurück und setze mich vor sie. »Wobei kann ich Ihnen helfen, Mrs. Tyrell?«

»Nenn mich Miranda. Diese ... Amabelle.« Sie friemelt am Verschluss ihrer Tasche herum. »Die uneheliche Tochter meines Mannes. Ich brauche eine Lösung.«

Ich ringe mir ein Lächeln ab. »Die hätte ich auch gern. Aber es wird wohl keine geben.«

»Mein Sohn glaubt, er könne sie benutzen, um sie vor meinem Mann bloßzustellen. Er glaubt, er könne ihn damit verletzen, indem er dieses Kind umwirbt und dann fallen lässt ... Aber ich kenne Samuel und er ...«

»Und ich kenne Jaxon und er lügt.« Freundlich offenbare ich ihr diese schöne Wahrheit. »Jaxon liebt Amabelle Weaver über alles. Er würde für sie töten. Er würde sie mit seinem Leben beschützen ... Nun ja, zumindest mit dem Leben seiner Freunde. Er würde alles tun, damit sie sicher und glücklich und zufrieden und gesund ist und so weiter. Er liebt sie so unsterblich, Mrs. Tyrell, dass er nichts unversucht lassen wird, ihr das Happy End zu bieten, das sie in seinen Augen verdient. Ist das nicht zauberhaft?«

Sie starrt mich an. »Nenn mich Miranda« ist alles, was sie leise erwidert. »Wie soll ich das ...«

»Verstehen?« Ich lache kalt. »Ich verstehe es auch nicht. Sie ist dumm und naiv und hässlich und ... Tja. Soll ich ... *dir* die ganze Wahrheit erzählen, Miranda? Er teilt sie mit seinen Freunden. Sie haben einen hübschen kleinen Harem um Amabelle gegründet. Sie lieben sie *alle.* Und sie liebt *alle.* Sie haben Sex, gemeinsam, getrennt, und sie hat drei, mit Vance vier und mit Romeo fünf Typen um sich, die sie beschützen wollen. Vor der dunklen, schwarzen, bösen Welt. Tut mir leid, dass ich dir das so deutlich sagen muss.«

»Aber woher weißt du …«, stottert sie. Ihre Augen sind so groß wie Mantelknöpfe.

»Ich habe das Ganze hautnah miterlebt. In Kingston kriegt man es mit, wenn man nicht völlig verblendet ist und sich nicht durch die Show der *Könige* ablenken lässt. Diese Männer lieben alles an ihrer kleinen, sündhaft begehrenswerten Blüte, und sie würden den gesamten Campus auf den Kopf stellen, um sie zu dem zu machen, was sie ist. Ihre berauschend willige Königin.«

»Ich …« Miranda schluckt. »Ich … Jaxon hat …«

»Gelogen. Er will sie beschützen. Sie haben auf Mable geschossen, nicht wahr, Mrs. Tyrell? Ich habe geglaubt, Jaxons Augen erkannt zu haben, doch Sie sind einen Hauch kleiner als er. Sie müssen es nicht vor mir zugeben.« Dieses Mal verbessert sie meine Anrede nicht. Mir ist es lieber, wir wahren Distanz. Denn ihre Freundin bin ich nicht, sollte herauskommen, was sie getan hat. »Aber wenn es stimmen sollte, dann werden Sie auch verstehen, warum Jaxon Ihnen etwas vorspielt. Er will, dass Sie glauben, er würde diese Sache für Sie so erledigen, wie Sie sich das vorstellen. Dabei hält er Sie nur hin. Er hat Angst um seine Prinzessin. Nichts weiter.«

Mirandas Hand schnellt urplötzlich vor und sie umschließt mein Handgelenk. »Hilf mir«, flüstert sie. »Hilf mir, diese Schmach zu beenden. Dieses Mädchen muss verschwinden. Es muss doch einen Weg geben. Du hast dich so gut mit Jaxon verstanden. Ihr wart so gut wie verlobt. Ihr wart … glücklich. Hilf mir, ihn umzustimmen. Er muss erkennen, was dieses … Gör … dieses … Ding wirklich ist. Und was mein Ehemann getan hat, um uns auseinanderzubringen. Unsere Familie auszuhöhlen, zu vernichten. Jaxon muss auf meiner Seite stehen, nicht auf ihrer. Bitte hilf mir dabei, Clarisse.«

Für einen Moment stelle ich mir vor, es wäre einfach.

Ich würde es schaffen, Jaxon doch noch für mich zu gewinnen. Den dunklen Teil in ihm zu wecken und zu befriedigen. Er ist wie ich. Manchmal. Oder öfter. Ich müsste ihm nur klarmachen, dass ihm Mable auf Dauer zu langweilig wird. Dass sie nie so gerissen, so böse, so hinterlistig sein wird wie er und ich. Wir sind das perfekte Paar. Die perfekten Nachfolger im Zirkel.

Zusammen könnten wir die Welt regieren.

Jaxon und Clarisse Tyrell.

Teufel und Sünderin.

Ich brenne bei dem Gedanken, ich könne mich an allen rächen, die jemals an uns gezweifelt haben. An unserer Verbindung. An unserem Deal. An dem, was er und ich von Anfang an waren. Boshaft. Hungrig. Wahr.

»In Ordnung«, flüstere ich. »Vielleicht habe ich eine Idee.«

Romeo

Ich werde es tun müssen.

Es führt kein Weg daran vorbei.

Alles, was ich bisher glaubte zu sein, zu werden, zu fühlen, war eine Lüge.

Es war eine Lüge und ich muss dieser Lüge Raum geben.

Ich muss sie groß werden lassen.

Ich muss sie befreien.

Nicht nur du warst naiv, Weaver.

Nicht nur ich.

Sondern wir alle.

Ihr alle.

Denn ihr habt absolut keine Ahnung, wer ich wirklich im Inneren bin.

So ganz wirklich.

Nicht einmal ich wusste es, bis Harper es mir gezeigt hat.

Und jetzt muss es raus.

ACHTZEHN

MABLE

»Und?«, fragt Olive mich. »Über was haben sie geredet?«

Sie sitzt neben mir auf dem Fußboden, hat aber nicht wie ich an der Tür gelauscht. Als ich gehört habe, worüber Samuel und Reece sich unterhalten, meinte ich zu ihr, dass es sie nichts anginge und sie nicht mithören dürfe.

Jetzt bereue ich diese Entscheidung, denn mein Kopf schwirrt.

Reece hat hinter meinem Rücken all die Monate mit meinem Vater Kontakt gehabt?

»Du solltest vielleicht das Poolhaus suchen«, schlage ich Olive abwesend vor.

»Es gibt hier ein fucking Poolhaus?!«, fragt sie fassungslos.

»Bestimmt.«

»Okay, klär deine Problemchen mit Reece, ich geh schwimmen.« Munter springt sie auf und lässt mich in der Küche zurück, die an den Salon angrenzt. Olive weiß nichts davon, dass mein Vater Vance ermordet hat. Dass unsere Mutter im Krankenhaus liegt, weil sie einen

Rückfall hatte, ist schlimm genug. Sie soll sich hier wohlfühlen, sich keine Sorgen machen, und Samuel bekommt es tatsächlich einigermaßen gut hin, sich ihr gegenüber freundlich zu verhalten.

Wir saßen mit ihm, Miranda, Jaxon und Sylvian beim Mittag, als Reece angekommen ist.

Samuel entschuldigte sich, aber dass er sich unserem neuen Gast widmen würde, erfuhren wir erst, als Jaxon und Sylvian eine Nachricht bekommen haben. Seitdem sind sie verschwunden. Jaxon hat zuvor dafür gesorgt, dass Miranda ebenfalls die Küche verließ.

Olive hat sich noch zweimal Nachschlag gegönnt, dann habe ich die Butler weggeschickt. Ich fühle mich unwohl mit ihnen zusammen im Raum. Meine Schwester hier zu haben erscheint mir wie ein weiterer Traum. Am liebsten würde ich sie in meinen Strudel aus Chaos, Familiengeschichten, Intrigen und Lügen nicht hineinziehen, andererseits ist es gut, sie in meiner Nähe zu wissen.

Wenn meine Mom im Krankenhaus ist, kann sich niemand um Olive kümmern.

Sie ist zwar bereits alt genug, aber …

Erschöpft sinke ich an der Wand zurück und überlege, was ich jetzt tun soll.

Was wäre, wenn ich das Gespräch von Reece und Samuel einfach unterbreche?

Wenn ich sie offen darauf ansprechen würde, was zur Hölle sie so Tolles über mich zu bereden haben?

Ich versuche den Türknauf zu drehen, doch die Tür bleibt verschlossen. Ein wenig fühle ich mich wie ein ungezogenes kleines Kind, als ich durch das Schlüsselloch linse und bemerke, dass auf der anderen Seite ein Schlüssel steckt. Sogar ziemlich senkrecht.

Vom Tisch klaube ich mir eine Gabel, schiebe sie durch das Loch und damit den Schlüssel hinaus. Er fällt fast geräuschlos auf den Teppich. Dann benötige ich nur noch eine der steifen Tortenspitzen, die unter den Etageren und hübschen Tellern auf dem Küchentisch angerichtet sind. Ich bücke mich vor den Türspalt am Boden, falte die Papierunterlage zu einem flachen, hakenähnlichen Gebilde und angle damit nach dem Schlüssel. Vorsichtig ziehe ich ihn so unter der Tür hindurch und halte ihn kurz darauf in der Hand.

Auf der anderen Seite scheint niemand meine Einbruchtaktik mitbekommen zu haben. Ich entsperre die Tür und unterbreche das Gespräch zwischen meinem ehemaligen Verlobten und meinem neuen Vater.

Reece sitzt neben zwei Bodyguards, die überall auf dem Grundstück umhergehen, als wären die Tyrells eine königliche Familie. Er sieht mitgenommen aus, lädiert.

»Was ist passiert?«, frage ich schockiert und stürme auf die Sitzgruppe zu.

»Amabelle«, beginnt mein Vater streng. »Das ist ein privates Gespräch. Ich hatte die Tür abgesperrt, wie bist du hereingekommen?«

»Ein ›privates Gespräch‹?«, fahre ich ihn an. »Zwischen meinem Verlobten und meinem Vater? Besprecht ihr die Hochzeitspläne, von denen ich nichts wissen darf? Wohl kaum!« Ich habe Reece erreicht, der aufgestanden ist und besorgt auf mich herabblickt. »Was ist passiert?« Er sieht blass aus. Schwach. Als wäre er krank.

»Nichts, absolut nichts«, redet er beruhigend auf mich ein. »Es war nur eine lange Anfahrt. Schön, dich zu sehen, Mable.« Er beugt sich zu mir herunter und gibt mir einen unschuldigen Kuss auf die Wange.

Aber ich achte gar nicht darauf. Denn die zwei Typen, die neben ihm auf dem Sofa gesessen haben und jetzt ebenfalls aufgestanden sind, wirken auf mich mehr als suspekt.

Geradezu ... gefährlich.

Sie sind hier ... um Reece einzuschüchtern. Er saß eingequetscht zwischen ihnen, als ich hereingeplatzt bin. Niemand würde sich so nah an jemand anderes heransetzen, selbst dann nicht, wenn er dessen Leben beschützen wollte.

»Was tun die hier?« Meine Stimme ist fest, aber innerlich fühle ich mich, als hätte mein Vater mir erneut den Boden unter den Füßen weggerissen. »Reece?!« Ich sehe zu ihm hoch. »Warum saßen diese Typen neben dir, als wären sie deine Gefängniswächter?«

Er öffnet den Mund, aber anstatt zu antworten, flackert sein Blick Hilfe suchend zu meinem Vater.

Ich fahre herum. »Du hast ihn bedroht!«, rufe ich. »Du hast ihn so zugerichtet und bedroht, vermutlich, um mehr über mich herauszufinden, stimmt das?«

»Ich bitte dich, Amabelle«, entgegnet Samuel abwehrend.

»Ich weiß nicht, wie du darauf kommst, Liebling«, erwidert Reece hinter mir.

»Warum sind diese Typen dann sonst hier?!«

»Mäßige deinen Tonfall, Mable.« Mein Vater klingt streng. Im Gegensatz zu den anderen ist er sitzen geblieben. Wie ein zufriedener Adler hat er den rechten Arm auf der Lehne seines Sessels ausgebreitet und scheint sich keine Sorgen darüber zu machen, was ich über ihn denken könnte.

»Meinen Tonfall mäßigen?«, wiederhole ich ruhig. In seiner Miene zuckt ein Nerv, als würde er ahnen, dass ich kurz davor bin, mich überhaupt nicht mehr zu mäßigen. Ehe er reagieren kann, habe ich mit dem Fuß kräftig gegen den Beistelltisch getreten, auf dem eine Vase und ein paar Gläser standen. Er kippt in Samuels Richtung, der seine Schuhe gerade rechtzeitig wegziehen kann. Aber die Vase und die Drinks besudeln seine Hose.

Er sieht mich an, als würde er mich umbringen wollen.

»Du platzierst zwei deiner Schlächter um meinen Verlobten und *wagst* es, mir nicht sofort zu erklären, was das zu bedeuten hat?! Du hältst mich hier fest, mich, *deine Tochter*, und glaubst, ich könnte je mehr in dir sehen als das Monster, das du bist? Deine ganze rührige Story über Mom und deinen Verlust und dein schreckliches Leid haben *keinerlei* Belang, wenn du dich selbst so verhältst wie die Leute, die du hasst. Ich mache es anders. *Ich hasse dich*, aber ich werde *niemals* so werden wie du.«

Er sitzt steif da, als wäre er eingefroren.

»Mable.« Reece dreht mich mit einigem Druck an meinen Schultern zu sich herum. »Bitte beruhige dich. Es ist nichts …«

»Wage es nicht«, flüstere ich. »Nach allem wirst du es nicht wagen, mich anzulügen, Reece Crescent. Du siehst aus, als hätten dir diese Typen mehrmals in den Magen geschlagen. Warum? Warum verteidigst du meinen Vater noch? Wieso hältst du zu ihm? Er hat

Vance getötet! Er würde jeden töten, der sich ihm in den Weg stellt!«

»Er hat es für dich getan!«, ruft Reece und schüttelt mich dabei. »Gott, hör doch auf, ihn als deinen Feind zu stigmatisieren. Er tat es für *dich!* Er tat es, um *dich* zu beschützen. Er hat *gute Gründe* gehabt. Dein Vater tut, seitdem du am Leben bist, *alles* dafür, dass es dir *gut geht.* Auch wenn er sich im Hintergrund gehalten hat. Er *liebt* dich und das wird sich *niemals* ändern. Egal, wie viele Vasen du in seine Richtung stößt.«

»Du bist auf seiner Seite«, murmle ich erstickt. »Darum ging es in eurem Gespräch gerade. Du bist auf seiner verdammten Seite und verteidigst ihn blind!«

»Ich bin auf *deiner* Seite!« Reece' Stimme wird noch lauter. »Und dein Vater ist es auch!«

Mein Atem rasselt und ich schüttle den Kopf. Das kann er nicht ernst meinen. Reece kann das alles nicht ernst meinen.

»Bitte, Liebling.« Er seufzt tief, dann sieht er an mir vorbei zu Samuel. »Ich denke, es wäre das Beste, wenn ihr euch eine Weile aus dem Weg geht. Es ist viel passiert und einiges davon kam zu plötzlich. Ihr müsst euch *langsam* annähern und euch *nach und nach* kennenlernen. Ich denke, das ist das Beste. Bevor du etwas tust, das du hinterher bereust.« Wieder ein Blick zu Samuel. »Oder er.«

Ich weiß gerade nicht, wen ich mehr hasse.

Reece oder Samuel.

Oder die beiden Typen, die noch immer neben uns stehen, als müssten sie sich gleich in einen Kugelhagel stürzen. Oder einen eröffnen.

»Einverstanden?«

Ich entgegne nichts.

»Ich vertraue dir, Reece«, betont Samuel. »Hoffen wir, dass du weißt, was du tust.«

Reece umschließt meine Hand und zieht mich Richtung Tür. »Ich kenne sie besser als du. Vergiss das nicht.«

Während wir hinausgehen, drehe ich mich noch einmal um und erhasche einen Blick auf die düstere Grimasse meines Vaters. Hoffentlich verabscheut er mich irgendwann so sehr, dass er mich von diesem Grundstück jagt.

Dann wäre ich frei.

NEUNZEHN

JAXON

Zayn wirkt, als wäre er überfahren worden.

»Ist er unter ein Auto gekommen?«, fragt Sylvian. »Das an seinen Armen sieht aus wie Reifenabdrücke und Spuren von Schotter.«

»Nein. Er hat sich nur einfach im Dreck gewälzt.« Reece taucht hinter uns auf, zusammen mit Belle, die er an der Hand hält. »Die Show ist vorbei«, murmelt er und schüttelt sie ab, weil sie anscheinend nicht loslassen wollte.

Sie reagiert nicht gerade amüsiert auf seine schroffe Art, aber als sie Zayn sieht, scheint alles vergessen. Sie stürzt vor.

Er liegt vor der Leinwand des kleinen Heimkinos und wälzt sich im Schlaf.

»Was zur Hölle ist mit ihm?!«, ruft sie panisch und umfasst sein Gesicht. »Zayn? Zayn?!«

»Ja, Reece, was zur Hölle ist mit ihm?«, wiederhole ich gedämpfter.

Zayn murmelt etwas und Amabelle ist vorerst mit ihm beschäftigt.

Wir anderen drei stellen uns zusammen.

»Was für Drogen waren das?«, fragt Sylvian fachmännisch. »Muss ein wilder Mix gewesen sein, hm?«

»Ich habe absolut *keine* Ahnung«, gibt Reece resigniert zu. »Warum habt ihr euch ins Heimkino zurückgezogen? War schwer, das hier im Keller überhaupt zu finden.«

»Hier sind keine Überwachungskameras«, erkläre ich ihm. »Und hoffentlich auch keine Wanzen.«

Reece seufzt. »Hoffentlich. Zayn muss irgendwie an Drogen gekommen sein. Vielleicht hat er sich auch bloß verschiedene Putzmittel reingekippt. Aber er hat es mir nicht gesagt. Leute, ich bin ausgeflippt. Er hätte uns beinahe im Hotel verraten. Er kam, vollkommen high, die Treppe in der Eingangshalle herunterstolziert und hat lallend irgendeine Weihnachtsmelodie mit den Worten ›Ich bin Zayn Crescent‹ gesungen, während ich an der Rezeption stand. Das Zimmer lief wie üblich nur auf eine Person. Ich hab es gerade so hinbekommen, ihn unbemerkt wieder zurück in unser Zimmer zu verfrachten. Aber er hat sich echt gegen mich gewehrt. Rumgejammert, dass er es nun endlich allen sagen will. Dad würde es schon verstehen und so weiter. Nur so'n Bullshit. Ich habe ihn daraufhin gefesselt, geknebelt, in den Kofferraum gesperrt und bin hierhergefahren. Katastrophe. Bitte macht ihn wieder normal. Ich brauche erst mal Schlaf.«

Ich nicke und deute auf das bettähnliche Sofa, das vor der Leinwand als gemütliche Fernsehcouch aufgebaut ist. Reece will sich gerade hinfläzen, als Amabelle in seine Richtung sieht.

»Was meintest du eben damit, die Show sei vorüber?« Sie richtet sich auf. Vermutlich hat auch sie erkannt, dass Zayn momentan nur mit Schlaf und Ruhe zu helfen ist. »Wie viel von dem, was du meinem Vater erzählt hast, war wahr?«

Reece' Augenlider flattern müde. »Morgen, Liebling.«

»Vergiss es.« Sie verschränkt die Arme vor der Brust und blickt wütend auf ihn hinunter. »Warum glaubt er, ausgerechnet dir vertrauen zu können? Es klang so, als würdet ihr euch seit einem Jahr jeden Tag über mich unterhalten.«

»Tun wir zufällig.« Reece stützt seinen Kopf auf und betrachtet Amabelle matt. »Seitdem du ins Krankenhaus kamst, rede ich wöchentlich mit ihm. Er nimmt mir ab, dass ich mich liebevoll um dich kümmere, dich von Jaxon fernhalte und von anderen Schwänzen und Typen und schlimmen Leuten, dich unendlich glücklich mache und auf Händen trage. Aber da Sylvian hier aufkreuzen und den Dicken markieren musste und Jaxon dich in sein brüderliches Herz geschlossen hat, weil du wegen Vance heulst, als wäre eigentlich er dein Verlobter, hat mir dein Vater nicht mehr ganz so vertraut.« Er legt eine Kunstpause ein. »Und hat mich daher getasert. Beziehungsweise die beiden Typen, die bei mir waren, haben es getan. Nice, oder?«

»Sie haben *was?!*«, fragt Sylvian fassungslos.

»Du hast die ganze Zeit mit Samuel über mich gesprochen?« Amabelle schüttelt ungläubig den Kopf. »Seit der Gala?«

»Natürlich!«, entgegnet Reece säuerlich. »Irgendjemand musste es tun. Und als dein Verlobter konnte ich ihm schön Honig ums Maul schmieren, damit er dich vorerst in Ruhe ließ.«

»In *Ruhe ließ?*«, wiederholt sie schockiert.

»Ja?«

»Du hast … Du hast …« Ihr Atem geht hektisch, sie sieht hilflos zu mir, zu Sylvian. »Wusstet ihr, dass er … dass er die ganze Zeit mit meinem Vater geredet hat und mir nichts davon … Und ich es nicht wusste … Und er vorgegeben hat …«

»Wir wollten, dass du dich auf deine Genesung konzentrierst«, beschwichtigt Sylvian sie. »Reece hat getan, was in dem Moment richtig für dich war.«

»Ihr habt mich so sehr angelogen«, wispert sie. Ihre rehbraunen Iriden wechseln hilflos zwischen uns hin und her. »Die ganze Zeit. Ein ganzes halbes Jahr lang.«

»Surprise, Surprise«, kommentiere ich ironisch.

»Aber warum?« Tränen stehen in ihren Augen. »Warum solltet ihr das tun? Wieso sollte ich so lange nichts von meinem Vater erfahren?«

»Weil er ein Bastard ist?«, schlage ich vor.

»Das ist es nicht.« Sylvian fährt sich durchs Haar. »Wir mussten Samuel davon abhalten, direkt im Krankenhaus aufzutauchen und nach dir sehen zu wollen. Denn das hätte dich vielleicht zu sehr geschwächt. Also hielt Reece ihn hin. Als du genesen warst, fühlte es sich nicht richtig an, dir zu erzählen, mit wem du verwandt bist. Es war lächerlich, ja, doch wir wollten, dass du nach der schweren Zeit im Krankenhaus und in Kingston einfach einen friedlichen Sommer hast. Von daher hielten wir Samuel weiter hin. Er wollte dich unbedingt kennenlernen, aber wir konnten das nicht zulassen, ohne mit Jaxon darüber zu sprechen. Er hingegen verschwieg uns eine Ewigkeit, wer dein Attentäter war, Baby, und das ließ uns alle unser Misstrauen behalten. Das hat uns wiederum dazu verleitet, einfach weiterhin abzuwarten. Nichts zu tun. Was, wenn es ein Fehler gewesen wäre, Samuel zu früh auf dich loszulassen? Reece hat dich beschützt, davor, was es für dich bedeutet hätte, deinem Vater zu begegnen. Das Semester schritt voran, und wir hielten ihn mit der Ausrede hin, dass du dich auf deine Prüfungen konzentrieren musst und in den Winterferien genügend Zeit für ein Treffen bliebe. Na ja ... Es ist ein wenig unsere Schuld, dass er dich jetzt unbedingt hierbehalten will. Wir haben es etwas übertrieben, indem wir ihm sonst was vormachten. Aber wir glaubten, das Richtige zu tun.«

»Komm her, kleine Belle.« Ich merke, wie aufgelöst sie durch Sylvians Worte wird, trete an sie heran und nehme sie in den Arm. »Jeder von uns will dein Bestes. Sogar dein Vater, der extra Reece grillt. Ist das nicht fein?«

»Das ist nicht lustig!«, ruft sie gegen meinen Oberarm, der vor ihrem Mund liegt.

»Natürlich ist es das nicht. Niemand lacht. Aber anders als mit schwarzem Humor überleben wir unser düsteres Schicksal gerade nicht. Stimmst du mir zu?«

»Apropos Humor.« Reece steht auf, drängt uns beiseite, damit wir ihm den Weg zu Zayn öffnen, und hievt diesen hoch. »Wir sollten ihn auf einem der hinteren Sofas schlafen lassen und einen Film schauen. Das ist es, was ich jetzt brauche. Ich will einfach einen verdammten, dämlichen, lustigen Film schauen, bevor ich noch länger darüber nachdenke, welche Gliedmaße ich Samuel zuerst abtrenne.«

»Bist du dabei, Belle?«, frage ich sie entspannt.

Sie nickt zögernd.

Wir Männer schleppen Zayn auf eines der Sofas im hinteren Eck, legen eine Decke über seinen zuckenden Körper und setzen uns alle zu Amabelle.

»Ich habe Samuel vorgeschlagen, dass ich mit Mable die Zeit bis kurz vor Neujahr bei meiner Familie verbringe. Er hat zugestimmt«, unterrichtet Reece uns. »Was meint ihr? Ist das eine gute Idee?«

»Hauptsache, ich kann weg von hier«, murmelt Mable. Zurückhaltend greift sie erst nach meiner Hand, dann nach Reece'.

»Gut.« Sylvian, der mittig neben ihr sitzt, legt einen Arm um ihre Schulter. »Dann werden wir uns um Zayn kümmern.«

Mir wird ein wenig übel bei dem Gedanken, dass es uns fast gut geht.

Romeo fehlt, aber er mag sowieso keine Filme.

Und Vance?

Wäre er wirklich ein Teil von uns geworden?

Ich habe keinen Plan.

Von Zayn und dir vielleicht.

Von uns anderen vielleicht auch.

Aber das fucking Sofa ist ja jetzt schon zu eng.

Ich kann mir auf jeden Fall sicher sein, dass ich dich liebe, kleine Belle, denn das hier würde ich niemals tun, wenn es nicht so wäre.

Nur das, was ich wirklich liebe, was ich wirklich begehre, was ich wirklich will, würde ich mit meinen Königen teilen.

Und das bist du.

ZWANZIG

ROMEO

Miranda und ich teilen ein dunkles Geheimnis. Sie glaubt, außer ihrem Sohn und mir würde niemand wissen, dass sie mir an dem Abend der Gala den Umhang, die Maske und die Waffe abgenommen hat. Das macht sie spielend leicht erpressbar.

Zum Beispiel bezüglich der Fragestellung, wie ich unbemerkt auf das Gelände von Lionbridge Manor gelange. Es gibt einerseits einen Geheimgang unter der Erde, den ausschließlich sie und ihre Vorfahren kennen, und andererseits ein paar Seitentore, an denen schmierbare Wachen positioniert sind, die meinen Spider durchlassen, ohne mich offiziell anzukündigen.

Ich will Samuel Tyrell heute nicht begegnen. Er ist mir zuwider, und ich würde mich vermutlich nicht beherrschen können, wenn ich Vance' Mörder vor mir sehe.

Obwohl ich es ungern zugebe, sein Tod nimmt mich mit.

Vielleicht deshalb, weil mir nun klar ist, dass auch der Mitgliedsstatus im Zirkel nichts nützt.

Tot ist tot.

Getötet ist getötet.

Der Zirkel kann einiges tun, aber niemanden ins Leben zurückholen.

Ich parke meinen Wagen an einem der verlassenen Seitenflügel in dem toten Winkel einer Überwachungskamera und gehe auf eine kleine Tür zu, die direkt in Mirandas Apartmentbereich führt. Sie gab mir ihren Schlüssel, denn sie glaubt, ich würde mein Leben dafür geben, ihr zu helfen, wenn sie in Gefahr ist.

Warum mir so viele Menschen meine verlogen-gutherzige Art abnehmen, ist mir ein Rätsel.

Es wundert mich nicht, dass die Gänge des Anwesens leer sind. Das Haus ist einfach zu riesig, als dass man irgendwelchen Gästen oder Bewohnern begegnen würde, wenn man hindurchstreift.

Ich entscheide mich dazu, in seinem Schlafzimmer nach Jaxon zu suchen, und finde dort ausgerechnet Zayn vor.

Er hockt auf dem Teppich vor einer Playstation und spielt irgendein animiertes Fantasyspiel.

»Hast du was zu essen dabei, Olive?«, fragt er, ohne sich umzusehen.

»Leider nicht.«

Zayn pausiert das Spiel und wendet sich in meine Richtung »Wusste nicht, dass du vorbeikommst.« Er klingt so leer, wie ich mich fühle.

»War eine spontane Entscheidung. Seit wann weiß Olive, wer du bist?«

»Sie hat's die ganze Zeit gewusst, meinte sie. Mable hat sie gefragt, ob sie hierbleiben will, und sie meinte einfach: Ich bleibe, wenn Zayn auch bleibt. Joa. Dann haben wir entschieden, dass Olive vermutlich eher dichthalten wird als Harper, also was soll's.« Er greift nach dem zweiten Controller und winkt damit. »Jaxon und Sylvian kommen bestimmt bald zurück und Olive suchtet unten im Kino irgendeine Netflixserie.«

Obwohl ich den meisten Konsolenspielen nichts abgewinnen kann, setze ich mich zu ihm. »Wo ist Weaver?«

»Mit Reece in den Flitterwochen.« Er klingt nicht wie sonst ironisch, vielmehr, als meine er es todernst. »Also jedenfalls fast. Sie spielen Happy Family mit meiner Familie, während ich hier 'nen trockenen Entzug durchmachen muss. Mit Daddy Sylvian höchstpersönlich in Anwesenheit.«

»Mein Beileid.«

»Danke.«

»Ihr habt euch freiwillig voneinander getrennt?«, frage ich beiläufig.

»Daddy Samuel fand Reece' Idee grandios, dass sie mal ein bisschen weg von ihm kommt und über alles nachdenken kann oder so, und Mable ist, glaube ich, ganz froh, hier rauszukommen. War ein bisschen viel die letzten Tage. Ich gönne ihr den Urlaub. Wolltest du es so ausführlich wissen oder war das nur eine rhetorische Frage?«

»Rein rhetorisch.«

»Klar.«

Vielleicht spiele ich deshalb mit Zayn ein paar Runden, als wären wir dumme Teenager, weil ich das Bedürfnis habe, jemandem nah zu sein, der Vance ebenfalls geschätzt hat.

Oder weil es einfacher ist, auf Jaxon und Sylvian zu warten, statt aktiv nach ihnen zu suchen. So zögert sich das Ganze hinaus.

»Schöne Ferien gehabt bisher?«, fragt Zayn beiläufig, während er mich mit seiner tumben Actionfigur in einer Arena durch die Gegend wirft.

»Nein«, antworte ich wahrheitsgemäß. Die Feiertage bei meiner Familie sind anstrengend. Ich wünschte, ich könnte sie einfach überspringen. Wie mit einem hübschen kleinen Springseil, das sich hervorragend zum Strangulieren eignet.

»Ich auch nicht.«

Wir zocken noch eine ganze Weile, bis die Tür endlich aufgeht. Sobald ich die Schritte hinter mir höre, werfe ich den Controller von mir, als müsste es mir peinlich sein, kindische Dinge zu tun.

»Du hier?«, fragt Jaxon erstaunt. »Wie bist du so unbemerkt aufs Grundstück gekommen, Portcharles?«

»Deine Mutter hat mir geholfen.«

»Wie nett von ihr.«

Ich lächle schmal, er lächelt ganz.

»Alles gut, mein Freund?«

Innerlich schreie ich auf diese Frage hin, nach außen gebe ich keinen Ton von mir. *Nichts ist in irgendeiner Form gut.* »Für euch weniger.« Mit theatralischem Gehabe richte ich mich auf. Als würde ich den imaginären Mantel des Zirkels beiseitewerfen, mache ich eine Geste und gehe zum Fenster. Von Jaxons Balkon aus lässt sich der gesamte Garten bis hinunter zum Meer überblicken. Selbst im Winter sieht dieser pompös aus. Immergrüne Zierhecken werden von milchigem Nebel umwabert, und die kahlen Bäumchen wirken, als hätte ein Gärtner sie ohne Blätter platzieren wollen, um dem Park winterlichen Charme zu geben.

»Ich dachte immer, dass wir auf einer Seite stehen«,

beginne ich tragisch und sehe hinunter auf den abgeschalteten Springbrunnen, der als prunkvollstes Objekt inmitten des Gartens steht. »Aber ich habe mich geirrt.«

»Was?«, fragt Jaxon rau.

Ohne ihn anzusehen, fahre ich fort. »Alles, was ich tat, tat ich für den Zirkel. Ich log für euch, um euch besser dastehen zu lassen, weil ich erkannt habe, wie wertvoll ihr uns werden würdet. Trotz eurer Macken. Trotz der Regelbrüche. Wobei ich euch gekonnt davon abgehalten habe, zu viele Regeln zu brechen. Auch wenn es um Amabelle Weaver ging, habe ich mich zurückgehalten. Ich wusste, dass etwas nicht stimmte. Dass sie nicht einfach nur ein Mädchen aus dem Trailerpark war. Aber ihr schient bessere Menschen durch sie zu werden, eben ... Männer. Erwachsen. Der Zirkel besteht schon zur Genüge aus Kerlen, die ihre Schwänze in alles stecken, was sich bewegt, also hielt ich es für eine gute Idee, dass einer von euch sich mit ihr liiert. Dass ihr diesen ... Harem um sie herum bilden würdet. Nun ja. Schräg, etwas zu schräg, aber noch immer kein Grund, aufzuhören, an euch zu glauben. Dann passierte es. Ich erfuhr, weshalb mein Plan nicht aufgehen würde. Jaxon wurde aufgrund der hervorragenden Leistungen seiner Schwester nicht aufgenommen. Der Zirkel behielt sich vor, später zu entscheiden. Außerdem ... habe ich einen Fehler gemacht. Einen sehr großen. Ich habe Jaxons Schwächen, seinen teils tyrannischen Charakter, seine emotionale Seite, wenn es um seine Freunde geht, dem Zirkel nie nahegebracht. Was dachten sie also? Dass er intelligent, klug, machthungrig, gewissenlos ist, und auch ... perfekt. Ganz wie sein *Vater*. Jedenfalls wie der Mann, von dem alle glaubten, dass es sein Vater ist. Samuel Tyrell verärgert seit Jahren die meisten Zirkelmitglieder. Seine Macht reicht zu weit, sein Einfluss ist zu groß. Er erlaubt sich mehr als andere, hält sich für die Spitze des Bundes. Also war das Komitee, das darüber entscheidet, wer aufgenommen wird, dankbar, als sie erfuhren, dass Jaxon um seinen Platz mit Amabelle Weaver konkurrieren muss. Hätte ich dafür gesorgt, dass sie einen Unterschied zwischen Tyrell senior und seinem angeblichen Sohn sehen, hätten sie vielleicht anders entschieden. Sie hätten vielleicht den ein oder anderen Professor überredet, Weavers Leistungen herunterzuspielen, sodass es möglich gewesen wäre, Jaxon aufzunehmen, weil seine Schwester nicht brilliert. Aber ... Ja. Ich tat diesen Fehler. Für eine ganze Weile glaubte ich, dass ich an meinem Plan festhalten musste. Dass der Zirkel so mächtig wie nie zuvor wird, wenn der Bund aus drei Freunden Teil davon wäre. Ein milliardenschwerer Erbe, ein Sohn der Mafia und jemand, der wie für den Zirkel geschaffen ist: Jaxon Tyrell. Ich hielt diese Kombination aus Freundschaft, Gier, Wut und Machthunger für so unübertroffen gelungen, dass ich mich zu Geduld mahnte und abwartete. Ich glaubte ebenfalls, dass es genau das ist, was der Zirkel braucht. Und er einen Fehler gemacht hat, zu denken, Weaver könne Jaxons Platz einnehmen. Natürlich, das war etwas vermessen von mir ...« Ich drehe mich zu meinen ehemaligen Freunden um. Oder sollte ich sagen: Schülern? Ich weiß nicht, als was sie mich sehen. Jetzt, da sie glauben zu wissen, wer ich wirklich bin.

»Was für eine gegorene Scheiße laberst du da eigentlich?«, fragt Zayn fassungslos. Alle drei stehen da, nebeneinander, mitten im Raum, rühren sich nicht, beobachten mich nur.

»Es war vermessen von mir, zu glauben, ich könnte Entscheidungen, die den Zirkel betreffen, allein fällen. Das ist mir jetzt auch klar. Ich habe mich für viel zu wichtig genommen. Habe meine Rolle als Spion überschätzt. Es sollte nie darum gehen, zu überprüfen, ob ihr euch an die Regeln haltet. Sie wollten von mir wissen, ob ihr ihnen eine Gefahr werden könntet. Also ... mit meinen Lobesreden über euch habe ich dafür gesorgt, dass ihr zwar aufgenommen wurdet, aber nicht gerade gerne gesehen seid. Man hasst eure Verbindung untereinander, hält sie für zu stabil. Ich habe große Fehler gemacht, indem ich dem Zirkel anvertraut habe, wie gut ihr harmoniert und wie sehr ihr einander vertraut. Zugegebenermaßen haben sie Sylvian und Reece noch aufgenommen, aber das lag mehr an dem Druck, einen Crescent und einen Silvano unbedingt in ihren Reihen haben zu müssen, als daran, dass sie euch wirklich dort haben *wollen.*« Ich lächle schmal, schiebe die Hände in meine Hosentaschen. »Ehrlich gesagt weiß ich selbst nicht, warum ich so vernarrt in die Idee war, ausgerechnet euch dem Zirkel zuzuführen. Möglicherweise lag es an meinem persönlichen Empfinden, dass er im Vergleich zu eurem Handeln auf dem Campus geradezu lächerlich schwach wirkte. Aber ... ja. Vielleicht kam es auch von meinem Geltungsbedürfnis, und ich habe mir ein wenig zu oft ausgemalt, dass man mich mit Lorbeeren überhäufen würde, wenn meine Rolle erwirkt, dass er zusammen mit euch zu neuer Macht findet.«

»Okay, ich glaube ihm absolut kein Wort«, geht Zayn dazwischen. »Der führt 'ne Show auf. Von wegen Zirkel, bla, bla, bla. Wir wissen, dass er Jaxon über alles liebt und es deswegen getan hat. Okay, Romeo? Ist uns klar. Ist nicht schlimm.«

Mein kaltes Lachen füllt den Raum. »Nur weil ich *schwul* bin, heißt das nicht, dass ich euch ... liebe.« Ich spucke das Wort. »Und es heißt auch nicht, dass es mich nicht geil macht, wenn ich mit bewusstlosen Mädchen allein in einem Zimmer bin, nachdem ihr sie fast zu Tode gefickt habt. Ihr meint, ich wäre der verschlossene, kleine, nette Loser von nebenan. Aber glaubt mir, ich war *nie* euer Freund. Alles, was ich tat, tat ich für eine höhere Sache. Ich blicke auf euch seit dem ersten Tag herab. Ihr seid für mich Kinder, die lernen müssen, wie man die Regeln der Erwachsenen spielt. Und ja, ich habe an euch *geglaubt*, an *euren Zweck* für den Zirkel, ich hielt euch für *geeignet* und habe euch deshalb unterstützt. Aber meine Loyalität hattet ihr nie. Niemals.«

Jaxon lässt seine Zunge durch den Mund fahren, als würde er auf herablassende Art überlegen, ob er mir irgendeines meiner Worte glaubt. Seine Stirn liegt in Falten und seine Brauen sind weit gehoben. Aber er gibt keinen Ton von sich.

»Weswegen ich überhaupt hier bin ... Beim Amoklauf wurde mir etwas klar. Mir wurde klar, dass ihr den Zirkel vernichten wollt, statt ihn zu erweitern und in noch höhere Sphären zu bewegen. Ihr wollt die Macht für euch selbst, sie mit niemandem teilen und ihn zerstören. Angeleitet von dem Hass auf Jaxons Vater und dem Hass auf die Methoden des Zirkels. Ihr interessiert euch nicht für den tiefen Glauben, der unter der Erde in Kingston gelehrt wird. Ihr wollt nicht verstehen, wie Menschen sich manipulieren lassen. Ihr habt kein Interesse daran, euch Praktiken anzueignen, seien sie noch so ungewöhnlich, um euren Willen bei anderen durchzusetzen. Der gesamte Zirkel ist euch *zuwider*. Und Jaxon hat sein Spiel nur deshalb aufgeführt, um die Erben erpressen zu können. Jeden einzelnen von ihnen. Ihr wollt den Bund der Architekten *schwächen*. Ihr haltet euch für so übermächtig und begnadet, dass ihr diesem Wahnsinn tatsächlich vier Jahre gefolgt seid. Viereinhalb sogar. Vermutlich noch länger. Schon in der Schule habt ihr euch der Idee verschrieben, wie es wäre, wenn ihr an der Spitze einer Organisation steht, die die westliche Welt regiert. So verblendet und arrogant und eingefahren … Ich weiß nicht, wieso ich diese Eigenschaften für Größe und Machthunger hielt. Eigentlich leitet euch nur der Hass auf eure Familien. Ihnen wollt ihr zeigen, wozu ihr wirklich fähig seid. Wie auch immer.« Ich lasse eine Kunstpause entstehen. »Mir ist klar geworden, dass der Zirkel mich nicht länger an eurer Seite braucht. Vielmehr werde ich dafür sorgen, dass ihr ausscheiden müsst. Wie ich es bereits bei Vance geschafft habe.«

»Bitte?«, fragt Jaxon.

»Ich habe dem Zirkel sämtliche Beweise geliefert, die nötig waren, damit sie ihn verdächtigen. Ich schob ihm alles in die Schuhe, was Jaxon tat. Ihr habt einen einzigen Vorteil. Der Grund, weshalb Vance tot ist und nicht euer geliebter Freund Jaxon.«

Zayn sieht aus, als hätte ich ihm mit meinen Worten mehrmals in den Magen geschlagen.

»Wenn Jaxon etwas zustößt, wird es für Miranda kein Halten mehr geben. Dann könnte sie willentlich oder unwillentlich aufdecken, wer Weaver angeschossen hat. Das wiederum würde dazu führen, dass man mir misstraut, weil ich sie bisher gedeckt habe. Natürlich wird es für mich einfacher sein als für Jaxon oder Miranda, mein Ansehen wiederherzustellen. Ein geringes Risiko gibt es aber. Ich würde es bevorzugen, dass dies für immer unser Geheimnis bleibt. Und ihr sicherlich auch. Daher ...« Aus meiner Tasche hole ich mein Handy hervor, um die Uhrzeit zu prüfen. »Natürlich hätte ich euch weiter bespitzeln können, doch ich halte nichts von dem, was ihr tut, für wichtig genug, als dass es meine Zeit und damit die des Zirkels beanspruchen müsste. Ich kann weitaus größere Dinge umsetzen und erreichen und meine Zeit als Kindergärtner für eure illustre Runde ist hiermit vorüber. Sollte irgendjemand mich zu euch befragen, werde ich lügen, wenn das Geschehen in der Vergangenheit liegt, um mich selbst nicht zu belasten. Aber für die Zukunft ... solltet ihr euch von mir fernhalten.« Ich schiebe mein Handy zurück in meine Tasche. »Macht's gut. Und ... werdet erwachsen.« Es kostet mich einiges an Überwindung auf die drei Könige zuzugehen, weil ich weiß, was passiert. Ich weiß es einfach, fühle es, bevor der Schmerz mich erreicht.

Sylvian lässt mich nicht an sich vorbeigehen, sondern packt mich so grob, dass ich das Gleichgewicht verliere. Er wirft mich zu Boden, ist im nächsten Moment über mir, drückt mir ein Messer an die Kehle.

Er wird mich töten.

Nein, wird er nicht.

Doch.

Nein.

Nein, das würde er nicht.

Niemals.

So dumm ist nicht einmal er.

»Ich wusste es die ganze Zeit«, knurrt er in mein Gesicht. »Ich wusste es, dass dir der Begriff Loyalität so fremd ist, dass du ihn erst in einem Wörterbuch nachschlagen müsstest. Was auch immer du tust, wohin auch immer du gehst, nicht wir sind es, die sich von *dir* fernhalten. Sondern du wirst dich von *uns* fernhalten. Alles, was du über uns gesagt und gedacht hast, ist wahr. Wir sind *stärker* als diese Vereinigung aus kleinen Ratten wie dir, die einen Geheimbund und Masken und schwarze Umhänge brauchen, um sich zu verstecken. Jeder dort, *jeder* neidet dem anderen seinen Platz. Hasst den Einfluss und die Macht des anderen. Sie sind Einzelkämpfer. Wie du, du kleine, hässliche, erbärmliche Ratte. Gegen *echte* Loyalität und *echte* Freundschaft kommt ihr nicht an. Niemals. Also geh zurück zu deinem Bund aus Armleuchtern und zeig ihnen die Schnittwunden, die ich dir gleich als Souvenir mitgeben werde. Und sag ihnen, dass sie Angst vor uns haben müssen. Vor *jedem* von uns. Denn wir sind nicht hungrig nach Macht. Wir sind nicht gierig nach Geld. Wir wollen keine Bestätigung durch andere oder unsere Eltern, so wie du. Du, der seinen Dad stolz machen will. So, so, so stolz.« Sylvian säuselt die Worte. »*Wir* wollen wirklich eine Veränderung. So abgefahren das für den Zirkel klingen mag. Und wir werden gewinnen. Weil wir darauf kalibriert sind. Weil Verlieren nicht zu unserem Repertoire gehört. Vergiss das nicht, Romeo. Vergiss nicht, was du über uns weißt. Und jetzt verschwinde.« Vier schnelle Handbewegungen und er hat mir je zwei Schnitte in jede Wange geritzt. Ich spüre ein brennendes Ziehen, dann ein Pochen. Und Scham.

Scham, weil ich hier auf dem Boden liege und er sich erlauben kann, so mit mir umzugehen.

Weil mir keiner der anderen hilft.

Klar, warum auch?

Ich hasse mich für meinen Gedanken.

Für den Anfall meiner inneren Schwäche.

Ich bin nicht schwach. Ich bin nicht schwach. Ich bin nicht …

»Hey.« Jaxon umfasst Sylvians Schulter und schiebt ihn zur Seite. Dann streckt er mir die Hand entgegen.

Obwohl ich es nicht tun sollte, greife ich danach und er zieht mich hoch. Letzte Hoffnung rieselt durch mich hindurch wie heißer Sand durch ein Sieb.

»Ganz egal, ob stimmt, was du gerade gesagt hast, oder nicht«, beginnt er tragend und hält meine Hand weiter fest. »Du bist und bleibst ein Teil von mir. Vielleicht nicht von den anderen, denn sie können dir nicht verzeihen, einen von uns kaltblütig ermordet zu haben, indem du ausgerechnet dem Zirkel falsche Informationen geliefert hast. Aber ein Teil von mir. Du hast mein Leben bereichert. Du warst da, wenn ich dich gebraucht habe. Immer. Auch wenn Belle dich gebraucht hat. Was immer dich dazu bringt, mich … uns … die Kings zu verraten, ich verzeihe dir. Denn ich habe entschieden, euch zu verzeihen, egal was einer von euch sich in den Kopf setzt.«

Als hätte meine Hand Feuer gefangen, entziehe ich sie ihm. »Das macht dich schwach, Jaxon. Deswegen bist du nicht da, wo du eigentlich sein solltest. Du gibst sogar dein Mädchen auf, um deine Freunde zu behalten. Nichts an dir hat die Größe, die ich einst in dir gesehen habe. Was auch immer du dir in den Kopf setzt, du hast keine Chance. Lass es gleich. Seid froh, wenn der Zirkel euch in Ruhe lässt, weil ihr ihm egal werdet. Aber kämpft nicht gegen ihn. Es macht keinen Sinn. Ihr werdet verlieren. Doch ... was rede ich. Ihr werdet alle Vance in seinen Märtyrertod folgen.«

Ich hasse Jaxon abgrundtief dafür, dass er als Antwort traurig lächelt.

Weder widerspricht er mir.

Noch lacht er mich aus.

Er tut so, als würde er verstehen, was in mir vorgeht.

Aber er hat keine Ahnung.

Er hat keine Ahnung!

Ohne ihm weiter in die Augen sehen zu können, gehe ich zur Tür.

»Oh nein.« Zayn geht mit schnellen Schritten an mir vorbei und lehnt sich gegen das Holz. Die Arme locker vor der Brust verschränkt, mich betrachtend wie ein Habicht eine Maus. »Du glaubst doch nicht wirklich, dass du hier einfach herausspazieren kannst, oder, Romeo? Jaxon mag seine tollen Worte schwingen, weil er so voller Liebe für Verräter wie dich ist, aber *ich* bin das nicht.« Blitzschnell löst er die Verschränkung seiner Arme und stößt mich hart gegen die Brust. »Du glaubst, du kannst hier aufkreuzen, uns das alles vor die Füße kotzen und dann einfach *gehen?*« Er lacht wie ein Wahnsinniger. »Nachdem du Vance gekillt hast? Genau! Genau das wirst du auf keinen Fall tun! Gehen!«

Ich schlucke hart. »Du wirst mir nichts antun. Das würde alles gefährden. Das Leben deines Bruders. Deines.«

»Ich!«, schreit er mich an, kommt nahe vor mein Gesicht. »Ich werde dich töten. Ich werde dir mit Sylvians tollen Messern den Hals aufschneiden und dir beim Verbluten zusehen. Nicht mein Bruder! Mein Bruder hat das beste Alibi der Welt und ist *weit* weg. Was ich tue oder nicht tue, interessiert *niemanden*.«

»Dann sind Sylvian und Jaxon die Hauptverdächtigen«, erinnere ich ihn spröde.

»Oh, ich werde dich nicht sofort töten, Romeo-Schatz«, säuselt er. »Keine Sorge. Ich bin nicht so *dumm* wie du.« Seine blauen Augen brodeln und mir wird schlecht.

Was, wenn mein Plan nicht aufgeht?

Was, wenn all das hier ein Fehler war?

»Ich hätte auch gar nicht herzukommen brauchen«, sage ich betont leise, »aber ich tat es. Ich bin fair. Ich gebe euch eine letzte Chance, euch zusammenzureißen und ein einigermaßen ungestörtes Leben abseits des Zirkels zu führen. Nimm diese Chance an, Crescent.«

»Einen Teufel werde ich tun.« Er will sich auf mich stürzen, aber Sylvian zerrt mich zur Seite und hält Zayn auf.

»Er ist es nicht wert«, raunt er seinen Freund an. »Romeo ist es nicht wert. Nichts hiervon. Lassen wir ihn gehen, dann sind wir ihn los. Wenn du ihn jetzt einsperrst, folterst, dich tagelang mit ihm beschäftigst ... Glaub mir, deine Wut wird abflachen und du wirst dich ärgern, dass du deinem ersten Impuls gefolgt bist. Soll er sich einbilden, uns ausgebootet zu haben. Soll er sich in seinem mickrigen Leben für ein paar Sekunden geil fühlen. Dir gehören die Minuten danach.«

»Wir können ihn nicht einfach gehen lassen!«, ruft Zayn aufgelöst. »Verdammt, er hat uns gedroht! Er hat zugegeben, für Vance' Tod verantwortlich zu sein! Er hat uns *jahrelang* angelogen!«

»Er hat nichts getan, was uns nicht geholfen hätte«, gibt Jaxon zu bedenken. »Jetzt hat er sich für den Zirkel entschieden. Und er war so aufrichtig, uns das mitzuteilen. Das mit Vance ist bitter. Aber er tat es für mich. Um von mir abzulenken. Klar, es war eigennützig, damit auch er sicher ist. Denn niemand darf erfahren, dass er Miranda deckt. Und trotzdem. Ich weiß, dass du Vance' Leben als wichtiger erachtest als das meine. Doch das ist allein deine Ansicht, Zayn. Nicht die von uns anderen.«

»Ich sehe ihn nicht als wichtiger an!«, schreit Zayn. »Als würde ich in meinem Kopf 'ne Waagschale für euch Idioten haben! Ihr könnt nur nicht *Vance' Mörder* einfach davonkommen lassen! Das sind nicht wir! Das sind nicht die Kings!«

»Er wird seine Strafe schon erhalten, da bin ich sicher.«

»Und welche soll das sein?!«

Jaxon wirft mir einen Blick zu. Er scheint mehr zu verstehen als die anderen. Mehr zu wissen. Mehr zu durchschauen. Aber er weiß gar nichts.

Ich bin nicht schwach.

Ich bin nicht schwach.

»Lassen wir ihn gehen.«

»Nein!«, ruft Zayn, der von Sylvian gebändigt wird, während ich zur Tür trete. »Nein, das könnt ihr nicht zulassen! Nein! Ihr seid solche Vollidioten! Wo ist euer Hirn! Was zur Hölle tut ihr da?! Lasst ihn nicht gehen! Lasst ihn nicht ...«

Die Tür fällt hinter mir ins Schloss.

Ich weiß, dass ich mich beeilen muss. Dass ich Lionbridge Manor auf schnellstem Wege verlassen sollte. Aber meine Beine tragen mich nicht mehr. Ich sinke an der Tür zu Boden, ziehe die Knie an die Brust und beginne zu zittern.

Fuck.

Zayn hätte mich beinahe umgebracht.

Meine Wangen bluten von Sylvians Schnitten.

Und Jaxon?

Er hat mir die schlimmste Folter verpasst. Indem er so tut, als könnte er mir verzeihen.

Ich muss meine Menschlichkeit wieder ausschalten.

Meine Gefühle erneut begraben.

Damit lebt es sich besser.

So viel besser.

Romeo

Ob alles eine Lüge war?
Habe ich je etwas anderes behauptet?

EINUNDZWANZIG

MABLE

Es liegt an Reece, dass ich mich wie in einen schützenden Kokon gewickelt fühle. Schon im Sommer hat er dafür gesorgt, dass es mir gut geht. Seine unbeschwerte Art, sein breites Lächeln, die Maske, die er als King trägt, lassen mich seit Tagen glauben, mein Leben wäre perfekt.

Vergessen sind die düsteren Momente, die ich in Lionbridge Manor erlebt habe, vergessen ist Vance' Tod. Vielmehr habe ich das Gefühl, dass er gedanklich an meiner Seite ist und genauso wie Reece wollen würde, dass ich für ein paar Tage meine Sorgen ruhen lasse.

Wenn ich, wie jetzt, neben Reece aufwache, ist kein Raum für schlechte Gedanken. Dieser gottähnliche Typ liegt neben mir in seinem Bett, die weißen Laken malerisch über seiner nackten Brust, und gehört mir.

Wir hatten die letzten Tage viel Zeit für uns. Zeit für fantastischen, wilden, hemmungslosen, dreckigen, manchmal schnellen Sex und Zeit für Gespräche. Ich habe erfahren, woran er sich noch aus seiner Kindheit erinnert, wie sein Leben bei seinem Vater war. Wie er Zayn aus der Psychiatrie befreit hat. Wie er und Jaxon in der Highschool zueinander standen. Ich fühle mich gesättigt von all den Informationen, als hätte sich mein Bild über ihn endlich vervollständigt.

Er ist definitiv nicht der nette Typ, für den ich ihn lange Zeit gehalten habe. Der im ersten Semester zu mir kam und mich vor dem Spiel beschützen wollte, als die anderen mich längst wie Dreck behandelt haben. Er ist auch nicht der böse Typ, der absichtlich mit anderen Frauen schläft, um mich zu verletzen, so wie Sylvian es mich anfangs glauben ließ.

Er ist ganz normal.

Hat Fehler und Schwächen, Stärken und Vorlieben. Er kann ehrlich sein und verschlossen, lustig und ernst. Er reagiert verletzend, wenn er sich angegriffen fühlt, und liebevoll, wenn es um seinen Bruder geht. Immer liebevoll, immer voller Sorge. Keine Stunde vergeht, in der er sich nicht von Jaxon und Sylvian ein Update schicken lässt, wie es um Zayn steht.

Ich weiß, dass es für ihn nicht leicht ist, ausgerechnet jetzt nicht in der Nähe seines Zwillings sein zu können. Mein Vater hat zugestimmt, dass ich mein Gefängnis vorerst verlassen darf, und es tat mir gut, Abstand zu gewinnen und über alles in Ruhe nachdenken zu können. Reece hat mir zugehört, mir seinerseits viel von seinen eigenen schlimmen Momenten erzählt. Nie war ich ihm so nahe.

Während wir tagsüber die meiste Zeit im Bett verbringen, gehen wir abends auf eine Party oder in ein gemütliches Restaurant in Charlottesville. Die Crescents veranstalten ständig Feiern und sind selbst zu vielen eingeladen.

Reece genießt es, mich für den Abend einkleiden zu

können, und ich genieße es, ganz unter uns zu sein. Für einige herrliche Momente an nichts denken zu müssen, das mich belastet. Nicht an meinen Dad, nicht an Vance, nicht an meine kranke Mom, nicht an Olive, nicht an Zayn.

Bin ich egoistisch?

Ist es in Ordnung, einfach meine Ferien zu genießen?

Ich weiß es nicht. Vielleicht bin ich schon wie Romeo. Und habe ganz verlernt, ab und an nur an mich zu denken.

»Ich habe von dir geträumt«, murmelt Reece. Unter der Decke fasst er nach meiner Hüfte und zieht sie an sich. Sein Schwanz ist hart.

»Von mir?«, frage ich lasziv und lasse meine Hand an seinem Oberkörper hinabfahren. »Oder von einer deiner Tussen, mit denen du mein Herz brechen wolltest? Davon habe ich nämlich geträumt.«

»Mable ...« Er klingt tadelnd.

»Ja? Welche war es diesmal?« Ich beuge mich über ihn, mein Gesicht vor seinem, und halte mit meiner Hand direkt vor seinem Schwanz inne. »Seh ich euch dabei zu, hm?«

»Ich träume seit einer Ewigkeit nicht mehr von anderen. Nur von dir.«

»Das würde ich jetzt auch sagen, so hart, wie du bist«, säusele ich und umschließe seine Latte.

Er lacht. »Willst du nun wissen, was genau ich geträumt habe? Oder willst du weiter auf meinen Fehlern herumreiten?«

»War Zayn dabei? In deinem Traum?«

Reece streicht mir eine Strähne aus dem Gesicht,

während er meinen Handjob genießt. »Wäre es schlimm, wenn er nicht dabei war?«

»Nein. Wäre es schlimm, wenn ich wollen würde, dass er dabei ist?«

»Nein, Darling. Das wäre okay. Aber so wie die anderen dich gerne mal für sich haben, darf ich mir das auch wünschen, oder?«

Ich lächle. »Keine Angst, ich genieße die Zeit sehr mit dir. Auch wenn ich die anderen vermisse. Aber sie müssen sich um Zayn kümmern, und ich bin froh, aus dem Haus entkommen zu sein.«

»Wie schaffst du das?«, fragt er gedankenverloren. »Uns alle ... zu lieben?«

»Du schaffst das doch auch, oder?«, flüstere ich und streichle seine Perlen. »Du liebst sie auch alle. Nur dass dein Körper nicht auf ihre Reize reagiert so wie meiner.«

»Verrückt, aber du hast recht.«

»Wovon hast du geträumt?«

»Okay«, beginnt er und legt sich entspannt zurück in die Matratze. Sein Zimmer ist wie das ganze Haus der Crescents modern eingerichtet. Wie die Villa in der Nähe Kingstons, nur dass die Wände nicht aus Glas sind. »Du hattest meinen Ring am Finger. Und du hast ihn dir angesehen, während du vor einem Spiegel standest.«

»Wir waren verheiratet?«

»Ich glaube, es war unser Hochzeitstag. Du hattest ein Brautkleid an.«

»Wie sah es aus?«

»Ich weiß es nicht mehr. Es hatte viele einzelne Knöpfe an deinem Rücken. Die habe ich geöffnet und es ist auf den Boden geglitten.«

»War meine Unterwäsche heiß?«

»Du hattest nichts drunter an, Mable. Gar. Nichts.« Er beißt sich in die Unterlippe und zieht mich auf sich. Ohne Weiteres gleitet sein Schwanz in mich und er drückt mich auf seine Hüfte. »Ich habe dich ziemlich lange und gut gefickt, meine Liebe. Du hast nach mehr und mehr und mehr gebettelt und der ganze Moment gehörte nur uns. So wie die letzten Tage. Nur wir zwei. Aber ich glaube, es war nicht deine einzige Hochzeit.«

»Was meinst du damit?«, frage ich seufzend, als ich anfange, mich auf ihm zu bewegen.

»Du hast jeden von uns geheiratet. Jedes Mal ein anderes Kleid getragen. Und an deinem Finger waren vier Ringe.«

»Und mit jedem hatte ich so guten Sex wie mit dir?«

»Das wage ich zu bezweifeln«, sagt er lachend, wirft mich unter sich und stößt sich in mich vor.

Schnell und rau finden wir zum Orgasmus. Wir sind bereits geübt, kennen unsere Körper, unsere Reaktionen auf den anderen, spüren diese tiefe Verbundenheit.

Er bleibt auf mir liegen, küsst mich am Hals, wir kommen zu Atem. »Lass uns nach unten gehen. Wir haben eine lange Reise zurück in die Hamptons vor uns.«

Es ist schon verrückt, wie sehr ich mich auf die anderen freue, und wie traurig ich gleichzeitig bin, dass meine gemeinsame Zeit mit Reece vorbei ist. Verrückt, dass es für mich zur Normalität geworden ist, mehrere Männer zu lieben.

Und sie mich ohne Probleme untereinander teilen.

Beim Frühstück erwartet uns eine Überraschung. Das halbe Haus ist nicht mehr wiederzuerkennen. Die normalerweise klaren Linien der Einrichtung gepaart mit den weißen Skulpturen in den teilweise viel zu leeren Räumen sind überdeckt worden mit allerlei gewaltigen Vorhängen, bunten Sesseln, Sitzkissen, Teppichen, künstlichen Steinbögen und Kerzenhaltern.

»Es soll eine Neujahrsparty werden, oder?«, fragt Reece seine Stiefmutter, als wir uns an den Küchentisch setzen. »Und kein Jahrmarkt?«

Nancy ist eine tolle Frau, die ich schon bei der Gala ins Herz geschlossen habe. Sie behandelt mich wie eine von sich, vermeidet jeden Kommentar zu meiner Herkunft und wertschätzt mich als Mensch. Fragt mich aus, diskutiert über mein Studium, scherzt mit mir über Reece' – oder Zayns – Macken, die sie natürlich miteinander verwechselt. Obwohl sie über fünfzig ist, sieht sie aus wie fünfunddreißig. Treibt viel Sport, benutzt jeden Tag eine andere Gesichtsmaske und läuft die meiste Zeit in engen Leggings herum. Heute Morgen trägt sie ihre dunkelblonden Haare in Lockenwickler gewickelt und einen wild gemusterten Kimono. »Es wird eine Maskenballparty. Und ich habe mich gefragt, ob ihr nicht doch bleiben wollt.«

»Wir wollen Silvester mit meinen Freunden ...«, lenkt Reece ein, aber sie unterbricht ihn.

»Ich weiß, ich weiß. Daher habe ich Samuel angerufen und ihn gefragt, ob sie nicht einfach spontan herkommen wollen.« Nancy strahlt mich an. »Ihr wollt das heute Abend nicht verpassen. Es wird ... *märchenhaft*.«

»Ähm ...«, macht Reece und sieht mich fragend an. Er weiß, dass ich ungern in das Haus meines Vaters zurückkehre, aber wir wollen beide Zayn wiedersehen und natürlich auch die anderen. »Ich weiß nicht, ob sie sieben Stunden fahren wollen …«

»Nicht alle fliegen so ungern wie du, Reece«, bemerkt seine Mutter, noch immer strahlend. »Im Jet der Kents sind noch drei Plätze frei. Sie kommen heute Abend auch.«

»Sie werden nicht fliegen, Mom.« Reece schüttelt den Kopf. »Aber vielleicht werden sie fahren, wenn du es dir wünschst, Mable?«

»Entscheide du.«

»Bitte, das dürft ihr euch nicht entgehen lassen! Ich habe auch noch ganz tolle Kostüme in meiner Sammlung, die dir gefallen könnten, Mable.«

»Wieso machen wir überhaupt 'ne *Kostümparty*?« Im Torbogen zur Küche taucht Ivy auf, Reece' nervtötende Stiefschwester. »An Silvester! Ich meine, jeder andere Tag im Jahr eignet sich dafür besser, oder?« Sie lässt sich neben mir auf den Stuhl plumpsen, als wäre sie aus Mehl, und lehnt sich lässig zurück, während sie nach einem Sandwich greift. Sie hat mich noch nie wirklich beachtet, aber damit scheine ich nicht die Einzige zu sein. Ivy nimmt nicht einmal ihre Mutter richtig wahr. Zum Glück wurde sie nicht in Kingston angenommen, sonst hätte ich sie ab dem übernächsten Semester vielleicht häufiger um mich haben müssen, denn sie hängt viel zu oft in Reece' Nähe rum, auch wenn sie so tut, als würde sie sich nicht für ihn interessieren.

»Wir haben jedes Jahr ein anderes Thema«, erklärt Nancy mehr in meine Richtung als in die ihrer Tochter, die sich sowieso nicht für die Antwort zu interessieren scheint, »und dieses Jahr wurde Venedig ausgelost. Und dazu gehören einfach venezianische Masken. Jedenfalls alle Angestellten werden welche tragen. Und alle, die noch nicht ganz von ihrer Nasen-OP geheilt sind, vielleicht auch.« Sie lacht und nimmt ein paar Schlucke ihres Kaffees.

»Was meinst du, Mable? Wollen wir bleiben?«, fragt Reece mich leise. »Ein Maskenball ... ist eine coole Sache, oder nicht?«

Ich verstehe sofort, worauf er hinauswill. Wenn er und Zayn Masken tragen, würde sie keiner bemerken. Wir könnten den gesamten Abend zusammen verbringen. Während sich in Lionbridge Manor die Partylaune sicherlich in Grenzen halten würde. »Okay, gar keine schlechte Idee. Aber was ist mit Olive? Sie wollte so gerne nach New York, und ich weiß nicht, ob das heute Abend etwas für sie ist ...«

»Was will sie denn in New York tun?«

»Ihre Clique und ihr«, ich grinse schief, »*Freund* sind dort, um Silvester zu feiern.«

»Ist das nicht gefährlich?«

»Ich glaube ... nicht?«

»Sie könnte mit einem Helikopter nach New York fliegen, aber nur, wenn ein Bodyguard in ihrer Nähe bleibt.«

Ich finde es niedlich, wie er sich um sie sorgt, und verrate ihm nicht, dass ich in Olives Alter an Neujahr auf ganz anderen und viel ›gefährlicheren‹ Partys in Philadelphia unterwegs war. »Das fände sie sicherlich riesig.«

»Dann ist das gebongt? Ich werde Jaxon anrufen. Er wird alles in die Wege leiten. Sie müssen sich auf den Weg machen, wenn sie es pünktlich schaffen wollen.«

Neun Stunden später stehe ich in einem rüschenbesetzten Ballkleid mit eingestickten Perlen und offen gelegter Spitze am Fenster mit Sicht auf die Einfahrt und warte ungeduldig auf die Kings. Zwar bekomme ich von Sylvian und Jaxon regelmäßig Antworten auf meine SMS, wie lange sie noch brauchen werden, aber die Hoffnung, dass der Stau, in den sie gefahren sind, sich früher auflöst und sie endlich ankommen, lässt mich nervös werden.

HARPER

Du bist auf der Crescent-Party?

Ja, wir sind spontan geblieben.

Zeig mir dein Kleid!

Ich schicke Harper ein Foto.

Uuuh! Mann, du hättest früher Bescheid sagen können! Dann wäre ich vielleicht auch gekommen.

Ist ein bisschen weit aus Aspen, oder? Es war leider total spontan.

Privatjet regelt!

Ja, superschade.

Ich wünsche dir viel Spaß und einen guten Rutsch!

Hast du was von Romeo gehört?

Ich überlege, ob ich ihr sagen soll, was ich von Reece über Romeos Verbleib aufgeschnappt habe. Aber das ist nichts für einen SMS-Chat. Also verneine ich ihre Frage und chatte noch ein wenig mit ihr, bis Reece hereinkommt.

»Mable, ich bekomme langsam ein schlechtes Gewissen, weil ich auf der Party Spaß habe und du die ganze Zeit hier rumstehst.« Er ist von hinten an mich herangetreten und drückt mir einen pink-golden schimmernden Cocktail in die Hand, der aufwendig mit Obst dekoriert ist. »Meine Freunde von der Schule sind da. Sicher, dass du sie nicht kennenlernen willst? Sind nicht alle total uncool, weißt du ...«

Ein schlechtes Gewissen macht sich in mir breit. Ja, ich sollte an seiner Seite sein und seine Freunde kennenlernen wollen. Sein Leben kennenlernen wollen. Ein Teil davon werden. Aber so gern ich das die letzten Tage getan habe, fühle ich mich heute nicht mehr unbeschwert genug dafür. Mein Vater ist vor einer Stunde angekommen. Zusammen mit Miranda, die ein weißes, schlichtes Kleid und eine federne Maske trägt.

Das verändert alles.

Es ist, als hätte mein größer Feind die Feier betreten. Vance' Mörder. Unter uns.

Die Zeit mit Reece allein war erholsam. Ich konnte für einen Moment so tun, als wäre nichts geschehen. Als hätte es keinen Amoklauf gegeben, keine Toten, keine Verletzten, keinen Angriff auf Vance ... Jetzt ist alles zurück. Das Chaos in mir.

Und ich will Jaxon wiedersehen, damit er dieses Chaos in mir klärt. Er kann es wie kein anderer.

Sylvian wird mich vor diesem Chaos beschützen und Zayn davon ablenken.

Reece versteht nicht, wie ich mich wegen Vance fühle. Das ist okay. Er ist vielleicht sogar froh, dass Vance nicht länger um meine Aufmerksamkeit buhlt. Und das kann ich ihm verzeihen, weil ich weiß, dass er ihn an meiner Seite akzeptiert hätte. Aber ... ich brauche jetzt die anderen.

Dringend.

»Nein?«, fragt Reece enttäuscht.

»Bitte verzeih mir«, flüstere ich und drücke ihm den Cocktail wieder in die Hand. »Ich bleibe lieber hier in diesem leeren Zimmer. Hier kann ich auch meinem Vater nicht begegnen. Oder Miranda. Ich weiß, dass du jetzt denkst, ich wäre feige, aber ...«

»Nein, absolut nicht. Ich bleibe auch hier. Kein Problem.«

»Reece, bitte.« Ich sehe ihn offen an. »Bitte genieß die Party. Du hast deine alten Freunde ewig nicht gesehen. Wir werden heute Abend noch genug Zeit miteinander verbringen, okay? Sobald die anderen da sind.«

»Du langweilst dich hier allein. Das ist doch dämlich.«

»Es ist okay. Ich kann auch mal allein sein.«

Reece seufzt. »Ich komme wieder in einer halben Stunde, um nach dir zu sehen.«

»Ist gut.«

Er gibt mir einen Kuss und geht zurück auf die Party. Das ganze Haus ist in ein venezianisches Paradies verwandelt worden. Es riecht nach Pizza und frischer Pasta, nach Oliven und italienischen Gewürzen. Gondeln dienen als Sitzgelegenheit, eine Live-Band spielt italienische Tanzmusik, eine Gruppe aus jungen Tänzerinnen tanzt auf einer kleinen Bühne Tarantella. Die Kellner und Bediensteten sind in weite, weiße Gewänder gekleidet und alle tragen venezianische Masken, sodass kaum zu erkennen ist, ob es sich bei der Person um eine Frau oder einen Mann handelt.

Und mein Vater mitten unter ihnen.

»Hallo, *Belle.*«

Ich fahre herum. Eine prunkvoll gekleidete Person betritt den Raum. Sie ist in Rot und Schwarz gekleidet und ihr Reifrock passt kaum durch die Tür. Ihre behandschuhten Finger halten eine gewaltige Maske vor ihrem Gesicht, die sie nun langsam sinken lässt. *Clarisse.*

Mein Blick geht sofort zur Tür. Ich bin mittlerweile zu vielen skrupellosen Leuten begegnet, als dass ich nicht damit rechnen würde, jederzeit angegriffen zu werden. »Geh«, sage ich leise. Drohend.

»Begrüßt man so eine alte Freundin?«, fragt sie mich.

»Eine ›Freundin‹ wie dich schon.«

»Wie fühlt man sich, hm?«, fragt sie und stolziert in den Raum. Hinter sich schließt sie die Tür, doch eine zweite, durch die Reece gegangen ist, ist noch angelehnt. »Als Zukünftige von Reece Crescent? Als Erbin des Tyrell-Imperiums? Als Geliebte eines Mafiasohnes? Hach, es muss ein traumhaftes Leben sein, in das du da gestolpert bist, oder?«

Ich atme tief durch, gebe meinen Kontrollplatz am Fenster auf und gehe zur Tür. Gerade als ich nach dem Knauf greifen will, um sie aufzuziehen, höre ich Clarisse hinter mir.

»Miranda will dich tot sehen.«

Ohne etwas zu erwidern, bleibe ich stehen. Das ist

mir nicht neu. Kein Grund, mich mit Clarisse zu unterhalten.

»Sie hat sich mit mir in East Hampton getroffen. Und wollte, dass ich ihr dabei helfe.«

»Natürlich. So was würdest du mir auch einfach erzählen, Clarisse, und es ist ganz bestimmt keines deiner intriganten Spielchen.«

»Oh, keine Frage. Ich habe darüber nachgedacht. Ich habe mir die letzten Tage den Kopf zerbrochen, was ich noch tun kann, um das Blatt für mich zu wenden. Denn ich hätte *nichts lieber* als mein altes Leben zurück. Mit Jaxon an meiner Seite. Im Mittelpunkt der gesamten Aufmerksamkeit. Harper und ich, die mit den Kings zusammen die besten Partys des Colleges gefeiert haben ... Wilder Sex, offene Absprachen, Sicherheit, dieses Leben für alle Zeit fortführen zu können ... Feiern wie diese hier organisieren zu können. Die Gastgeberin zu sein in Lionbridge Manor. All das will ich *zurück*.«

Meine Neugierde treibt mich dazu, mich umzudrehen und sie anzusehen. Clarisse hat sich mit ihrem opulenten Kleid, dessen Korsett ihre Brüste prall nach oben drückt, auf einem der Sessel niedergelassen, die zwischen den schlichten Bücherregalen stehen. Der Raum hier könnte ein Lesezimmer sein oder ein Ort zum Musizieren, denn die Wände sind mit Geigen verziert. Keine Ahnung, ob sie auch bespielt werden. »Tja, es tut mir fast ein wenig leid, dass dein Charakter zu hässlich ist, selbst für die Elite.«

Sie verzieht die Lippen. »Mein Charakter ist nicht *hässlich*«, hält sie arrogant dagegen. »Im Gegensatz zu allen anderen bin ich *ehrlich. Aufrichtig. Echt.* Ich stehe dazu, eine hinterhältige Bitch zu sein, die nur an ihren eigenen Vorteil denkt, weil es sonst niemand tut, und bin damit aber weder die einzige noch die größte Bitch, die dir als Tyrell-Tochter und Crescent-Verlobte begegnen wird. Jeder hier, absolut jeder spielt sein kleines Spiel. Es geht um Geld, um Verkäufe von Firmen, um Aktienanteile, um das nächstgrößere Milliardenprojekt. Es geht darum, dafür zu sorgen, dass dein Mann sich nicht einfach eine Jüngere sucht und dich vor die Tür setzt. Darum, Kinder großzuziehen, die mithalten können in diesem Strudel aus Betrug und Schein. Ich war auf einem Mädcheninternat in England. Die Lehrer beteten uns Tugenden vor und verrieten sie selbst. Du hast nur zwei Möglichkeiten: Entweder du spielst mit oder du verlierst alles. Nicht nur das Geld, das Geld ist fast egal. Sondern vor allem deine Familie. Und so nervig, wie ich meinen Bruder finde, und so kraftzehrend meine Eltern sein können, ich will nicht ohne Freunde, ohne Familie, ohne Mittel am Rande New Yorks in einer Einzimmerwohnung leben und sechzig Stunden die Woche Kaffee für meine Vorgesetzten durch die Gegend tragen. Verstehst du, kleine *Dole*? Meine Art ist eine Überlebensstrategie. So wie du deine hast, die dich das Leben mit einer tablettensüchtigen Mutter in einem Slum überstehen ließ.«

»Fast hätte ich so etwas wie Mitleid mit dir«, entgegne ich ironisch.

»Danke.« Sie lächelt.

»Was hast du vor? Mich mitten auf dieser Party erschießen? Glaubst du, dann nimmt Jaxon dich zurück? Vielleicht ja sogar Reece?«

»Warum hast du keine Angst? Das könnte ich tatsächlich vorhaben.«

»Weil dein Leben dann genauso vorbei wäre wie meins. Und du hast mir eben aufgezählt, was du alles zu verlieren hast.«

»Ja, richtig.« Sie gähnt gelangweilt und stützt ihren Kopf auf ihre Hand auf. Den Ellenbogen auf der Lehne platziert, blinzelt sie träge zu mir hoch. »Ich bin es leid.« Ihre Stimme hat sich verändert. Klingt nun bitter und düster. »Ich bin es leid, dir dabei zuzusehen, wie du mir alles wegnimmst. Harper, Jaxon, dessen Freunde, selbst in mein Verbindungshaus bist du gezogen. Wetten, jetzt, wo es alle Welt weiß, werden einige Reginas versuchen, deine Freundinnen zu werden? Vorher war es nur ein Gerücht, dass du Tyrells Tochter bist. Aber jetzt wissen es alle. Damit bist du sogar, ohne Jaxon heiraten zu müssen, eine Tyrell geworden. Du hast *alles*, was ich wollte. Aber vor allem hast du ...« Sie schluckt, verzieht dann angewidert die Lippen. »Ich hasse es, dass ich das sagen muss. Aber du hast meine beste Freundin.«

»Harper?«, frage ich verunsichert.

»Sie ist die Einzige, die ich jemals wirklich mochte. Die mir nicht dumm aus der Hand gefressen hat. Sie war mein ganzes Leben lang da, und dann kommst du einfach und sie glaubt, sie hätte eine so viel bessere Freundin in dir gefunden. Sie hat mich ... Sie wusste, wie ich bin. Sie wusste alles über mich. Mit ihr zusammen ... ging es mir besser.«

»Bitte?« Ich will nicht glauben, was sie mir da zu sagen versucht.

»Also.« Sie streicht ihren Rock glatt und steht auf. »Ich werde nichts gegen dich unternehmen. Miranda soll sehen, wie sie dich Königin vom Thron stößt. Vermutlich wird sie bei dem Versuch alles opfern und die gerechte Strafe für ihr blödsinniges Verhalten erhalten. Ich habe entschieden, dass ich mich nicht einspannen lasse, denn ich werde niemals zurückbekommen, was ich vermisse, wenn ich dich zerstöre. Niemals. Also muss ich dich wohl oder übel akzeptieren. Muss verstehen lernen, wieso ausgerechnet Harper dich so toll zu finden scheint. Und Jaxon und alle anderen. Und vielleicht …« Sie tritt auf mich zu und grinst gerissen. »Vielleicht kann ich dir auch noch nützlich werden. Und du entscheidest dich, mich in deinen holden Kreis aus Gutmenschen aufzunehmen, damit wir es zukünftig sind, die solche exzessiven Partys schmeißen. Und sie gemeinsam genießen.« Sie streckt mir die behandschuhte Hand entgegen. »Auf ein neues Jahr, Amabelle.«

Ich starre auf ihre Hand, nicht sicher, was ich von ihrem Auftritt halten soll.

»Wie dem auch sei.« Sie zieht ihre Hand zurück. »Du wirst dich an den Gedanken gewöhnen müssen, dass ich nichts mehr gegen dich unternehmen werde. Ganz im Gegenteil. Ich habe mich entschieden, und zu dieser Entscheidung gehört, dass ich mein altes Leben, verdammt noch mal, zurückwill. Wenn du ein Teil davon bist, dann soll es so sein. Und vertrau mir. Ich bekomme eigentlich immer, was ich will. Du bist die Einzige, die mir jemals dabei im Weg gestanden hat. Aber da du jedem eine zweite Chance gibst …«, ihre blauen Augen blitzen auf, »habe ich wohl gute Karten, hm?«

So herrschaftlich, wie sie den Raum betreten hat, so verlässt sie ihn wieder. In der Eingangshalle geht sie schnell im rauschenden Fest unter, aber Reece bemerkt sie trotzdem. Schnell kommt er auf mich zu und drängt mich zurück in den Raum. »Was wollte sie hier?« Panik wandert über sein Gesicht. »Geht es dir gut?«

»Ja. Ja, es geht mir ... bestens. Sie hat ... ein paar sehr schräge Dinge gesagt. Unter anderem ... glaubt sie, dass Miranda mich nach wie vor töten will.«

»Das wissen wir. Ich hätte dich nicht allein lassen dürfen. Miranda hat dich schon mal auf einem Fest inmitten einer Menschenmenge angegriffen ...«

»Ich weiß. Bleibst du bei mir, bis die anderen kommen?«

»Natürlich.« Reece schließt die Tür hinter sich und nimmt mich fest in den Arm.

Ich zittere.

Ich zittere, weil es alles Sinn zu machen scheint, was Clarisse erzählt. Es passt logisch zusammen, es ergibt ein stimmiges Bild. Und ja, ich vergebe zweite Chancen. Dritte auch. Vierte. Genau wie bei meinem Vater.

Ich sollte ihn hassen. Ich *muss* es tun. Aber er hat sich auch erklärt. Er hatte ein Motiv für alles. Und er hat stets mein Bestes gewollt ... Was, wenn ich erneut zwei offensichtlich bösen Menschen vertraue und es wieder schiefläuft?

Was, wenn mein Urteilsvermögen mich nach wie vor täuscht?

Oder sollte ich meinem Urteil trauen? Denn in den Kings habe ich mich letztendlich nie getäuscht, richtig? Ich sah immer ihren wahren, guten Kern. Die Gefühle, die sie mir verschwiegen, von Anfang an.

Könnte es sein, dass auch mein Vater einen solchen guten Kern hat?

Sogar Clarisse?

ZWEIUNDZWANZIG

ZAYN

Ich bin so totally broken, dass mich nicht mal die knapp bekleideten Tarantellatänzerinnen beeindrucken können, die uns in der Eingangshalle entgegenhüpfen. Obwohl das Haus mein Zuhause sein könnte, ist es das nicht. Seit dem ersten Mal, als Reece mich hier reingeschleust hat, fühle ich mich wie ein Fremder. Ein Schandfleck, der die cleane Einrichtung zerstört. Ich beneide meinen Bruder um alles, was er in diesem Haus hatte. Ein eigenes Zimmer, eigene Partys, eigene Eltern und so weiter. Hier muss ich mich wie an keinem Ort sonst verstellen.

Aber ich habe trotzdem eingewilligt, heute Abend hierherzufahren, denn Lionbridge Manor ist mir die letzten Tage zu düster geworden.

Seitdem Romeo uns seine verlogene Rattenart vor die Füße gekotzt hat, sind Sylvian und Jaxon komisch. Sylvian überlegt wenigstens, wie man Romeo beiseiteschaffen kann, aber Jaxon ist in sich gekehrt, redet kaum mit uns darüber und schweigt die meiste Zeit.

Als könnte er durchs Gegen-die-Wand-Starren Romeos Beweggründe durchschauen und ihn wieder zu seinem Schatten machen. Dabei hat Romeo eben einfach nur keinen Bock mehr, ständig im Schatten zu stehen.

Ich kann's verstehen.

Geht mir ähnlich.

Er hätte sich verpissen können, ohne uns unterschwellig zu drohen oder mit seiner arroganten Laberei fertigzumachen.

Er hätte sagen können: Danke und ciao. Wäre kein Problem gewesen. Wir sind ja eben *nicht* wie der Zirkel, der niemanden mehr gehen lässt.

Aber ja.

Jaxon glaubt Romeo wohl nicht. Genauso wie er nicht an Vance' Tod glaubt. Und dieser Nichtglaube lässt ihn den ganzen lieben langen Tag in eine Denkerpose verfallen, als würde das irgendetwas an den unumstößlichen Tatsachen der letzten Zeit verändern.

Was die Kings nicht wissen: Ich habe nur so getan, als hätte ich einen Drogenabsturz und bräuchte einen Entzug. Worum es mir ging: in Ruhe gelassen zu werden und keine Erwartungen erfüllen zu müssen. Gewissermaßen hatte ich also auch Urlaub.

Von Reece, von Mable, von Sylvian, von Jaxon.

Seit Jahren werfe ich mir zwar jeden Scheiß ein, um Spaß zu haben oder psychedelischen Mist zu erleben, aber ich war noch nie auch nur eine einzige Sekunde von dem Zeug abhängig. Nicht von Koks, nicht von Gras, nicht von Alkohol. Nicht mal von Zucker.

Von einfach gar nichts.

Klar, ich habe mich zugedröhnt, ich liebe es, mich mit Drogen zu betäuben. Aber ich bin nicht absturzgefährdet. Diese Entscheidung habe ich einfach getroffen.

Ob das möglich ist oder mein Körper glücklicherweise so funktioniert: Who cares.

Mein Blick schweift durch den Raum. Wie die anderen trage auch ich eine mein gesamtes Gesicht verhüllende Maske. Jaxon und Sylvian wirken denkbar skurril neben mir, aber was soll's. Ist eben eine Party der Elite zu Ehren des Zirkels wie jede andere auch. Mein Dad ist wahnsinnig stolz, dass Reece es in den Zirkel geschafft hat, und tut nun so, als wäre er selbst ein Mitglied. Auch wenn er keinen Plan davon hat, dass eigentlich ich das Brain bin. Endlich entdecke ich zwischen dem vielen Tüll und den gewaltigen Federn der Kostüme Amabelle und Reece. Ich weiß nicht, wen von beiden ich mehr vermisst habe.

Meinen Bruder? Mein anderes Selbst? Meinen Teil von mir?

Oder die kleine, scharfe Doll, die in ihrem rüschigen Kleid und der vielen Spitze tatsächlich wie eine Puppe aussieht. Um mich nicht zu verraten, bleibe ich im Hintergrund, während Mable Sylvian und Jaxon zur Begrüßung umarmt. Dann nicke ich meinem Bruder zu und gebe ihm zu verstehen, dass er mir mit Mable – allein – in unser Zimmer folgen soll.

Oben angekommen bemerke ich sofort, wie wohl und frei die beiden sich hier gefühlt haben. Dolls Kleidung liegt offen herum, Reece' ebenfalls. Das Bett ist durchwühlt, auf der Kommode liegen alle möglichen Dinge. Jetzt bereue ich es, dass ich nicht hier gewesen bin. Dass ich geglaubt habe, Abstand zu meinem Bruder würde mir guttun.

Wobei: Eigentlich würde er mir jetzt noch guttun.

Ich bin nämlich sauer.

Verdammt sauer.

Die venezianische Maske pfeffere ich auf das Kanapee und setze mich aufs Bett. Nur wenige Minuten später öffnet sich die Tür. Reece und Doll halten Händchen, bevor sie sich von ihm löst und auf mich zustürmt.

Sie drückt mich fest, küsst meine Wangen, meinen Mund, mein Haar. »Geht es dir wieder besser?« Liebevoll streicht sie über meine Stirn.

»Ein bisschen.« Ich ringe mir ein Lächeln ab.

»Habt ihr euch wieder vertragen, hm?«

»Was?«, fragt sie verständnislos.

Ich wusste es. Natürlich, Doll, ihr habt nicht mal gestritten, oder? Seid wieder in eure Bubble abgetaucht wie schon im Sommer. »Ob ihr euch *vertragen* habt«, wiederhole ich deutlich. »Ihr seid nämlich putzmunter und quietschvergnügt hier reinmarschiert, als wäre alles wieder gut zwischen euch.«

»Stört dich ... das?«, fragt Doll verunsichert und nimmt Abstand, um mich kritisch anzusehen. »Bist du ...«

»Eifersüchtig? Nein. Ich will einfach nur wissen, ob ihr, verdammt noch mal, über alles geredet habt. Was ist denn daran so schwer zu verstehen?«

Reece schaut genauso dämlich aus der Wäsche wie sie.

»Vance?«, schlage ich als Thema vor. »Halloho? Er hat Vance vor deinen Augen verprügeln lassen, schon vergessen? Und die Tussis, die er gefickt hat? Das hat er auch gemacht, oder hab ich da was verwechselt?«

»Wenn du nur hier bist, um weiter Ärger zu machen, dann bedien dich lieber wieder an deinem versteckten

Drogenvorrat«, sagt Reece bitter. »Und bleib hier im Zimmer, während wir Spaß auf der Party haben.«

Mein Blut kocht über. Ich fühle mich so missverstanden von ihm und bin so verdammt enttäuscht von Doll, dass ich für einen Moment einfach nur dasitze und versuche, nicht komplett auszuflippen. »Es ist also in Ordnung für dich«, beginne ich zum Teppich gerichtet, damit mich der Ausdruck in Dolls unschuldigen Augen nicht in den Wahnsinn treibt, »dass Reece Vance ... einfach so ... fast zu Tode geprügelt hat. Und dass er, weil das ja als verfickte Rache für etwas, was er selbst provoziert hat, nicht reicht, irgendwelche Reginas gepoppt hat. Nicht, weil er wirklich ein Problem mit Vance gehabt hätte. Er hat es darauf angelegt, dass du ihn früher oder später ficken willst! Er fand den Gedanken daran genauso geil wie Jaxon! Nein, er tat es, um sein mickriges Selbstwertgefühl aufzubessern, sich aufzuspielen als irgendein wichtiges Mitglied von Jaxons Vereinigung aus Losern, und dich spüren zu lassen, wie ernst du ihn nehmen solltest! Habt ihr darüber nun geredet oder nicht?!«

Bei meinen letzten Worten sehe ich auf. Amabelle sieht aus, als würde sie jeden Moment das Heulen anfangen, und Reece erinnert an einen verkniffenen Hockeyspieler, der nicht weiß, wann er zum Schlag ausholen soll.

»Ach, wartet, da war ja noch was. Nämlich die Tatsache, dass fucking Reece die ganze Zeit mit fucking Samuel beim Teekränzchen saß, das ganze letzte halbe Jahr über, und es vor dir geheim gehalten hat, wie gut er sich mit deinem Daddy versteht. Dass du überhaupt einen

Daddy hast. Aus Angst, wenn du zu früh von der Scheiße erfährst, dass …«

»Es ihr dann so gehen würde wie vor ein paar Tagen, als Jaxon sie in ihrem Schlafzimmer mit Suizidgedanken vorgefunden hat«, fällt Reece mir ins Wort. »Dass sie ihre Prüfungen nicht schafft, dass sie alles hinterfragt, dass sie aufgibt.«

»Ja?«, entgegne ich zynisch. »Oder hattest du Angst davor, herauszufinden, dass sie Jaxon alles verzeihen kann und ihn sogar so sehr liebt, dass ihr das Stiefbruderding nichts ausmacht? Das war doch deine *wahre* Angst. Dass sie sich nicht nur Vance schnappt, sondern auch Jaxon zurückholt und du sie dann mit vier anderen Typen teilen musst statt nur mit deinem dummen Bruder und Sylvian, der sicherlich nie ein Problem damit gehabt hätte, sich für immer zurückzunehmen, damit du im glänzenden Licht der Sonne mit ihr zusammen sein kannst. Ganz offiziell. Ganz monogam. Ganz Crescent-like.«

»Und *was* sollen deine ganzen Angriffe jetzt bringen, hm?«, fährt mich Reece an. »Soll es ihr *noch* schlechter gehen? Soll es *noch* mehr Streit und Ärger geben? Ist das dein Plan?«

Ein überprüfender Blick Richtung Doll sagt mir, dass sie noch immer kurz vorm Heulen ist. »Keine Ahnung! Ich habe keinen *Plan*. Bei mir ist nichts *geplant*. Ich weiß nur, was falsch ist, und falsch ist, dass ihr beide so tut, als wäre nichts passiert. Als hätte Doll nicht dein Vertrauen missbraucht, indem sie Vance gefickt hat, und als hättest du daraufhin ihr nicht auf erbärmlichste Weise ’ne Retourkutsche verpasst. Ihr hattet verdammte *fünf* Tage zum Reden und wie habt ihr die genutzt? Offensichtlich gar nicht! Und wie ist das eventuell für mich? Mal drüber nachgedacht, dass mich dein Verhalten auch richtig gefickt hat, Reece? Du hast den Kerl, der *immer* mein Freund war, zerschunden, und jetzt ist er tot, und alles, was du für mich übrighast, ist eine Entzugskur bei Sylvian, während du weit weg bist, um die Wogen bei Dad und seiner partysüchtigen Frau zu glätten, damit sie nach unserem Fehlen an Weihnachten bloß nicht auf die Idee kommen, dein böser Zwilling stecke nicht mehr in der Psychiatrie. Wäre auch zu krass, es ihnen endlich mal zu verklickern.«

Schweigen füllt den Raum. Von unten schallt italienische Kackmusik zu uns hoch und unterbricht die Stille. Mable heult mittlerweile wirklich.

Mir egal. Ihre Tränen sind wenigstens echt. Ihr Rumgeturtel mit meinem Bruder ist offensichtlich nichts als Ablenkung gewesen. Sie hat einfach verdrängt, was passiert ist. Und ja, vielleicht bin ich deswegen noch nie abhängig von dem Zeug geworden, das ich immer mal wieder nehme.

Verdrängen ist nicht mein Ding.

Ich rede zwar nicht mit den Leuten darüber, aber ich mache die Sachen mit mir selbst aus. Ich reflektiere mich, entscheide mich, stehe dazu und handle danach. Aber Doll hat dieses Ding, diesen Hang, zu schnell zu verzeihen, weil sie harmoniesüchtig as fuck ist. Wozu mit Reece streiten oder irgendetwas klären, wenn sie auch so tun kann, als wäre nie etwas passiert?

Sie glaubt vielleicht, Reece würde sie nicht mehr wollen, wenn sie mit ihm Tacheles redet. Ja, und? Dann ist er doch selbst schuld. Nicht sie!

Fuck, dieses Mädchen muss lernen, Probleme anzugehen. Nicht vor ihnen zu fliehen.

Da hat sie natürlich gerade mit uns vieren, die sie vor jedem Scheiß beschützen wollen, schlechte Karten. Denn eigentlich versucht jeder von uns, dafür zu sorgen, dass es ihr gut geht. Was wiederum praktisch für sie ist. Dann muss sie sich nicht selbst um die Lösung bemühen.

Tja, Herzchen.

So richtig deepe Sachen kannst du aber nur selbst angehen. Die müssen in deinem Kopf klick machen, nicht in unserem. Du musst endlich deinen Wert erkennen und dafür einstehen.

Und nicht mehr davor fliehen wollen, das zu tun. Dich selbst fucking genauso zu lieben wie wir dich.

'Ne harte Challenge, oder?

Ich würde auch daran verzweifeln, wenn ich die Kings nicht hätte.

Glaub mir.

JAXON

Ich liebe die Zwillinge. Sie können sich richtig fetzen und vergessen dabei nie, dass sie eine Einheit sind. Sie würden streitend dem anderen das Leben retten, ihn beschuldigen und ihm gleichzeitig die Hand reichen, um ihn aus der Schlucht zu ziehen.

Wirklich putzig.

Manchmal bedaure ich es, dass ich keine Geschwister habe.

Wobei …

DREIUNDZWANZIG

MABLE

Ich stehe da und warte auf die Wut, die mich auf Zayns Worte hin erfüllen sollte. Wut auf Reece, auf alles, was er getan hat, aber auch auf so viele Dinge mehr. Auf mich. Auf meine Art, mich in irgendeine Idee von Harmonie zurückzuflüchten, obwohl es weder die Zeit noch der richtige Moment dafür ist.

Aber ich empfinde nichts.

Da ist nur Leere.

Leere und eine Form von Trauer, die ich nicht einmal fassen kann.

Ich will nicht wahr werden lassen, was Zayn gerade gesagt hat. Ich will es nicht groß werden lassen. Denn mich zurückzuerinnern, zu verinnerlichen, was Reece mir angetan hat, wird mich umwerfen. Ich will aber stehen bleiben. Ich will stark sein.

»Mable …« Reece nähert sich mir. Zayn bleibt auf dem Bett sitzen. »Es tut mir leid. Ich denke, das weißt du.«

Ich kann nicht antworten, weil mein Hals zu eng für Wörter ist. Zayns prüfender Blick liegt auf mir und ich schäme mich so sehr. Er hat mit allem recht. Ich bin weder ihm gerecht geworden noch Vance, indem ich Reece einfach verziehen habe. Er musste sich nicht einmal bemühen. Ich wollte so sehr weg aus Lionbridge Manor, weg von meinem Vater, weg von dem, was passiert ist, dass ich keinen einzigen Gedanken daran verschwendet habe, weiter sauer auf ihn zu sein.

Aber jetzt kommt alles wieder hoch. Nur nicht als Wut. Nicht als Schmerz. Sondern als Ohnmacht. Ich weiß noch, wie ich dastand, in der Halle der Kings-Villa, und ich festgehalten wurde, während Reece und Jaxon Vance zu Boden gerungen und geschlagen haben. Gedemütigt. Ich habe mir geschworen, ihnen nicht zu verzeihen. Wollte vor ihnen weglaufen. Wollte es beenden.

Habe es nicht geschafft.

Weil es zu leicht ist, mich zurückzugewinnen.

Weil ich Konflikte kaum ertrage. Weil ich Frieden will. Ich greife danach, wenn mir jemand die Hand anbietet. Wie mein Dad, wie Clarisse, wie alle. Das ist schlecht, richtig? Das sollte ich nicht tun, nicht wahr?

Zayn hat es gut zusammengefasst. Ich stehe nicht für mich ein.

Aus Angst davor, dann ganz allein dazustehen.

»Wenn du über alles reden willst, dann können wir das jetzt immer noch tun«, schlägt Reece vor. »Es ist nicht zu spät.«

Ich will nicht. Ich will nicht reden.

»Jeder von uns macht Fehler. Ich habe einige gemacht. Ich hätte dich nie verletzen sollen. Es tut mir leid.«

»Es ist meine Schuld«, murmle ich und trete einen Schritt zur Seite, weg von ihm.

Zayn stöhnt. »Klar, alles deine Schuld, Doll. Vom

ersten Tag an quasi. Als du Jaxon nicht einfach erwürgt hast, als er sich von so 'ner Schlampe auf deinem Bett einen blasen ließ.«

»Das nicht, aber ich habe es zugelassen. Wie ihr Vance behandelt habt. Habe euch eure Lügen über ihn geglaubt. War sauer auf ihn, weil er mich bei Clarisse' Folter gefilmt hat, um mir Beweismittel zu besorgen. Er musste immer dreihundertmal perfekter sein als ihr, damit ich ihn nicht verurteile. Und dann hat er sogar sein Leben für mich gegeben. Das hätte er nicht, wenn ich ihm einfach sein bescheuertes Glück mit dieser Cheerleaderin gelassen hätte. Er hätte es verdient. Aber nein, ich musste ihn ja unbedingt mit reinziehen in mein riesiges Gefühlschaos und …«

Die Tür hinter uns geht auf. Jaxon und Sylvian kommen herein, zwei weiße Masken mit bemalten Augen und Lippen auf dem Gesicht, die sie abnehmen, sobald sie die Tür hinter sich geschlossen haben.

»Was ist hier los?«, fragt Sylvian kritisch.

»Doll hat einen Nervenzusammenbruch, weil sie lieber sich selbst die Schuld gibt, als Reece ordentlich in die Eier zu treten«, erklärt Zayn schulterzuckend.

Ich schluchze.

»Belle …« Jaxon kommt zu mir, zieht mich in seinen Arm. »Ärgern dich die Zwillinge, hm?«

»Lass mich los«, verlange ich kalt und versuche mich zu befreien.

»Mh, mh«, macht er, »du hast gesagt, ich solle dich festhalten, erinnerst du dich?«

»Das war gelogen! Lass mich los!« Ich kämpfe gegen ihn an, sodass er schließlich aufgeben muss, um mich nicht zu verletzen.

»Super, Bro«, knurrt Reece seinen Bruder an, »das hast du ja ganz toll hinbekommen. Sieh, wie aufgelöst sie jetzt ist.«

»Gut so!«, ruft Zayn und steht auf. »Soll sie doch mal zeigen, was das alles mit ihr gemacht hat. Wie sie wirklich momentan drauf ist! Immer dieses schleierhafte Getue, um niemanden von uns von sich zu stoßen, damit wir bloß bleiben, wo wir sind. Warum schreit sie uns nicht mal an? Schreit sich die verdammte Seele aus dem Leib, weil wir ihr monatelang verschwiegen haben, wer ihr scheißverfickter Daddy ist? Wieso verprügelt sie nicht einen nach dem anderen von uns, weil wir Vance wie Scheißdreck behandelt haben, obwohl er es nicht verdient hatte, und jetzt einfach so tun, als wäre sein Tod es nicht mal wert, dass wir ihn rächen? Wo sind denn die glorreichen Kings, die sich Samuel Tyrell entgegenstellen und ihn bezahlen lassen für das, was er getan hat?«

»Alles zu seiner Zeit«, beschwichtigt Jaxon ihn.

»Ja? Wie könnt ihr es überhaupt *ertragen*, dass Samuel *eine einzige Sekunde länger* da unten auf 'ner verdammten Party rumsteht und sich für den Größten hält? Er hat Vance *gekillt*. Vance hätte *jeden von uns* gerächt. Sogar im Alleingang, wenn nötig. Und ihr? Schaut zu und dreht Däumchen?«

»Du checkst es nicht, oder?«, fragt Sylvian genervt. »Ist dir mal in den Sinn gekommen, dass Samuel nicht derjenige ist, für den wir ihn jahrelang gehalten haben? Er hat *alles* für seine Tochter getan. Solange auch nur ein klitzekleiner Funke dafür spricht, dass er Mable nur vor Vance beschützen wollte, sollten wir ihm eine Chance geben. Und Romeo hat uns gestanden, dass eigentlich er für Vance' Tod gesorgt hat. Willst du ihr wirklich die Chance nehmen, ein einigermaßen gutes Verhältnis zu ihrem Vater aufzubauen? Nach allem, was er für sie getan hat? Scheiße, ich hätte gern solche Eltern gehabt. *Jeder* von uns.«

Zayn lacht so höhnisch, dass mir davon übel wird, weil ich mich noch mehr schäme. Dafür, dass ich Sylvian insgeheim für einen Moment dankbar sein wollte. »Er hat genauso wie unsere anderen Eltern *nur eine einzige verdammte Sache im Sinn gehabt*: seine verfickte Tochter in den Zirkel zu bringen. Sie in seine eigenen Fußstapfen treten zu lassen. Hätte er nur ein Fitzelchen mehr Ehrgefühl, dann hätte er sie aus dem verdammten Trailerpark befreit, ihre Schwester gleich mit dazu, und sie von ihrer bescheuerten Mom weggebracht. Meinetwegen wäre er selbst mit ihr untergetaucht oder hätte ihr wenigstens eine liebevolle Pflegefamilie besorgt. Aber was hat er getan?! Ihr Privatlehrer an ihrer Schule organisiert, damit sie sie heimlich auf Kingston prägen.«

»Du kennst nicht die ganze Geschichte«, gibt Jaxon zu bedenken.

»Die ganze Geschichte interessiert mich nicht!« Zayn gestikuliert wild in alle Richtungen. »Was interessiert mich die ganze Geschichte von Lackaffe Samuel Tyrell? Wie hat er denn das Kind behandelt, das in seiner Nähe aufgewachsen ist? Kommt euch Jaxon wie ein Mann vor, der in seiner Kindheit irgendeine Form von Liebe von seinem Vater erhalten hat? Nope! Wir sind alle gestört und teilen ein gemeinsames Schicksal. Unsere Eltern haben uns im Stich gelassen und verarscht, für höhere Ziele verkauft oder wollten uns am liebsten sogar tot sehen. Bis auf Reece, der hat mal wieder als einziger Sonnenschein in dieser tollen Runde 'nen Arsch voll Glück gehabt.«

»Danke für diese Zusammenfassung, Bruder.«

»Bitte.« Zayn dreht sich in meine Richtung und infiltriert mich mit seinen blauen Augen. »Bitte, steh nicht einfach da und lass das alles über dich ergehen. Bitte teil meine Wut. Bitte sag irgendetwas, das mir recht gibt und diesen Losern da den Kopf wäscht. Bitte klär wenigstens den Scheiß mit Reece. Tu *irgendetwas*. Statt so passiv zu sein. Warum bist du so verdammt passiv, Doll?«

»Ich weiß es nicht«, wispere ich unter Tränen. »Ich will nicht mit euch streiten. Ich schaffe das nicht.«

»Aber er hat Vance vor deinen fucking Augen zu Boden geprügelt!«, ruft Zayn.

»Ja, ich ... ich weiß.«

»Er hat mit anderen Frauen gefickt, um dich zu verletzen! Du kannst das nicht einfach vergeben und vergessen, ohne dass er vor dir auf den Knien herumgerutscht ist! Mann, wieso bist du so verdammt schwach?!«

»Lass es *bitte* gut sein, Crescent«, ermahnt ihn Jaxon sanft.

Ich fühle mich, als würde Zayn mir eine Pistole auf die Brust setzen, aber ich weiß, dass er es nur gut meint. Dass er versucht, für mich einzustehen. Doch ich bin gerade nicht in der Lage dazu, mich gegen irgendjemanden in diesem Raum zu stellen. Ich habe es in der Vergangenheit geschafft, ja. Ich war wütend und habe den Kings die Stirn geboten, oft mit Erfolg. Aber jetzt ist etwas anders.

Jetzt ist Vance tot, und ich habe keine Kraft mehr, die Intrigen zu durchschauen. Soll ich meinen Vater hassen oder muss ich ihm verzeihen? Wer hat recht? Sylvian oder Zayn?

Was ist meine Rolle in dem ganzen Spiel und wieso muss ich überhaupt eine haben?

Kann ich nicht einfach nur in Kingston studieren?

Ein ganz normales Leben führen?

Wieso bin ich verliebt in vier Männer, wieso ist mein Leben so kompliziert?

Ich kann nicht mehr.

Ich will nicht mehr.

Obwohl der Raum gefüllt ist mit den Kings, fühle ich mich so allein und verloren wie nie. Mein Gesicht in den Händen verborgen, sinke ich auf die Knie.

»Mable.« Reece hat sich zu mir gehockt. »Zayn versucht nur auf seine Art …«

»Ich weiß, was Zayn versucht!«, keife ich ihn an, obwohl ich nicht keifen will. Obwohl ich so nett und lieb klingen will wie er. »Ich bin nicht dumm! Aber eure eigenen Streitigkeiten zerreißen mich! Das hat doch überhaupt nichts mit mir zu tun, was da mit Vance und dir und deinem Bruder lief! Du hast ihn verprügeln lassen und Zayn musste zusehen, und das ist euer Streit! Ich kann verstehen, warum Zayn hofft, ich würde ihn verteidigen. Weil du nicht mal Reue zeigst, nicht mal jetzt, da Vance tot ist. Vielleicht solltest du einfach gehen, Reece.«

»Ich?«, fragt er überrascht. »Ich, gehen?«

»Ja. Ich habe keine Kraft, heute mit dir darüber zu reden, warum du unbedingt irgendwelche Reginas ficken wolltest. Es ist mir egal. Aber ich glaube, du bist Zayn zurzeit nicht der Bruder, den er braucht, und vielleicht solltest du gehen und darüber nachdenken.«

Etwas in seinem Blick wird matt, und ich weiß, dass ich nicht einmal das wirklich sagen wollte. Aber mein schlechtes Gewissen gegenüber Zayn und mein innerer Konflikt, für mich einstehen zu müssen, haben sich vermischt und mich kraftlos etwas erwidern lassen.

Reece richtet sich, ohne zu antworten, auf und wendet sich von uns anderen ab, geht zur Tür.

Jaxons Miene ist undurchdringlich, Sylvian wirkt angespannt und düster wie immer und Zayn bleibt überraschenderweise stumm.

Doch kurz vor der Tür dreht Reece sich um. Seine Körperhaltung verspricht einen Gegenangriff und seine Augen sind zu Schlitzen verengt. »Warum soll *ich* gehen?«, fragt er in die Runde. »Ist das euer verdammter Ernst? Jax und Sy waren genauso daran beteiligt, Vance eine Lektion zu erteilen. Eine Lektion, die dieser Bastard *verdient* hatte. Okay, er hat dich gefickt, okay, meinetwegen wolltest du es, okay, Zayn war dabei, und es war nicht so, dass du es vor uns allen verheimlicht hättest. Aber was hat *er* denn getan? Kam er zu uns und hat es gebeichtet? Oder hat er gehofft, Zayn würde die Klappe aufmachen? Vance hat dich für sich beansprucht und nicht mal die Ehre besessen, uns darüber zu informieren. So loyal, wie ihr ihn immer darstellen wollt, war er eben doch nicht. Auch er hat seine eigenen Interessen verfolgt. Er ist kein besserer Mensch als wir, auch wenn ihr das gerne anders sehen würdet, damit ihr mit seinem Tod besser klarkommt. Fakt ist doch, es hätte *jeden* von uns in dieser Nacht treffen können. Wir haben in einem verdammten Amoklauf gesteckt, und jeder hat dort auf jeden geschossen, der so klug war, an eine Waffe zu kommen. Wir sind nicht gestorben, *fein*. Vance ist gestorben, *bedauerlich.* Aber erwartet nicht, dass ich jetzt ewig einem Kerl hinterhertrauere, über den mir mein Bruder fast *vier lange Jahre lang* Lügen erzählt hat, damit ich *bloß nicht auf die Idee komme,* zu denken, er würde Vance mögen. Für mich war es hart, ja, zu kapieren, dass mein *eigener Bruder* mich hintergangen hat. Vance hätte ja auch mal was sagen können. Hätte mal den Mund aufmachen und mich darüber unterrichten können, was da in Zayn vorgeht, aber nein. Er hat geschwiegen und es geduldet, dass die Bombe irgendwann hochgehen würde. Ich habe Vance nicht nur deswegen ins Gesicht getreten, weil er meine Verlobte in ’nem verdammten Pool gegen die Scheißpoolwand in *meinem eigenen Haus* gefickt hat. Sondern weil er es darauf angelegt hat, mich spüren zu lassen, welch untergeordnete Rolle ich in deinem«, er sieht seinen Bruder an, »und deinem«, er sieht mich an, »Leben spiele.«

»Wir haben aber nie jemanden verletzt, den du liebst!«, halte ich wütend dagegen. »Und ich habe Vance nicht gefickt, um dir wehzutun!«

»Ja, und?!«, ruft Reece durch den Raum. »Ist dir schon mal aufgefallen, dass du kleine unschuldige Prinzessin in diesem Raum die Einzige mit einer aufrichtig weißen Weste bist? Natürlich hast du nicht an mich gedacht, als du Vance gefickt hast. Mir ist das klar, so bist du nicht. Du würdest *niemals* irgendjemanden vögeln, um einen von uns zu verletzen. Das hast du gar nicht nötig. Ich aber schon. Ich war *verletzt.* Ich liebe euch beide über alle Maßen, ihr seid mein verdammtes scheißganzes Leben, und ihr lasst mich nicht an eurem teilhaben.« Er wirkt verzweifelt und seine Augen werden glasig. »Ich muss dich …« Er atmet tief durch. »Ich muss dich mit vier anderen Pennern teilen. Jetzt nur noch drei. Aber eigentlich doch vier, weil du immer an ihn denken wirst. Du wirst Vance immer vermissen. Es ist dir jetzt noch nicht klar. Du bist noch in der Phase, in der du es einfach verdrängst. Aber irgendwann wird dir auffallen, dass wir nicht mehr vollständig sind. Nicht wie du es für dein kleines Happy End brauchst. Kannst du dir im Ansatz vorstellen, wie herausfordernd das ist? Mein Bruder: gebongt. Das ist nicht besonders schwierig. Aber Sylvian? Der dich am liebsten täglich aufschlitzen würde? Und Jaxon? Dem du auf unverständliche Weise so nahe bist, als wärt ihr wirklich … irgendwie verwandt? Als wäre eure ganze Beziehung vorherbestimmt? Sieh dich an, wie du mit Sylvian bist. Mit Jaxon. Mit *Zayn.* Und dann vergleich das, was du mit ihnen hast, mit dem, was du mit mir hast. Kannst du dir *vorstellen*, dass dein Fick mit Vance mir einfach den Rest gegeben hat und ich mich wie der unwichtigste Lover von allen gefühlt habe? Obwohl ich so viel mehr sein will als das? Du bist smart, du bist süß, du bist tiefgründig, du *hörst mir zu*, wenn ich rede, du bist verfickt heiß im Bett, du bist wunderschön. Du bist meine absolute Traumfrau, und dann lässt du mich fühlen, als wäre ich ’n wertloser Loverboy, mit dem man in Kingston Händchen halten kann, um sich vor unbekannten Feinden zu schützen, aber mehr auch nicht.«

Ich atme bebend und stehe auf, weil ich nicht länger am Boden dasitzen will. »Das werde ich nicht zulassen. Du wirst nicht den Spieß umdrehen, um irgendwie zu rechtfertigen, was du getan hast. Du hast mich wegen Vance erniedrigt. Nicht nur im Verbindungshaus der Reginas. Auch vorm geheimen Saal der Kings. Anstatt einfach mit mir zu reden und mir das zu sagen, was du eben gesagt hast. Jetzt lässt du es so klingen, als wäre es meine Schuld, dass du das alles tun musstest.«

»Nein, verdammt!« Reece macht einen Schritt auf mich zu. »Du hast keine Schuld. Das ist doch der ganze Grund, weshalb wir hier sind. Wir haben dich manipuliert, erniedrigt, psychisch misshandelt, deswegen ist jeder von uns froh, dass er dich überhaupt haben kann. Und wenn es nur ein Teil von deinem Herzen ist.«

»Tut es dir also leid oder nicht?«, frage ich herausfordernd.

Mit diesen Worten scheine ich ihn noch wütender zu machen. »Weiß ich nicht«, zischt er. »Vielleicht ist das ja meine schlechte Seite, dass es mir nicht leidtut? Die schlechten Seiten liebst du doch an den anderen Kings so sehr. Bekomme ich denselben Joker wie Jaxon? Er hat sich bestimmt auch noch nicht bei dir für irgendetwas entschuldigt, oder? Ich schon. Für eine ganze Menge. Aber das mit Vance ... tut mir nicht leid. Er hat es provoziert, er hat es verdient und er hat es akzeptiert. Er brauchte keine Entschuldigung von mir. Warum dann du? Dafür, dass ich diese Schlampen gefickt habe? Ich habe hinterher gekotzt, keine Sorge. Es war armselig. Mir hat es schon leidgetan, als ich mitten dabei war. Aber mehr mir selbst gegenüber. Denn was könnte es dir schon bedeuten, wenn ich rumvögle? Ich habe mich nicht geliebt gefühlt. Und danach gehandelt.«

»Okay.« Alles, was ich spüre, ist Kraftlosigkeit. Wieso habe ich schon wieder das Gefühl, ich würde von ihm fertiggemacht werden? Vielleicht habe ich einen Fehler gemacht. Aber seine sind größer. So viel größer. »Kannst du dann trotzdem bitte einfach gehen?«, frage ich leise.

Reece starrt mich an. Über sein Gesicht gleiten so

viele Emotionen. Verletzlichkeit, Wut, Verzweiflung, Schmerz. »Nein.« Seine Stimme ist dunkel. »Du wirst mich nicht mehr wegschicken. Ich bin genauso ein Teil von ihnen. Genauso ein Teil von dir. Jedem bietest du die Stirn, aber wenn es mit mir schwierig wird, weichst du aus. Das werde ich nicht zulassen.«

»Ich ...« Mir bleibt der Atem weg bei seiner Drohung und ich sehe die anderen Kings verzweifelt an. »Ich kann nicht mehr, Reece, ich habe keine Kraft mehr für das hier ... Ich wollte auch überhaupt nicht streiten, ich weiß nicht, was ich tun soll. Egal, was ich sage, es ist nie richtig oder genug. Wenn ich dir einfach verzeihe, bin ich die Dumme. Wenn ich dich jetzt rausschmeiße, dann bin ich ungerecht oder was auch immer. Ich will euch nur lieben und niemanden hassen. Ich will Vance zurück.« Plötzlich schluchze ich auf. »Ich vermisse ihn. Ich vermisse ihn so sehr, Reece. Es tut mir leid.«

»Es ist okay«, murmelt er und kommt wieder ganz nah. »Ich verstehe das.«

Mit einem Mal bricht der Damm in mir und ich heule laut los.

Für eine ganze Weile stehen wir da, er hält mich im Arm und ich lasse die Trauer durch mich hindurchspülen. Lasse sie riesig werden, so groß, wie Vance es verdient.

»Ich habe ihn geliebt«, murmle ich erstickt. »Und ich fühle mich schrecklich deswegen. Als wäre ich undankbar. Als wärt ihr mir nicht genug. Als könnte ich euch nie gerecht werden.«

»Doll, ernsthaft.« Zayn streicht durch meinen Nacken und ich sehe zu ihm. Auch seine Augen sind feucht. »Wir sind es, die dir nie gerecht werden können. Wir haben dich traumatisiert. Wir haben dich richtig gefickt. Okay? Wir sind dankbar, überhaupt Teil deines Lebens zu sein, da hat mein Bruder schon die richtigen Worte gefunden. Und wenn du noch weitere fünf Typen haben wolltest. Selbst Sylvian wird das akzeptieren, solange er Teil deines Lebens sein darf. Du musst das endlich mal kapieren, dass du es *wert* bist, von uns allen geliebt zu werden. Und wenn sich jemand von uns scheiße benimmt, kannst du sauer sein. Es wird weder deinen Wert schmälern, noch wird dich jemand von uns weniger lieben. Okay? Wir können auch mal streiten, und klar, auch du kannst mal etwas falsch sehen und wirst dich dann vielleicht dafür entschuldigen müssen. Das ist *normal.* Das ist kein Grund, an allem zu zweifeln oder dich wie der letzte Mensch auf der Welt zu fühlen, alles klar? Was müssen wir noch tun, damit du das verstehst?«

Ich schlucke und lasse meinen Blick über die vier Männer schweifen. Sylvian, Jaxon, Reece, Zayn. »Das heißt, ihr liebt mich einfach so? Und ich muss gar nichts dafür tun?«

Jaxon feixt. »Erraten.«

Ich atme tief durch. »Okay. Dann will ich jetzt Sex.«

Die Kings lachen und dann gibt Reece einen Befehl.

VIERUNDZWANZIG

ZAYN

»Verriegel die Tür, Sy.«

Alle hören plötzlich auf Reece.

Ich bin versöhnt.

Reece und die kleine Doll haben sich ausgesprochen, ohne sich überhaupt auszusprechen, Reece hat gesagt, was er denkt, fühlt, nicht fühlt, und Mable ist momentan einfach am Arsch. Sie muss sich ihm nicht entgegenstellen, das ist voll okay.

Dass sie jetzt ficken will, ist auch voll okay.

Ist zu lange her, dass wir das getan haben. Einfach wir ... Moment mal. Wir haben sie noch nie zu viert gefickt.

Fuck.

Das ist ja witzig.

Nur wir vier und du, Babydoll. Heiße Sache!

Sobald die Tür verschlossen ist, umfasst Reece Amabelles Hals, packt ihn fest und holt sie vor seine Lippen. »Lasst uns diese alberne Verkleidung bis auf die Spitzenunterwäsche ausziehen.«

»Nur zu gern.« Jaxon tritt an ihren Rücken und

öffnet den Reißverschluss ihres Kleides. Reece hilft, ihre Arme zu befreien. Sie lassen den Rock fallen und sie steigt daraus hervor. Dabei sieht sie wie gewohnt niedlich aus, als wäre es ihr komplett unangenehm, dass sie darauf Bock hat, von uns allen durchgenommen zu werden.

Scheiße, ich werde geil, nur weil ich daran denke, was gleich passiert.

Vielleicht bist du nicht die Einzige, die ein bisschen Sex braucht, um sich von all der Scheiße der letzten Tage abzulenken. Der Amoklauf, Vance, Romeo, Reece.

Gerade kann ich an nichts anderes denken als daran, wie du zwischen uns aussehen wirst.

Wie unschuldig du jeden einzelnen Schwanz von uns lutschen wirst.

»Setz dich aufs Sofa, Baby«, ordnet Sylvian an. Jaxon und Reece geleiten unser zartes Püppchen in ihren weißen Dessous und den heißen Strapsen zur kleinen Couch und sie lässt sich darauf sinken.

»Dein Messer, Sy.« Wieder gibt ihm Reece den Befehl.

Er hat die Oberhand übernommen. Quasi als Rache, dass er sich eben so weit öffnen musste, während wir anderen einfach nur dastanden und ihm zugesehen haben. Cool, cool. *Das wird eine geile Dynamik bekommen, Babygirl.*

Mit einem schiefen Grinsen geht Sylvian vor Mable in die Hocke, zückt eines seiner Messer, spreizt ihre Beine und zerschneidet ihr den Slip. Durch den oberen Bund werden ihre weißen Strapse weiterhin in Position gehalten.

Heiß.

Ich gehe ums Sofa herum, beuge mich über sie und

drücke ihre Brüste aus den Körbchen ihres Korsetts. Während Sylvian ihre Oberschenkel packt und ihren Po näher zur Kante des Sofas zieht, massiere ich ihre kleinen Spitzen und mache sie hart.

Sylvian taucht zwischen ihre Beine ab und beginnt, sie zu lecken.

Mable stöhnt und reckt sich meinen Händen entgegen, weil ich ihre Brüste etwas fester knete.

Ich küsse ihr das Seufzen von den Lippen und genieße den Gedanken, dass sie gerade richtig nice geleckt wird und ich ihren süßen Mund erobern kann. Mein Schwanz ist bereits jetzt so hart, dass ich ihn am liebsten auspacken und ihr zwischen die Lippen schieben würde, aber ich warte lieber noch ein bisschen ab.

Das hier ist Reece' Show. Er durfte sein Gefühlsblabla vor ihre lieblichen Füße spucken, und sie kann jetzt dankbar alles tun, was er verlangt.

Niedlich.

Ihr Stöhnen beweist, dass sie genau das hier braucht.

Jaxon greift an ihr Kinn, zieht es in seine Richtung und küsst sie ebenfalls gierig. Dann hält er ihr Gesicht Reece hin. Die beiden küssen sich und die Energie ihres Schlagabtauschs scheint sich in ihrem Kuss zu verdichten. Mable-Baby seufzt, streckt sich ihm entgegen, er packt sie am Hals, hält sie fest.

»Mach, dass sie kommt«, schlage ich Sylvian vor. Er lässt sich das nicht zweimal sagen. Geschickt bringt er ihren Körper zum Beben, und ich beobachte ihre feuchte Pussy und meinen Bruder genau dabei, wie sie ihre Lust auf höchste Höhen befördern. Alles an ihr schreit: *mehr, mehr, mehr.* Sie wird weich und buttrig zwischen den beiden, besser als jedes Pornogirl, das ich mir in irgendeinem vorherigen Leben auf Video reingezogen habe.

»Jetzt will ich.« Ich schiebe Sylvian zur Seite und nehme umgedreht seinen Platz ein. Den Kopf in den Nacken gelegt, platziere ich mich auf der Mitte des Sofas. Da mein Oberkörper so lang ist, ist das nicht mal unbequem. Entspannt sitze ich da und warte darauf, dass wir weitermachen. »Setz dich auf mich, Doll.«

Da sie verunsichert reagiert, helfen ihr die anderen, sie richtig zu positionieren. Sie lässt ihre Pussy auf meinen Kopf sinken und sucht mit den Händen nach der Lehne der Couch.

»Gute Idee«, bemerkt Sylvian. Klar, das ist ja auch meine gewesen.

Ich weiß nicht, was die Jungs tun, aber ich glaube, dass Sylvian ihr seinen Schwanz in den Rachen schiebt. »Fick ihn, Baby«, höre ich ihn knurren.

Während die brave Maus ihm einen bläst, bewegt sie sich auf meinem Gesicht. Ich lecke sie, wann immer ihre Pussy nah genug an meinem Mund ist.

»Ich will, dass du dich so wild auf ihm bewegst, dass du ein zweites Mal kommst, Mable«, höre ich Reece sagen. »Lass komplett los.«

Ich merke, dass sie sich unwohl fühlt. Vermutlich denkt sie, sie könnte mir zu schwer werden.

»Baby, locker lassen«, säuselt Sylvian. »Zayn kann ruhig bei dem Versuch, dich mit seinem Kopf zum Höhepunkt zu bringen, ersticken.«

Klar, erstick mich, Baby. Obwohl Sylvian es sagt, kann sie nicht wirklich gehorchen.

»Babygirl«, knurre ich gegen ihre Pussy, »entweder du setzt dich richtig hin und lässt mich dich ohnmächtig lecken oder ich geh wieder zurück auf die Party und lasse euch hier allein. Willst du das?«

»Okay, okay«, murmelt sie und lässt ihr Gewicht los. Sie drückt mir ihre Pussy ins Gesicht und ich explodiere innerlich vor Geilheit. Scheiße, das ist zu gut.

»Mmmmmmhhhh ... genau so, Doll. Benutz mich, fick mich.«

Meine Worte scheinen sie zu ermutigen. Genießerisch bewegt sie sich auf mir und stöhnt. Ich kann mich nicht mehr zurückhalten und öffne meine Hose, hole meinen Schwanz hervor und bearbeite ihn mit meiner Faust, während sie ihre Pussy fest auf meinen Kopf drückt.

Ihr Stöhnen wird von einem der Schwänze der anderen erstickt. Ich bekomme nichts mit, während ich unter ihr daliege und ihren Saft lecke. Sie reibt sich auf mir, genau so, wie ich es wollte.

Als wäre ich nur ein Ding, das sie benutzt, um sich selbst zu befriedigen.

Ich kann mir denken, dass die anderen nacheinander ihren Mund vögeln, und das macht das hier alles noch so viel besser. Sie lässt sich benutzen und benutzt gleichzeitig mich. Ihr Saft rinnt mir die Wangen hinunter. Ich lasse meinen Schwanz los, packe ihre Schenkel, drücke sie rhythmisch auf mich und sorge dafür, dass sie kommt.

Ihr Schreien ist so fucking heiß, dass ich fast abspritze.

Fuck, fuck, fuck.

Ich sinke unter ihr hervor und positioniere ihre Knie auf dem Sofa, sodass sie wieder Halt hat.

Ich muss sie ficken, jetzt, jetzt, jetzt.

»Braves Mädchen«, höre ich Jaxon säuseln, der ihr

den Orgasmus von den Lippen stiehlt. »Liebst du es genauso wie wir, wenn wir das hier tun?«

»Ja«, wispert sie.

Während ich mich ausziehe, beobachte ich, wie sie von den anderen Kings gestreichelt und liebkost wird. *Wir können so nett sein, wenn wir wollen, oder?*

»Wir werden dich jetzt alle der Reihe nach in deine Pussy und deinen Mund ficken«, erklärt Reece ihr fürsorglich. »Verstanden?«

Sie nickt. Fuck, natürlich nickt sie. Weil sie ein devotes, notgeiles Luder ist.

Ich gebe ihr einen harten Klatscher auf den Arsch. »Sorry, Doll, konnte nicht widerstehen.«

Sie stöhnt nur. Auch die anderen Kings ziehen sich aus, aber ich kann nicht mehr warten.

Mit beiden Händen umfasse ich ihren runden Apfelpo und stecke meinen Schwanz in ihre tropfend nasse Pussy. Boah, fuck. Ich bin so geil, dass ich mich sofort hart in sie rammen muss. Ihr Oberkörper fliegt nach vorn, sie stöhnt laut und hemmungslos.

Reece tritt vor sie und sieht mich über ihren Körper hinweg, der noch immer in diesen endgeilen Dessous steckt, an.

Er lächelt, als er sich den Schwanz von unserem verdorbenen Stück schlecken lässt. Ich ficke sie hart von hinten, sodass sich ihre Lippen wie von selbst über Reece' Eichel bewegen.

Eigentlich wäre es ein bisschen episch, wenn wir jetzt beide in ihr kommen würden, aber dann bräuchten wir eine Pause und auf eine Pause hab ich keinen Bock.

Also mache ich weiter und Reece macht weiter. In diesem Moment entscheide ich, ihm einfach zu verzeihen. Er ist die zweite Hälfte von mir, genauso fehlerbehaftet wie ich, nichts an ihm ist so perfekt, wie ich das mal dachte. Er hat Macken, Schwächen und Schamgefühle. Sein Ego ist manchmal mickriger, als es sein müsste, und ehrlich ist er auch nicht immer. Aber trotzdem haben wir immer wieder zusammengefunden. Selbst dann, als man uns für immer trennen wollte. Er wird vielleicht nie kapieren, wie viel ich von Vance halte und warum, dass er mein Freund war und ich nie wieder jemanden wie ihn als Freund finden werde, aber Vance ist Vance.

Mein Bruder ist mein Bruder.

Ich würde Vance opfern, wenn ich Reece dadurch retten könnte. Ohne mit der Wimper zu zucken, ohne zu überlegen. Auch wenn wir uns vielleicht 'n bisschen voneinander entfernt haben, auch wenn ich richtig pissig auf ihn war, liebe ich ihn, und ich liebe es, dass wir ein Mädchen gefunden haben, mit dem wir das zelebrieren können.

Als wir beide genug haben, machen wir Jaxon und Sylvian Platz. Wir gehen dabei tatsächlich im Kreis. Nachdem sie brav Sylvians Schwanz geblasen hat, bin ich an der Reihe und Reece fickt sie von hinten. Gleiches Spiel, nur umgekehrt.

Unser braves Babygirl ist schon völlig in andere Sphären abgedriftet, so gut, wie sie gebumst wird.

Würde mir nicht anders gehen. Wie sehr beneide ich die Frauen um den biologischen Vorteil, mehrfach hintereinander kommen zu können!

»Ich muss dich ein bisschen spanken, während ich dich ficke, Baby, tut mir leid.« Amabelles Kopf schnellt nach hinten. Sie funkelt Sylvian ein bisschen zu böse an.

»Ich habe nichts getan«, flüstert sie.

»Soll ich dich doch lieber schneiden?«

Ein gewaltiges Beben geht durch ihren Körper. *Ha, da stehst du drauf, hm? Wenn er dich benutzt wie ein Vampir*. Sie schüttelt den Kopf.

»Nein, keine Messerspiele heute«, bestimmt Reece. »Ihre Unterwäsche ist weiß, ihr Kleid noch weißer.«

Sylvian scheint ihm gedanklich zuzustimmen.

»Vielleicht kann ich ihn davon abhalten, allzu hart zuzuschlagen, wenn du dir besonders viel Mühe gibst, Belle?«, fragt Jaxon.

Lasziv schlägt sie die Wimpern hoch und blickt ihm tief in die Augen, als sie seinen Schwanz in ihren verbotenen Mund aufnimmt.

»Glaubt ihr, es ist krank, was wir hier tun?«

»'n bisschen«, antworte ich meinem Bruder und streiche über Belles freien Rücken. »Aber geht noch.«

Wir sehen Sylvian dabei zu, wie er Amabelle spankt, und lauschen ihrem angegeilten Stöhnen. Er fickt sie, er spankt sie, sie bläst Jaxon brav einen, wir wechseln wieder. Als Reece und ich an der Reihe sind, nickt er in meine Richtung.

Bring sie zum Kommen.

Alles klar, Bro.

Ich lasse meine Hand zwischen ihre Schenkel gleiten, stimuliere ihre zarte Perle, während ich mich wieder in sie ramme. Mir quetscht es fast den Schwanz aus, als sie sich zusammenzieht und nach oben bäumt.

Reece hält ihren Kopf umfasst und pumpt sich in sie. Alles läuft über von seinem Sperma, aber sie schluckt das Gröbste weg.

Fuck, ich will auch. Ich will auch!

Aber erst ist Sylvian dran.

Jaxon nimmt sie ganz langsam und vorsichtig, während Sylvian ihren Mund so hart fickt, dass sie nach hinten gestoßen wird. Als er kommt, brüllt er, und ich kann es kaum erwarten, bis ich an der Reihe bin.

Sie sieht verträumt zu mir hoch, öffnet brav ihre Lippen.

»Wir lieben dich, Doll«, flüstere ich, fahre mit meiner Hand durch ihr Gesicht. »Wir lieben, wie heiß du bist und wie sehr du es zwischen uns genießt. Und wir lieben dich mit deinen Ängsten, Schwächen, lächerlichen Gefühlen und so weiter.«

Sie scheint keine Kraft zu haben, zu antworten, also lasse ich sie meinen Schwanz blasen wie den der anderen. Jaxon hat sich von ihr gelöst und auf das Sofa gegenüber gesetzt, und sie nimmt sich ganz viel Zeit für mich, um mich zum Kommen zu bringen. Ihr Kopf ist ruhig, und ich genieße es, ihrer Zunge dabei zuzusehen, wie sie sich um mich kümmert.

Als ich in ihr abspritze, läuft mein Sperma aus ihrem Mund hervor und vermischt sich mit dem der anderen.

Gott, das ist so tierisch krank, dass es mich anmacht. Klar, es gab ’ne Zeit, da wollte ich sie nur für mich, aber irgendwie hat sich das verändert. Jetzt, da ich weiß, dass sie mir gehört, mich liebt, mich will, auf mich niemals verzichten könnte, kann ich sie unbeschwert teilen.

Denn das hier, sie so zu sehen, wie sie so unendlich glücklich und befriedigt auf Jaxons Schoß zusammensinkt, der sie zu sich geholt hat, nachdem ich fertig war, ihr mit einem unserer Shirts das Gesicht sauber wischt, als wäre sie tatsächlich nur ein unbeholfenes Mädchen, das ist alles für mich geworden.

Sie schafft eine Verbindung zwischen uns, die ohne sie nicht wirklich da war. Nicht so.

»Ich liebe dich«, raunt Jaxon, streichelt über ihr Haar und sie schließt die Augen an seiner Brust.

»Ich euch auch.«

ZAYN

Puh, fuck. Das war krass.
Ich sollte häufiger sauer auf euch beide sein, meinst du nicht?

FÜNFUNDZWANZIG

MABLE

Wir liegen zu fünft im Bett, und ich versuche, wieder zu Atem zu finden.

»Wie viel Zeit haben wir noch bis Mitternacht?«, fragt Zayn gähnend.

»Wie viel Zeit haben wir, bis auffällt, dass wir *alle* fehlen?«, fragt Reece.

»Das ist längst passiert«, brummt Sylvian.

»Ich will mich nicht mehr verstecken«, murmle ich und fahre mit den Fingern über Jaxons entblößte Brust, die mir am nächsten ist.

Er hat die Augen geschlossen und genießt. »Belle, du wirst dich immer verstecken müssen, wenn du in 'nem Haus voller Gäste einen Gangbang haben willst. Das ist das spießige Leben in Amerika abseits der Siebzigerjahre.«

»Du weißt, was ich meine. Ich will nicht bis an mein Lebensende so tun müssen, als wäre ich nur mit einem von euch zusammen.«

»Auch das wird nicht anders gehen.« Sylvian liegt quer am Fußende des Bettes, hat den Kopf aufgestützt und betrachtet mich intensiv. »Falls du weiterhin am gesellschaftlichen Leben teilnehmen willst, falls du Freunde haben willst, falls deine Kinder Freunde haben sollen ... dann werden wir immer einen Teil unserer Zeit so tun müssen, als wären wir nur sehr, sehr enge Freunde.«

»Es wird aber auffallen, wenn niemand von uns eine andere hat«, bemerkt Zayn. »Voll offensichtlich dann.«

»Sy wird man abnehmen, dass er keine findet«, sagt Reece grinsend. »Und Jaxon hat einfach einen schlechten Ruf.«

»Ah, also willst du offiziell mit ihr zusammen sein?«, fragt Jaxon ihn. »Haben wir das schon unter uns abgemacht?«

»Wenn sie mit einem Crescent liiert ist, muss sie wenigstens mit einem weniger ein Versteckspiel spielen, ist doch klar.«

»Ihr seid schon verwandt, Jax«, sagt Zayn sarkastisch, der auf meiner anderen Seite liegt und mit meinen Haaren spielt. »Ihr braucht nicht mehr zu heiraten.«

Ich merke, wie Jaxon neben mir verspannt, und entscheide, dass wir dieses Gespräch besser verschieben. »Auch wenn ihr meinen Vorschlägen nicht gerne folgt, wäre es am besten, ihr geht nach unten. Einer nach dem anderen, während ich dusche und mich wieder anziehe.«

»Doll hat recht«, stimmt Zayn mir zu. »Wir wollen nicht das große Feuerwerk verpassen, oder?«

Erst verlassen Sylvian und Jaxon, dann nach einer Weile Reece das Zimmer. Zayn bleibt bei mir, begleitet mich sogar bis zur Dusche, bis ich ihn bitte vorzugehen. Manchmal scheinen die Kings zu vergessen, dass ich Bedürfnisse wie jeder andere Mensch auch habe.

Ich mache mich frisch, wasche mich gründlich, putze meine Zähne, ziehe mich wieder an und richte meine Frisur. Nur meine rosigen Wangen zeugen davon, dass ich gerade unglaublich heißen Sex hatte.

Mein Spiegelbild zwinkert mir zu, als ich auf die Tür zugehe und sie öffnen will. Allerdings ist sie verriegelt.

»Zayn!«, rufe ich und klopfe gegen das Holz. »Warum hast du mich eingesperrt? Du kannst mich jetzt rauslassen!«

Nachdem ich ein paarmal den Türknauf blödsinnig hin- und hergedreht habe, fällt mir auf, dass die Tür an sich gar nicht verschlossen ist. Wie auch? Das Badezimmer lässt sich nur von innen zusperren.

Jemand muss etwas auf der anderen Seite platziert haben, damit ich nicht herauskomme.

Fuck.

»Zayn?«, rufe ich. Als keine Antwort kommt, bin ich mir sicher, dass etwas nicht stimmt. Jemand hat mich eingesperrt. Warum? Damit ich das Feuerwerk verpasse? Was hätte das für einen Zweck?

Ich rüttle an der Tür, versuche mich dagegenzustemmen, mit dem Ergebnis, dass mir meine rechte Schulter wehtut. Die Tür hat sich keinen Spalt geöffnet. Was könnte so schwer sein, dass es sich nicht bewegen lässt?

Oder ist der Schwung, den ich auf die Tür ausübe, einfach nicht groß genug?

Nach ein paar Minuten stillen Überlegens, was es mit dem Ganzen auf sich haben könnte, schreie ich los.

»*HILFE! HILFE! ICH BIN EINGESPERRT! HIL-*

FE!« Ich donnere mit den Fäusten gegen die Tür, dann gegen die Wände, in der Hoffnung, dass mich jemand hören kann. Allerdings habe ich die letzten Tage gelernt, wie schalldicht die einzelnen Räume des Crescent-Anwesens sind. Reece und ich haben die Akustik getestet, um herauszufinden, wie laut wir sein können.

Resigniert sinke ich zu Boden.

Wer sollte mich einsperren wollen? Und warum?

Vielleicht muss ich damit rechnen, angegriffen zu werden. Aber im Badezimmer selbst befindet sich nichts, was ich als Waffe verwenden könnte.

Verdammt. Verdammt, verdammt, verdammt.

Wann werden die Kings nach mir suchen?

Noch vor dem Feuerwerk? Oder hinterher?

Ich lege mir eine Taktik zurecht, mit der ich die Person, die vielleicht versuchen wird, hier einzudringen, überrumpeln kann.

Die Minuten verstreichen. Mitternacht muss unmittelbar bevorstehen, da bin ich mir sicher. Ich habe keine Uhr bei mir, mein Handy liegt noch in meinem Zimmer. Derjenige, der die Tür blockiert hat, wird mit Sicherheit auch dafür sorgen, dass ich keine Hilfe rufen kann.

Mir fehlt auch ein Werkzeug oder ein Gegenstand, um ordentlich Krach zu machen. Und was, wenn das Einsperren ein Versehen war und ich zerlege ohne Grund das Badezimmer der Crescents?

Als die erste Explosion des Feuerwerks schallgedämmt von außen hereindringt, spüre ich Erleichterung. Lange kann es nicht mehr dauern, bis die Kings nach mir suchen. Ich höre, wie jemand sich an der Tür zu schaffen macht. Da die Person aber nicht nach mir ruft, schätze ich, dass es keiner von ihnen ist. Ich hocke auf dem Badewannenrand, die laufende Duschbrause in der Hand. Meine einzige Waffe neben dem Deo, das griffbereit auf der Ablage steht. Das lästige Kleid mit all seinen Rüschen habe ich wieder ausgezogen. Falls ich mich verteidigen muss, wäre es mir nur im Weg.

In Unterwäsche sitze ich da, als die Tür aufgeht. Ich habe mit vielem gerechnet, aber nicht damit, wie skurril es wird. Vor mir steht eine der Bediensteten. Ob Mann oder Frau, kann ich nicht erkennen. Die weiße Maske mit den schwarzen Augenhöhlen erinnert an einen schrecklichen Geist, die weiße Kleidung ist aufgebauscht, die Person trägt schwarze Handschuhe wie die Kellner auf der Party. Als ich das lange Küchenmesser in ihrer Hand entdecke, richte ich den Strahl der Duschbrause mitten in ihr Gesicht, in der Hoffnung, es würde durch die Schlitze ihre Augen treffen.

Sie weicht kaum aus, stürmt auf mich zu. Ich habe keine Ahnung, wie ich es schaffe, nach dem Deo zu schnappen und damit in ihre Augen zu sprühen. Sie schlägt es mir aus der Hand, sticht mit dem Messer in meine Richtung. Es ist nur Glück, dass ich rechtzeitig ausweichen kann, aber jetzt stehe ich an der Wand, keine Waffe, nichts kann mir helfen. Das Einzige, was mir noch bleibt, ist, in die Dusche zu springen und die Glastür zuzudonnern. Mein maskierter Angreifer drückt von der einen Seite dagegen, ich von der anderen.

»HILFE!«, schreie ich wieder und wieder. »HIIIIILFE!«

Er oder sie wird mich töten.

Ich werde sterben.

Gegen ein verdammtes Messer habe ich keine Chance.

Plötzlich tritt der Angreifer einen Schritt zurück, und ich falle mit der Glastür nach vorn, weil ich mich weiter dagegenstemme. Das versucht er auszunutzen, sticht mit dem Messer wild in den Spalt, der entsteht. Ich weiß nicht, wie ich es schaffe, erneut auszuweichen, vielleicht werde ich auch geschnitten und spüre den Schmerz nur nicht. Während er mit dem Arm um das Glas herum in meine Richtung zielt, schließe ich die Tür wieder, quetsche so seinen Arm ab und konzentriere mich darauf, ihm das Messer zu entwenden. Ich beiße in seine Hand, damit er locker lässt, es fliegt zu Boden und landet am Ende der Dusche. Ohne darüber nachzudenken, hechte ich nach vorn, hebe es auf.

Doch mein Angreifer nutzt die Gelegenheit, reißt die Duschtür auf und wirft sich von hinten auf mich.

Ob die Person leicht ist oder schwer, kann ich so schnell nicht erfassen, ihr Gewicht drückt mich auf jeden Fall zu Boden. Zum Glück habe ich rechtzeitig das Messer greifen können. Blind steche ich damit hinter mich, in der Hoffnung, ich würde den maskierten Venezianer treffen.

Doch er lässt nicht locker, klammert sich an mich und sorgt dafür, dass ich ausrutsche. Das Einzige, woran ich noch denken kann, ist, das Messer auf keinen Fall loszulassen. Kurz darauf liegen dessen Finger um meine. Ich halte den Griff mit beiden Händen fest, mein Angreifer umklammert meine Handgelenke, ich versuche, das Messer in die Richtung seiner Maske zu stoßen, er will es mir entreißen.

Wir rangeln auf dem Boden.

»HIIIIIILFE!«, brülle ich wieder. Mich durchfährt ein Gedankenblitz, ich reiße mein Knie hoch und ramme es meinem Angreifer zwischen die Beine. Das lässt ihn zwar für einen Moment auf mir zucken, aber seine unbändige Kraft um meine Hände verliert er nicht. »Wer bist du und was willst du von mir?!«, schreie ich die Person an, versuche in den schwarzen Höhlen der Maske irgendeine Augenfarbe zu erkennen, irgendeinen Hinweis, doch es gelingt mir nicht.

Ich entschließe mich, denselben Trick wie er zu verwenden, und lasse plötzlich meine gesamte Körperspannung von mir abfallen. Das lässt ihn nach vorn auf mich stürzen, und ich schaffe es, auf seinen Hals einzustechen. Blut spritzt durch die Dusche. Mein Angreifer weicht von mir, an Kraft scheint er nicht zu verlieren. Vielleicht war es nur ein Schnitt, nicht tief genug für eine echte Verletzung.

Egal.

Ich stoße das Messer weiter in seine Richtung, treibe ihn damit endlich aus dem Bad. »Verschwinde!«, brülle ich. Die Person scheint kurz zu überlegen, ob sie wirklich fliehen soll, doch dann dreht sie sich um und rennt hinaus.

Ich bin so in Panik, dass ich zur Tür hechte, sie zudonnere und von innen verschließe. Ich setze mich so weit wie möglich vom Eingang weg, die Knie angezogen, das Messer in der Hand, von dessen Klinge das Blut tropft.

Hier bleibe ich, bis ich sie endlich höre.

»Mable? Doll?!«

Ein donnerndes Hämmern an der Tür.

»Zayn?«, rufe ich ängstlich.

»Ja? Ist was passiert? Bist du schwanger?«

»Was?«, frage ich verblüfft.

»Alles okay bei dir? Es ist schon fünf nach Mitternacht! Warum bist du nicht zu uns gekommen?«

»Ich … Bist du allein?«

»Ja.«

»Pass auf!«, schreie ich. »Da im Raum könnte jemand sein, der dich angreifen will!«

Zwei Sekunden verstreichen. »Hier ist niemand.«

»Doch! Doch, hol die anderen, hol Hilfe! Zayn!«

»Mach die Tür auf, Mable! Was zur Hölle ist los?«

Okay. Ich springe nach vorn, öffne die Tür, ziehe ihn zu mir herein und verschließe sie wieder. »Geh von der Tür weg«, rufe ich alarmiert, verkrieche mich in der Dusche. Der Venezianer könnte jederzeit mit einer Schusswaffe zurückkommen.

»Was zur Hölle ist hier passiert?«, fragt Zayn fassungslos. »Von wem hast du das Messer?«

»Dein Handy!«, bitte ich ihn mit bebender Stimme. »Ruf die anderen an! Du musst sie warnen!«

Zögerlich holt er es hervor und schickt nur eine Nachricht. »Doll?«, hakt er beunruhigt nach.

Hektisch erzähle ich ihm, was passiert ist. Dass mich jemand eingesperrt hat und umbringen wollte.

»Ist das Blut?«, fragt er und betrachtet mich eingehend. »Aber nicht von dir, oder?«

Ich schüttle den Kopf.

»Du hast ihm das Messer abgerungen?«

»Ja.«

»Wow. Das … hätte ins Auge gehen können. Fuck, du wärst jetzt eigentlich ziemlich sicher tot.«

»Ich weiß. Warum will mich ständig irgendjemand umbringen?«, frage ich verzweifelt.

»Es sind dieselben. Immer dieselben, Doll.« Zayn

lässt seinen wachsamen Blick durch das Badezimmer schweifen. »Wir sollten dieses Mal die Polizei einschalten. Hier sind genug Spuren, und nur mit einem entsprechenden Einsatzkommando können wir dafür sorgen, dass heute Abend niemand mehr das Grundstück verlässt.«

»Derjenige wird längst fort sein.«

»Dann werden wir herausfinden, welcher von den Angestellten fehlt.«

»Und wenn es ein Gast war?«

»Dann gibt es Gästelisten. Niemand verlässt diese Party vor ein Uhr.« Er will schon zum Handy greifen, um den Notruf zu wählen, aber ich halte ihn davon ab.

»Ich will nicht. Ich will nicht mein neues Jahr mit einem mehrstündigen Verhör starten.«

»Du wirst nicht mehrere Stunden verhört. Sie nehmen deine Aussage auf, aber sie werden dich wie ein Opfer behandeln, das Ruhe benötigt und vielleicht noch nicht ganz klar im Kopf ist über das, was passiert ist. Vertrau mir.«

Ich beginne zu zittern, als er den Notruf wählt und durchgibt, was geschehen ist.

»Belle? Crescent?«, ruft Jaxon und klopft ebenfalls an die Tür.

Erleichtert, dass sie alle gekommen sind, öffne ich ihm und lasse mich von ihm in den Arm nehmen.

»Was ist passiert?«, fragt er alarmiert.

Zayn gibt noch immer Informationen an die Polizei weiter.

»Ich wurde angegriffen, von einer maskierten Person mit einem Messer, und Zayn ruft die Polizei.«

»Verdammt«, flucht Sylvian und untersucht mit prüfendem Blick das Bad. »Mit diesem Teil?« Er zeigt auf das Messer, das Zayn mir aus der Hand genommen hat und das jetzt auf dem Waschtisch liegt. »Du hättest sterben können! Scheiße, wieso lassen wir sie auch allein?! Wieso hast du sie allein gelassen?!«, schreit er Zayn an, der gerade aufgelegt hat.

»Mann, ich dachte, sie muss mal aufs Klo und will ihre Privatsphäre haben! Gott, wir haben sie ordentlich durchgefickt, keine Ahnung, dachte, sie fühlt sich wohler, wenn ich schon mal vorgehe und sie kurz für sich ist.«

»Niemand von uns lässt sie mehr allein«, bestimmt Sylvian knurrend, dann zieht er mich zu sich heran und begutachtet die Blessuren an meinem Körper, die ich vom Kampf davongetragen habe. »Nirgends bist du sicher. Nicht, solange wir nicht alle erledigt haben, die dich tot sehen wollen.«

»Ich fürchte, ich weiß, wer es war.« Jaxon hat sich vor die Badezimmertür gekniet und eine verbogene Gabel aufgehoben. »Damit hat sie dich eingesperrt.«

»Clarisse«, vermutet Reece, der noch im Türrahmen steht. »Sie hat vorhin irgendein dummes Zeug geredet. Vielleicht, um von sich abzulenken.«

»Die stand bei ihrer Familie um Mitternacht. Aber Samuel war allein.« Jaxon fährt sich durchs Haar. »Diesen Trick mit der Gabel habe ich als Kind oft angewendet, um meine nervige Nanny einzusperren.«

»Miranda«, keuche ich. »Du willst sagen, dass es deine Mom war?«

»Ja, Belle. Ist die Polizei unterwegs, Crescent?«, fragt Jaxon geschäftig.

»Jep.«

»Von wem stammt das Blut?«

»Ich habe die Person getroffen, ich glaube, am Hals.«

»Wie sah sie aus?«, fragt Jaxon weiter.

»Sie trug dieselbe Kleidung wie die Angestellten. Eine weiße Maske, weiße, luftige Kleidung und schwarze Handschuhe.«

»War sie schlank? Groß? Breit?«

»Sie war ziemlich groß, ich kann nicht sagen, ob sie schlank war. So breit wie Vance jedenfalls nicht.«

»Ist dir sonst etwas aufgefallen?«

»Ich habe in ihren Schritt getreten. Mit dem Knie. Sie hat nicht reagiert, wie ein Mann reagieren würde, glaube ich. Andererseits gibt es Männer, die das bestimmt locker wegstecken, wenn sie darauf trainiert sind.«

»Kam dir dein Angreifer trainiert vor?«

Ich schüttle den Kopf.

»Ich werde mich darum kümmern.« Jaxon stößt sich von der Wand ab. »Ihr anderen bleibt hier, bis die Polizei kommt. Wenn es ... meine Mutter war, wird sie nicht einfach ins Gefängnis gehen. Bitte, bitte lasst es mich dann lösen.«

»Du hattest deine Chance«, zischt Sylvian. »Und sie hat es wieder getan. Sie wird nicht locker lassen, bis du ihr verklickerst, was Mable dir bedeutet. Vielleicht wird sie nur so endlich aufhören, das Mädchen töten zu wollen, das du liebst.«

»Oder sie wird es erst recht wollen ...«, murmelt Jaxon resigniert und verlässt den Raum.

Wieder beginne ich zu zittern. Dieses Mal nimmt mich Sylvian in den Arm.

Ganz fest.

Und dann lasse ich meine Angst zu, die Tränen, die Hilflosigkeit und Wut. Im Hintergrund hört man noch immer das Feuerwerk.

Happy New Year, Mable, denke ich bitter. Happy New Year.

CLARISSE

Also ich erzähle dir jetzt einmal etwas, Mable, das dich total überraschen wird. Nicht alle Menschen sind so gut wie du. Okay? Die allermeisten von uns laufen mit einer riesigen Liste aus charakterlichen Schwächen herum und schämen sich nicht einmal dafür. Denn Scham ist Schmerz und Schmerz versucht jeder von uns zu vermeiden.

Weißt du, deine moralischen Vorstellungen und dein ganzes unschuldiges Gehabe stinken zum Himmel. Aber auch nach einem Jahr scharfer Beobachtung habe ich nicht entdecken können, dass daran irgendetwas unehrlich wäre. Diesen riesigen Maßstab aus ›Gut-Sein‹ und ›Aufrichtig-Tun‹ und ›Nur-das-Beste-Wollen‹ können wir anderen halt nicht erfüllen.

Wir sind schlechte Menschen, checkst du das bitte?

Und wir sind nicht alle in der Lage, etwas daran zu ändern.

Du siehst mich an und fragst dich vielleicht, warum ich nicht einfach damit aufhöre, so fies und unberechenbar zu sein. Weil ich gelernt habe, dass ich nur dann in dieser Welt bestehe, wenn ich es bin. Für mich funktio-

niert es nicht, einfach ich selbst zu sein. Oder einfach nett und lieb zu sein. Weil mich dann niemand mehr akzeptieren würde. Weil ich damit richtig auf die Schnauze fliegen würde. So wie Harper. Sie kann es sich auch nicht erlauben, zu ihrem Daddy zu gehen und zu sagen, dass sie am liebsten einfach Architektur studieren würde. Dieses Konzept von Freiheit gibt es für uns nicht.

Vielleicht denkst du, dass wir schwach sind, weil wir unsere Probleme nicht angehen, so wie du es mit deinem Gerechtigkeitsbedürfnis tun würdest. Surprise, Surprise: Wir sind schwach. Deswegen wirst du auch von mehreren Typen geliebt und auf Händen getragen werden, und jemand wie ich wird sich mit einer verlogenen Beziehung, die nur auf Statussymbolen beruht, zufriedengeben.

Ich habe das alles durchschaut und mich entschieden, damit zu leben.

Das ist ehrlicher, als so zu tun, als wäre ich ein perfekter blonder Engel und würde alles verdienen, was du bekommst. Und Ehrlichkeit zahlt sich irgendwann aus, nicht wahr?

SECHSUNDZWANZIG

MABLE

Es ist drei Uhr in der Früh, als wir endlich gehen dürfen. Mit unserem Anruf bei der Polizei haben wir Nancys Party zerstört, aber das ist mir recht. Die Elite hat eine potenzielle Mörderin unter sich, es gab einen Amoklauf in Kingston, und alle tun so, als gehöre das zum alltäglichen Leben dazu.

Vielleicht gehört es für sie ja dazu.

Ich weiß es nicht.

Reece ist vor einer Weile vorgegangen, damit es nicht auffällt, dass zwei von ihm das Haus verlassen. Zayn und Sylvian tragen meine Taschen. Wir begegnen Jaxon erst wieder in der Eingangshalle. Er gibt uns ein Zeichen, dass wir erst draußen sprechen sollten. Auf dem Weg zum Valet-Parking tauschen sich die drei Männer über die letzten Stunden aus.

»Miranda ist abgehauen«, erklärt Jaxon leise. »Sie ist nicht mehr auf der Party und damit automatisch eine Hauptverdächtige. Samuel hat natürlich dafür gesorgt, dass die Polizei ihr mögliches Motiv kennt. Allerdings ist er nicht gerade nüchtern gewesen bei seiner Aussage, daher weiß ich nicht, wie viel Gewicht sie seinen Worten beimessen. Ich habe meine Mutter überall im Haus gesucht, weil ich dachte, sie hätte sich einfach nur versteckt und ich könnte sie vor den Cops finden. Fehlanzeige.«

»Es tut mir leid, Mann«, entgegnet Zayn bedrückt. »Meine Mutter ist ’ne kranke Irre, die mich jahrelang vor der Zivilisation weggesperrt hat, aber ich würde vermutlich auch alles versuchen, um sie zu retten, in der Hoffnung, sie würde endlich mal checken, was sie getan hat.«

»Das werden diese beiden Frauen niemals.« Sylvian streckt einen Arm aus, damit wir stehen bleiben. Um uns herum werden ausgehend von den anderen Villen immer noch vereinzelt Raketen gezündet und erhellen die angespannten Gesichter der Kings. »Nur weil dein Dad deine Mom verlassen hat, Crescent, ist das noch lange kein Grund, dein Leben aufgrund irgendwelcher Verlustängste genauso zur Hölle zu machen wie ihres. Und ich weiß, Jax, dass du daran festhalten willst, deine Mom würde das Beste für dich wollen. Sie will nicht das Beste für dich. Du bist ihr egal, sonst hätte sie die letzten Tage in Lionbridge Manor festgestellt, dass da mehr ist zwischen Mable und dir. Das sieht eine Mutter, wenn sie nicht völlig verblendet ist und nicht nur darauf aus, sich an ihrem Mann zu rächen, der sie offensichtlich betrogen hat. Dabei wollte sie ihm ein uneheliches Kind unterschieben und es wäre nicht einmal aufgefallen. Diese Frauen sehen sich als Opfer, obwohl sie Täterinnen sind. Niemand von uns ist so. Wir alle haben Dinge getan, die uns nicht gerade zu einem Helden werden lassen, aber wir haben uns *niemals, einfach niemals,* als Opfer gesehen. Und das ist es, was uns von den meisten Arschlöchern da draußen unterscheidet. Den Lügnern, Betrügern, Dieben, Mördern, Psychopathen. Die allermeisten von ihnen sehen sich als Opfer, auch dann noch, wenn sie die Luft ihres Gegenübers abschnüren. Sie sagen: ›Ich habe keine andere Wahl‹. Und vergessen dabei, dass sie immer eine haben. Miranda hatte eine. Wenn ich herausfinde, dass sie es war, werde ich sie so töten, wie sie Mable töten wollte, und ihr in ihre verlogenen Augen sehen, die niemals verstehen werden, dass sie selbst das größte Problem in ihrem Leben ist.«

Zayn sieht nicht begeistert aus und Jaxons Miene ist wie in weißen Marmor gemeißelt.

»Habt ihr das verstanden?«, fragt Sylvian eindringlich.

»Lasst uns fahren«, schlage ich vor und gehe wieder los.

»Halt!«

Ich wirble herum.

Mein Vater, Samuel, kommt vom Haus aus auf uns zugelaufen. »Wo wollt ihr hin?« Er wirkt leicht irre, als hätte ihn das Aufgebot der Polizei zermürbt. Vielleicht ist er auch einfach nur betrunken.

Die Kings formieren sich augenblicklich vor mir.

»Das kann dir egal sein«, zischt Jaxon. »Hier ist überall Polizei. Du wirst Amabelle gehen lassen, ob du willst oder nicht.«

»Fahrt ihr ins Krankenhaus?«, ruft Samuel, der nach wie vor im Laufschritt auf uns zukommt. Seine gewohnte erhabene Art ist einem auffallend unsicheren Auftreten gewichen. Er wirkt wie um zwanzig Jahre verjüngt, als hätte er weder Groll auf Jaxon noch auf mich oder irgendjemanden in dieser Welt.

»Was für ein dämliches Krankenhaus?«, fährt Zayn ihn an. »Wo auch immer wir hinfahren werden, du wirst als Letzter davon erfahren, *Mörder*. Eigentlich können die Cops dich gleich mitnehmen, wenn ich es mir überlege.«

Samuel hält vor den Kings an, stützt sich auf den Knien ab und schnappt nach Luft. »Ich sollte nicht mehr trinken«, murmelt er in sich hinein.

Die Kings drängen mich zurück, damit genügend Abstand zwischen ihm und mir bleibt. *Sie sind schon ein bisschen süß. Gut, dass ich gleich mehrere Bodyguards habe, die mich unendlich lieben.* Trotzdem ist das nicht ihr Kampf. »Vielleicht solltest du das«, rufe ich meinem Vater zu. »Vielleicht solltest du mich aber auch niemals wieder ansprechen. Ich bin durch mit dir. Du hast es nicht geschafft, zu erklären, warum du Vance eiskalt ermordet hast. Und anstatt mich heimlich darauf zu trimmen, in Kingston angenommen zu werden und dort Spitzenleistungen zu erbringen, hätte ich einen Vater gebraucht. Du wolltest mir meine Mom lassen, aber als ich in die Highschool kam, war sie schon gar nicht mehr wirklich am Leben. Spätestens da hättest du Olive und mich aus dem Trailerpark holen können. Uns etwas Besseres bieten können. Doch du bist wie sie alle.« Ich zeige auf das Haus der Crescents und meine die Elite. »Du denkst nur an dich. Du hattest kein Interesse daran, mich kennenzulernen und dafür zu sorgen, dass ich aus dem Elend befreit werde. Alles, worum es dir ging, war es, mich zu einer Waffe zu formen, die du im richtigen Moment Miranda unter die Nase halten kannst. Um dich an ihr zu rächen. Nichts anderes bin ich für dich. Eine Waffe. Ich wünschte, ich hätte nie davon erfahren, wer du bist. Die Vorstellung, dass meine Mom von einem Junkie geschwängert wurde, ist mir sympathischer.«

»Okay«, antwortet er fahrig, streicht sich durchs feuchte Haar. Schweiß überzieht seine Stirn. »Es ist euch also egal, wenn sie stirbt?«

»Wer stirbt, Mann«, zischt Zayn ungehalten.

»Penelope.« Samuel zittert, als er ihren Namen ausspricht. »Sylvian hat sie doch in ein Krankenhaus einliefern lassen. Das ist heute Nacht natürlich überfüllt wegen all der Verrückten, die sich Raketen um die Ohren hauen, und Penelope hat es irgendwie geschafft, sich unbemerkt am Medikamentenvorrat zu bedienen und … Sie wird mit hoher Wahrscheinlichkeit sterben. Ich fahre jetzt auf jeden Fall zu ihr«, bestimmt er und geht in einem Bogen um uns herum. Ein Wagen nähert sich uns. Samuel steigt hinten ein, nicht ohne mir einen entschuldigenden Blick zuzuwerfen.

»Warum ist er so betrunken?«, fragt Zayn angewidert. »Ich habe seine Fahne bis hierher gerochen. Meint ihr, er sagt überhaupt die Wahrheit? Vielleicht ist das eine total verrückte Falle.«

»Wir werden es nur herausfinden, wenn wir beim Krankenhaus anrufen und nachfragen.« Sylvian kommt auf mich zu und untersucht prüfend mein Gesicht. »Falls es stimmen sollte: Willst du zu deiner Mom, Baby?«

Aus Reflex schüttle ich den Kopf. Ich will sie nicht sehen, wie sie in irgendeinem Krankenhauszimmer in einem Flügelhemd daliegt, mit Schläuchen an und in ihrem Körper, und wie eine halbe Leiche darum kämpfend, von ihrem Trip herunterzukommen. Das habe ich schon zu oft gesehen. Was auch immer passiert ist, sie war clean für eine gewisse Zeit. Sie hat es nicht geschafft. Mir ist es egal.

»Wir fahren«, bestimmt Jaxon. »Vielleicht steckt mehr dahinter als ihre Tablettensucht.« Er reicht dem Valet-Parker eine Chipkarte, die wohl als Autoschlüssel für den Tesla dient. »Und wenn Samuel dort tatsächlich aufkreuzt, wird er sie mit dem Schock, ihn nach all den Jahren wiederzusehen, vermutlich eher umbringen, als irgendwie hilfreich zu sein.«

Zayn verdreht die Augen. »Wir haben's heute mit unseren Müttern, was?«

»Wenn sie es nicht schafft«, sagt Sylvian gedankenverloren, »werden Mables Kinder keine Großmutter haben.«

»Hey, wir sind doch genug ...«, beginnt Zayn munter, stockt dann aber. »Äh, ja, stimmt. Wäre echt schade, wenn unsere Kids nicht mal mehr eine tablettensüchtige Grandma haben. Und die Großväter sind auch nicht so prall oder tot. Echt blöd.«

Ich knuffe ihn in die Seite, damit er mit den makaberen Scherzen aufhört. Reden die Kings gerade wirklich über Kinder? Mehrere? Kann das funktionieren?

Zayn grinst. »Dafür werden sie ganz viele Väter haben, das ist doch auch was, oder?«

ZAYN

Okay, ich verstehe, du bist 'n bisschen wütend auf deine Mom. Ich hab meine zu lange nicht mehr gesehen. Keine Ahnung, ob ich wütend auf sie bin. Wie ich ihr heute begegnen würde. Sie denkt vermutlich noch immer, ich wäre schön weggesperrt im schwedischen Irrenhaus. Sie ist mich dort nie besuchen gekommen.

Bitter, oder?

Das hat ganz schön wehgetan, muss ich sagen.

Hätte Reece mich da nicht rausgeholt, wäre ich irgendwann bestimmt auch einfach auf Medikamenten hängen geblieben. Es ist, was es ist. Menschen sind kaputt, und manchmal gibt es keinen Retter, der sie aus dem Elend fischt.

Das ist die traurige Wahrheit, Babydoll.

SIEBENUNDZWANZIG

MABLE

Drei Stunden Fahrt hatte ich, um mir Gedanken darüber zu machen, was mich im Krankenhaus erwarten würde. Und die ganze Zeit sah ich nur ein Bild vor mir.

Meine Mutter, halb selig, halb zerstört. Bis oben hin mit Drogen vollgepumpt. Nicht ansprechbar. Verkabelt, an Geräte angeschlossen. Ein Piepton im Raum, der ihren Herzschlag wiedergibt.

Und genau so finde ich sie vor.

Das Einzelzimmer, das Sylvian ihr besorgt hat, ist etwas größer und hübscher, als ich dachte. Aber meine Mom liegt da, den Blick benebelt zur Decke gerichtet, ein abwesendes Lächeln auf den Lippen, exakt wie in meiner Vorstellung.

Ich kann nicht sagen, wie sehr ich diesen Anblick hasse.

Oder vielleicht hasse ich auch sie.

Die Kings sind im Flur zurückgeblieben, weil nur direkte Angehörige in ihr Zimmer dürfen. Olive und ich sind die einzige übrige Familie meiner Mom. Ich überlege noch, ob ich Sylvian bitten soll, Olive abzuholen und herzubringen. Damit sie sich ... verabschieden kann.

Denn die Ärzte sagen, dass Moms Zustand viel zu kritisch ist, um mal eben eine medikamenteninduzierte Überdosis zu überstehen. Sie wollte sich umbringen. Sie wollte sich eine Art goldenen Schuss setzen.

Uns zurücklassen.

Olive und mich.

Angewidert trete ich vor sie. Meine Eltern sind beide jeder auf seine Art nicht das, was ich als Tochter brauche. Oder verdiene. Ich will sie nicht mehr in meinem Leben haben.

»Mable ...?« Speichel rinnt über Penelopes Kinn, sie schafft es kaum, den Kopf in meine Richtung zu drehen. Ich überwinde mich und trete nah an sie heran, schaue hinab auf das Elend, bei dem ich aufgewachsen bin. »Bist du wirklich hier?«

Seit meinem zwölften Lebensjahr habe ich gearbeitet, um uns zu versorgen. Damit wir uns statt billigem Toast und Erdnussbutter mal Schokocreme oder Cornflakes kaufen konnten. Damit wir Putzmittel hatten, um den Boden zu wischen. Damit Olive und ich Klamotten tragen konnten, die nicht aussahen, als hätte man sie im Müll gefunden. Ich habe versucht, so selten wie möglich an diese Zeit zurückzudenken.

Kingston sollte mein Neustart sein.

Aber den Kampfgeist habe ich nicht entwickelt, weil das Leben im Trailerpark so schwer war. Sondern weil das Leben mit meiner *Mom* mich beinahe umgebracht hätte. Ich weiß nicht, woher ich als junges Mädchen die Kraft nahm, mich um mich selbst zu kümmern.

Während ich hier stehe, laufen mir die Tränen über

die Wangen, als ich an die Zeit zurückdenke. An mich und Olive. Die von einer drogensüchtigen Mom durchs Leben geschleift wurden, im Dreck beinahe verreckt sind, von widerlichen Typen angeglotzt und manchmal angefasst wurden.

»Du hast alles gehabt«, wispere ich verbittert. »Reece hat dir ein verdammtes Haus gekauft. Sylvian hat dich mit Substituten versorgt. Olive konnte auf eine bessere Schule wechseln. Du musstest nicht arbeiten, du musstest absolut *nichts* tun, und trotzdem gibst du auf. Du gibst uns und dein Leben auf, das du hättest haben können, um irgendetwas von dem gutzumachen, was du die letzten zwei Jahrzehnte über versäumt hast.«

Sie glotzt zu mir hoch. Ich weiß nicht, ob sie mich versteht. Es ist mir auch egal.

»Du bist schwach, und es ist mir egal, was dich so schwach sein lässt. Es ist nicht meine Aufgabe, das herauszufinden oder dafür zu sorgen, dass es dir besser geht. Ich habe schon genug versucht. Ich habe dir Geld geschickt, bin neben der Schule und dem Studium jeden Tag arbeiten gegangen, damit du es nicht tun musst. Und trotzdem habe ich nicht aufgehört, an dich zu glauben. Für dich da zu sein. Aber jetzt, da du alles weggeworfen hast, was wir hätten haben können, weiß ich, dass ich einer Illusion nachgelaufen bin. Du bist eine schäbige Mutter. Du verdienst nichts von dem, was Sylvian, Reece und Harper für dich getan haben. Du verdienst es nicht, Olive länger zu erziehen. Du verdienst es nicht, dass ich mich weiterhin um dich sorge. Dass ich anrufe und frage, wie es dir geht. Du sagst mir sowieso nie die Wahrheit. Wenn du hier stirbst, weil du sterben wolltest, wird es mir egal sein. Es *ist* mir egal. Denn ich will dich nie wieder sehen. Du bist es nicht länger wert, meine Mutter zu sein.« Voller Hass wende ich mich ab.

Hass, doch unter diesem Gefühl liegt Enttäuschung. Liegt Wut. Liegt Verzweiflung. Liegt Angst, die ich als Kind empfunden habe. So viel Angst. So viel Horror. So viel Stress.

Dass ich nicht einfach weggelaufen bin, zusammen mit Olive, kommt mir wie einer meiner größten Fehler vor. Ich hätte es besser haben können, wenn ich mich nur um Olive und mich gekümmert hätte.

Und nicht auch noch um eine Frau, die nicht einmal die absoluten Basics des Munterseins geregelt bekommt.

Ohne mich umzusehen, verlasse ich das Krankenzimmer. Im Flur sitzen sie. Sylvian, Jaxon, Reece, sogar Samuel. Und zwei Bodyguards der Tyrells, die in einigem Abstand Kaffee schlürfen und unschuldig tun.

»Was ist passiert?«, fragt Sylvian beunruhigt, der mein Gesicht am schnellsten deuten kann. »Was hat sie gesagt?«

»Nichts«, murmle ich. »Lasst uns fahren.«

Samuels Augen sind rot unterlaufen, und es ist so etwas wie Panik in ihnen zu lesen, als die Kings aufstehen. »Wartet«, sagt er, wirkt dabei fast hilflos, nicht wie der Mann, der mich nach Lionbridge Manor entführt und dort festgehalten hat.

Die Kings sind aufgestanden, bilden wieder eine Front gegen ihn.

Wirr geht sein Blick durch den Raum, landet schließlich auf mir. »Ich habe geglaubt, ich kann Reece vertrauen, dass er das Beste ... für meine Tochter will und dafür sorgt, dass ihr anderen ihr möglichst fernbleibt. Aber ihr scheint ... Sie scheint ... Du scheinst ihnen zu vertrauen, Mable. Wie viel von dem, was ich zu wissen glaube, ist wahr? Und wer seid ihr … wirklich füreinander?«

»Das hat dich nichts anzugehen«, antwortet Jaxon ihm schroff. »Du hattest deine Chance. Leb damit, dass du es versaut hast.«

»Aber wer … seid ihr … für sie?«, hakt er nach, als würde es ihm allmählich dämmern und er könne doch nichts verstehen. »Ihr stellt euch vor sie, als … würdet ihr …«

»Als würden wir sie lieben und unser Leben für sie geben?«, ergänzt Reece kalt. »Vielleicht.«

»Ihr … alle?«, fragt Samuel fassungslos.

»Gehen wir«, murmelt Sylvian, legt eine Hand auf meine Schulter und dreht mich Richtung Ausgang. Ich bin froh, dass er hier ist und ich nichts entscheiden muss. Ob ich bleibe, mich meinem Vater erkläre oder nicht. Ich muss es nicht entscheiden und das fühlt sich himmlisch an.

»Mable?«

Ich schrecke zusammen. Es ist nicht mein Vater, der mich ruft. Auch keiner der Kings. Eine weibliche Stimme, direkt hinter mir. Ich drehe mich um. Mom.

Sie steht vor mir. Eine halbe Leiche im weißen Flügelhemd. Von ihrem Handrücken tropft das Blut, weil sie sich den venösen Zugang herausgezogen hat, um aufstehen zu können.

»Mable, bitte, ich will dir noch sagen, dass …«

»Mrs. Weaver!« Ein Pfleger am anderen Ende des Flurs hat sie entdeckt. »Scheiße! Was tun Sie da?!« Er hechtet auf uns zu.

Meine Mom dreht sich um und dann passiert es.

Sie steht meinem Vater gegenüber.

Keine zwei Schritte trennen sie.

Samuel starrt sie an, sie starrt zurück. Ich höre die Schläge einer Uhr, direkt über meinem Kopf. Eins. Zwei. Meine Mom bricht zusammen. Ihr gesamter Körper gibt nach und sie fällt einfach. Samuel stürzt vor, schafft es gerade rechtzeitig, sie aufzufangen, bevor ihr Schädel auf dem Boden aufschlägt.

Seine Bodyguards bewegen sich unruhig im Hintergrund, als fürchteten sie, Mom wolle ihn austricksen. Doch sie wird gar nichts mehr tun.

Ich weiß es, bevor der Pfleger uns erreicht. Bevor er nach einem Arzt ruft. Bevor zwei weitere Schwestern angelaufen kommen. Bevor jemand den Notfallwagen holt, Penelope mitten auf dem Boden beatmet und defibrilliert wird in dem Versuch, sie zurückzuholen.

Sie hat meinen Vater gesehen. Sie hat alles verstanden. Vielleicht hat sie es gewusst, seitdem sie in den Nachrichten vom Amoklauf erfahren hat, hat geahnt, dass etwas nicht stimmt. Irgendetwas nicht richtig ist. Aber jetzt stand er vor ihr.

Die Liebe ihres Lebens, der sie im Stich gelassen hat.

Allein gelassen hat.

Er war die ganze Zeit da, aber er kam nicht, um sie zu retten. Um sie wirklich zu retten.

Und ihr zerrüttetes Herz hat seine letzte Hoffnung aufgegeben. Die Hoffnung, es jemals verkraften zu können, was er ihr angetan hat.

Uns angetan.

Mir.

Die einzige Trauer, die ich spüre, ist die um Olive. Sie ist zu jung, um eine Waise zu sein. Zu bedürftig. Sie hätte ihre Mom gebraucht, egal, wie sie ist. Und jetzt ist sie ganz allein. Verlassen von einem gewalttätigen Vater, verlassen von einer tablettensüchtigen Mutter.

Sie hat nur noch mich. Und ich fühle mich selbst viel zu angeknackst, um so für sie da zu sein, wie sie es verdient. Ihretwegen hätte ich Mom retten müssen. Ihretwegen hätte ich alles in meiner Macht Stehende tun müssen, um Penelope wieder in eine erträgliche Form zu bringen. Aber die Enttäuschung, die Wut, der Hass auf meine Eltern hat mich übermannt. Ich war für einen kleinen, einen klitzekleinen Moment egoistisch und jetzt ist Mom tot. Meinetwegen.

Kann meine Schwester mir das verzeihen?

ACHTUNDZWANZIG

SYLVIAN

Mein Vater wurde erschossen, als meine gesamte Familie am Esstisch saß. Es war draußen, im Garten, Rosenbüsche umwucherten uns, Torten, Muffins und Snacks standen auf dem Tisch. Meine Schwestern, meine Cousins, alle waren da und hatten eine Menge Spaß.

Und dann ist einer von den Männern meines Vaters plötzlich auf den Tisch zugetreten und hat ihn erschossen. Es war ein Putsch. Niemand wollte der Familie an sich schaden oder uns Kindern oder meiner Mutter. Es ging darum, das Familienoberhaupt zu ersetzen, nicht die Familie.

Ich war zu klein, um die Details zu verstehen, und als ich letzten Sommer dort aufgekreuzt bin, nach all den Jahren, hatte sich so viel verändert, dass es mich nicht mehr interessiert hat, was damals passiert ist. Mich interessiert nur, wie mir die Menschen nützlich sein können, die dafür gesorgt haben, dass ich mich jahrelang verstecken musste.

Und sie können mir nützlich sein. Denn nach wie vor bin ich der Haupterbe meines Vaters. Auf manche

Schließfächer habe nur ich Zugriff und sonst niemand. Sterbe ich, geht der Inhalt an die Bank, vielleicht sogar an die Polizei. Außerdem bin ich in den Zirkel aufgenommen worden. Jetzt will die Hälfte meiner Familie davon profitieren. Die andere will nicht wahrhaben, dass sie vom Zirkel profitieren würden.

Jeder von uns – Jaxon, Zayn, Mable, ich – hat wegen mindestens eines Elternteils ein schweres Schicksal. Jaxon und Mable gleich wegen zweien. Und trotzdem weiß ich, dass Mable keine Trauer empfindet. Mir war der Tod meines Vaters auch egal. Er war ein Tyrann, hat uns Kinder geschlagen, hat meine Mutter ständig zusammengestaucht und es damit verdient, zu sterben. Liebe?

Was ist das?

Ich kann Mables Wut verstehen, ihre Enttäuschung. Ihre Mom hat alles von uns bekommen. Ein Haus, Geld, einen Therapeuten, unschädliche Medikamente und trotzdem ist sie rückfällig geworden. Hatte nicht die Kraft, sich dem Schlechten in sich zu widersetzen. *Was macht einen Menschen so schwach? Kann man dieses Verhalten immer auf die Kindheit schieben? Aber haben wir nicht alle eine Scheißkindheit gehabt? So oder so? Fehlte bei uns allen nicht Liebe, wurden wir nicht alle traumatisiert?*

Was, wenn wir krampfhaft versuchen, das Gute in den Menschen zu sehen, indem wir jedes ihrer Verbrechen mit einem viel früheren begründen. Einem Verbrechen, bei dem sie selbst als Kind das Opfer waren. Gibt ihnen das wirklich das Recht, als Erwachsener so zu handeln?

Nein.

Es ist ihre eigene Wahl.

Und sie wählen das Falsche.

»Wo fahren wir hin?« Ich bin es, der sich hinters Steuer setzt. Zayn hat im Tesla gewartet und lässt sich gerade von seinem Bruder und Jaxon aufklären.

Mable setzt sich wie auf der Hinfahrt auch auf den mittleren Sitz. Ihr Blick ist starr nach vorn gerichtet. »Das war komplett unnötig. Wir hätten uns die drei Stunden Fahrt sparen können.«

Es ist längst früh am Morgen. Die gesamte Nacht über hat es entlang des Highways hübsche Funken gesprüht.

»Ich denke, ihr solltet nach Kingston fahren.«

»Wir?«, fragt Zayn Jaxon kritisch. »Und du?«

»Einer muss Olive abholen, sich um sie kümmern. Außerdem ist mir jemand eingefallen, der mir helfen könnte.«

»Bei was?«, frage ich.

»Mit meiner Mom.« Jaxon steht vor der offenen Tür. Es ist kalt, aber wir alle bis auf Zayn tragen unsere Wintermäntel. Und Zayn friert eigentlich nie. »Goldman wohnt in Brooklyn. Ich fahre noch jetzt nach New York. Das ist nichts, was ich am Telefon mit ihm besprechen könnte.«

»Und du willst Olive mitnehmen?«, fragt Zayn kritisch. »Es wäre doch besser, wir fahren alle nach New York und bleiben zusammen.«

»Klar, ich dachte nur, dass ihr euch vielleicht einen Umweg von zehn Stunden Fahrt sparen wollt nach allem, was heute Nacht passiert ist.« Er wirft Mable einen bedeutungsvollen Blick zu. »Außerdem ist in dieser Scheißkarre sowieso kaum Platz für uns fünf, dazu kommen diese ewigen Ladepausen …«

Reece verengt die Augen. Er kann es nicht leiden,

wenn man seinen heiligen Elektro-Düsenjet mit Lade-Handicap beleidigt.

»Und warum sollten wir nach Kingston fahren?«, gehe ich auf Jaxons Vorschlag ein.

»Dort ist es sicher.«

Wir alle lachen auf Jaxons Worte hin. Selbst Mable verzieht die Lippen.

Jaxon seufzt, steigt endlich zu Mable nach hinten ins Auto und zieht die Tür zu. »Erst der Anschlag im Frühjahr, dann der Schuss inmitten einer Menschenmenge auf Mable, jetzt eine große Schießerei. Mehrere Tote. Dort wird zukünftig jeder einzelne Quadratmeter mit Kameras eingefangen werden. Es wird keine toten Winkel mehr geben, keine Möglichkeit, unentdeckt zu bleiben. Sie werden auf dem ganzen Gelände Wachleute haben, die kontrollieren, wer auf den Campus fährt und wer geht. Sie sind dabei, den Kingston-Park vollständig zu umzäunen. Sie werden keine Mühe scheuen, damit das, was letztens geschehen ist, *niemals wieder* vorkommt. Wir sind nirgends sicherer als dort.«

»Und wir werden auch nirgends sonst so sehr kontrolliert werden.« Mir gefällt die Idee, zurück in die Höhle des Zirkels zu fahren, überhaupt nicht. »Wir nehmen eine von Crescents Villen. Die stehen überall in Amerika. Und ob wir jemals nach Kingston zurückkehren, besprechen wir in Ruhe.«

»Was?«, fragt Zayn erschrocken. »Alter, nein! Mable ist mitten in ihrem Studium. All das ganze riesige Tamtam und Hin und Her und jetzt soll sie doch einfach aufgeben?«

Ich sehe keine andere Möglichkeit. »Ja.«

»Mir ist es egal«, murmelt Mable. »Ich will einfach

nur an einen Ort, der sich nach einem Zuhause anfühlt. Da kommt euer Verbindungshaus am nächsten. Die Frage ist nur, welcher Ort für Olive ein Zuhause ist.«

»Ein Internat wäre das Beste für sie.« Jaxon greift nach Mables Hand und drückt sie. »Ein sicheres Internat. Aber das musst du entscheiden. Du bist jetzt ihr Vormund, Belle.«

»Olive und Mable können nicht in unserem Verbindungshaus wohnen«, werfe ich ein, aber die anderen strafen mich mit ihren Blicken.

»Können sie«, bestimmt Jaxon. »Wir entscheiden das. Nicht irgendwelche Regeln unserer bereits toten Vorfahren.«

»Ich fahre uns nicht nach Kingston.« Während ich versuche, meine Stimme ruhig zu halten, umschließe ich das Lenkrad so fest, dass meine Knöchel weiß hervortreten. »Wenn Mable kein Zuhause hat, finden wir eins für sie. Abgeschottet. Sicher. Mit unseren eigenen Leuten, unseren eigenen Sicherheitssystemen und unseren eigenen Regeln.«

»Kingston *ist* sicher«, beschwört Jaxon mich.

»Bis sie herausfinden, dass die Waffen, die beim Amoklauf verwendet wurden, von dir stammen!«

»Sie stammen nicht von mir, sondern von drei undurchsichtigen Verbrechern, die schon einmal ein Dutzend Zirkelmitglieder gekillt haben, ohne dabei gefasst zu werden. Sie sind die meistgesuchten Personen des Zirkels und diejenigen mit dem besten Motiv, noch mal daran zu erinnern, wie durchtrieben und unangreifbar sie sind, indem sie irgendwelche wütenden Kids mit Waffen ausstatten.«

»Trotzdem warst du es, der die Waffen nach Kingston geschafft hat.«

»Ohne Spuren zu hinterlassen.«

»Und Romeo?«, frage ich dunkel. »Was, wenn er uns doch noch verrät?«

»Wer wird ihm glauben? Ohne Beweise?«

»Willst du mich verarschen?«, fahre ich ihn an. »Vance ist tot. Und der Zirkel kräht nicht mal danach. Sie haben ihn gekillt, ganz ohne Beweise!«

»Vielleicht gab es ja welche und er hat tatsächlich ein doppeltes Spiel getrieben.« Jaxon zuckt mit den Achseln.

»Das glaubst du doch selbst nicht.«

»Ich weiß nur, dass wir Kingston kennen. Dass wir alles darüber wissen. Dass Mable sich dort wohlfühlt und dass sie weiter studieren will.«

»Können wir bitte irgendetwas tun, als nur hier auf dem Parkplatz zu stehen?«, wirft Mable ein. »Jaxon, wenn du sowieso nach New York fährst, hol Olive bitte ab. Ich wäre gerade sowieso nicht in der Lage, ihr zu sagen, was gerade passiert ist.«

Jaxon sieht mich entschuldigend an, dann drückt er ihre Hand. »Wir sehen uns bald wieder, Belle. Die anderen werden da sein und nicht von deiner Seite weichen.«

»Okay«, murmelt sie.

Jaxon steigt aus und ich fahre an. *Kann ich die Zwillinge überzeugen, zu tun, was ich tun würde?*

»Hey, komm her.« Zayn, der neben Mable sitzt, nimmt sie in den Arm, während ihre Wangen feucht von Tränen sind. »Es tut mir so verdammt leid, dass du sehen musstest, wie sie einfach ... stirbt. Einfach so.«

»Ich heule nicht wegen meiner Mom«, nuschelt sie erstickt. »Meine Mom ist ... doch selbst schuld. Es ist ...

Was Sylvian gerade meinte. Vance ist gestorben und wir haben es einfach akzeptiert. Uns nicht darum gekümmert, wie es seiner Familie damit geht. Ob es überhaupt jemand erfährt. Vielleicht denken sie nur, er wäre nicht nach Hause gekommen. Wir haben uns nicht um eine Beerdigung gekümmert, um seinen Abschied. Wir haben es einfach als Nebensächlichkeit abgetan.«

»Keine Sorge.« Reece dreht sich halb zu ihr um. »Entweder der Zirkel wird behaupten, es wäre ein Unfall gewesen. Dann bekommt er die fetteste Beerdigung überhaupt. Oder er wird ihn als Initiator des Amoklaufs hinstellen. Dann werden wir nichts dagegen tun können, dass sein Nachruf ein einziger Verriss ist. Aber da die Medien ihn bisher mit keinem einzigen Wort erwähnt haben, schätze ich, es wird Möglichkeit eins sein.«

»Oder sie behaupten einfach, er wäre abgehauen und untergetaucht.« Ich biege auf den Highway Richtung Washington D.C. ab und gebe Gas. »Dann kann der Zirkel so tun, als hätte er nie existiert.«

»Mach ihr noch Hoffnung, Mann«, murmelt Zayn. Aber wir alle wissen, dass es nicht leicht wird, Vance ansatzweise ehrenhaft zu verabschieden. Was auch immer Romeo und Samuel damit zu tun haben; wäre er nach wie vor ein angesehenes Zirkelmitglied, hätten wir es gemerkt.

Mable hat recht. Irgendetwas stimmt nicht.

Und wir hätten uns darum kümmern müssen.

JAXON

Ja, Vance' Tod – oder sollte ich ›Verschwinden‹ sagen? – scheint ein Mysterium zu sein.

Wieso ist er weder vermisst gemeldet noch offiziell für den Amoklauf verantwortlich gemacht worden? Vielleicht war seine Rolle nicht so unbedeutend, wie wir dachten. Oder vielleicht ist sie nie auch nur im Ansatz bedeutend gewesen.

Fragen über Fragen.

Das Ganze bestärkt meine Vermutung, dass er nicht ganz so tot ist, wie wir glauben sollen. Sonst hätten sie längst seine Leiche gefunden, nicht wahr? Seinen Tod bekanntgegeben? Sonst wäre seine Familie informiert worden und die Polizei hätte uns zu seinem Verbleib oder Ableben befragt?

Oder nicht?

Vielleicht will ich auch einfach nur weiter daran festhalten, dass wir unsterblich sind, Belle. Ich mag es nämlich, mir einzureden, wir wären das. Denn ich würde es nicht ertragen, einen von euch zu verlieren.

NEUNUNDZWANZIG

MABLE

»Aufwachen, Baby.«

Mein Puls ist sofort heftig da. Sylvian klingt, als hätte er gar nicht erst geschlafen. Ich öffne die Augen, drehe mich um, da steht er schon auf und schaltet das Nachtlicht an.

Er ist in voller Montur bekleidet. Hohe Stiefel, eine schwarze Hose, Jacke, Weste, sogar lederne Handschuhe. »Ich will, dass du das hier anziehst.« Er zeigt auf einen Stapel Kleidung, der auf einem Sessel liegt.

»Was ist passiert?«, frage ich panisch und springe aus dem Bett. »Ist jemand hinter mir her?«

Langsam bekomme ich so etwas wie Paranoia. Ich wurde zu oft überwältigt, bedrängt, fast getötet. Die Gala, der Amoklauf, Clarisse, die venezianische Maske, *Miranda …*

Sylvians Lippen werden schmal, und ich sehe ihm an, dass die Lage sich verschlechtert hat. Wir sind am späten Nachmittag in Kingston angekommen und sofort ins Bett gegangen. Die Zwillinge in ihr Zimmer, ich zusammen mit Sylvian in seines. »Ich habe dich so lange schlafen lassen wie möglich, damit du einigermaßen ausgeruht bist. Für Erklärungen ist keine Zeit. Zieh dich an.«

Ohne darüber nachzudenken, ihm Widerworte zu geben, gehorche ich. Natürlich muss ich ihm vertrauen. Die Situation ist gerade unberechenbar.

War es wirklich Miranda, die mich angegriffen hat?

Alle Hinweise sprechen dafür, oder?

Gibt es noch mehr Leute, die mich tot sehen wollen?

Ist Kingston wirklich sicher?

Niemand kann es wissen. Selbst *wenn* Sylvian etwas weiß, ist er wesentlich besser darin, in solchen Gefahrensituationen das Richtige zu tun. Er kann im Vergleich zu mir wenigstens eine Pistole bedienen.

»Die auch.« Er hält mir eine schwere Weste entgegen. »Schusssicher.«

Ich schlucke hart, als er mir hilft, sie anzuziehen. »Ich habe Angst«, flüstere ich.

»Ich bin bei dir und werde dich beschützen«, raunt er zurück, und für einen Moment wünsche ich mir, er würde mich in den Arm nehmen. Mir etwas Nähe gönnen. Aber kaum hat er dafür gesorgt, dass ich die Weste ordentlich schließe, ist er schon bei der Tür. »Bleib dicht hinter mir.«

Ich folge ihm in die Dunkelheit der Verbindungsvilla und lausche in die Stille. In jeder Sekunde, die vergeht, erwarte ich, einen Schuss zu hören. Mein Herz donnert gegen die Innenseiten meiner Brust, als wir in die leere Eingangshalle hinuntergehen.

Sylvian hat nach meiner Hand gegriffen. In der anderen trägt er einen Revolver.

Es könnte irgendwie romantisch sein, wäre das hier ein Film und nicht die bittere Realität.

»Buh.«

Sylvian bleibt stocksteif stehen, zerrt mich hinter sich und späht in den dunklen Eingang der Lecture Hall, der von der Halle abgeht.

Würde ich die Waffe in der Hand halten, hätte ich längst blind in das schwarze Loch der Tür geschossen, so panisch bin ich.

Aber es ist Reece, der aus der Dunkelheit hervortritt. »So spät noch auf, hm?«

»Lass die Scheißwitze«, knurrt Sylvian und nimmt mit mir gemeinsam die letzten Stufen. »Was tut ihr zwei da drin?«

Erst nachdem er es angesprochen hat, bemerke ich Zayn als Schemen in der Dunkelheit hinter seinem Bruder.

»Wir haben Stellung bezogen.« Reece lächelt schief. »Wir haben geahnt, dass heute Nacht jemand versuchen wird, die Tür zu benutzen. Wir wussten nur nicht, ob derjenige hineinwill oder hinaus. Ihr wollt offensichtlich hinaus.«

»Ja«, entgegnet Sylvian und zieht mich weiter.

»Und wo zur Hölle wollt ihr hin?« Zayn tritt hinter Reece hervor und stellt sich uns in den Weg, als fürchte er, Sylvian würde mich ihm wegnehmen. »Was hast du mit Doll vor, Sy? Warum siehst du so aus, als würdest du in den Krieg ziehen? Ohne ... uns?«

»Ich bringe sie weg«, erwidert er kühl, da er gezwungenermaßen stehen bleiben muss. »An einen Ort, der wirklich sicher ist, wo Jaxons Mutter oder wer auch immer sie nicht bekommen kann.«

Reece hebt eine Braue und sieht aus, als würde er

wissen, wovon Sylvian spricht, es aber nicht glauben können.

»Und wo soll dieser mystische Ort sein?«, fragt Zayn zweifelnd.

»Weit weg«, antwortet Sylvian, zieht mich an ihm vorbei und erreicht die rechte Seite der gigantischen Eingangstür. Doch mit anmutiger Eleganz taucht Reece neben uns auf, als hätte er sich durch ein Zwinkern bewegt, und hält seine Hand auf den Türknauf.

»Tja«, sagt er zynisch. »Das wird nicht passieren.«

»Bitte?« Der Griff um mein Handgelenk wird fester.

»Man sollte sich nie trennen«, wirft Zayn ein. Er scheint froh zu sein, dass sein Bruder die Initiative ergriffen hat. »In Horrorfilmen trennen sich immer alle und sterben nacheinander. Keine gute Idee. Wir haben schon Jaxon gehen lassen.«

Sylvian sieht aus, als hätte Zayn zur Unterstreichung seiner Worte seinen Namen getanzt. »Das ist kein verschissener Horrorfilm«, knurrt er. »Mable hat mehrere Angriffe hinter sich. Ich vertraue weder Miranda noch Jaxon oder diesem Campus. Ich werde nicht warten, bis sie endgültig stirbt.«

»Du kannst sie aber auch nicht zu deiner Familie bringen.« Reece bleibt völlig klar. »Das ist ... kein sicherer Ort, wie der Rest von uns einen ›sicheren Ort‹ definieren würde. Außerdem hat mein Bruder recht. Wir sind bereits ausgedünnt. Romeo ist weg. Vance ist tot. Jaxon versucht entgegen aller Vernunft, seine Mutter zu retten. Zu dritt können wir es gerade so schaffen, wem auch immer zu trotzen. Aber allein ...« Reece lacht, als wäre dies ein lockeres Gespräch über Golftechniken. »Allein sind wir angreifbar.«

Sylvian drückt meine Hand so fest, dass ich keuche. Ich merke, wie sich sein gesamter Körper vor Wut zusammenzieht. Es scheint, als wäre Reece kurz davor, sie zu spüren zu bekommen. »*Ich* hatte noch nie Probleme, Mable zu beschützen. Ihr ist immer nur *dann* etwas passiert, wenn wir alle zusammen waren. Oder wenn ich *nicht* da war.«

»Mach dich nicht größer, als du bist«, spottet Reece. »Niemand konnte ahnen, dass Jaxon seine Mutter nicht im Zaum hält.«

»Könnt ihr bitte aufhören zu streiten?«, flüstere ich hilflos.

»Gute Idee.« Zayn zwinkert mir zu. »Wir können auch alle gemeinsam fahren.«

»Das geht nicht«, spuckt Sylvian. »Der Ort ist eben deshalb sicher, weil sie jemanden wie euch niemals auf das Gelände lassen würden. Ihr bleibt hier und sorgt dafür, dass Kingston wieder sicher wird, sodass Mable ihr Studium irgendwann beenden kann.«

»Wir gehören zusammen«, beschwert sich Zayn und stellt sich Schulter an Schulter neben seinen Bruder. »Wir alle. Du kannst sie nicht einfach für dich beanspruchen, Sy, und sie irgendwohin bringen, wo wir anderen nicht mitkommen können.«

Die beiden Zwillinge geschlossen vor mir zu sehen raubt mir unerwartet den Atem. Reece wirkt herrschaftlich erhaben, Zayn entschlossen und süß. Ich will ebenfalls nicht weg von ihnen. So viel ist klar.

»Kann ich nicht?«, fragt Sylvian. »Ohne mich würdet ihr sie nicht einmal *kennen*. Ich habe sie von Anfang an beschützt.«

»Ja?«, fragt Reece locker. »Warum musste sie dann so

sehr leiden, hm? Wo warst du vor einem Jahr, als Jaxon entschieden hat, ihr das Leben zur Hölle zu machen?«

»Ich habe sie auch *vor mir* beschützen wollen«, zischt Sylvian.

»Und das ist jetzt nicht mehr nötig?«, fragt Reece. Die gesamte Situation zwischen den Kings scheint einen gefährlichen Siedepunkt zu erreichen.

»Diese Diskussion ist erbärmlich«, entgegnet Sylvian. »Ihr seid nicht in der verfickten *Position*, über ihre Sicherheit zu entscheiden. Geht uns aus dem Weg.«

Reece und Sylvian liefern sich ein Blickduell, das mehrere Sekunden anhält. Die Stille, die sich zwischen den Kings aufbaut, macht mich noch nervöser als ihr Gespräch von zuvor.

»Du weißt, dass es mir nicht nur um *sie* geht«, raunt Reece. »Deine Familie ist gefährlich. Mir geht es auch um *deine* verfickte Sicherheit, Sy.«

»Das unterscheidet uns, Crescent. Mir geht es *allein* um Mables Sicherheit.« Sylvian stößt ihn beiseite, reißt die Tür auf und zerrt mich über den Platz.

Unsere Schritte knirschen im Kies, bis wir vor einer Reihe parkender Autos Halt machen. Zwischen den superteuren Schlitten steht Jaxons Ferrari.

Im Hintergrund sind die flackernden Polizeisirenen zu sehen, die die Straßensperren markieren.

Bei deren Durchqueren wurden unsere Identitäten geprüft, und es wurde uns untersagt, die Vorlesungssäle mit Ausnahme der Bibliotheken bis Semesterbeginn zu betreten. Es ist ein schreckliches Gefühl, zu wissen, dass der Campus zu einem riesigen Tatort verkommen ist.

»Setz den auf.« Während ich in die Ferne gesehen

habe, hat er wie aus dem Nichts einen Helm hervorgeholt, den er mir in die Hand drückt.

»Warum muss ich den tragen?«

Er verdreht die Augen und nickt zu einem Motorrad. *Seinem* Motorrad. »Wir fahren damit.«

»Wohin willst du mich ausgerechnet mit einem Motorrad fahren? Es friert!«

»Setz den Helm auf, Mable.« Sein Blick durchbohrt mich, und ich weiß, dass ich keine Chance habe, mich ihm zu widersetzen. Er will es, mein Körper gehorcht. Das ist meine Sylvian-Schwäche. Mein Schicksal.

Dennoch versuche ich, standhaft zu bleiben. »Lieber lasse ich mich von Miranda aufschlitzen, als auf einem Motorrad zu sterben.«

Er lacht nicht. »Es ist mild. Du frierst, weil du gerade erst aufgestanden und mit einer dicken Jacke durch die Wärme gelaufen bist.«

»Aber ...«

»Wir fahren an einen Ort, an den uns kein Auto bringen kann«, ergänzt er, mit dem Kiefer mahlend. »Und umgehen damit auch die Straßensperren.« Sylvian sieht sich prüfend um. »Halt dich an mir fest und leg dich mit mir in die Kurven«, raunt er.

Ich mache einen Schritt zurück. »Was meinte Reece damit, dass es ihm nicht nur *um mich* geht?«, frage ich.

»Fuck«, stöhnt Sylvian und blickt für ein paar Sekunden gen Himmel, als würden ihn allein meine Worte zu Tode reizen. »Er wird mehr von seiner Eitelkeit gebeutelt als von irgendetwas sonst. Ihm geht es nur darum, die Oberhand zu behalten. Ich kann niemanden gebrauchen«, knurrt er, »der sich nicht sofort vor dich werfen würde, wenn es hart auf hart kommt. Und Zayn ist ein

Idiot. Was sollen wir mit den Crescents? Sie werden uns nur aufhalten.«

»Warum will Reece nicht, dass du gehst?«

»Weil wir verdammte Freunde sind?!«, ruft Sylvian, fährt sich daraufhin über den Mund und lässt seinen Blick wieder zur dunklen Straße gleiten.

»Er macht sich Sorgen um dich«, entgegne ich kleinlaut. »Vermutlich zu Recht.«

»Er ist ein verwöhnter Milliardärssohn, der alles abseits der Fifth Avenue für gefährlich hält.«

»Aber warum bleiben wir nicht zusammen? Ihr seid ein Team und alleine könnte dir vielleicht etwas zustoßen ... Wenn Reece Angst um *dich* hat, sollten wir erst recht auf ihn hören. Er wird sich nicht ohne Grund Sorgen um dich machen. Ihr müsst diese Entscheidung gemeinsam treffen.«

»Du hast etwas grundlegend nicht kapiert, Baby«, raunt Sylvian. »Die Kings bilden keine Demokratie. Hier wird nicht irgendeine Scheiße abgestimmt. Jeder von uns hat die Macht und die Verantwortung, seine Entscheidungen allein zu treffen. Das Einzige, was uns bindet, sind Regeln, die wir aufstellen, wenn wir spielen. Wie beim Schach. Oder in der Arena. Zurzeit spielt niemand. Seitdem du angeschossen wurdest, spielt niemand. Was ich will, will jeder von uns, weil es die Art ist, wie wir funktionieren. Sie vertrauen mir. Sonst wäre Reece uns längst hinterhergestürmt. Das alles ist zu komplex, um es in der Dunkelheit zu erklären, wenn wir jederzeit angegriffen werden können.«

Seine Worte lassen mich zittern. »Wo fahren wir wirklich hin?«

»Weg.«

»Wenn ich eines gelernt habe: Vertraue nicht leichtgläubig einem King. Fahre nicht einfach so bei ihnen mit. Lass dich nicht entführen. Geh immer vom Schlimmsten aus.«

Er sieht mich an, die Miene in Schatten gehüllt. »Ich hoffe, das war nicht das Einzige, was du gelernt hast. Denn du setzt es verdammt scheiße um.«

»Was willst du tun? Mich betäuben und aufs Motorrad ketten?«

Sylvian nähert sich mir bis auf wenige Millimeter. Seine Präsenz ist wie ein Orkan und reißt mich einfach nieder. »Setz den Helm auf.«

Vier Worte, ein Befehl und mein Körper, der gehorcht. Ich greife nach dem Helm und ziehe ihn mir zügig auf den Kopf, damit er nicht in meiner Miene lesen kann, wie natürlich es sich anfühlt, seinen Worten in letzter Konsequenz einfach Folge zu leisten.

»Setz dich hinter mich.« Er schwingt sich aufs Motorrad. Ich bin noch nie zuvor auf einem mitgefahren. Und da ich keine Ahnung habe, was mich erwartet, kralle ich mich an ihm fest.

Kaum startet der Motor, prescht Sylvian auch schon los und ich schreie überrascht auf.

Ich spüre seinen muskulösen Körper stahlhart und stark vor mir, als ich ihn mit den Armen umschlinge, und obwohl der Wind mir kalt entgegenprescht, wird mir sehr, sehr warm.

Die uralten Laternen Kingstons beleuchten träge die Gehwege vor uns, auf denen wir entlangrasen, und mich beschleicht der Gedanke, dass ich vielleicht für eine ganze Weile nicht zurückkehren werde.

Als wir die Ausläufer Kingstons hinter uns lassen, habe ich mich dicht an Sylvian gedrängt und genieße das berauschende Gefühl des Fahrtwinds, obwohl ich keine Ahnung habe, wohin er mich bringt. Nach einiger Zeit biegen wir auf einen asphaltierten Gehweg ab, der neben einem leeren Parkplatz beginnt. Wir folgen dem schmalen Weg, bis wir an einem Strandstück ankommen.

Vor uns glitzert der Mond und wirft silbrige Streifen auf das rauschende Meer.

Sylvian schaltet den Motor aus, steigt ab und hilft mir, nicht das Gleichgewicht zu verlieren.

»Warum bringst du mich hierher?«, frage ich ihn beklommen und sehe mich auf der sandigen Düne um. Es ist ein sehr romantischer, einsamer Ort, der mich daran erinnert, was wir zuletzt an einem Strand getan haben. Es scheint ewig her zu sein. Meine Entscheidung für Jaxon, das Strandhaus im Sommer ... Wie die Erinnerung einer anderen Mable.

»Ich dachte, es sei der beste Ort, um deine Leiche zu vergraben.«

Zuerst läuft es mir kalt den Rücken hinunter, aber dann lacht er. »Ist kurz vor Mitternacht deine Zeit für blöde Scherze?«, werfe ich ihm vor.

Der schelmische Ausdruck in seinem Gesicht, weil er einen makaberen Witz gemacht hat, schmilzt und der altbekannte Schmerz zuckt durch seinen Blick. Er nimmt mir den Helm ab und legt ihn auf den Motorradsitz. Zu ihm passt die romantische Umgebung nicht, obwohl er auf diese Weise bewaffnet aussieht wie ein Mann dunkelster Träume. Die schwere Jacke, die Tattoos und die dunklen Schatten um seine Augen unterstreichen, dass er eher in einen düsteren Club gehört als an einen Strand.

»Was tun wir hier?«, frage ich.

»Wir müssen etwas abholen.«

»Abholen? An einem einsamen Strand?« Meine Beklommenheit nimmt zu. *Was hat Sylvian vor?* »War das mit dem Vergraben doch kein Scherz?«

»Es war einer.« Er umschließt meine Hand.

»Warum bringst du mich an diesen Ort, Sylvian?! Was willst du hier tun? Fang nicht wieder mit dieser Geheimniskrämerei an!«

Er atmet tief durch. »Geheimnisse sind nun mal meine Stärke. Das wirst du gleich noch besser verstehen.«

»Ich glaube nicht mehr daran, dass ich irgendetwas verstehe«, murmle ich.

Sylvian verschränkt seine Finger mit meinen und zieht mich über die Düne, sodass dahinter die Rückseite eines Bootshauses zum Vorschein kommt. Er führt mich darauf zu. »Dein Leben steht auf dem Spiel.«

»Und du willst mich jetzt in diesen Schuppen hier sperren?«, frage ich panisch und stemme mich gegen ihn.

Sylvian lacht wieder und zerrt mich einfach weiter. »Nein. Es ist eine Lagerstätte. Dort gibt es alles, was wir auf unserer Flucht brauchen.«

»Und wir fliehen zu deiner ... Familie?«, reime ich mir zusammen. »Die Familie, die ...«

»Schscht.« Plötzlich zieht er mich an sich heran und legt mir die Hand auf die Lippen. »Siehst du das Licht?«

Ein Schimmer ist unterhalb des einen Fensters der Hütte zu sehen, als wäre ein Rollladen nicht ganz heruntergelassen worden.

Langsam schiebt Sylvian mich vor sich her. Es wundert mich nicht, dass er ein Messer zückt. Er trägt mindestens zwei Pistolen in seinem Halfter, aber er entscheidet sich für ein einfaches Butterfly.

Damit kann man sich auch so viel besser verteidigen, wenn es ernst wird, denke ich zynisch. *Ganz super.*

Er betritt den in die Jahre gekommenen Steg des Bootshauses und schaut durchs Fenster. Sofort entspannt er. »Ach, die Loser sind es nur. Bleib hinter mir, Babe.« Er öffnet die Tür und offenbart mir, was sich in der Hütte befindet.

Der ganze Raum ist vollgestellt mit Kisten. Es sind keine Rollläden, die die Sicht nach draußen versperren. Es sind Kartons, Holzfässer, Säcke und die Kisten. Mein Blick gleitet über die zwei Männer, die an einem Tisch sitzen und rauchend Dollarnoten zählen, dann über die Waffen, die neben ihnen liegen, schließlich zum einzigen Schrank, in dem weitere Pistolen, Messer und Munition lagern.

Die Typen sehen auf. Ihre Gesichter sind ausgemergelt, ihre Körper fleischig. Sie erinnern mich an die Sorte Mann, der vor heruntergekommenen Bars den Türsteher mimen und eigentlich nur die Mädels abchecken will.

»Was machst'n hier?«, fragt der eine stumpfsinnig und fasst mich ins Auge. Sein Blick bleibt an meinen Brüsten hängen, als wären sie aus Klebstoff, dabei trage ich mehrere Schichten aus Weste und Jacke übereinander.

Auch der andere starrt mich an, als hätte er nie zuvor eine Frau gesehen.

»Hört auf, so zu tun, als wäre sie das letzte Mädchen

auf dieser Welt«, knurrt Sylvian. »Auf euch warten genug Huren in Washington.«

Die Männer ignorieren ihn vollkommen.

»Scheiße, Wade!« Sylvian schlägt dem einen auf den Hinterkopf, der zusammenzuckt und seinen Blick abwendet. »Geht doch. Warum zählt ihr ausgerechnet hier das Geld?«

»Der Boss hat uns rausgekickt, weil er irgendeine Party feiern wollte. Und wir wollten das Lager leeren, wie du es gesagt hast. Weil du im Januar für gewöhnlich für 'nen Monat abtauchst.«

»Und ihr wurdet auf die Party vom Boss nicht eingeladen?«, fragt Sylvian amüsiert. Er wirkt wie ausgewechselt, als er an den Schrank tritt und seinen Blick prüfend über die vielen Kisten schweifen lässt, die ziemlich wahrscheinlich mit verschiedensten Drogen gefüllt sind. Als wäre das hier seine wahre Natur. Als hätte ich zuvor immer nur ein Kostüm von ihm vor mir gehabt. Ich habe fast vergessen, dass er am College dealt, und wie es scheint, habe ich damals seinen Drogenvorrat, den ich in der Toilette versenkt habe, nicht wesentlich dezimieren können. In diesem Raum lagert das Zehnfache davon.

Er öffnet eine Kiste, in der Waffen liegen, und tauscht die Pistolen aus seinem Halfter aus. Vorher prüft er die Munition, als wäre er ein Cop. Oder eher der Sohn einer sehr gefährlichen Mafiafamilie. »Warum hat der Boss euch rausgeworfen?«, fragt Sylvian beiläufig. »Könnt ihr euch denn nie benehmen?«

»Es liegt nicht an uns«, beschwert Wade sich lautstark. »Der Boss ist einfach 'ne Pussy und will nicht, dass wir aus seiner Party 'ne richtige machen.« Er lacht schäbig und sein Freund stimmt mit ein.

»Wie auch immer.« Sylvian nimmt seine Uhr ab und legt sie auf den Tisch. »Ich kann Bargeld gebrauchen. Die Uhr ist das Doppelte wert. Glück gehabt, ihr Hunde.«

Die beiden Kerle greifen nacheinander nach der Uhr und studieren sie, während Sylvian die zusammengerollten Hunderter in eine Tasche steckt, die er aus der hintersten Ecke des Raumes hervorgeholt hat. Er wirft mir einen Blick zu, und ich frage mich, ob er es wirklich beabsichtigt hat, dass ich das alles mitbekomme. Dass ich sehe, wie er sich mit Kriminellen abgibt. Dass er selbst einer ist.

Als könnte er meinen Gedankengang hören, neigt er den Kopf zur Seite. »Das hier ist mein Lagerraum. Irgendwoher müssen die Drogen kommen, die mein Studium finanzieren. Wade und Rocco gehören zum Ring der Zulieferer. Sie bringen die Pillen und das Koks hierher, und wie du siehst, werden sie manchmal von ihrem Boss zum Geldscheinefalten degradiert. Aber sie sind harmlos.«

»Harmlos würde ich nicht sagen«, grunzt Rocco.

»Ja. So im Vergleich zu meinem Großvater seid ihr harmlos«, entgegnet Sylvian zynisch. Allein dass er seinen Großvater erwähnt hat, lässt die breitschultrigen Männer zusammenzucken.

»Und du hast das die ganzen letzten viereinhalb Jahre durchgezogen?«, frage ich verunsichert. Ich fühle mich, als hätte ich aus Versehen eine von Sylvians Seiten aufgedeckt, die ich bisher ziemlich gut verdrängt habe. Seitdem ich die Drogen in seinem Zimmer gefunden habe, gab es nur noch wenige Momente, die mich daran erinnert haben, dass er dealt, um sein Studium zu finanzieren. Jetzt holt mich diese Realität mit voller Wucht wieder ein. »Du bist mit deinem Motorrad hierhergefahren, hast die ganzen Drogen geholt und sie dann am College verkauft? Und nie ist es jemandem aufgefallen? Einfach niemals?«

»Wo hast du die ausgegraben, Sy?« Rocco lacht polternd. »Die ist ja grüner als 'ne Wiese.«

Sylvian taxiert ihn, und der Typ verstummt, als hätte er einen Stromschlag verpasst bekommen. »Kingston ist ein Paradies für Dealer, Mable. Es war zu leicht«, antwortet er mir.

»Wie bist du überhaupt dazu gekommen, Drogen zu verkaufen?«, hake ich nach.

»Ich kannte schon immer irgendwen, der irgendjemanden kannte. Und ich brauchte Geld. Das alles hier schockiert dich gerade nicht wirklich, oder?«, fragt er mich ruhig und blickt nicht mehr entschuldigend, wie er es sonst getan hat, wenn ich es gewagt habe, seinem wahren Ich näherzukommen. Vielmehr glüht das Grün in seinen Augen. »Ich werde dich vor der Welt beschützen. Aber nicht mehr vor dem, was ich bin.«

Mein Herzschlag geht schneller. Er will mir endlich zeigen, wer er wirklich ist? Leider ist das aufregender, als ich gedacht habe. Eigentlich sollte es mich abstoßen, dass Sylvian dealt und mit Drogenhändlern Geschäfte macht, denn ich kenne diese Typen aus dem Trailerpark zur Genüge. Aber es ist, als hätten die Kings meine brave Schale aufgeknackt. Als wäre darunter endlich das zum Vorschein gekommen, was ich immer in mir verborgen gehalten habe, weil ich nicht so werden wollte wie meine Mom.

Ich bin nicht so geworden wie sie. Ich bin verdammt noch mal viel schlimmer.

Sie war nur von Tabletten abhängig. Ich bin vier Elitestudenten verfallen, die vor nichts zurückschrecken.

»Ist das echt deine neue Puppe, Sy?«, fragt Wade neugierig und starrt mir wieder auf die Brust. »Hätte gedacht, wenn, dann suchst du dir eine, die was zu bieten hat.«

»Sie ist mehr als meine ›Puppe‹«, erwidert Sylvian und packt im hinteren Teil des Raumes weitere Dinge aus einem Safe in seinen Rucksack. Ich weiß auch nicht, warum ich mir vorstellen kann, dass es sich dabei um Kokain handelt.

»Ist von deiner beknackten Uni da, oder?«, fragt der andere. Sein Blick wird immer gieriger. »Sie hat 'ne richtige Blowjobschnute.«

Etwas passiert mit Sylvian, als er innehält und sich langsam aufrichtet. »Was habe ich dir gesagt, du Bastard«, schnauzt er Rocco an und geht auf ihn zu. »Behaltet eure Scheißaugen bei euch oder ich schneide sie euch raus!«

Die Männer lachen, als hätte er einen Witz gemacht, und Wade schiebt seinen Stuhl zurück. »Komm schon, Sy, du kannst uns doch auch mal was von deiner Nutte abhaben lassen.«

Ich weiche zurück. Nicht sicher, ob ich vor dem Kerl fliehen will oder vor Sylvian, der urplötzlich auf brutale Weise Wades Kopf auf den Tisch gedonnert hat.

»Noch ein verdammtes Wort, du Wichser!«, zischt Sylvian. Es ist beeindruckend. Obwohl die beiden Typen massiger und wesentlich älter als er sind und sich über ihre bärtigen Gesichter Narben ziehen, wirkt er doppelt so stark wie sie.

»Verdammt, wir sollten dir mal zeigen, dass du noch'n Kind bist, Junge!«, blafft Rocco, grabscht unbeholfen nach der Pistole auf dem Tisch und richtet sie in Sylvians Richtung.

»Nimm die Waffe runter«, presst Sylvian zwischen den Zähnen hervor. »Oder das Ganze hier endet blutig.«

»Ach so?!«, ruft Rocco und spuckt aus. »Weißt du, ich glaub gerade, du hast uns beschissen. Deine Uhr ist nicht mal die Hälfte von dem wert, was du eben an Patte eingesteckt hast. Wenn du mit deiner dämlichen Schlampe den Strand lebend verlassen willst, packst du mal besser wieder 'n paar der Scheine aus!«

Sylvian sieht fast so aus, als würde ihn die Situation langweilen. »Natürlich, Rocco. Ich wollte dir schon immer mal eine Zwanzig-K-Uhr schenken im Tausch für eine Handvoll gerollte Hunderter. Ich warte quasi seit meiner Geburt darauf.«

»Haha«, macht Rocco dumpf. »Irgendwie nicht witzig, Mann.«

»Sollte es ja auch nicht sein«, zischt Sylvian. »Nimm sie runter. Reißt euch zusammen. Und ich vergesse vielleicht, wie ihr euch gerade benommen habt.«

Rocco scheint zu zögern, aber es ist Wade, der sich taumelnd auf seinem Stuhl aufrichtet, nach der zweiten Pistole greift, sie auf Sylvian richtet und …

Ich schreie.

Ein Schuss.

Aber Sylvian hat blitzschnell reagiert und Wades Arm hinuntergedrückt, sodass dieser auf Rocco gezielt hat. Der heult auf, schießt ebenfalls, die Kugel durchbricht die dünne Holzwand der Hütte. Ich weiß nicht, wie Sylvian es tut, denn es geht alles viel zu schnell, doch er entwaffnet die beiden. Rocco versucht aufzustehen,

Wade wirkt, als könne er nicht begreifen, was geschieht, dann passiert es.

Sylvian zieht sein Messer und sticht zu.

Mitten in Roccos Hals.

Ich bin so schockiert und alles geschieht so schnell, dass ich gar keine Zeit habe, auf die Idee zu kommen, wegzulaufen.

Sylvian schneidet dem Kerl die Kehle auf, als wäre dieser kein Mensch, sondern ein Sack Mehl. Rocco gurgelt und schlägt wild um sich. Dabei wird Sylvian von Wade von hinten angegriffen, dem er blitzschnell ins Auge sticht. Wade brüllt auf, Sylvian tritt gegen ihn, sodass der massige Mann nach hinten stolpert und auf den Boden fällt. Beide Typen leben noch, während Sylvian sich zwischen ihnen aufrichtet.

»Der Boss wird dich killen!«, ruft Wade jammernd zu ihm hoch. »Du hast keine Chance. Er wird dich killen!«

Sylvian beobachtet beide Körper, dann steigt er auf Wades Brust, zieht ein weiteres Messer, das er an seinem Bein getragen hat, und rammt es ihm mit Wucht ins Herz.

Für einen Augenblick erwarte ich, dass es vorüber ist, aber Sylvian ist wie im Rausch. Er sticht auf Wade ein, Stich um Stich um Stich, sodass das Blut spritzt. Danach wendet er sich Rocco zu.

Ich habe geglaubt, Menschen würden schnell sterben, wenn sie auf diese Art verletzt werden, aber damit lag ich falsch. Immer wieder zucken die Glieder der beiden Typen, obwohl ich dachte, eine durchgeschnittene Kehle würde sie am Boden halten. Wade schafft es sogar noch, nach dem Stuhlbein zu fassen und den Stuhl in Sylvians Richtung zu stoßen.

Minuten verstreichen, in denen ich gegen die Kisten gepinnt dastehe und zusehen muss. Weil ich mich nicht bewegen kann. Weil alles in mir will, dass ich es mir einbilde. Ich will bleiben, um jederzeit aus dem Traum aufwachen zu können.

Aus dem Albtraum.

Sylvian sticht so oft zu und erzeugt dabei solch abartige Geräusche mit seinem Messer, dass ich fürchte, sie nie wieder vergessen zu können.

Eigentlich will ich mich in Luft auflösen, damit ich nicht in sein Massaker gerate, aber das ist die Realität.

Die Realität, die ich nie wahrhaben wollte.

Zwei Sterbende am Boden und ein Sylvian, der über sie richtet.

Auf sie einsticht, als wäre er eine Kreatur aus einem Horrorfilm statt eines echten Menschen mit Herz und Verstand.

Als es endlich vorbei ist und die Körper leblos wirken wie Puppen, klebt überall an ihm Blut. Vor allem aber an seinen Händen.

Sylvians Atem geht stoßweise und ich will laufen.

Ich will laufen, so weit ich nur kann.

»Baby«, sagt er leise. Da ist nicht mal ein schlechtes Gewissen in seinem Blick. Sondern nur Schmerz. Jetzt weiß ich, woher dieser Schmerz kommt.

Ich reiße die Tür auf und flüchte hindurch.

»Warte!«, ruft er mir hinterher und sorgt damit für Übelkeit in meinem Magen. Er glaubt wirklich, ich würde jetzt noch auf ihn hören. Als könne ich ihm jemals wieder vertrauen. Im ersten Moment denke ich, es wäre nur ein flaues Gefühl, doch ich laufe vier weitere Schritte und breche plötzlich zusammen.

Panik durchstößt mich wie ein Schwert.

Ich muss laufen.

Ich muss fliehen.

Schwer atmend drehe ich mich um. Sehe ihn auf mich zukommen.

Sylvian Silvano.

Das blutige Messer hält er noch in der Hand. Wie in einem düsteren Horrorfilm kommt er langsam auf mich zu. Gemächlich. Er weiß, dass ich nicht entkommen kann. Er weiß, dass er mich längst hat.

»Nein«, wimmere ich. »Nein.«

»Mable«, ruft er mir sanft zu und wirft das Messer von sich. Um mir zu bedeuten, dass er mich nicht angreifen wird, vermute ich. Aber er kann mich erwürgen. Es würde ihm leichtfallen.

Als er einen weiteren Schritt näher kommt, raffe ich mich auf und stolpere wieder vorwärts. Doch ich kann nichts gegen den Würgereiz tun, der mich nun mit voller Härte erwischt und erneut auf die Knie zwingt.

Ich habe während der Fahrt nach Kingston kaum etwas gegessen, aber viel Wasser getrunken. Der Schwall an Flüssigkeit kommt über meine Lippen, und für einen Moment kann ich nichts anderes tun, als im Sand zu kauern und dem Brechreiz in mir nachzugeben.

Sylvian erreicht mich natürlich, was mir Tränen in die Augen treibt.

Ich kann nicht mal fliehen.

Werde ich es jemals können?

So lange habe ich geglaubt, ich könnte mich in seine

dunkle Seite verlieben, bis er direkt vor meinen Augen zwei Männer abschlachten musste.

Abschlachten.

Nichts anderes ist das blinde und rasend schnelle Einstechen auf die beiden Körper gewesen. Wie er in das Auge des einen gestochen hat, wie das Brüllen des Kerls die gesamte Hütte zum Beben brachte …

Ich spucke nicht nur Wein und Wasser, sondern auch Tränen.

Das meinte Sylvian.

Jede seiner Scheißwarnungen ging in diese Richtung. Und ich habe ihm nicht geglaubt. Ich habe ihm einfach nicht geglaubt.

Ich bin dumm.

Dumm, naiv, gutgläubig, und ich hätte *niemals* glauben dürfen, ich käme mit seinem Monster zurecht.

»Baby …«, raunt er und streicht mir die Haare beiseite, die nach vorn gefallen sind. Allerdings mit seiner blutigen Hand, was mich noch einmal würgen lässt.

»Lass mich los«, keuche ich. »Verschwinde, Sylvian. Verschwinde und fass mich nie wieder an!«

Eine Brise fährt über den Sandstrand und hüllt uns in Stille. Mein Würgereiz ist zu stark, ich kann weder Sylvian abschütteln noch vor ihm davonkriechen. Die nächsten Worte sind mehr ein Omen, das mich einhüllt, als etwas Gesagtes, das mein Ohr erreicht. Tief, tief sickert die Wahrheit in mich hinein, als er eine Antwort flüstert: »Zu spät.«

Zu spät.

Ich kann ihm nicht mehr sagen, dass er verschwinden soll.

Er wird bleiben.

Er wird sich nicht vertreiben lassen.

Nicht mehr.

Ich beginne heftig zu zittern, als er eine blutverschmierte Hand nach meinem losen Zopf ausstreckt und ihn nach hinten legt, sodass er nicht in mein Erbrochenes fällt. »Komm mit zum Wasser.«

Er zieht mich an meinem Oberarm in den Stand und manövriert mich Richtung Meer. Kurz vor der Brandung drückt er mich in die Knie, wäscht seine Hände grob ab und schöpft Wasser, um damit mein Gesicht zu reinigen.

»Ich habe alles getan, was mir einfiel, um dich von mir fernzuhalten«, raunt er, während er mit seinen Fingern meine Lippen berührt. An seinen Nägeln klebt noch immer Blut. »Wirklich *jeden letzten Scheiß*. Ich habe dich gewarnt. So deutlich, wie ich noch nie jemanden vor mir gewarnt habe. Ich habe mich von dir ferngehalten, obwohl ich nie etwas mehr wollte als dich. Und ich habe mich mit Harper verlobt, um dich vor mir zu beschützen. Ich habe dir vorgespielt, alle möglichen Leute zu *ficken*, damit du kapierst, was ich eigentlich für ein Mensch bin. Und ich habe zugelassen, dass Jaxon dich wie Dreck behandelt, damit du dich von uns abwendest, obwohl mich jede einzelne Minute davon gequält hat. Ich wünschte, ich hätte dir nicht erst zeigen müssen, was für ein Mensch ich wirklich bin, damit du es verstehst.«

»Du hast nicht gesagt, dass du gerne Leute abschlachtest!«, huste ich, auch wenn ich lieber schreien würde.

»Ich werde *jeden* töten, der sich mir oder dir in den Weg stellt«, entgegnet er tonlos.

Super, denkt etwas in mir. Ich richte mich auf,

krabble ein paar Schritte weg vom Meer und lasse mich in den Sand sinken, weil ich nicht gehen kann.

Sylvian kommt mir hinterher und hockt sich vor mich hin.

Es ist abartig, dass es irgendetwas in mir regt, ihn auf diese Weise vor mir zu sehen. Und diese Regung ist kein Ekel. Ich hätte nie gedacht, dass ein tätowierter Mann in Lederjacke mit blutigen Fingernägeln und beringten Händen ... heiß aussehen kann. Vielleicht sieht Sylvian auch immer heiß aus, egal, was er tut.

»Du hast nie aufgehört, das Gute in mir zu sehen.« Seine Augen infiltrieren mich. »Bitte tu es jetzt nicht.«

Mein Atem beschleunigt wieder. Diese Bitte ist verrückt. Sylvian ist *das* Böse in menschlicher Form. Ein Mörder. Ein ... blutrünstiger Mörder.

Wieso habe ich das nicht wahrhaben wollen?

Wieso habe ich jeden noch so großen Hinweis darauf ignoriert?

Wieso wollte ich es nicht sehen?

»Ich würde dir gerne sagen, dass ich das alles nicht bin, Baby. Ich würde dich gerne retten und beschützen. Aber ich muss erkennen, dass du schlimmere Feinde hast als mich. Deswegen kannst du mir vertrauen. Du bist bei mir immer noch sicherer als überall sonst. Ich kann nicht länger verleugnen, dass ich *nicht* dein wahres Problem bin. Sondern jemand anderes.«

»Diese beiden Typen dadrin sollen mein Problem gewesen sein?!«, fahre ich ihn an. »Sie haben nur ein paar dumme Sprüche gemacht!«

»Sie haben sich *uns* in den Weg gestellt. Ich werde jeden töten, der das tut. Ich hätte es schon früher getan, wenn der Zirkel nicht so sehr darauf bestehen würde, dass wir mit halbwegs weißer Weste das College abschließen. Wade und Rocco sind Wichser. Sie verdienen den Tod. Ich habe viel zu lange darauf gewartet, ihr schäbiges Dasein zu beenden. Aber ich hätte es nicht heute Abend tun sollen. Nicht, wenn du dabei bist.«

»Du willst sagen, du hast nur deswegen nicht gemordet, um im Zirkel aufgenommen zu werden? Und jetzt, da du Mitglied bist, kannst du *tun und lassen, was du willst?*« Vielleicht klinge ich leicht hysterisch.

»Ich sagte dir, dass die Leute Angst davor haben, was wir tun *werden*, sobald wir Teil des Zirkels sind. Nicht vor dem, was wir getan *haben*.«

»Du meintest damit ... Morde? Du willst sagen ... dass ihr Kings *morden* werdet? Dass ihr darauf gewartet habt, es *endlich* tun zu können? Fuck!«

Sylvians Gesichtsausdruck ist vollkommen starr. Er scheint mir noch eine ganze Menge mehr erklären zu wollen – oder zu müssen. Aber ich will es nicht hören. Ich will mich nicht damit konfrontiert sehen, einen blutrünstigen Mörder zu lieben. »Baby ...«

»Nenn mich nicht so!«

»Ohne die anderen in meiner Nähe verliere ich mich«, raunt er. Er sitzt noch immer in der Hocke vor mir. Die kaum gesäuberten Hände ineinander gefaltet, die Ellenbogen auf seine Knie gestützt. »Wenn du wüsstest, worüber ich nachgedacht habe, weil du nie gehorchst ... weil du dich nicht von uns ferngehalten hast. Die paar Schnitte auf deiner Haut sind *nichts* gegen die Dämonen, die darauf warten, von mir freigelassen zu werden.«

Dämonen. *Das* sind Sylvians Dämonen. Wieso spüre ich nicht die Ablehnung, die ich empfinden sollte? Nein.

Mit jedem weiteren Wort von ihm wandelt sich mein innerer Schock in Faszination. Faszination. Es ist das Letzte, was ich empfinden dürfte.

»Jedes Mal setzt du noch einen drauf, Sylvian«, keuche ich. »Jedes fucking Mal. Und jedes Mal werde ich tiefer hineingezogen in deinen ... in deinen ...«

»In meinen Abgrund?«, fragt er lächelnd. Sein Gesicht wird von seinem schwarzen Haar eingerahmt und er wirkt wie ein dunkler Engel.

»Ich will nicht in einen Mörder verliebt sein!«, schreie ich plötzlich und weiche weiter zurück in die Dünen. Aber er folgt mir, folgt mir spielend leicht und beugt sich über mich.

Mein Kopf sinkt zurück in den Sand, er legt eine Hand an meine Wange, fährt über meine bebenden Lippen.

»Schsch«, macht er.

Ich schmecke Blut.

Es ist abartig.

So abartig und heiß.

»Du bist es längst, Mable«, raunt er. Das Grün in seinen Augen ertränkt mich. »Du hast dich in mich verliebt. Und du weißt ... Dass das noch nicht alles war. Du weißt, dass ich zu noch Schlimmerem fähig bin. Dass wir ... *Kings* zu Schlimmerem fähig sind.« Sein Lächeln weitet sich einen Millimeter. »Deswegen bist du doch hier, oder? Hier bei mir.«

Möglicherweise leuchtet ein Anflug von Wahnsinn in seinen Iriden auf, aber als ich blinzle, ist er verschwunden. Wahrscheinlicher ist, dass sich mein eigener Wahnsinn in seinen Pupillen gespiegelt hat.

»Seid ihr alle so?«, flüstere ich und höre meine Worte selbst kaum. »Seid ihr …«

»Ob wir alle für dich töten würden?«, flüstert er seelenruhig zurück.

»Nein. Nein, ich meine … Liebt ihr es? Liebt ihr es, zu töten?«

Sylvians Miene bleibt regungslos. »Ich will nicht für die anderen sprechen.«

Ich atme zischend ein. Seine Antwort bedeutet, dass er es liebt, zu töten. *Sylvian liebt es, zu töten.* »Du liebst es, zu töten«, wiederhole ich fassungslos. Wundert mich das? Wundert mich das wirklich oder habe ich es insgeheim schon immer gewusst? Seit dem ersten Wort, das er an mich gerichtet hat?

Er verdreht die Augen. »Hast du dich beruhigt? Können wir fahren?«

Ich verberge meine aufschäumende Wut und lasse mir von ihm aufhelfen. Danach klebt Blut auch an meinen Fingern. Menschliches Blut.

»Geh zurück zum Motorrad«, ordnet er an. »Ich werde die Sachen aus der Hütte holen und sie in Brand stecken.«

»Mit den ›Sachen‹ meinst du die Drogen und Waffen?«, murmle ich.

Er grinst schief, ohne zu antworten, und wendet sich ab.

Ein paar Sekunden stehe ich da und sehe ihm nach, dann packt mich ein Impuls. Ein Impuls, der mich dazu zwingt, das moralisch Richtige zu tun. Ich gehe über den Strand zurück, bücke mich und greife nach dem blutverschmierten Messer.

Sylvian muss den Schatten hinter sich bemerkt

haben und dreht sich um, bevor er die Hütte erreicht. »Lass es liegen, Mable.«

»Nein!«, rufe ich. »Du willst mich irgendwohin bringen, irgendwohin, wo keiner der anderen Kings ist, nachdem du gerade zwei 120-Kilo-Männer abgeschlachtet hast! Wieso sollte ich dir folgen? Das ist Wahnsinn! Wieso sollte ich dir vertrauen? Du bist der Schlimmste von allen! Niemand von den anderen würde tun, was du gerade getan hast!«

Ich weiß nicht, warum er ausgerechnet jetzt innehält und mich einfach nur ansieht. Dass er nicht reagiert, lässt die Furcht in mir hochkochen. »Ich komme nicht mit«, zische ich ihm über die Dünen zu. »Nicht ohne Gegenwehr. Nicht freiwillig. Du wirst mich zwingen müssen. Eigentlich kannst du mich auch gleich umbringen. Was du sowieso tun wirst. Weil du ein Mörder bist. Du bist ein Mörder, Sylvian!« Möglicherweise habe ich die letzten Worte hysterisch geschrien und möglicherweise rinnen mir Tränen über das Gesicht.

Ich fühle mich so voller Angst und gleichzeitig so schrecklich verloren, dass ich einfach nur mit diesem Messer in der Hand dastehen und es wild in seine Richtung ausstrecken kann. Aber habe ich eine Chance?

Ich habe keine Chance.

Ich kann nirgends hin.

Sein kalter Blick, seine regungslose Haltung bestätigen es mir. Er weiß, dass ich nichts gegen ihn unternehmen kann. Niemals. Er müsste nur drei Schritte tun, dann könnte er mir das Messer entwenden und in meine Kehle schieben.

Es wäre kein großer Akt für ihn.

Ich bin schwach.

Und er ist einer der Kings. Der Kings, die gerne töten.

Es dauert eine ganze Weile, bis Sylvian reagiert. Sehr langsam schiebt er die Hand in seine rechte Hosentasche und holt sein Handy hervor. Er tippt zweimal darauf, dann hält er es sich ans Ohr.

»Wen zur Hölle rufst du jetzt an«, zische ich ihm zu, nicht sicher, ob er mich bei dem Meeresrauschen um uns herum verstehen kann.

Während er allerdings ins Handy spricht, höre ich jedes seiner Worte, als würde er neben mir stehen, da der Wind sie zu mir trägt.

»Ich nehme alles zurück«, sagt er. Seine Stimme klingt fast locker. »Wir bringen sie gemeinsam zu meiner Familie. Ihr helft mir tragen.« Pause. »Ja, sie hat mir gerade erklärt, dass sie getragen werden will. Jedenfalls wird sie nicht mehr freiwillig mit*gehen*, weil ich aus Versehen zwei dumme Arschlöcher in ihrem Beisein getötet habe.« Pause. »Was macht ihr bei der Crescent-Villa? ... Ja, sie ist schockiert. Ja, ich brauche euch. ... Ja, ich meine es ernst. ... Heb dir deine überhebliche Scheiße für später auf, Zayn.« Sylvian verdreht die Augen. »Okay, dann eben Reece. Ihr klingt beide gleich, falls ihr das noch nicht wusstet.« Eine längere Pause entsteht. »Wovon sprichst du?«, fragt er plötzlich mit veränderter Tonlage. »Reece?«

Mit besorgter Miene legt er auf und steckt sein Handy wieder weg.

Ich weiß nicht, was ich sagen soll. Mein Kopf ist wie leer gefegt. Zayn und Reece haben kein Problem damit, dass Sylvian irgendjemanden tötet? Und jetzt sollen sie doch mitkommen? Sind sogar dafür?

»Warum wollt ihr mich irgendwohin bringen, um mich zu *beschützen*? Du … ihr … ihr seid die Einzigen, vor denen ich weglaufen müsste.«

Sylvian lacht rau. »Schön wär's. Muss ich dir das alles wirklich hier erklären? Ich will … nicht … Ich will dir keine Angst einjagen, aber *ich* habe welche, alles klar? Denn das Verwirrspiel um deine Person wird immer undurchsichtiger. Du bist das Ziel von zu vielen Feinden. Insofern würde ich dich gerne von hier wegbringen. Nach Washington. Dann in einen Jet. Und dann … an einen sicheren Ort. Meinetwegen mit Reece und Zayn zusammen. Dann kannst du dich bei Zayn ausheulen und mit Reece streiten. Alles, was du brauchst, Baby, damit dein Drama perfekt ist.«

Ich schüttle den Kopf.

Sein Blick wird warm und er kommt wieder langsam auf mich zu. »Du wirst mir sowieso folgen, Amabelle.«

Es ist eines der ersten Male, dass er mich so nennt, und aus seinem Mund klingt mein voller Name eine ganze Spur bedeutsamer als aus Zayns oder Jaxons. Er hält vor mir inne, so dicht, dass die Klinge gegen seine Brust stößt. Zärtlich umschließt er meine Hand, lässt aber das Messer, wo es ist. »Es tut mir leid«, flüstert er.

Ein Beben geht durch mich hindurch. »Ich kann das nicht einfach hinnehmen.« Meine Stimme bricht. »Ich *will* das nicht hinnehmen. Ich will es nicht *okay* finden, dass du einfach so zwei Männer bestialisch tötest. Ich kann nicht, Sylvian.«

»Das ist doch verdammter Bullshit, Mable«, knurrt er. »Dich macht es an. Ich habe es vorhin in deinem Blick gesehen. Du bastelst dir nur wieder irgendeine deiner Moralstorys zusammen, weil du diese riesige dunkle

Seite an dir nicht wahrhaben willst. Es ist fast nicht zu ertragen, wie sehr du dich verleugnest. Es ist unsexy. Es macht dich schwach. Aber zum Glück kann ich über das ganze Gejammer hinwegsehen.«

Ich will ihm nicht glauben. Er kann unmöglich recht haben. Er ist der Verrückte, nicht ich! »Wieso sollen Reece und Zayn jetzt doch mitkommen? Sollen sie mich festhalten, damit ich nicht weglaufen kann, wenn du die nächsten Typen tötest?«

»Das wäre gar keine schlechte Idee«, entgegnet er genervt. »Und jetzt geh zum Motorrad. Reece hat das Telefonat abgebrochen, als wäre was passiert. Ich hoffe, es ist nur wieder Zayn, der seinen Drogenvorrat gefunden und sich abgeschossen hat. Aber ich will mir sicher sein. Und du dir auch, oder?«

Damit hat er mich. Denn die Sorge, dass etwas mit den Zwillingen sein könnte, ist immer noch größer als meine Angst davor, wozu Sylvian im nächsten Moment fähig ist.

Ich muss darauf vertrauen, dass er mir niemals etwas antun würde.

Denn Vertrauen ist die einzige Wahl, die ich habe.

DREISSIG

SYLVIAN

Als wir die Crescent-Villa erreichen, liegt sie im Dunkeln da. Das ist nicht gut. Selbst wenn es sich nur um einen Stromausfall handelt: Wieso sollte dann das Gespräch abbrechen?

Ich versuche mich zu erinnern, ob mir auf dem Weg vom Strand hierher aufgefallen wäre, dass nirgends Lichter brennen. Ein großflächiger Stromausfall wäre die einzige Erklärung.

Aber wenn ich meilenweit durch dunkle Orte gefahren wäre, hätte es mir auffallen müssen, nicht wahr?

Ich parke das Motorrad vor den Garagentoren der Villa. Seitlich des Hauses führt eine Treppe Richtung Eingangstür hinauf, eine andere zum Poolbereich. Die oberen Stockwerke sind fast vollständig verglast. Ausschließlich der untere Teil ist in Beton gefasst.

»Etwas stimmt nicht, oder?«, fragt Mable mich, nachdem sie abgestiegen ist und den Helm abgenommen hat.

Ich trage meinen noch immer. »Setz ihn wieder auf«, raune ich ihr zu und sehe mich beunruhigt um. Der Tesla der Crescents parkt ordentlich in der Einfahrt. Sie sind also hier angekommen. Aber was ist dann geschehen?

Mir ist es plötzlich lieber, abzuhauen und Mable in Sicherheit zu bringen. Die Zwillinge kommen schon allein zurecht. Jedenfalls würden sie nicht wollen, dass ich sie in Gefahr bringe.

Und etwas stinkt hier nach Gefahr.

»Sylvian.« Mable hält mitten in der Bewegung inne, den Helm halb auf ihrem Kopf. »Siehst du ... die auch?«

Ich wende meinen Kopf in die Richtung, in die sie genickt hat. Scheiße. Adrenalin durchfährt meinen Körper. »Steig auf!«, rufe ich.

Hektisch stülpt sie sich den Helm über, dann rutscht sie hinter mich. Sie braucht zu lange. Viel zu lange. Die maskierten Gestalten aus dem Wald nähern sich uns im gleichmäßigen Schritt, als wüssten sie, dass wir ihnen nicht entkommen können.

Die Szenerie ist mehr als skurril. Der Motor meiner Maschine heult auf, als ich auf der Einfahrt der Crescents wende, Gas gebe und die Straße entlangschieße. Im Rückspiegel bauen sie sich auf.

Lange Umhänge, schwarze, goldverzierte Masken.

Der Zirkel.

Und zwar fast die gesamte Verbindung.

»Sylvian, Vorsicht!«

Auf der schmalen Auffahrt kommt uns ein riesiger Van entgegen. Es bleibt mir nichts anderes übrig, als durch den Wald zu fliehen. Ich biege ab, rase zwischen den Bäumen hindurch.

»Du wirst uns umbringen!«, schreit Mable so laut, dass ich sie trotz des Lärms des Motors höre.

Nein, Baby. Nicht ich werde uns umbringen. Sondern der Zirkel.

Ich merke zu spät, dass wir auf eine Mauer zubrettern. Die Crescent-Villa ist nicht von allen Seiten massiv geschützt, aber ich habe die Orientierung verloren. Fuck.

Gezwungenermaßen fahre ich einen Halbkreis, um zu wenden, steuere auf die gegenüberliegende Seite des Waldes zu und ...

Im nächsten Moment fliegen wir durch die Luft. Ein Aufprall, Krach, Schmerz, atmen, atmen, atmen. Atme, Sylvian!

Ich sehe nichts, ich fühle nichts, meine Lunge scheint nicht mehr vorhanden zu sein. Über mir der vom Mond erleuchtete Himmel. Blätter.

Werde ich sterben?

Sterbe ich?

Nach und nach kommen erst die Gefühle zurück. Und dann schaffe ich es auch, Luft zu holen. Ich weiß nicht, was ich mir alles gebrochen habe, aber es ist egal.

»Mable!«, rufe ich, wälze mich auf die Seite. Sie liegt mehrere Schritte von mir entfernt. »Mable!« Woher ich die Kraft nehme, auf sie zuzurobben, weiß ich nicht. Aber ich komme langsamer voran, als ich es muss.

»Mable ...«

Noch immer regt sie sich nicht. Ihr Helm liegt ein paar weitere Meter entfernt. Er ist von ihrem Kopf gerutscht, da sie ihn in der Hektik unserer Flucht nicht mehr geschlossen hatte.

Fuck.

»Mable ... Baby ... Bitte ...«

Wenn sie tot ist, muss ich mit ihr sterben.

Während ich mich durch das nasse Laub auf sie zukämpfe, verändert sich etwas um uns herum. Langsam, ganz langsam kommen sie näher. Ihre Umhänge rascheln im Laub, die Goldverzierungen ihrer Masken spiegeln das Mondlicht.

Sie haben keine Eile.

Sie bekommen mich sowieso. Das wussten sie, als ich mich mit Mable zusammen auf das Motorrad geschwungen habe. Wenn der Zirkel etwas zelebriert, dann weil er weiß, dass er gewonnen hat.

Und das, was diese Gestalten in dieser Neujahrsnacht tun, ist für sie die fetteste Party des neuen Jahres. Wir müssen aufgeflogen sein. Jaxon wurde verraten und wir mit dazu.

Sie wollen mich, Mable, uns alle.

»Baby …« Ich erreiche sie, beuge mich über sie. Bin ihr nah und höre ihren sanften Atem. Wie ein wohliges Geräusch des Friedens. Es ist zu spät. Sie ist zu benebelt, um Instruktionen von mir entgegenzunehmen. Und zu schwach, um aufzustehen und zu fliehen.

Die Zirkelmitglieder haben uns fast erreicht.

Mir bleibt nicht mehr viel Zeit.

Vermutlich werde ich sie niemals wiedersehen. Ich habe versagt. Ich konnte sie nicht beschützen.

Ich hätte auf direktem Wege fliehen sollen. Was interessieren mich die verschissenen Crescents?

»Baby, ich hätte …« Den Satz kann ich nicht mehr beenden, denn ich werde hochgerissen, gepackt. Mehrere Männer zerren mich von ihr fort, ohne dass ich ihr sagen konnte, wie sehr es mir leidtut. Wie sehr ich alles bereue. Die Worte hätten sie sowieso nicht erreicht. Ich werde mich für immer hassen, dass ich das alles zugelassen habe. Wenn ich nicht so verdammt egoistisch gewesen wäre, hätte ich dafür gesorgt, dass sie von Anfang an erfährt, wer ihr verdammter Vater ist. Dass es der ganze Campus erfährt. Und ich hätte mein Leben dafür gegeben, dass Jaxon sie in Ruhe lässt. Das alles hätte ich tun müssen, stattdessen habe ich es genossen, wie sie sich von Jaxon und Reece einlullen ließ. Wie sie von Jaxon gefickt wurde, wie sie seinen Schwanz blies, als ich in ihr kam.

Verdammt, ich habe sie benutzt für meine eigenen Bedürfnisse!

Was auch immer der Zirkel mit mir vorhat, ich verdiene alles davon.

Kampflos ergebe ich mich. Denn sie haben Mable. Und alles, was ich gegen den Zirkel unternehme, wird ihr schaden, das weiß ich.

Sie werden sie benutzen, um mich zu erpressen. Sie werden sie vor mir foltern, wenn ich mich nicht füge.

Also füge ich mich. Lasse mich wegschleifen, von den maskierten Männern. Sie müssen sich großartig fühlen, während sie das hier tun. Ihr komisches Weltverständnis, ihre albernen Rituale, die Maskerade ... Menschen, die die Welt regieren, sind Freaks.

Ich wollte es nur nicht wahrhaben.

Sie schleifen mich zum Van, öffnen die Türen und werfen mich grob hinein. Mit mir liegen zwei weitere Typen im dunklen Raum. Ich ertaste sie. Sie sind nicht tot.

Aber sie tragen das Gleiche.

Fuck.

Sie haben beide.

Sie haben beide Zwillinge gecatcht und die beiden scheinen ohnmächtig zu sein. Vermutlich haben sie sich etwas mehr gewehrt als ich, als sie aufgegriffen wurden.

Der Wagen setzt sich in Bewegung, und ich versuche die Schmerzen zu ignorieren, die sich überall an meinem Körper durch meine Knochen beißen.

Wir haben verloren.

Warum haben wir geglaubt, wir könnten es mit einer riesigen Meute aus sadistischen Wahnsinnigen aufnehmen? Vielleicht hätten wir es gekonnt. Wenn wir schlimmer geworden wären als sie. Aber Mable hat uns dazu gebracht, etwas Besseres aus uns zu machen. Und das Gute ... gewinnt nie.

Romeo

Und so kommen wir wieder zusammen. Während die anderen gefangen genommen wurden, sind wir die Einzigen auf freiem Fuß. Schade nur, dass wir auf gegenüberliegenden Seiten stehen, Weaver.
Das wird nicht gerade leicht für uns.
Was meinst du?

EINUNDDREISSIG

MABLE

»Sie steht unter Schock, aber ansonsten geht es ihr erstaunlich gut für das, was passiert ist. Ein Schleudertrauma, ein paar Blessuren, eine Rippenprellung. Aber kein Hinweis auf innere Blutungen oder einen Schädelbruch.«

Das grelle Licht, das sich in meine Augen gebrannt hat, wird ausgeschaltet. Die beruhigende Dunkelheit lässt mich zurücksinken. Wieder entspannt sein. Der Schmerz in meinem Schädel nimmt ab und ich schließe die Augen. Vielleicht kann ich einfach einschlafen, dem, was um mich herum geschieht, auf diese Weise entkommen.

»Ich werde später erneut nach ihr sehen.«

Dieses Später ist jetzt. Ich weiß, dass Stunden vergangen sein müssen, als ich erneut aufwache. Mein Puls treibt mich, lässt mich hochschrecken. Es ist stockdunkel. Bruchstückhaft kann ich mich an die letzten Geschehnisse erinnern.

Sylvian, das Motorrad.

Die maskierten Schemen im Wald.

Wie er zwischen den Bäumen entlangrast.

Dann ... nichts.

Nichts, einfach nichts, bis ich hier aufgewacht bin. In einem Raum, grell und ungemütlich, ohne Fenster. In dem jemand über mir steht, mich untersucht, so tut, als würde es ihm etwas bedeuten, ob ich lebe oder sterbe.

Er hat mit jemandem gesprochen, den ich nicht sehen konnte.

Nicht sehen wollte.

»Hallo?«, frage ich leise.

Das Licht geht sofort an. Erleichterung durchflutet mich, als ich Romeo am anderen Ende des kleinen Raums erkenne. Er sitzt auf einem einfachen Metallstuhl nahe der Tür und betrachtet mich ausdruckslos.

»Wo sind wir?«, frage ich ihn und versuche mich weiter aufzurichten. Er hat vier merkwürdige bereits leicht verheilte Schnitte im Gesicht, die wie Kreuze aussehen. »Romeo?«

»Leg dich wieder hin«, befiehlt er mir kalt.

»Was ...?« Der Raum besteht aus der Pritsche, auf der ich liege, einem einfachen metallenen Schreibtisch, mehreren Stühlen und einem verschlossenen Schrank. Kein Fenster, kein Bild, nur grauer Beton. »Wo sind ... die anderen?«

»Leg. Dich. Wieder. Hin. Weaver.«

Ich schlucke.

»Dein Körper hat sich mehrmals überschlagen, und wenn du dich zu viel bewegst, wirst du gleich den Boden vollkotzen. Ich werde es nicht sauber machen, und ich weiß nicht, ob du in der Verfassung bist, das zu tun.«

Die Kings haben mir davon erzählt, dass Romeo sich von ihnen abgewendet hat. Das scheint nach wie vor zu stimmen, und meine anfängliche Hoffnung, ich wäre sicher und die Kings ebenfalls, bricht in sich zusammen.

Ich kann Romeo nicht länger vertrauen. Also muss ich ihn mit seinen eigenen Waffen schlagen. »Ich bin so froh, dass du hier bist«, murmle ich und lege mich wieder hin. »Weißt du, was die anderen getan haben?«

Er regt sich, nicht viel, aber ein wenig.

»Es ist so schrecklich«, stöhne ich und sinke wieder zusammen. »Ich dachte wirklich, ich hätte sie endlich durchschaut …«

»Wovon zur Hölle sprichst du?«, fragt er ungehalten.

»Siehst du das?«, frage ich ihn matt und ziehe meinen Ärmel hoch. Man hat mir die schusssichere Weste abgenommen, aber ansonsten trage ich noch immer das, was ich mir nach dem Überfall des Venezianers in Crescents Zimmer angezogen habe. »Das haben sie mir angetan …«

»Ich sehe nichts«, zischt Romeo.

Vorgebend, zu schwach zu sein, antworte ich nicht, sondern schließe wieder die Augen. Dann bewegt er sich endlich auf mich zu. Seine Schritte hallen durch den Raum.

»Hier«, murmle ich, zeige ihm meinen Arm. Meine Kleidung ist zerschlissen, schlammbespritzt und voller Sand. »Aber an meinem Bein sieht man es noch viel stärker.«

»Red Klartext mit mir, Weaver. Wenn du dich von Sylvian schneiden lässt, ist das nichts Neues mehr.«

»Sieh doch bitte hin«, jammere ich. Er rollt mit den

Augen und schiebt den Stoff meiner Hose hoch. In diesem Moment tue ich es.

Ich ramme ihm mein Knie mit voller Wucht gegen die Stirn. Er versucht, sofort zu reagieren, aber er grabscht nur grob in meine Richtung. Mir bleibt genug Zeit, mich zu strecken, nach einem der Stühle zu greifen und ihn in seine Richtung zu stoßen. Dann springe ich auf, hechte an ihm vorbei zur Tür und ziehe am Knauf.

Verschlossen.

»Gib mir den verdammten Schlüssel, Romeo!«

Er hat sich wieder aufgerichtet, steht schwer atmend vor mir. Mein Tritt gegen seinen Schädel war ein Volltreffer, wie es scheint. »Zwing mich nicht dazu, das zu tun«, warnt er leise und zieht eine Pistole hervor, die er am Rücken getragen hat. Er richtet sie auf mich.

»Erschieß mich doch«, zische ich. »Jaxon hat dir deinen bescheuerten Abgang nicht abgenommen, weil er weiß, wie du wirklich bist! *Was* du wirklich bist! Wenn du mich erschießt, wirst du nie wieder dahin zurückkehren können, wo du dich wirklich geliebt und sicher gefühlt hast. Nie wieder!«

Er verzieht die Miene, Abscheu und Wut preschen mir entgegen. »Was glaubst du, was passiert ist?!«, schreit er. »Denkst du wirklich, der Zirkel würde *durchgehen lassen*, dass Jaxon irgendwelche Kids mit Waffen versorgt? Dass diese Kids, die glauben, sie wären irgendeine Form von ›Widerstand‹, daraufhin hier unten eindringen *und* nur wenige Wochen später zwei Dutzend Studenten killen? Dass der Zirkel darüber hinwegsehen würde, als wäre es ein Kavaliersdelikt?! Jaxon wird sterben! Genauso wie die anderen! Der Zirkel hat sie alle! Kapiert?! Er hat Jaxon, Reece, Sylvian, sogar Zayn. Und natürlich

Olive. Du bist nur aus einem einzigen Grund noch am Leben: weil sie glauben, dass du ein Jahr lang von ihnen manipuliert wurdest und sie dir für deine Handlungen und Entscheidungen nicht die Schuld geben wollen. *Noch nicht.*«

Ich schüttle den Kopf, Tränen brennen mir in den Augen. »Nein.«

Romeo sieht mich so verzweifelt an, dass ich für einen Moment glaube, er würde dasselbe empfinden wie ich. Dieselbe Angst. Dieselbe Sorge. Aber dann entsteht ein Lächeln auf seinen Lippen. Das Lächeln eines hinterlistigen, betrügerischen Arschlochs. »Doch«, raunt er mit tiefster Befriedigung.

Hass brandet in mir auf. »Du gehörst genau hierhin, Romeo. In die Reihen der Elite. Unglücklich, einsam und verloren, an einer Macht festhaltend, die dir selbst am meisten schadet.«

»Du auch«, entgegnet er leise und lässt die Waffe sinken. »Du gehörst auch hierher. Irgendwann wirst du es verstehen.«

Was zur Hölle will er mir mit dieser Drohung sagen?

Die Tür geht auf.

»Ah, hatte ich wirklich geglaubt, ich könne dich mit ihr allein lassen?« Samuel steht vor mir. Maskiert. In Begleitung von zwei weiteren Gestalten in schwarzen Umhängen. »Du hattest doch nicht wirklich vor, sie zu erschießen, oder, Portcharles?«

»Natürlich nicht.« Mit einem unterwürfigen Nicken steckt er die Waffe wieder zurück.

»Mable, ich bin froh, dass es dir gut geht.« Samuel nimmt seine Maske ab, tritt vor mich und begutachtet mich streng. »Das alles, was geschehen ist, tut mir unendlich leid. Erst der Amoklauf in Kingston, dann der Angriff im Bad, deine Mutter, schließlich dieser Unfall ... Aber lass mich dir sagen, dass alles gut wird. Die Männer, die für den Amoklauf verantwortlich sind, sind unschädlich gemacht worden. Genauso wie auch meine ... Ehefrau nicht weit gekommen ist. Deine Schwester und du seid nun in Sicherheit.«

»Ich fühle mich nicht sicher.«

»Das wird sich ändern«, erklärt er charmant.

»Wieder ausgenüchtert?«, frage ich kühl.

»Ich habe in der Tat etwas über den Durst getrunken, als ich davon erfahren habe, dass dich nur ein Stockwerk über mir jemand angegriffen hat und du nur knapp dem Tod entkommen bist. Es ist menschlich, schwach zu sein, nicht wahr? Bitte verzeih mir das.«

»Was willst du jetzt von mir?!«, frage ich ihn angriffslustig. »Dir sollte nicht entgangen sein, dass ich keine deiner Entschuldigungen ernst nehme.«

»Tatsächlich, das ist mir aufgefallen.«

Aus dem Flur hinter ihm dringen plötzlich gedämpfte Schreie herein und ich zucke zusammen.

Samuel verdreht die Augen. »Bitte, Romeo, geh rüber und sag ihnen, dass sie JD etwas in den Mund stecken sollen. Er wird sowieso nicht reden, solange er nicht vollständig gebrochen ist.«

»JD?«, frage ich schockiert.

»Ja. Wir wollen sichergehen, dass Vance Buchanan tatsächlich aufs offene Meer hinausgetrieben ist und er sich nicht mithilfe seiner Freunde retten und untertauchen konnte. JD weiß fast alles über den ehemaligen Sportstar Kingstons.«

»Er weiß überhaupt nichts«, zische ich. »Du quälst ihn nur, um mir zu zeigen, zu was du fähig bist!«

Samuels Augen blitzen auf. »Eine einleuchtende Theorie«, züngelt er. »Und ich werde zu einer ganzen Menge mehr fähig sein, wenn du dich nicht als die Tochter erweist, die des Erbes der Tyrells würdig ist. Ich war bereit, großzügig über unsere anfänglichen Schwierigkeiten hinwegzusehen, habe mir von dir auf der Nase herumtanzen lassen und deinem verlogenen Verlobten geglaubt, ich müsse dir etwas mehr Zeit geben. Stattdessen habt ihr mich beide verhöhnt. Oder sollte ich sagen: ihr fünf? Ich war so frei und habe den Tesla mit einer Wanze versehen, als ich auf der Silvesterparty ankam. Ich war es leid, nicht zu wissen, was zwischen dir, Sylvian und meinem Sohn läuft. Es war ein völlig ferner Gedanke, dass ich dabei ein Gespräch aufzeichnen würde, das dem Zirkel alle nötigen Beweise liefert, um meinem Sohn und seinen Freunden den Hochverrat nachweisen zu können. Und natürlich, gewissermaßen, hast auch du den Zirkel betrogen. *Mich* betrogen. Aber erstens bist du noch kein Mitglied und zweitens hat mich Romeo in aller Ausführlichkeit und mit allen nötigen Beweisen darüber informiert, was Jaxon, Sylvian, Reece und sein verrückter Zwillingsbruder dir angetan haben. Deshalb will ich die Hoffnung noch nicht ganz aufgeben, dass du mit etwas ... Geduld und Strenge zu dem Mädchen wirst, das sich in Kingston beworben hat. Zielstrebig, wissbegierig und ... unschuldig.« Er lächelt mich väterlich an. »Und wenn du glauben solltest, mir nicht gehorchen zu müssen, Mable ...« Es scheint ihn mit tiefster Freude zu erfüllen, die folgenden Worte auszusprechen. »Dann gibt es immer noch deine Schwester.

Sie ist sicher und umsorgt, solange ich das möchte. Ihr Leben wirst du doch nicht riskieren, oder, *Mable*?«

Ich hasse dich, ist die Antwort, die in mir brennt. *Ich werde dich umbringen und für all das leiden lassen, was du mir antust!*, ist das, was ich ihm ins Gesicht schreien möchte. *Die Kings werden dich niemals gewinnen lassen!*, ist die Hoffnung, die mich treibt. Stattdessen lasse ich die Schultern betont fallen und blicke zu Boden. »Ehrlich gesagt bin ich mir auch nicht mehr sicher, ob ich dir nicht unrecht getan habe. Die Einzige, die wirklich unschuldig ist, ist Olive.« Mit Tränen in den Augen sehe ich zu ihm hoch. »Kann ich zu ihr? Kann ich ... nach Hause?«

»Vielleicht ... wenn du dich gut benimmst.« Mein Vater lächelt noch immer. Er nimmt mir keines meiner Worte ab, aber das wird er. Er wird mir aus der Hand fressen und am Ende derjenige sein, der sich hintergangen, betrogen, verraten und alleingelassen fühlt.

Ich habe genug gelernt. Die Kings haben es mir beigebracht. Haben mir beigebracht, wie ich mein Pokerface wahre, wie ich meine Gefühle verberge, wie ich so tue, als wäre ich jemand ganz anderes.

Es ist Zeit, die Elite mit ihren eigenen Waffen zu schlagen. Niemand wird mehr auch nur ein einziges ehrliches Wort von mir hören. Sie werden an den Lügen, die sie mich zwingen zu erzählen, ersticken. Und so lange spiele ich ihr Spiel mit. Egal, wie viele Runden es auch dauert.

Ende Band 8

Ich habe eine unangenehme Aufgabe für euch.

JAXON

Die da wäre?

Ich glaube, es wäre gut, wenn ihr eure Leser darum bitten würdet, Rezensionen auf verschiedenen Plattformen zu hinterlassen …

SYLVIAN

Was ist das Problem?

Es ist unangenehm!

ZAYN

Hä? Why?

Weil es dann so rüberkommt, als … ähm … keine Ahnung, und irgendwie ist das immer so eine Art von … weiß nicht.

Alle Kings starren mich an.

JAXON

Willst du mir sagen, dass du ANGST hast, deine Leser um Rezensionen zu bitten?

Äh …

ZAYN, GENERVT

Schon mal auf die Idee gekommen, dass die das zufällig gerne machen, du Nuss?

Nee … Es gibt viele, die dann sagen: Uh, schaut mal, die Jane kriegt den Hals nicht voll …

Das Starren der Kings wird mir etwas peinlich.

JAXON

Sie hat einen Knall.

REECE

Wir wussten es schon länger.

SYLVIAN

Aber das ist der Beweis.

ZAYN

Wo sollen die Leser denn überhaupt Rezensionen schreiben? Auf dem Mond?

Auf Hugendubel, Thalia, Lovelybooks und so …

ZAYN

Ah.

JAXON

Ja, das werden sie bestimmt nicht tun. Denn sie hassen dich, Jane. Sie hassen dich für alles, was du ihnen ständig antust. Also hoffe auf nichts Gutes.

SYLVIAN

Eben. Sie inhalieren deine Bücher wie Kokain. Sie geben dir die Schuld für diese Sucht. Wenn du sie bittest, Rezensionen zu schreiben, dann wird es Tausende 1-Sterne-Rezis hageln.

Wirklich? :o

ALLE KINGS

NEIN!

DANKSAGUNG

Nachdem ich für Band 7 ein ganzes Jahr gebraucht habe, habe ich Band 8 in kürzester Zeit geschrieben. Für Band 9 werde ich mir voraussichtlich wieder viel mehr Zeit lassen. Vielleicht wird es sogar der letzte Band! Wenn ich denke, ein Buch wird der letzte Band, folgen in der Regel noch mindestens zwei.

Daran beteiligt, dass die kleinen und großen Logikfehler verschwunden sind, ist mein diesmaliges Testleserteam:

Laura
Marie
Tara
Sophie
Robyn
Stephie
Christine
Jasmin
Veronika

Außerdem: Victoria, Lara, Madita, Lea, Leah, Jenny, Sandra, Wiebke. Natürlich im ganz besonderen Maße Fatoş, Claudia und Wiebke. Danke von Herzen!

AMAZON BESTSELLING AUTHOR
J. S. WONDA
CATCHING
Beauty

BAD PRINCE
ÜBERALL IM HANDEL BESTELLBAR!
BAD PRINCE: ROYALES SPIEL 978-3-96111-826-7
BAD PRINCE: ROYALE FLUCHT 978-3-96111-793-2
TAUCHE EIN INS ROYALE ENGLAND VOLLER INTRIGEN UND GEFAHR
SIE
Man hat mir meine Identität gestohlen und mich gezwungen, mich in die Royal Family einzuschleusen. Ich habe keine andere Wahl, als zu lügen. Auch nicht, als ich dem arroganten und viel zu attraktiven britischen Prinzen begegne und mein gesamter Körper in seiner Gegenwart entflammt. Mein Geheimnis muss eines bleiben. Nur leider ist der Prinz nicht mein einziges Problem. Jemand ist hinter mir her und er wird nicht ruhen, bis er hat, wonach er sucht, oder sich an mir rächen konnte …

Reich, privilegiert, gutaussehend und gelangweilt.
Der britische Prinz Chester vertreibt sich seine freie Zeit mit ausschweifenden Partys, illegalen Autorennen und wechselt die berühmten Schönheiten an seiner Seite wie Maßanzüge. Er und Prinzessin Rosaline wissen, wie sie sich abseits der royalen Etikette und der Adleraugen der Queen amüsieren können. Doch dann verändert ein schicksalhaftes Ereignis alles und die Royals sind gezwungen, ihr ruchloses Leben aufzugeben – bis ihre adelige Cousine Violet in ihr Leben platzt und dieses auf den Kopf stellt.

Wer ist sie wirklich?
Sind ihre Geheimnisse gefährlicher, als es den Anschein erweckt?
Oder ist alles nur ein Spiel?